Gröls Verlage

„BÜCHER SIND WIE FALLSCHIRME. SIE NÜTZEN UNS NICHTS, WENN WIR SIE NICHT ÖFFNEN.“

Gröls Verlag

Redaktionelle Hinweise und Impressum

Das vorliegende Werk wurde zugunsten der Authentizität sehr zurückhaltend bearbeitet. So wurden etwa ursprüngliche Rechtschreibfehler *nicht* systematisch behoben, denn kleine Unvollkommenheiten machen das Buch – wie im Übrigen den Menschen – erst authentisch. Mitunter wurden jedoch zum Beispiel Absätze behutsam neu getrennt, um den Lesefluss zu erleichtern.

Um die Texte zu rekonstruieren, werden antiquarische Bücher von Lesegeräten gescannt und dann durch eine Software lesbar gemacht. Der so entstandene Text wird von Menschen gegengelesen und korrigiert – hierbei treten auch Fehler auf. Wenn Sie ebenfalls antiquarische Texte einreichen möchten, finden Sie weitere Informationen auf www.groels.de

Viel Freude bei der Lektüre wünscht Ihnen das Team des Gröls-Verlags.

Adressen

Verleger: Sophia Gröls, Im Borngrund 26, 61440 Oberursel

Externer Dienstleister für Distribution & Herstellung: BoD, In de Tarpen 42, 22848 Norderstedt

Unsere „Edition | Werke der Weltliteratur" hat den Anspruch, eine der größten und vollständigsten Sammlungen klassischer Literatur in deutscher Sprache zu sein. Nach und nach versammeln wir hier nicht nur die „üblichen Verdächtigen" von Goethe bis Schiller, sondern auch Kleinode der vergangenen Jahrhunderte, die – zu Unrecht – drohen, in Vergessenheit zu geraten. Wir kultivieren und kuratieren damit einen der wertvollsten Bereiche der abendländischen Kultur. Kleine Auswahl:

Francis Bacon • Neues Organon • **Balzac** • Glanz und Elend der Kurtisanen • **Joachim H. Campe** • Robinson der Jüngere • **Dante Alighieri** • Die Göttliche Komödie • **Daniel Defoe** • Robinson Crusoe • **Charles Dickens** • Oliver Twist • **Denis Diderot** • Jacques der Fatalist • **Fjodor Dostojewski** • Schuld und Sühne • **Arthur Conan Doyle** • Der Hund von Baskerville • **Marie von Ebner-Eschenbach** • Das Gemeindekind • **Elisabeth von Österreich** • Das Poetische Tagebuch • **Friedrich Engels** • Die Lage der arbeitenden Klasse • **Ludwig Feuerbach** • Das Wesen des Christentums • **Johann G. Fichte** • Reden an die deutsche Nation • **Fitzgerald** • Zärtlich ist die Nacht • **Flaubert** • Madame Bovary • **Gorch Fock** • Seefahrt ist not! • **Theodor Fontane** • Effi Briest • **Robert Musil** • Über die Dummheit • **Edgar Wallace** • Der Frosch mit der Maske • **Jakob Wassermann** • Der Fall Maurizius • **Oscar Wilde** • Das Bildnis des Dorian Grey • **Émile Zola** • Germinal • **Stefan Zweig** • Schachnovelle • **Hugo von Hofmannsthal** • Der Tor und der Tod • **Anton Tschechow** • Ein Heiratsantrag • **Arthur Schnitzler** • Reigen • **Friedrich Schiller** • Kabale und Liebe • **Nicolo Machiavelli** • Der Fürst • **Gotthold E. Lessing** • Nathan der Weise • **Augustinus** • Die Bekenntnisse des heiligen Augustinus • **Marcus Aurelius** • Selbstbetrachtungen • **Charles Baudelaire** • Die Blumen des Bösen • **Harriett Stowe** • Onkel Toms Hütte • **Walter Benjamin** • Deutsche Menschen • **Hugo Bettauer** • Die Stadt ohne Juden • **Lewis Caroll** • *und viele mehr….*

Heinrich Mann

Die große Sache

Inhalt

Erstes Kapitel

Die große Laufbahn des Reichskanzlers Karl August Schattich vollzog sich in drei Abschnitten. Er kam aus mittleren Stellungen bei der Industrie. Eines Tages durfte er als Abgeordneter die Industrie in der Politik vertreten. Ja, dort gelangte er so schnell, als ob die Republik eigens für ihn errichtet wäre, auf den höchsten Posten. Unmöglich geworden, weil er seiner Auftraggeberin, der Industrie, als Reichskanzler zugewendet hatte aus öffentlichen Mitteln, was er irgend konnte, einmal gleich siebenhundert Millionen, kehrte er in ihre Mitte zurück.

Wir finden ihn in diesem dritten Abschnitt. Jetzt vertrat er umgekehrt bei der Industrie die Politik. Er wurde politischer Berater eines industriellen Konzerns. So konnte er ihm am besten nützen, ohne selbst dabei zu verlieren. Er gehörte sogar zu den vielfachsten Aufsichtsräten, sein jährliches Einkommen sank nie unter 400 000 Mark. Sein Feld waren die Beziehungen – nicht das Wissen um irgendeinen sachlichen Inhalt, nicht die Handhabung der Dinge, nicht, was Arbeit heißt, sondern die Beziehungen. Sein Feld waren Beratungssäle, Konferenztische und die Schlachtordnungen der Klubsessel. Er war ein Menschenbehandler, insoweit sie es zuließen. Sie ließen es aber aus Schlauheit zu, wie sie meinten. Denn so gut wie er hatten auch die anderen ihre Beziehungen, darunter ihn. Einer war immer des anderen Beziehung.

Reichskanzler a. D. Schattich blieb bei dem allen ein Führer, und niemand bezweifelte es. Sein so zeitgemäßer „Verein zur Rationalisierung Deutschlands" umfaßte alle, die, ohne die im Lande bestehenden Einrichtungen gewollt zu haben, jetzt wenigstens den Nutzen für sich beanspruchten. Reichskanzler a. D. Schattich, der Gründer des wichtigen und einflußreichen Vereins, erhielt ihn hauptsächlich dadurch aufrecht, daß er mit allem im ungewissen blieb. Er hatte gelernt, daß die Menschen nichts lieber und länger ertragen als das Unerfüllte, leere Hoffnung und das Wort ohne Sinn. Diese allgemeine Neigung kam seiner eigenen Natur entgegen. Angreifern erklärte er offen: „Ich bin entschlossen, mein Werk nicht dadurch zu gefährden, daß ich mich konkret ausdrücke" – was er auch gar nicht gekonnt hätte.

In Augenblicken, die nicht ohne innere Unsicherheit waren, half ihm eine Art wütender Kühnheit. Oft erhob er Anspruch auf etwas, das er seine überparteiliche Politik nannte – da sah man ihn wild entschlossen, keine

Meinung zu haben. Sein Kopf war haarlos. In einem seiner seltenen Zeitungsartikel war er dafür eingetreten, daß erst die völlige Haarlosigkeit, vereint mit der schon üblichen Bartlosigkeit, den modernen Mann mache. Er war nicht durchgedrungen. Sein zugleich hartes und verschwommenes Gesicht nahm seine Zuflucht zu der Haltung staatsmännischer Autorität, um nicht auszusehen wie all und jedes andere Gesicht der deutschen Gegenwart. Die Sorge des Reichskanzlers a. D., sich immer oben zu erhalten, hatte sein Gesicht etwas schmaler gestaltet, als für den Umfang des Körpers passend schien. Aber wer bemerkte dies, außer seiner Frau? Der große Porträtist, der ihn malte, bevor jene siebenhundert Millionen dem Schattichschen Leben einen Bruch zufügten, bemerkte es wohl. Er betonte Schlaffheit und Bleichheit, einen weichen Hals, einen schwammigen Mund, indes er auf den Schenkel des Staatsmannes eine geballte Faust legte.

Während des Abschnittes eins seiner Laufbahn, in den mittleren Stellungen bei der Industrie, hatte Dr. Karl August Schattich nur einen einzigen Anlaß besonderen Stolzes, seine Frau. Sie kam aus einer Familie von alten Reichen und brachte ihm 100 000 Mark Mitgift im Jahre 1911. Es blieb das einzige, was sie ihm jemals bringen sollte, denn der allzu gewohnte Reichtum der Ihren hielt den Gefahren der Zeit nicht stand. Sie verloren fast alles. Nora Schattich, ursprünglich die Gebende, sah sich seitdem in die Lage der unterhaltenen Frau versetzt. Die unvergleichliche wirtschaftliche Überlegenheit ihres Gatten nagte an ihr noch mehr, weil sie überzeugt war, sie stehe als Geist und Mensch turmhoch über Schattich. Tatsächlich durchschaute sie seine persönliche Politik und wußte, was von ihm übrigblieb, wenn man einige Geschicklichkeit abzog. Je mehr sie ihn verachtete, um so mehr bestaunte sie sein unmäßiges Glück. Einmal mußte es sich doch aber wenden, wenn es nicht geradezu ein Glück aus dem Märchen war. Mit großer Neugier wartete Nora Schattich darauf, daß es mit ihrem Gatten anders käme.

Er fühlte ihre Überlegenheit und leugnete sie nicht. Er wußte, daß er seinerzeit nur genehmigt worden war, um hinter die Liebe Noras zu einem hochadligen Offizier den Punkt zu setzen. Schon diese Erinnerung ordnete ihn ihr dauernd unter. Ferner bedrückten auch noch den Erfolgreichen ihre ästhetische Bildung, ihre gesellschaftliche Glätte und ihr damenhaftes Selbstbewußtsein. Sie vertrat die Dame von früher, die jede Tätigkeit, auch die nächstliegende, ablehnt. Sie hatten keine Kinder. Was ihn aber endgültig verhinderte, gegen sie aufzukommen, waren ihre körperlichen Maße, das ausgedehnte und grobe

Knochengerüst, ein Eigentum ihrer ganzen Familie. Das feste und weißhäutige Fleisch, das die Knochen der hübschen Person bedeckte, hatte im Lauf der Zeit aufgehört, ihm viel zu sagen; er betrog sie mit anderen. Aber die Achtung vor ihrem Gerüst verließ den mittleren Dickwanst nie. Er blieb ihr gegenüber, wie hoch er auch stieg, der kleine Mann – körperlich, in seiner Rede und nach seiner Herkunft. Nie vergaß er in ihrer Gegenwart, daß sein eigener Vater nur Unteroffizier und Schreiber beim Magistrat gewesen war. In allen anderen Verhältnissen bemühte er sich mit wechselndem Erfolg, an seine Vergangenheit nicht zu erinnern. Am schwersten ward es ihm, wenn er gut gelaunt war; man fand ihn dann leicht gewöhnlich. Dabei belustigte er sich so gern.

Er war der Meinung, daß das Vergnügen für jeden da sei. Die Armen hätten das ihre wie die Reichen. Jeder gelange übrigens im Leben genau dorthin, wo es für ihn das beste sei, und erreiche, was ihm zukomme. Wenn er selbst mit weniger als einer halben Million Jahreseinkommen sich nun einmal nicht zufriedengeben könne, sein alter Freund Birk habe mehr oder weniger genug an einem verschwindenden Bruchteil der Summe und müsse noch froh sein. Denn Oberingenieur Birk hatte schließlich sein Schicksal selbst ausgedrückt in der überwältigenden Zahl seiner Kinder. Genau dies Schicksal gebührte dem Manne, der mit seiner lieben Frau sieben Kinder zeugte. Sechs davon lebten. Schattich hatte sie gezählt und vergewisserte sich manchmal, daß noch alle da waren.

Oberingenieur Birk war ein Mensch voll Seltsamkeit im Gewöhnlichsten. Er arbeitete fast immer, wie jetzt die meisten. Er hatte Kinder, wie wir, und fürchtete den Tod, wie die ganze Natur. Jeden Morgen um sieben ging er mit seinem braven Gesicht zur Arbeit, nicht anders als seine Monteure – jetzt zum Beispiel, da er uns zuerst begegnet, stieg er auf seine 42 Meter hohe Eisenbahnbrücke, sein noch unfertiges Werk. Dabei war er nun über die Mitte der Fünfzig hinaus und behauptete immerhin eine gehobene Stellung in dem Konzern, wo Schattich einer der Führer war. Es lag im Grunde hiermit wie mit seinen sieben Kindern. Hatte man denn mutwillig so viele? Nein; aber Birk sagte sich, was er wußte: wir sollen arbeiten, Kinder haben und sterben. Eins ist nicht trauriger als das andere; wir müssen es nur erträglich machen durch Hingabe und durch Ironie. Beide, Ironie und Hingabe, führten dazu, daß er übertrieb, zu viel arbeitete und zu viele Kinder hatte. Was den Tod betraf –

Er wich ihm nicht mehr ganz entschlossen aus; es war die ewige Klage seiner Frau gewesen. Er setzte sich Betriebsunfällen aus, er, der nichts hinterlassen hätte als eine kaum mittelhohe Versicherung. Er neigte zum ironischen Ertragen des Übels; gerade darum war es mit ihm bergab gegangen in Zeiten, die für Aufstiege wie den des Reichskanzlers Schattich so glänzende Gelegenheiten geboten hatten. 1928 kam noch der Verlust der Frau hinzu. Bevor sie starb, wollte sie ihm eine Art Dank sagen, soviel er verstand. Kein Vorwurf sollte zurückbleiben. Er erwiderte in die Nacht hinein, wo sie halb schon war: „Ich hätte dich ebensogut verlassen und unser Geld durchbringen können. Ich fühle mich in meinem Wesen, als hätte ich noch viel mehr getan."

Er war seit seiner Jugend ein erfolgreicher Techniker. In Kleinasien und in Rußland hatte er Brücken und Straßen gebaut, zuerst unter der Leitung anderer, dann aber persönlich dazu berufen. Sein Name machte den Weg durch die Welt, den, alle verschiedenen Gebiete unserer Tätigkeit zusammengerechnet, doch nur einige hundert Namen machen. Schon zur Zeit der letzten Pariser Weltausstellung 1900 war Birk so weit, daß er dem obersten internationalen Ausschuß angehörte.

Seine zahlreichen selbständigen Arbeiten hatten ihm ein Vermögen eingetragen, das immer in bürgerlichen Grenzen blieb. Aber es hätte seinen Kindern über die schwierigen Anfänge forthelfen können. Statt dessen verschlang die Inflation 1920-23 es restlos. Damals wunderte Schattich sich nicht schlecht über seinen Jugendfreund. Sie wohnten noch nicht am gleichen Ort, viel weniger im selben Hause wie später; aber sie begegneten einander in Berlin oder sonstwo, und jedesmal ließ Schattich sich berichten, wieviel Birk schon wieder verloren hatte. Schattich selbst fing gerade damals an, groß zu verdienen, und der Vermögensverfall des anderen weckte seine Teilnahme als Gegenbeispiel. Er klopfte Birk auf den Arm, lachte und bedauerte ihn, wie man das tut. Aber seine stille Genugtuung sagte ihm, alles sei in Ordnung und eine innere Gerechtigkeit walte. Daher hütete er sich, Birk jemals finanziell zu beraten; oder höchstens beriet er ihn falsch. Dies bedeutete eine Probe. Hätte Birk noch irgendeine Berechtigung gehabt, zu den Besitzenden zu gehören, würde er den Rat Schattichs nicht befolgt haben.

Im Sommer 1922 gab Birk sein väterliches Erbe aus. Er hatte es immer getrennt, es hatte ihm sowohl sein Studium wie seine ersten Arbeiten ermöglicht. Als alles von ihm selbst Erworbene von selbst zerronnen war, blieben ihm, wie in seiner Jugend, wieder nur die 60 000 Mark, sein Anteil an dem Nachlaß seines Vaters. Jetzt freilich war ihr Wert so sehr verringert, daß er davon mit den Seinen gerade sechs Wochen im Gebirge sich erholen konnte. Dann hatte Oberingenieur Birk als Kapitalist ausgelitten und erwachte als Proletarier.

Er fand es zuerst nicht leicht, mit fünfzig Jahren die gesellschaftliche Klasse zu wechseln. Schon seine Vorfahren in langer Reihe waren wohlhabend gewesen. Jeder hatte wieder mit frischer Kraft zu arbeiten angefangen, aber doch immer geschützt vor der Not und einigermaßen versichert, daß es sich lohnen werde. Das war nun aus, sowohl für Reinhold Birk wie für seine Nachkommenschaft. Zugleich mit dem Geld endete auch die Selbständigkeit. Man konnte nicht länger wie ein Tenor auf gutbezahlte Auslandsgastspiele gehen. Birk mußte sich von seinem Jugendfreund Schattich recht und schlecht anstellen lassen und noch dankbar sein. Im Zusammenhang mit allen diesen Verlusten ging noch etwas anderes verloren: der persönliche Name. Die Berühmtheiten tauchten zu dieser Zeit in das anonyme Heer der Arbeit zurück. Keineswegs, daß sie nicht mehr genannt und gezeigt worden wären, aber es geschah in Gesellschaft tausend anderer. Allein die Zeitschrift dieses Konzerns führte vierzehntägig etwa siebenzig verdiente Techniker aller Grade ihnen selbst und der Mitwelt im Bilde vor.

War der neue Zustand aber schwer, so spannte er dafür doch die Kräfte eines Alternden unverhofft an, machte ihn beweglicher, sorgloser und stellte seine Verbindung mit den jungen Leuten her. Die hatten das Leben nie anders gekannt, als wie es jetzt geworden war. Sie wurden gleich anfangs von ihm dafür geschult, sich nicht zu fürchten, weder vor der ungesicherten Zukunft noch besonders vor der jeden Augenblick drohenden Arbeitslosigkeit. Natürlich fürchteten sie sich dennoch; aber wenn Birk seinen eigenen Schwiegersohn, Emanuel Rapp, ansah – eine Art Bewegungsrausch half dem Jungen hinweg über die Existenzangst. Der Junge hatte ein gutes Dutzend Berufe hinter sich, die Gelegenheitsarbeiten und den Kriegsdienst nicht mitgerechnet. Das war viel, wenn einer nichts gelernt hatte. Beamter des Konzerns war er auch nur ohne geprüfte Vorbildung und durch Zufall geworden. Es gelang vermöge seiner Heirat mit Margo Birk, der Tochter des Oberingenieurs. Warum Margo? Ihre Schwester Inge hätte vielleicht besser zu ihm gepaßt, die war ungehemmter und scheinbar zeitgemäßer als die Träumerin. Aber nur dem Vater gab es zu denken, daß Margo träumte. Die Mutter hielt sich dabei nicht auf. Frau Ella Birk sah, solange sie lebte, keine anderen Unterschiede zwischen ihren Kindern als die mehr oder weniger feste Gesundheit und die Aussichten auf Glück, die jedes von ihnen in sich trug. Sie glaubte nicht, daß alle keß und sachlich sein müßten. Margo schien ihr richtig veranlagt und jedenfalls mehr wert, als nur die Frau dieses Emanuel zu sein. Aber ihr Widerspruch gegen die Heirat war vergeblich gewesen, Birk hatte sich in den Jungen nun einmal verliebt. Die Mutter warf ihm vor, er ziehe ihn allen seinen eigenen Kindern vor. Man konnte es glauben.

Aber was wollte Frau Birk, wenn sie ihrer Tochter den Mann verdachte? Er hatte freilich nichts gelernt, war ein unruhiger Kopf, bisher noch ohne Ausdauer und bestimmte Richtung. Emanuel Rapp fügte dem Hause Birk gewiß kein Mehr hinzu. Aber die Familie von Bottin, aus der Frau Birk kam, war ihrerseits eine völlige Niete, verschuldeter Landadel, der durch die neueren Umschichtungen an Einfluß nicht gerade gewonnen hatte. Auf dem Weg ihres Gatten war sie auch früher nur immer mitgenommen worden, sie hatte ihm nichts nützen dürfen. Nora Schattich förderte wenigstens die Anfänge des großen Mannes, bevor sie gegen ihn in Nachteil geriet. Sie war daheim in Bezirken, zu denen er erst hinstrebte. Ella Birk hätte ihr Leben lang nichts auszuspielen gehabt gegen ihren Mann, als daß sie von Adel war. Glücklicherweise war es unnötig, denn sie liebten einander.

Sie wußte genau, was sie an ihm hatte, an dem Vater ihrer sieben Kinder, das tote mitgerechnet – der sie sonst nicht oft ansah, sie wenig unterhielt und unausgesetzt für sich allein in Entwürfen und schwerwiegenden Ausführungen saß. Er lebte dennoch umgeben von ihnen allen, und das hin und her geleitete Gefühl belebte gleichwohl ihn und sie. Er liebte kleine Kinder, daher hielt sie ihn für gut. In anderer Hinsicht fand sie ihn gar nicht gut: nämlich, weil er ihr so viele gemacht hatte. Sie hätte selbst um keines weniger haben wollen, aber der gewissenlose Birk hatte sie mit der Mutterschaft vielleicht doch nur beschäftigt und sozusagen mattgesetzt? Das war ihm gelungen. Sie durfte nichts mehr kennen, außer dem Dienst an den Ihren – besonders seit dem Verlust des Vermögens. In Stunden der Müdigkeit und Gereiztheit häufte sie alle Schuld auf das Haupt des Mannes – auch die Schuld daran, daß das eine hatte sterben müssen. Er hatte dann ihr ganzes Leben zerstört. Sie saß eine Weile da und war adelig, bis die Kleinsten nach ihr riefen.

Die Umstände erzogen eine schon nicht mehr junge Frau zur Selbständigkeit; eigentlich verlangte Ella Birk nach mehr Führung. Der Mann führte nicht mehr, wie früher – zum Beispiel noch ihr Vater auf Klein-Bottin, ihrem Gute. Die Geldlosigkeit machte alle gleich, auch die Gatten. Sie versuchte, dem Mann ihren guten alten Bruder auf Klein-Bottin vorzuhalten; aber was hieß das, wenn der Bruder ihr nicht einmal mehr die kleine Rente aus dem Familiengut auszahlen konnte. Sie mußte selbst sorgen. Sie hielt den bürgerlichen Stil des Hauses aufrecht mit der Präzisionsmechanik ihres Hausfrauentalentes. Dabei blieb sie sogar elegant. Aber in Augenblicken der Härte sagte sie zu Birk: „Was soll aus uns allen werden, wenn dir etwas zustößt?“ Er gab im Inneren zu, daß er sich vor ihr nicht verantworten konnte, daher überließ er ihr seine Einnahmen und vermutete, daß sie irgend etwas erübrigte und in Geschäften anlegte – er ließ dahingestellt, in welchen. Als sie starb, stellte sich heraus, daß sie sich an einem Kino beteiligt hatte und daß sie dort noch Geld schuldete.

Wohin zwei Gatten, deren Jugend zu Ende war, in diesen Zeiten noch gelangten! Eine Frau wie Ella Birk, durch Existenzangst zur Revolte getrieben, brachte es fertig, ihrem Reinhold mit Betrug zu drohen – worauf er ihr den jungen Neger im Café Central empfahl; der werde zwar viel beansprucht. Schon während er dies aussprach, wußte er, daß er hart und taktlos war. Sie fragte: „Warum wolltest du alle die Kinder haben?“ Er antwortete: „Damit ich Grund hatte, so furchtbar viel zu arbeiten“ – womit er die Selbstsucht seines Gehirnes anklagte. Aber sie mißverstand es. Trotz Ungeduld, Mißverstehen und der manchmal aufdämmernden Feindseligkeit hielten sie zusammen. Die Erinnerung an ihre sorglose Jugend drängte sie aneinander, da konnten keine Vorwürfe sie trennen. Sie litten unter einander und hofften doch, wenn sie getrennt waren, an jeder Straßenbiegung auf das Erscheinen des anderen. Sie liebten einander wohl in den Kindern, aber noch mehr in dem, was sie selbst gewesen waren. Ein Ton von damals, den nur du kennst, ein tieferer Blick in dein gealtertes Gesicht, und alles stand wieder auf. Einer horchte, wenn der andere sprach, auf eine provinzielle Redewendung, die hierherum niemand kannte. Dies alles endete 1928.

Birk liebte kleine Kinder, und in dem fröhlichen Lachen eines kleinen Kindes schien ihm alles überhaupt denkbare Glück der Erde vereinigt. Er bemerkte selbst, daß er schon sehr bescheiden geworden sein müsse hinsichtlich des Glückes. Seine Frau ihrerseits entsetzte sich, wenn sie erfuhr, daß er sogar fremden Kindern oder ihren Eltern geholfen hatte, indes seine eigenen unversorgt waren. Er hätte sich wahrhaftig damit begnügen können, von seinem Fenster aus im öffentlichen Park die Vögel zu füttern. Sie erschrak aber im Grunde über die Nachdenklichkeit, die aus solchen Handlungen sprach. Früher war mit ihm alles nüchterner und stärker zugegangen. Es war leichter faßbar gewesen für Laien.

Dies fand er selbst. Aber sein Dasein als erfolgreicher Techniker erschien ihm nachträglich etwas zu genau ausgerechnet. Er würde, wenn nicht alles Erworbene auf außergewöhnliche Art verlorengegangen wäre, vermutlich sehr reich geworden sein. Ingenieure waren schon hoch gestiegen. Dann, so dachte Birk, waren sie aber kaum noch Ingenieure, und das Vorrecht ihrer hohen Stellung war, daß sie andere verhinderten, für ihre Arbeit den richtigen Lohn zu fordern. Man hatte im Leben die Wahl zwischen Arbeit, Beziehungen und Verbrechen – sagte Birk. Vielmehr, man hatte nicht ganz die Wahl, nur konnte man zwei von ihnen zurückdrängen und in den gebotenen Grenzen halten. Persönlich hatte er sich immer nach Möglichkeit allein der Arbeit anvertraut. Er fand dies auch jetzt noch richtig, sah aber, daß sie zu nichts mehr führte. Das sah jeder.

Jeder sah, daß wir arbeiten müssen ohne Hoffnung auf übertriebene Belohnung. Sie zogen nur nicht die Folgerung, meinte Oberingenieur Birk. Es wäre so einfach, nichts weiter zu verlangen als die Arbeit selbst und unsere ziemlich gleichbemessene Notdurft. Aber sage dies einer den jungen Leuten! Sie sind nicht zufrieden mit einem Dasein, das ihnen von Anfang an restlos abgekauft wird von den großen Gesellschaften. Lebenslang nur der Bruchteil einer Kraft zu bleiben, nie selbst die ganze Kraft – die Aussicht machte sie widerspenstig oder schwach. Birk war eigentlich froh, daß es seinen Schwiegersohn Rapp widerspenstig machte.

Er liebte den Jungen, wie er nie geglaubt hätte, daß wir fremde Daseinsformen lieben und zu den unseren machen können. Tatsächlich hatten die Ereignisse gewollt, daß sein eigenes neueres Schicksal mehr dem der jungen Leute glich als einer Fortsetzung seines früheren. Er sah sich selbst, wenn er wollte, in der Rolle des empörten Jungen, der, endlich der Benachteiligungen müde, irgendein gegen ihn gerichtetes Gesetz über den Haufen wirft. Aber der Siebenundfünfzigjährige hatte doch mehr Lust, diese Rolle dem Dreißigjährigen zu übertragen. Daher hatte Birk sich letzthin sogar etwas ausgedacht, womit er Emanuel Rapp ganz und gar in Aufruhr zu versetzen hoffte. Die Sache lag fertig da und wartete nur auf ihre Gelegenheit. Birk verfolgte im Grunde erzieherische Absichten, gab freilich zu, daß sie gewagt waren. Er gehörte zu den älteren Leuten, die gegen Ende allmählich kühner werden. Dem entsprach die Sache, die er vorhatte.

Ihr letzter Ertrag sollte Freude sein, so meinte er: mehr Freude an dem Leben, wie es nun ist. Er hoffte der Jugend zeigen zu können, daß von den äußeren Bedingungen, die uns die Welt aufdrängt, alles, nur nicht die Freiheit unserer Seele abhängt. Birk trug sich mit drei Forderungen an sich und die Seinen: Lerne verantworten! Lerne ertragen! Lerne dich freuen!

Zweites Kapitel

Die Brücke überspannte alles zwischen der Stadt und den Industriebauten, die eine neue Stadt waren. Die Brücke führte in 42 Meter Höhe über Fluß, Kanal und Schienennetz. Sie bot den umfassendsten Ausblick, wenn jemand inmitten der Arbeiter ihr noch unfertiges Gerüst bestieg. Oberingenieur Birk hatte an schlechten Tagen droben ausgehalten, er stand auch am schönsten Morgen des Mai 1929 auf seiner Brücke. Es war ein erster, später Frühlingstag. Er forderte die Augen heraus, in die Luft zu schweifen; denn die Umrisse aller Gebäude, der alten drüben, der neuen hier, zerflossen darin, sie wurden leicht, und dies erleichterte auch das Herz.

Oberingenieur Birk sah einen Augenblick zu lange in die Frühlingsluft. Die Arbeiter in seiner Nähe retteten sich sämtlich vor dem schwingenden Balken. Ein eiserner Tragbalken, der heraufgewunden wurde, kam ins Schleudern. Es war eine ungeheure Last; von ihr nur gestreift zu werden konnte einen Menschen dauernd arbeitsunfähig machen. Birk wurde gestreift. Er brach zusammen, die Schreckensrufe hörte er schon nicht mehr.

Die Leute, die ihn aufhoben, fanden ihn so bleich mit seinen geschlossenen Augen, daß sie glaubten, es sei mit ihm zu Ende. Unten angelangt, es war schwer gewesen, sah er sie aber an und verlangte, nicht nach Hause, sondern ins Krankenhaus gebracht zu werden. Er wollte zu seinem Sohn in das Krankenhaus links des Flusses, schon in der Industriestadt. Es war übrigens näher, und seine Arbeiter brachten ihn, ohne erst das Krankenauto zu erwarten, auf ihren Händen hin. Sie hätten es für keinen anderen getan. Der junge Arzt untersuchte seinen Vater, als sie allein waren. Er hatte sogar die Oberschwester hinausgeschickt in seiner Erregung, jetzt fand er aber nur Quetschungen. „Ich habe auch nichts weiter“, sagte der Vater.

Auf die wortlosen Fragen seines Sohnes antwortete er: „Ich bin vom bloßem Schrecken ohnmächtig geworden. Es war nicht einmal mein eigener Schrecken – nein, ich dachte, als der Balken auf mich losfuhr, an deine Mutter. Deine Mutter ist tot. Aber wie wäre sie erschrocken! Als ich damals plötzlich operiert werden mußte, rief sie: „Jetzt geht die Welt unter!“ Daran dachte ich, wie der Balken kam, und verlor dann auch pünktlich das Bewußtsein – ihr Bewußtsein, sozusagen.“

„Du bist in acht Tagen wieder auf den Beinen“, versicherte der Sohn. „So lange behalte ich dich hier.“

„Nett von dir, Rolf. Übrigens kommt es mir nicht ungelegen, daß ich einmal ausruhen kann."

„Ich verstehe", sagte Rolf. Auch er selbst hatte schon verlernt, auszuruhen.

Birk sagte noch: „Der Unglücksfall gibt mir wenigstens Gelegenheit, meine Gedanken zu ordnen. Manche kleinen Pläne kämen sonst nie zur Ausführung. Es gibt im Leben doch noch andere Pläne, als was man zeichnet und ausrechnet."

Er machte eine Pause, dann bat er den Sohn, zu telefonieren – an die hiesige Leitung des Konzerns natürlich, dann aber auch an die anderen Kinder. Mehrere von ihnen waren in den Büros des Konzerns erreichbar, die älteste Tochter Ella in ihrer Wohnung, die beiden Jüngsten vielleicht in ihren Fortbildungsschulen. Als Rolf schon gehen wollte, äußerte sein Vater einen etwas auffallenden Wunsch.

„Lasse sie nicht glauben, es wäre überhaupt nichts von Bedeutung. Du verstehst –"

Der junge Arzt verstand nicht im geringsten.

„Es wäre doch nicht rühmlich für mich." Birk schien sich dies erst zurechtzulegen.

„Dreißig Jahre lang hat man sozusagen darauf gewartet, und dann macht man sich lächerlich mit einer Quetschung. Sprich wenigstens von Komplikationen, die du nicht vorhersehen kannst!"

Der Sohn nahm an, daß sein Vater von der Übertreibung materielle Vorteile erwartete. Er kannte ihn noch nicht so, wußte aber schon, wie man jetzt wird.

Es war ein Sonnabend, die Kinder konnten bald kommen. Birk lag die noch übrige Zeit in Gedanken, auch in dem Gedanken an Ella. Sie hieß nach ihrer Mutter, sie war die älteste Tochter, und sie war ihm bös. Er hatte sich als Vater nicht bewährt, wie sie und ihr Gatte meinten. Er hatte die ihr versprochene Mitgift zu nichts werden lassen, denn als sie heirateten, wütete die Inflation. Der Mann wollte es nicht verzeihen, daher auch Ella nicht. Birk hoffte, daß sie es bedauerte; ihn selbst quälte der Gedanke, sooft er für ihn Zeit hatte.

Jetzt fragte er sich, zwischen anderen Sorgen, immer wieder: wird Ella kommen? Er war gewiß, daß Inge und Margo, die mittleren, kamen. War irgend jemand noch pünktlicher, dann sicher Emanuel, der junge Gatte Margos. Birk hatte viele Kinder, die ihn liebten; die eine Ella aber beschäftigte ihn in seiner

Lage mehr, als ihr zukam. Daran merkte er, daß es schwer gewesen wäre, plötzlich Abschied zu nehmen.

Er hatte schon einmal sich ohne jede Vorbereitung trennen müssen – von der Kleinen. Sie war lange Zeit die Jüngste gewesen und hieß immer noch die Kleine. Die Eltern hatten das Kind in einem Augenblick, als die Armut unausweichlich schien, in die Lehre gegeben. Es war ein Blumengeschäft, die Kleine trug Kränze aus. An dem Morgen, als sie sterben sollte, war der Kranz besonders schwer; sie kam nicht schnell genug über den Fahrdamm, so erfaßte sie das Lastauto. Der Kranz wurde beschädigt, daher konnte er später ohne Mehrkosten auf ihrem eigenen Sarge liegen.

Birk hatte augenscheinlich Fieber. Gewesenes nahm zu genaue Formen an; das tote Kind trat leibhaftig zu den sechs Lebenden, deren eins ihm auch schon starb. Um so mehr bemühte er sich, zu klären, was er gerade jetzt zum Besten derer, die noch sein waren, vorhatte und sich ausdachte. Er war überzeugt, daß sie eine handgreifliche Lehre brauchten, um ein für alle Male das Leben richtig zu erfassen. Die von ihm geplante konnte schlimm ausgehen, er hatte gezögert, solange er ganz gesund war. Sein jetziger Zustand ließ ihn die Dinge weniger gefährlich sehen.

Die erste, die ankam, war Inge. Er hätte es vorauswissen sollen: Inge, die Leichteste, die Schnellste. Sie rief gleich bei der Tür: „Pappi! Was machst du für Dummheiten!“

So und nicht anders hätte er es sich von ihr gewünscht.

„Inge, mein Liebling“, sagte er leise, ob aus körperlicher Schwäche oder nur infolge seiner Nachdenklichkeit. „Es wurde langweilig, findest du nicht? Etwas mußte geschehen.“

„Dann doch lieber mir!“ rief sie bereitwillig.

„Aber Inge, du hast mit deiner vorigen Liebe so schwere Erfahrungen gemacht.“

„Das ist wahr, Pappi. Der Junge war fromm. Stell dir das vor, mal hat er mich ausgesperrt, weil er meinetwegen in die Hölle kommt. Aber er hatte wieder seine bestechende Seite, er konnte so schön pfeifen.“

Sie sprach wunderhübsch, Inge hatte eine Stimme voll Kraft und Klang. Ihr bürgerlicher Vater wußte genau, daß sie in Wahrheit nichts schwernahm; sagte er das Gegenteil, war es ironisch gemeint. Ihm selbst gingen ihre Erlebnisse länger nach als ihr. Er empfand sich als ungehörig, wenn er offen mit ihr über ihre Abenteuer sprach, daher seine Ironie. Indessen war ihm klar genug, daß ein Mädchen, das arbeitete, auch ihrer Natur folgen konnte. Die Natur Inges war, mutig und leicht zu sein.

Margo und ihr Mann trafen gleichzeitig ein. Emanuel Rapp, ein Zeitgenosse, der dem Leben alles mögliche zutraute, schien durch seinen Unglücksfall ergriffen wie nie. Birk neigte sonst zum Zweifel; aber erstens, warum sollte der arme Junge sich anstrengen, um eine zitternde Stimme nachzuahmen, und absichtlich seine Glieder aus der Gewalt verlieren. Außerdem erinnerte sich sein Schwiegervater, daß Emanuel, falls er selbst verschwand, fürchten mußte, abgebaut zu werden. Die ehrlichste Zuneigung war nicht genug, damit wir aneinander hingen. Hinzukommen mußte das Interesse, bei uns Armen! So bedachte Birk, und die Folge war, daß er kränker und verfallener aussah.

Er lächelte aber seiner Tochter Margo zu. Sie überließ ihm die Hand, nach der er verlangte. Ihre forschenden dunklen Augen blieben völlig ernst. Genauso würde ihre Mutter ihn betrachtet haben im Augenblick der Katastrophe, die sie so lange erwartet hatte!

„Ich mache euch die Sorgen nicht gern", versicherte der Kranke zu seiner Entschuldigung. „Sollte es tatsächlich mit mir aus sein, will ich euch folgendes sagen."

Hier trat Rolf ein. Der Arzt blieb vor Staunen starr: seine drei Geschwister stehend versammelt um den Vater, der Abschiedsworte sprach – alles wegen einer Quetschung! Andererseits war er überzeugt von der Urteilskraft seines Vaters, kannte auch seine Art, mit Kunstgriffen zu erziehen. Diese Komödie mußte einen Zweck haben – dachte Rolf, da erhielt er auch schon den schnellen Blick, der ihn ermahnte, ruhig zu bleiben.

„Ich will euch sagen", wiederholte Birk, „daß ihr in der Hauptsache auf euch selbst gestellt sein werdet. Ihr verzieht keine Miene, ihr habt es euch schon gedacht. Mein Schutz, lieber Em, würde dich auch nicht davor bewahrt haben, aus deiner Stellung zu fliegen, wenn du nicht ein Junge wärest, der sich richtig legt."

„Das walte Gott. Schon mehr als zwanzigmal habe ich mich in allerlei Berufen richtig gelegt."

„Nun siehst du. Und auch die beiden Mädchen nimmst du leicht noch mit. Außerdem haben sie selbst gerade genug Sinn für die Wirklichkeit."

„Sei völlig beruhigt!" bat Inge. Ihr glaubte er es.

Margo schwieg. Aber er bemerkte, daß ihre forschenden Augen bereit waren, feucht zu werden. Da fühlte er erst selbst, was es geheißen hätte, diese armen und schönen jungen Leute allein zu lassen. Sie schienen ihm ungewöhnlich schön: blond und vollendet gewachsen die eine, die andere, dunkle, von einer ihm unbekannten Ausgeglichenheit des Leibes und der Seele, Ihnen gesellte sich ein junger Mensch –

Er hörte Margo schluchzen und erschrak. Sie hatte genau in dem Augenblick aufgeschluchzt, als er von ihr zu Emanuel sah. Vielleicht hatte sie Gründe, besondere und schlimme Gründe, den Tod des Vaters zu fürchten. Der junge Mensch, dem sie gehörte, mit seinem glatten Haar und glatten Gesicht! Vom Sport geübt, nicht überentwickelt, nur gelöst und gekräftigt, dazu der Ausdruck von Klarheit und Bereitschaft! So waren wir nie, dachte Birk.

Dafür freilich war so einer ungefestigt – in einer ungefestigten Welt, dachte Birk. Er hatte nicht „fertig" studiert, dazu ließen weder Krieg noch Frieden ihn kommen; auch füllte er keinen Beruf von Natur aus. Jeder andere Junge hätte ihn ersetzen können und er jeden anderen. So waren sie. Wenn es nur nicht ähnlich stand zwischen ihm und Margo, die schluchzte. Waren auch dort beide ersetzbar? Dies befürchtete der Vater, wenn er ansah, was er gegebenen Falles zurückließ.

Nur mit Rolf stand es so günstig wie möglich. Er war der einzige, der sich ohne Zuschuß selbst erhielt. Sein Fach hatte ihn etwas freier erhalten von den Krisen des Erwerbes und denen der Menschennatur. Er ging noch immer dieselbe Bahn, das kannte sein Vater. Das hatte er selbst gehabt, und es langweilte ihn. Die drei Abenteurer standen heute seinem eigenen Empfinden näher. Sie konnten zugrunde gehen, und sie konnten auch sehr glücklich werden. Birk, der für seine Person weder dies noch jenes mehr zu erwarten hatte, liebte es, die ungewissen, erst bevorstehenden Schicksale mitzufühlen. Er war geradezu begierig auf das Verhalten der Kinder bei den Eröffnungen, die er ihnen machen wollte.

„Zur Sache!" sagte er. „Ich habe etwas erfunden. Ihr sollt es verwerten, falls ich nicht mehr dazu komme. Es ist ein Sprengstoff – der stärkste, der bisher erfunden ist. Ein Sprengstoff von äußerster Brisanz wird gerade verlangt, unser

Konzern wird ihn euch abkaufen. Ihr seid dann gegen das Schlimmste doch gedeckt."

Seine Stimme senkte sich, sie sahen, daß er genug gesprochen hatte und einschlafen wollte.

„Großartig!" rief Emanuel gedämpft. „Solch eine Überraschung, und was ist Brisanz?"

„Ich muß mich wundern, Pappi. Damit kommst du erst jetzt? Heimlichtuer?" Das war Inge.

„Ich möchte doch lieber, daß Papa seine Erfindung selbst verwertet", hörten sie hierauf Margo sagen. Gleich beteuerten die beiden anderen: „Das sowieso. Pappi wird bald gesund werden. Wie lange dauert es, Rolf, bis unser lieber Vater aufgestanden ist?"

Rolf, der von Birk wieder den schnellen Blick erhielt, zuckte die Schultern.

„Das kann man bei diesen Sachen nie wissen", sprach er und kam sich schon wie ein Schauspieler vor.

„Gott sei Dank! Pappi hat etwas erfunden", sagte Inge mit einem langen Seufzer. „Ich möchte wohl mal vier Wochen nur Dame sein."

„Vier Wochen?" Emanuel überzeugte sich, daß die Augen seines Schwiegervaters fest geschlossen waren. „Das ganze Leben lang, mein Kind! Wir alle haben ausgesorgt. Das ist die Erfindung, auf die man wartet, sage ich euch."

„Warum gerade auf die?" fragte der besonnene Rolf.

„Wie? Ein Sprengmittel von äußerster – Nun also, ein erstklassiges Sprengmittel, ich mache euch damit zu Millionären. Glaubst du es, Margo?"

„Alles!" beteuerte die stille Margo und bekam Leidenschaft. „Ich will alles glauben, wenn dich nur dein Leben wieder freut, Em."

„Freut es einen von uns?" wollte er wissen. Inge antwortete:

„Man kann sich ausleben. Sonst hat man nichts."

„Der Sport?" schlug Rolf vor. „Ihr seid doch auf allen Sportplätzen."

Margo hatte ihre Ruhe ganz verloren.

„Spiele ich zum Vergnügen so schrecklich viel Tennis? Setze ich uns jeden Sonntag den furchtbarsten Autounfällen aus? Das Büro ist nur so drückend, man muß wieder Luft bekommen."

„Und es läßt uns zu viel Kraft übrig", erklärte Emanuel. „Wen soll die Arbeit anspannen?"

„Wenn sie nie zu was führt", erklärte Inge.

„Höchstens zur Entlassung", schloß Margo. Da machten alle eine Pause.

„Wie lange dauert es, bis man überaltert ist?" fragte einer. Die anderen dachten es gleichzeitig.

Sie schwiegen nochmals. Dann wieder eine Stimme: „Und wer bestimmt über uns? Das ist geheim. Es kann jemand sein, den wir nie zu sehen bekommen."

Alle drei flüsterten einen Namen: „Karl der Große."

„Unsinn!" rief endlich Emanuel und schüttelte sich. „Die höchsten Gipfel des Konzerns werden sich gerade mit uns beschäftigen. Dafür sind die unteren Prominenten da."

„Schattich!" meinten Margo und Inge. Ihr Bruder Rolf vermutete dagegen, daß selbst der frühere Reichskanzler, wenn auch weniger unsichtbar als jene höchste Person, die Karl der Große hieß, in ihr bescheidenes Leben doch schwerlich eingreifen werde.

„Dafür seid ihr noch nicht wichtig genug", erklärte der Arzt offen.

„Wir sind jung", sagte Inge tapfer. Margo ergänzte: „Wir brauchen keine Angst zu haben wegen der Arbeitslosenziffer."

„Aber wir haben doch Angst", erwiderte Emanuel, verlegen über sein Geständnis. „Unser guter Vater ganz allein hält uns bis jetzt außerhalb der großen Masse. Wenn er nicht mehr da wäre, müßten auch wir, wie alle anderen, acht Tage nach der Entlassung anfangen zu hungern."

Alle Augen verweilten auf dem bleichen, geschlossenen Gesicht Birks, und im Zimmer war es still.

„Nein", rief Emanuel stärker, als er vor dem ruhenden Kranken gedurft hätte. „Wir sind jung. Wir wollen nicht nur leben – ohne Angst leben – und leben, ohne uns zu verkaufen. Wir wollen sogar Einfluß und Macht bekommen, bevor es zu spät ist, bevor die große Maschine uns endgültig schluckt! Dafür haben wir jetzt die Erfindung, sie soll alles von Grund auf ändern."

„Der Sprengstoff?"

„Das Sprengmittel von äußerster – ihr wißt schon. Wie kann Papa die Sorge haben, daß wir künftig noch auf unsere Arbeitskraft allein gestellt sind."

Er flüsterte eifrig.

„Dann unterschätzt er doch bedeutend die Möglichkeiten, die gegeben sind, wenn man eine solche Erfindung an Hand hat. Papa ist der wertvollste Mensch, den ich kenne, aber er hat zu wenig Selbstvertrauen."

„Darin ist er alte Schule", schob Inge ein.

„Er hat die Erfindung gemacht. Ich werde sie richtig aufziehen."

„Dazu müßte er doch erst – Er überläßt sie uns nur für den Fall, daß er –"

Margo brachte dies kaum hörbar vor. Aber sie hatten verstanden.

Inge sagt schnell: „Pappi wird gesund werden. Dann überläßt er es Em, die Erfindung zu verwerten. Klar, daß nur Em das kann!"

Margo antwortete nicht, denn sie fand dies nicht so klar. Warum fand Inge es? Margo betrachtete die beiden, aber sie schienen gerade gar nichts miteinander zu tun zu haben. Inge war fragend zu Rolf gewendet, Emanuel sah nach, ob Birk wirklich schlief.

„Wir wollen gehen", sagte Margo. „Sonst wecken wir Papa noch auf. Ich komme später noch einmal", erklärte sie ihrem Bruder, dem Arzt. „Oder findest du es richtig, daß ich allein hierbleibe und mich still hinsetze?"

Sie tat, als beachtete sie die beiden anderen gar nicht, obwohl sie in diesem Augenblick nur Sinn hatte für das Verhalten ihrer Schwester und ihres Mannes.

„Das ist das beste", bestimmte Emanuel. „Du bleibst hier. Ich gehe inzwischen in die Afa, ich brauche etwas für das Auto, morgen ist Sonntag."

„Ich habe denselben Weg", entschied Inge – und während sie schon ihre Sachen anzog: „Morgen werden wir nicht weit fortfahren, wegen Pappi."

Sie war unbefangen, sie zeigte sogar Herz. Margo warf es sich vor, daß sie ihrer Schwester nicht mehr traute. Aber so war es nun.

Als Emanuel die Tür schon geöffnet hatte, fiel ihm das Sprengmittel wieder ein.

„Wo ist es denn? Ich muß es den Leuten doch zeigen können."

Inge meinte: „Sie kennen Papa, sie werden dir glauben. Sage einfach, es ist ein Sprengstoff –"

„Von äußerster –", fuhr der Junge fort, „von äußerster –"

„Brisanz", sagte Birk, der die Augen aufschlug.

„Ach, du schläfst nicht?" fragten sie überrascht. „Seit wann bist du wach?" fragten sie. Denn nicht alles, was man sprach, war für die Älteren bestimmt.

„Habe ich geschlafen?" fragte Birk dagegen. „Das letzte, das ich hörte, war: was ist eigentlich Brisanz? Ist das schon so lange her?"

„Nun, Pappi, was ist es denn?" Inge lehnte ihren Kopf an seine Wange, wie sie es seit ihrer Kindheit tat.

„Es heißt nur Sprengkraft, mein Kind. Was soll ein Sprengstoff sonst haben. Verrate es deinem Schwager Emanuel nicht! Aber geh zu meinem Mantel, da steckt es drin!"

„Dir geht es besser nach dem Schläfchen, lieber Vater", bemerkte der junge Schwiegersohn mit der verführerischen Stimme, die er sich geben konnte. Birk hatte plötzlich die Erkenntnis, daß ein Junge mit solcher Stimme zu allem fähig sei. Wie erst, wenn er ein Wirkungsmittel in die Hand bekam wie jenes, das Inge soeben aus dem Mantel holte. Zu spät, sie holte es schon. Die Bedenken Birks kamen zu spät.

Auf einmal sagte Inge: „Es ist nicht da."

„Wieso? Es muß dasein."

„Wie sieht es aus?"

„Oder wie fühlt es sich an?" fragte Emanuel, der hineilte.

„Ein rundes Päckchen – wie eine Bombe", setzte Birk hinzu, nur um ihnen mehr Eindruck zu machen. Seine Tochter Margo kannte ihn am besten. Sie sagte ihm ins Ohr: „Tu es nicht! Gib ihm den Sprengstoff nicht!"

Er sah sie an. Was ahnte sie?

„Er kommt bestimmt in schlimme Dinge."

„Em?“ fragte Birk.

„Warum nennst du ihn Em? So nennt doch nur Inge ihn“, sagte sie. Da verstand er, daß sie eifersüchtig war.

Der Vater streichelte ihr die Hand. „Keine Sorge, mein Liebling!“ Lauter sagte er: „Das Päckchen ist fort? Vielleicht hatte ich es gar nicht bei mir. Ich weiß es nicht, ich habe etwas Fieber.“

Emanuel schrie auf.

„Du hast doch deine Erfindung nicht verloren?“

„Ich hoffe nicht“, erwiderte Birk schwach. „Jedenfalls besitze ich die Formel – am sicheren Ort. Laß mich nur erst gesund werden!“

Hier kehrte Rolf in das Zimmer zurück und meldete: „Draußen steht ein Arbeiter.“

„Freundlich von den Leuten. Sie wollen mir ihr Mitgefühl aussprechen. Darf der Mann zu mir?“

„Du kannst ihn empfangen, Vater, wenn du willst. Aber dann müssen wenigstens Inge und Emanuel fortgehen.“

„Wir gehen schon“, sagte Inge. Sie nahm die Hand des Kranken und küßte sie zärtlich. Der Junge inzwischen tastete nochmals den Mantel ab. Er schien außer sich. Wenn er sich von dem Kleidungsstück schon getrennt hatte, riß er es doch wieder an sich, und jedesmal verzweifelter. Er wollte auch sprechen, schluckte aber nur. Er war jetzt bleicher als Birk in seinem Bett.

Drittes Kapitel

Der eintretende Mann betrachtete den Oberingenieur mit Entsetzen. Margo, die beiseite trat, wurde von ihm nicht beachtet.

„Jawohl“, äußerte er aus tiefer Anschauung, „so muß es kommen.“

Birk sagte: „Es ist noch mal gut gegangen – gerade wie bei Ihnen damals.“

„Das ist was anderes, ich war blau. Ich wäre das ganze Gerüst hinuntergefallen, wenn Sie mich nicht gehalten hätten, Herr Oberingenieur.“

„Seitdem, Laritz, kommen Sie immer nüchtern zur Arbeit. Was bringen Sie mir da mit?“

Denn der Mann wog in seinen kräftigen Händen ein Päckchen.

„Das hab ich gefunden“, erklärte er. „Es lag an der Stelle, wo Sie umfielen, Herr Oberingenieur. Ich denke mir, ob es nicht Ihres ist.“

„Siehst du, Margo? Das ist es. Wenn du dich nicht fürchtest, nimm es und gib es deinem Mann.“

Sie nahm das Päckchen, wog es wie vorher der Arbeiter und legte es unschlüssig weg.

„Sind Sie versichert?“ fragte Laritz wieder voll Entsetzen. „Bezahlt die Direktion Ihre Krankheit? Wenn ich an meine Familie denke, im Fall daß mir was zustößt! Die Kinder arbeiten noch nicht.“

„Meine arbeiten schon“, sagte Birk, aber darauf hörte der Arbeiter nicht mehr.

Er war ein junger, gut gekleideter Mann mit rundem Gesicht, und eigentlich hatte er schnelle Bewegungen. Nur hier vor dem Bett des Verunglückten erstarrte er immer gleich wieder.

„Früher dachte ich an keine Unfälle – erst seit damals, als Sie mich grade noch retteten. Schlimm für einen Arbeiter, wenn man erst dran denkt.“

„Meine Frau dachte immer dran“, sagte Birk.

„Und meine?“ Laritz fuhr auf, während er sich erinnerte.

Hier wurde geklopft. Gleichzeitig erschien ein Herr im Cut, rundlich, aber behende. In der Hand hielt er die Melone, und auf dem Kopf hatte er kein Haar. Der Ausdruck seines befehlsgewohnten Gesichts wurde beim Anblick des Arbeiters hart genug, daß der Mann den Platz am Bett eilends freigab.

„Alter Freund!“ rief der Besucher. Plötzlich zeigte er mit hängender Lippe und schlaffem Hals eine Miene voll Herzlichkeit und Trauer. Die farblosen Augen wurden sogar dummlich. Er streckte dem Kranken beide Hände hin – sah aber dabei ausgezeichnet, daß der Arbeiter sich seitwärts hinausschleichen wollte.

„Bleiben Sie nur!“ befahl er, sofort wieder gestrafft.

„Darf ich dir Herrn Laritz vorstellen“, warf Birk ein.

„Herr Laritz, Sie kennen natürlich Herrn Generaldirektor Schattich.“

Dieser für Birk so einfache Vorgang brachte beide aus der Fassung. Der Arbeiter versuchte eine Verbeugung, führte sie aber nicht aus. Der frühere Reichskanzler ließ die Augen umherirren. Dabei entdeckte er eine weibliche Gestalt. Sie saß halb verdeckt vom Vorhang des Fensters. Sie stand auf, da der Herr auf sie zukam, und war nun größer als er. „Entzückend!" bemerkte er eben deshalb. „Deine Tochter ist wieder hübscher geworden, alter Freund."

Hierauf erging er sich in lauten Klagen über das Unglück seines alten Freundes.

„Ich sitze im Büro, mir kann das nicht passieren, es ist eine Schande", äußerte er schließlich, gedrängt durch seine eigenen Worte, die sich steigern mußten, um wirksam zu bleiben. So kam es, daß er zu seiner Überraschung auch den Arbeiter mit hineinzog.

„Wenn ihr mal abstürzt oder zwischen was kommt, habt ihr die Sozialversicherungen. Die habt ihr von mir." Im gehobenen Ton: „Die hat Reichskanzler Schattich gemacht. Vertieft und ausgebaut haben wir sie mal sicher."

Seine Miene forderte eine Antwort, Laritz gab sie, weil er mußte.

„Es ist nur nicht viel damit los, wenn es Ernst wird. Von den Witwen red ich nicht erst."

„Meine Witwe bekommt gar nichts!" erklärte der Generaldirektor sofort. „Keinen Pfennig!"

Dies brachte den Mann zum Schweigen. Schattich nutzte seinen Vorteil.

„Ja sehen Sie, mein Lieber, für irgend etwas langt es eben nicht mehr. Meine Frau trägt ausschließlich seidene Strümpfe – Ihre natürlich auch. Das büßen sie dann als Witwen."

Er hatte dabei ein Gesicht wie jeder gute Mitbürger, dem die bitteren Tatsachen einfallen. Was Laritz immer hätte einwenden wollen, er stutzte und war ergriffen.

Schattich bekam auf einmal sein Cäsarengesicht.

„Mit Rücksicht auf Ihre künftige Witwe sollten Sie auch nicht in KPD-Versammlungen sprechen, Herr Laritz", sagte er – nichts weiter, aber es war die Enthüllung. Der Arbeiter bekam in diesem Augenblick die Gewißheit, daß der allumfassende Generaldirektor ihn kannte, verfolgte und hier die ganze Zeit mit ihm nur gespielt hatte.

„Grüßen Sie Ihre Frau", sagte der Generaldirektor und gab ihm die Hand. Laritz schielte nach Birk, ob er recht daran tue, die Hand zu nehmen. Als er sie aber nahm, war er sichtlich geehrt trotz allem. Daher ging er auch frei und schnell ab. Er und Birk winkten einander nur zu.

„Du bist volkstümlich", bemerkte Schattich, als sie allein waren.

„Dich besuchen die Arbeiter."

„Dieser kommt auch zu dir, wenn du todkrank bist. Oder, sollte er sich dann noch zurückhalten, kommt er etwas später."

Schattich verzog den Mund.

„Zartfühlend waren deine Scherze nie, alter Freund."

Birk sagte aufrichtig: „Meine Gesinnung ist besser. Ich glaube tatsächlich, daß der Mann dich volkstümlicher findet als mich."

„Menschenbehandlung! Sie brauchen immer eine Enthüllung. Plötzlich muß ihnen klarwerden, daß ich stärker bin als sie. Dafür dient mir meine Personalkenntnis. Unter meinen wenigen positiven Eigenschaften ist die Personalkenntnis", sagte er mit einem Blick von erstaunlicher Demut. Denn Schattich hielt es für notwendig, den „alten Freund", der zu viel von ihm wußte, von Zeit zu Zeit zu entwaffnen.

„Zur Zeit der Inflation war ich ein Industriebeamter, aber findig. Ich informierte damals die höchsten Provinzialbeamten über jeden einzelnen der Gegner, die unsere Reichsregierung und die Industrie stören wollten bei der Erhaltung der Sachwerte. Ich erzähle es nur dir, weil du mich schon kennst. Als ich dann selbst Reichskanzler wurde, wußte ich, wie es gemacht wird."

„Warum weiß ich das nicht?" fragte Birk, immer wieder überrascht von der Überlegenheit der andern.

Schattich erklärte es ihm gönnerhaft. „Du bist nun mal kein Edison."

„Wirklich?" sagte Birk. „Das müßt ihr erst am eigenen Leibe spüren?" fragte er rätselhaft. Seine Augen schienen im Hintergrunde des Zimmers etwas zu suchen. Gleichzeitig verließ seine Tochter ihren Platz beim Fenster und stellte sich vor einen Tisch, so daß sie ihn verdeckte. Schattich näherte sich ihr.

„Und Sie, Fräulein?“

Da erkannte er sie.

„Nun aber, Sie sind die Verheiratete! Ich hatte Sie die ganze Zeit nicht richtig sehen können. Das freut mich mal wirklich.“

Er redete, nahm ihre Hand und wollte Margo vom Tische wegziehn. Er erreichte nur, daß sie ihm im Kreise folgte und den Tisch von einer anderen Seite verdeckte. Schattich tat, als kümmerte es ihn gar nicht. Er redete bald zu Birk, bald zu seiner Tochter.

„Als junger Mensch war ich depressiv“, sagte er auf gut Glück. “Ich litt am Leben. Einmal fiel ich daher durch das Examen, erinnerst du dich, alter Freund? Die Jahre, gnädige Frau, und natürlich auch die Erfolge stellen uns fest auf unseren Platz.“

Jetzt bemühte er sich, Margo dort festzuhalten, wo sie stand, und um sie herumzuspähen. Sie vereitelte auch dies, und Schattich, der nichts zu merken schien, sprach weiter.

„Sieh mal meinen Verein zur Rationalisierung Deutschlands, alter Freund! Der trägt mich todsicher noch mal an die Spitze der Reichsregierung. Dafür ist er doch da!“ erklärte er mit verblüffender Offenheit und hoffte endlich an den Tisch zu gelangen. Aber Margo war nicht zu verblüffen, weil sie die Reden des älteren Herrn überhaupt nicht beachtete.

„Gnädige Frau“, sagte der ältere Herr mit Schärfe. „Ich habe noch immer alles erreicht, was ich wollte.“

Damit tat er einen ihr unerwarteten Griff und hielt das Päckchen in der Hand.

„Ein Ei?“ fragte er und wog es. „Ein Schokoladenei? Aber gefüllt, weil es schwer ist. Womit denn gefüllt?“

„Das ist ein Spielzeug für mein Kind“ – sie sprach schnell und atemlos, sie flehte. Daher gab Schattich das Päckchen nicht ohne weiteres zurück. Er warf es ein Stückchen in die Luft und fing es statt ihrer, die zu entsetzt war, um zuzugreifen.

Ihr blasser Schrecken war ihm unverständlich, er wandte sein Gesicht, das dumm wurde, Birk zu. Dort begegnete er kalter Erwartung; der „alte Freund“ hatte etwas Fremdes, Unheilvolles bekommen, wie er einem auf die Hände sah. Schaudernd erkannte der frühere Reichskanzler, daß in den Menschen, die man am wenigsten fürchtet, immer noch Gefahren liegen. Daher achtete er nicht mehr auf das Päckchen. Margo konnte es ihm fortnehmen und verschwinden lassen.

„Du hast es gut, alter Freund“, versetzte Schattich, unbekannt, warum.

Er mußte es erklären.

„So viele Feinde wie ich kannst du unmöglich haben. Wer alles auf meinen Sturz wartet!“ sagte er vertraulich. „Bis zu dem Pfarrer von Sankt Stefan, dem ich es gelegt habe, mich schon um sechs Uhr mit seinem Glockengeläut aufzuwecken! Dauernd muß man Erfolge haben, um nur zu bleiben, wo man ist. Dem Konzern Geschäfte bringen, sonst wirst du abgebaut wie eine vertraglos angestellte Hilfskraft. Von jeder Erfindung, die Geld verspricht, soll man gleich Wind bekommen. Das wird verlangt.“ Pause. „Aber deine Sorgen sind es nicht“ – mit schnellem Seitenblick.

Er nahm seinen Hut.

„Du mußt einzig bloß zusehen, daß du schnell gesund wirst. So möcht ich auch mal daliegen.“

„Das ist noch leichter, wenn man Geld hat“, versetzte Birk.

Schattich schüttelte ungläubig den Kopf.

„Du willst doch nicht behaupten, daß du grade auf deinem Krankenlager an das Geld denkst? Du Glücklicher hast dein Leben lang nicht daran gedacht.“

„Mir fällt das Geld ein, das ich an dich verloren habe“, Birk ließ sich nicht beirren. Sicher war es das Fieber. Schattich zog denn auch die Brauen hoch.

„An mich? Du solltest dich schonen, alter Freund. Freue dich lieber, daß du bei dieser unsicheren Zeit kein Geld hast. Wir haben es alle nur auf Widerruf und leben in ewiger Angst. Die Begehrlichkeit der Massen! Moskau! Die Wirtschaftskrise!“

Gram und Verbitterung zeichneten den Mann. Sichtbar wurde, daß der Generaldirektor, genau wie seine fristlos kündbaren Untergebenen, Angst hatte zu verhungern. Auch er unterlag dem Zeitgeist.

Glücklicherweise ging es vorbei. Bei seinen Angestellten hielt es auch nicht an. Alle hatten die Flüchtigkeit gemeinsam. Dies dachte sich Birk in seinen Kissen, indes Schattich schon abging.

„Du mußt ausruhen“, sagte Margo. „Papa, jetzt lasse ich dich allein.“

„Nimm deinem Mann das Päckchen mit!“

„Hat es nicht Zeit, bis du gesund bist? Er wird Dummheiten machen mit deiner Erfindung.“

„Das kann er nicht. Niemand wird herausfinden, was es ist. Mein Geheimnis liegt schriftlich bei einem Notar, und er gibt es euch nur, wenn ich selbst es nicht mehr holen kann.“

„Emanuel wird alles – aber auch alles tun, um darauf Geld zu bekommen“, sagte sie ohne Besinnen. „Papa! Er liebt Inge.“

Sie hatte ein weißes, verzweifeltes Gesicht. Ihr armes Gesicht war ganz klein geworden. Der Vater nickte.

„Gib es ihm! Mein Kind, es wird dir helfen.“

Dies begriff sie nicht; aber aus Gewohnheit glaubte sie ihrem Vater. Sie steckte das Päckchen in ihren Mantel, dann küßte sie Birk, der schon die Augen geschlossen hatte. Er öffnete sie wieder und sagte: „Verliere den Mut nicht, wenn es erst einmal schlimmer kommt!“

Sie ging durch das Haus, dabei fiel ihr zum Glück ihre aufgeworfene Nase ein. Immer, wenn ihre Schwester Inge im Vorteil war, hielt Margo sich ihr eigenes dreistes Profil vor. Mit einem Gesicht, das nach Belieben frech sein konnte, war untätige Schwermut ein Widersinn. Margo, die sonst vielleicht dahin geneigt hätte, fand auch diesmal neue Kraft in sich dank ihrer Nase.

Sie dachte: „Hallo. Wenn er mit der Erfindung Geld macht, werden wir schon sehen, für wen. Bringt sie ihm aber Unglück, dann bin ich auch da.“

Als sie aus der Haustür trat, wer stand noch immer davor und wartete?

„Gnädige Frau“, begann Schattich sogleich, „das einzige, was mich stört, ist, daß Sie ein Kind haben. Sonst würde ich vorschlagen: Sie verlegen Ihre Tätigkeit aus den Büros der Direktion in meine Wohnung.“

„Als Ihre Sekretärin?“

„Ja. Aber Sie werden immer fortwollen, weil das Kind zu Hause schreit.“

„Ich habe gar keins“, erklärte sie mit der größten Natürlichkeit. „Ich schwindelte Sie an, weil Sie mir etwas wegnehmen wollten.“

„Großartig!“ rief er.

„Was ist daran großartig? Sie halten mich doch selbst für gerissen genug, um Ihre Sekretärin zu sein.“

Schattich lachte – anders, als er im Zimmer ihres Vaters gelacht hatte.

„Jetzt denken Sie, ich stelle Sie an, damit ich Sie leichter verführen kann. So denkt ihr Mädels euch immer den Chef.“

Er sagte es in einer Art, die alles nur bestätigte.

Margo erwiderte: „Jedenfalls würde ich mir verbitten, daß Sie mich übersehen.“

„Aha! Oho! Und na also!“

„Meine Sache ist es, daß Sie kein Glück haben.“

„Jetzt kenn ich Sie“, sagte er und streckte nach ihr den Zeigefinger aus.

Sie hatte einfach beschlossen, nicht dauernd nur eifersüchtig und hingebend zu sein. Neben aller Angst um ihren Emanuel dachte sie sich einen Spaß zu gönnen, und wer weiß, wofür er gut war.

„Sie sind ä Luder“, schloß Schattich. „Meine Wenigkeit is sowieso ä Luder. Es freut mich nur, daß sie ooch eins sind.“

Dann stieg er in seinen herrlichen Lanciawagen.

Viertes Kapitel

Sie waren natürlich im Kino gewesen, wie jeden Sonnabend. Inge wie Margo waren der Meinung, daß ihr Vater nichts davon hatte, wenn sie seinetwegen auf ihr Vergnügen verzichteten. Übrigens machten sie sich aber auf das Schlimmste gefaßt. Denn nach ihren Begriffen saßen alle älteren Leute nur noch sehr locker im Leben, ja, gehörten ihm höchstens halb an.

Sie waren mit Tränen der Furcht entschlafen. Als sie dann am Sonntag erwachten, herrschte sogleich Ferienstimmung dank der Abwesenheit Birks. Die ganze Wohnung gehörte nun fünf jungen Leuten, den beiden mittleren Töchtern samt dem Schwiegersohn und den Jüngsten, Susanne und Ernst. Zuerst war die Sechzehnjährige auf und öffnete die Tür des jungen Ehepaars.

„Margo, aufstehn! Dein Pilot nimmt dich heute mit!“

Emanuel schalt das Kind.

„Was hast du hier zu suchen, neugierige Elster!“

Es streckte ihm die Zunge aus. Aber die ältere Schwester verließ wirklich das Bett. Ihr lag viel daran, mitzufliegen. Die Luftfahrtgesellschaft beschäftigte die kleine Susanne. Margo war mit Fliegern bekannt geworden und benutzte es, um zu lernen, wie man ein Flugzeug führt. Emanuel hinderte sie nicht.

„Du kannst natürlich abstürzen“, bemerkte er wohl.

„Aber die Gefahr ist auch nicht größer –“, sagte sie.

„Als was uns sonst alles droht“, schloß er.

Sie dachten gleich in fast allem – sie, ihre Geschwister und ihre Freunde. Sie waren gegen Birk darin einig, daß der siebzehnjährige Ernst nur ruhig Mechaniker bleiben sollte. Nicht Ingenieur werden und noch mehr lernen, wie der Vater wollte; denn wohin führte es. Ernst mußte imstande sein, Autos und Flugzeuge zu reparieren, jetzt noch bei der Luftfahrtgesellschaft. Über die eigene Reparaturwerkstätte kam einer, der Glück hatte, dann zu einer Fabrik. Wer viel gelernt hatte, endete bestimmt in abhängiger Stellung, wie Papa ... Ernst konnte trotz eifrigem Bemühen seine Finger nicht mehr weiß bekommen. Er bastelte, sobald er nicht aß oder sich auf dem Sportplatz betätigte. Hatte er grade kein Werkzeug zur Hand, stierte er Löcher in die Luft.

Aber Ernst liebte seine beiden großen Schwestern mehr als einer. Mit Susanne kam Liebe nicht in Frage; sie war seine Altersgefährtin und das gleiche junge Arbeitstier wie er. Zu Margo und Inge sah Ernst unter seinen zusammengewachsenen schwarzen Brauen empor als zu der unerreichbaren Schönheit. Sie waren seine ganze Romantik. Er träumte von Margo als der ersten festangestellten Flugzeugführerin in der ganzen Luftfahrtgesellschaft. Inge ihrerseits heiratete, wenn es nach Ernst ging, einen allerersten Mann, einen der Führer der Zeit, Boxer Brüstung.

Ernst schaltete den Strom ein, der das Wasser für den Kaffee heizte. Dann betrat er den Küchenbalkon und wartete, bis alle fertig angezogen waren. Außerdem hoffte er den Boxer schon drunten im Park zu sehen. Der verliebte Brüstung bediente sich des jungen Ernst, um jeden Sonntag in Erfahrung zu bringen, wo er Inge antreffen konnte. Sie selbst sagte ihm nicht immer das Richtige. Er warb um sie bisher ohne entscheidenden Erfolg.

In dem stillen Monbijou-Park entdeckten die Blicke des jungen Ernst noch keinen Menschen. Wohl aber stand die junge Zofe der Frau Schattich schon auf der Terrasse des dritten Stockwerks. Sie lehnte sich an den Mast der schwarz-weiß-roten Fahne, die Schattich hier immer wehen ließ, damit die Spaziergänger des Parks sie vor Augen hätten. Vorn auf den Heumarkt hinaus überließ er das Flaggen seinem Mieter Birk, der ganz oben wohnte. Daher trug das Dach die Farben Schwarz-Rot-Gold, und Schattich duldete es. Sie stellten das Gleichgewicht her, und der frühere Reichskanzler war außer Verantwortung.

Im dritten Stock schliefen die Herrschaften mindestens noch zwei Stunden. Marietta hätte sonst nicht wagen dürfen, mit Ernst zu flirten. Ihr Standpunkt war vor dem Schlafzimmer ihrer Herrin. Das zweite Stockwerk enthielt die Schattichschen Gesellschaftsräume, das erste die Büros. Der hohe Konferenzsaal des Generaldirektors reichte vom ersten bis zum zweiten und belegte ihren ganzen hinteren Teil, mit allen seinen Fenstern nach dem Park. Das Dach des Saales war eben die Terrasse mit der Fahnenstange, an der die Zofe lehnte. Eine eigene Treppe führte neben dem Saal hinauf bis hinter die Wand der Terrasse.

Auf dieser Treppe ging Schattich seine Wege, die seine Gattin Nora nicht alle kannte. Auch Marietta suchte den Knaben, den sie begehrte, dort hinunter zu locken. Sie holte jetzt wieder einmal den Schlüssel hervor, tat, als öffnete sie die kleine Tür in der Mauer, dahinter die Treppe lag, und mit der anderen Hand deutete sie an, wie leicht es sei, zu ihr herabzusteigen.

Das wußte er; er hatte es schon erprobt, aber nur, wenn sie nicht da war. Er blieb völlig ernst, ja, düster, während sie so lockende, leichte Mienen zeigte. Im Innern sah er sich mit ihr inmitten der Gesellschaftsräume des Generaldirektors, bei großer Beleuchtung auf ungeheuren seidenen Sofas. Die Aussicht berauschte den jungen Mechaniker nicht sehr und machte ihm nicht übertrieben bange. Er erwog sachlich die Chancen seines Vergnügens. Immerhin klopfte ihm das Herz, und das Mädchen wußte es. Sie lachte ihn aus. Auch eine unanständige Gebärde wagte sie.

„Ich kann alles sehn“, sagte eine hohe Stimme, und sie bemerkte Boxer Brüstung. Er stand auf dem Gartenweg und verschränkte die Arme. Die Zofe Marietta schnitt ihm noch schnell eine Fratze, dann verschwand sie nach den Schattichschen Gemächern. Im letzten Augenblick flüsterte sie hinauf zu Ernst: „Nachmittag um drei.“ Sie war sicher, daß er sie verstand.

Er hatte indes nur Sinn für Brüstung dort unten, der von ihm Nachricht über Inge erwartete. Heute abend sollte der Boxer kämpfen im Sportpalast vor der tausendköpfigen Menge, noch immer aber kam er wegen Inge! Ernst war ein Junge, dem vorläufig seine Schwester und ihre Sache mit Brüstung wichtiger erschienen, als was in Hinsicht des Herzens ihm selbst zustoßen konnte. Anders, wenn es sein Verhältnis zu der Luftfahrtgesellschaft betroffen hätte.

Er sprach zwischen seinen Handflächen in den Park hinunter.

„Sie ist aufgestanden. Ausfahren? Noch nicht sicher – wegen Vater. Warte mal! Ob sie nicht kommt? Bist du in Form?“ fragte er auch noch.

Aber Brüstung zeigte ihm jetzt von unten ein Päckchen. Ernst begriff sofort. Er ging hinein, schon kam er mit einem Seil zurück. Er ließ es hinab, Brüstung hängte das Päckchen daran.

Kaum hatte Ernst es oben, war Inge da.

„Was treibst du? Ach so. Das will ich aber nicht.“

Sie hatte über Brüstung hinweggesehen, unvermeidlich war nur, daß sie bemerkte, was die geplatzte Hülle des Päckchens verriet. Silberlamé funkelte im Morgenstrahl. Es versetzte Inge einen Stoß; sie nahm das Geschenk und wollte verschwinden. Ihr kleiner Bruder rief ihr nach: „Wenn du es nimmst, muß er auch –“

Sie war fort. Ernst beugte sich tief über das Geländer des Balkons.

„Bruno! Jetzt glaube ich, daß es wird.“

„Woher?“ fragte der Boxer gedämpft und angstvoll.

„Dein Geschenk regt sie auf. Grade das Kleid hat sie sich gewünscht, sie sprach davon.“

„Ich habe sie vor dem Schaufenster beobachtet“, sprach Brüstung nach oben, „da wußte ich Bescheid.“

„Du bist ein feiner Kerl“, sagte Ernst hinunter, „ich möchte Boxer werden.“ Er war begeistert, seine Stimme klang ganz hell.

„Glaubst du, sie liebt mich jetzt?“ Auch Brüstung sprach glücklich erregt. Beide jungen Leute hatten das Gefühl, allein zu sein, und wäre der öffentliche Park auch schon besucht gewesen. Er gehörte aber sich selbst und ihnen im Tau und ersten Licht, mit allen Laubschleiern. Dahinter die noch verschlossenen Häuser, alles im Schlaf, nur sie beide nicht; und neu erwacht, wie sie, waren der Park und seine frische Luft.

Im Gefühl, allein zu sein, sagten sogar beide, wie Inge schön sei.

„Ich sehe sie durch das Fenster", meldete Ernst. „Sie hat dein Kleid an."

„Wenn ich das sehen könnte!" verlangte der Boxer.

„Dann komm herauf", beschloß ihr Bruder kühn. „Gleich frühstücken wir."

Schon lief Brüstung. Ernst lag noch eine Weile über dem Geländer und spuckte hinunter. Dabei teilten sich seine dunklen Haare, und die merkwürdige weiße Strähne erschien, die er lieber versteckte ... Bedenken kamen ihm. Nichts vom soeben Gesprochenen schien ihm noch voll berechtigt. Worte hatten niemals die Zuverlässigkeit einer laufenden Maschine. Der Siebzehnjährige lernte dies täglich – an anderen, an sich selbst. Er zog die Brauen fester zusammen und ging hinein.

Im Wohnzimmer deckte Margo den Tisch. Die kleine Susanne ging ab und zu, sie brachte die Sachen. Dann war noch Emanuel da, er kehrte aber den Rücken her. Es wurde nicht gesprochen.

„Sie ist in unserem Zimmer", flüsterte Susanne. „Sie probiert ein neues Abendkleid."

Margo erschrak. Sofort sah sie sich nach Emanuel um – der nicht hörte oder nicht hören wollte. Margo zog dennoch die Jüngste bis unter die Küchentür.

„Woher hat sie ein neues Abendkleid? Gestern konnte sie nicht mal die Bluse kaufen, und die braucht sie."

„Willst du sie sehen?" fragte Susanne, um sich zu rechtfertigen. Aber aus Gutmütigkeit sagte sie: „Von Emanuel hat sie es sicher nicht."

Margo warf den Kopf zurück.

„Kommt nicht in Frage", sagte sie blaß und mit brennenden Augen.

Plötzlich wandte ihr junger Gatte sich an Ernst.

„Du kannst den Wagen haben."

„Wieso? Ihr fahrt nicht hinaus – wegen Vater?"

„Ich – wegen Vater", erwiderte Margo. „Emanuel muß andere Gründe haben."

Das reizte ihn.

„Ich lasse mir doch nicht vorschreiben, wen ich mitnehmen darf und wen nicht."

Margo fühlte Tränen, daher wechselte sie wieder die Stellung. Sie blickte jetzt in Richtung der Schlafzimmer; grade aber ging die Tür auf, Inge stand da. Die Schwestern sahen einander an. Die Augen Inges glitten einmal schnell hinüber zu Emanuel, dann sahen sie einander weiter an.

„Inge, fahr mit mir!" bat Ernst in bester Absicht. Die sanfte Margo aber zeigte ihm ein drohendes Gesicht.

„Inge ist erwachsen, merke dir das, mein Junge. Sie weiß, mit wem sie fahren soll. Sie weiß auch, von wem sie Geschenke nimmt."

Da klopfte es an der äußeren Tür. Ernst öffnete, und es war Brüstung.

„Der gute Bruno!" sagte Emanuel etwas zu gönnerhaft, und dabei war der Boxer nahezu durchgedrungen, die Zeitungen brachten sein Bild.

„Sollen wir ihn zum Frühstück einladen?" fragte Emanuel. Ernst umwölkte sich; so sprach man nicht mit Boxer Brüstung.

Dieser gab inzwischen allen die Hand, und wer sie ihm gegeben hatte, ward einen Augenblick nachdenklich.

„Danke", sagte Inge, die ihm die Hand nicht gab.

„Danke wofür?" fragte Margo.

„Er hat mir etwas geschenkt." Sie äußerte sich nicht näher.

Margo und Emanuel verhielten sich hierauf beide stumm und ernst.

„Werden Sie es tragen?" fragte Brüstung.

„Ich hoffe", antwortete Inge. „Aber Pappi ist so krank. Ich muß noch warten."

„Heute in acht Tagen? Beim Ball im Sportpalast?"

„Wer weiß, wie es kommt", sagte sie, ohne jemand anzusehen.

„Zuerst siegen Sie mal heute abend! ... Hast du schon angerufen?" fragte sie ihre Schwester.

„Papa schlief noch", erklärte Margo. „Ich gehe nach dem Frühstück zu ihm."

„Ich fahre dich hin", versprach Emanuel versöhnlich. Erst dieser Ton machte, daß ihre Lippen schmerzlich zuckten.

Ernst hatte gegessen und sah in die Luft. Sie dachten wie gewöhnlich, daß er Löcher stierte. Er hatte aber gerade genug hinzugelernt heute morgen über die Unverläßlichkeit der Menschen und der Dinge, soweit sie nicht technisch gesichert waren.

Die kleine Susanne sagte inzwischen, daß sie beabsichtige, Filmdiva zu werden. Sie sagte es innerhalb eines beliebigen Gespräches und mit der größten Ruhe. Niemand fand es übrigens auffallend, so klar und vernünftig sprach das Mädchen darüber.

„Das große Grundstück, das die Filmgesellschaft kaufen will für ihre Ateliers, gehört Papas Konzern“, sagte sie, und es schien ihr zu genügen.

„Pappi ist reizend“, erwiderte Inge. „Aber auf einen geschäftlichen Abschluß Einfluß nehmen, damit du Diva wirst, gerade das fehlt ihm noch.“

„Er lernt es vielleicht“, meinte die Sechzehnjährige. „Heute lernt jeder zu.“

Emanuel erkundigte sich: „Kannst du es denn auch? Diva, meine ich.“

„Meine Herren! Ist die Frage dämlich!“

Hierbei bekam die kleine Suse ein überhebliches Gesicht, als wäre sie nicht mehr die kleine Suse. Sie hatte, des Haushaltes wegen, am Sonntagmorgen ihr Arbeitskleid an, das Gesicht war nicht hergerichtet; um so unnachsichtiger formte ihre Miene sowohl den Stolz als die Verachtung. Das war ihre ganze Antwort auf seine komische Frage.

Er sah es ein und unterstützte sie sogar.

„Na ja, meine zwanzig Berufe, darunter auch mal Schauspieler. Was ich kann, kann jeder. Auch ich kann jeden ersetzen. Daher gibt es immer neue Leute, und man überaltert so schnell.“

Jemand war hiermit nicht einverstanden. Margo. Es kam natürlich daher, daß sie ihrem Gatten andere Vorwürfe zu machen hatte. Emanuel sah sie lieber gar nicht an.

„Kann auch jeder boxen?“ fragte sie den Champion.

Brüstung besann sich, um allen gerecht zu werden. Dann sprach er, wie immer, zu Inge.

„Das ist etwas anderes“, sagte er. „Erstens bleibt man nicht immer dabei.“

Ihm schien es, daß sie den Mund verzog. Schnell berichtigte er sich.

„Die Weltmeisterschaft will ich haben. Bevor ich sie aber wieder verliere, mache ich doch lieber einen anderen Laden auf.“

Emanuel gab ihm recht, zögernd auch Margo. Wenn Brüstung nur für irgend etwas Sinn gehabt hätte, außer daß Inge die Schultern hob. Sie hob ihre schönen Schultern und sagte ihm damit, daß er nicht ihr Typ sei, und täte er, was immer. In diesem Augenblick fühlte Brüstung sich tödlich vereinsamt und sprach wie in einen inneren Nebel hinein, so traurig war er.

Er sagte: heute abend, wenn sie ihn im Sportpalast kämpfen sähen, werde er wahrscheinlich Sieger werden. Er sprach mit dem Blick auf Inge. Denn ihm gehe es verdammt schlecht, sagte er; und immer dann kämpfe er am besten.

Er sprang auf, in der Erregung äußerte er merkwürdige Dinge.

„Das Glück ist gar kein Glück. Ich habe trainiert, ich muß das Glück sowieso haben. Trotzdem kann es mir entgehn, und gegen den Schrecken vor der Niederlage kommt kein Sieg auf. Jetzt bin ich oben, noch heute aber kann ich abrutschen. Das Gefährliche beim Boxen ist das Ungewisse.“

„Das ist das Gefährliche bei allem anderen auch“, sagte hier der siebzehnjährige Ernst, und alle anderen sahen auf ihn und seine merkwürdige Haarsträhne, die freilag. Sie wunderten sich kaum, daß gerade er den Ausspruch tat, so sehr bestätigte ihn ihr eigenes Wissen.

Ernst, der wieder in die Luft stierte, hatte soeben herausbekommen, warum Brüstung, der breitschultrige Mann mit dem ruhigen Gesicht, ein durchtrainierter Körper und ein aufsteigender Name – warum er feuchte Hände hatte.

Nach einer Weile nahm Inge ihre ältere Schwester beiseite.

„Ich habe endlich einen Fettpuder gefunden, der richtig hält.“

Dauer und Sicherheit, da waren sie. Immer jung, immer schön bleiben, fühlten Margo und Inge. Jene dachte es für Emanuel zu sein, diese für noch viele. Vor allem aber war es nötig, um zu leben. Daher prüften sie mit Eifer den neuen Puder.

Emanuel antwortete auf eine Frage Brüstungs: „Ich weiß wirklich nicht, ob ich dich heute abend ansehen kann. Man ist so furchtbar überlastet – selbst sonntags. Ich habe mich auf ein Unternehmen eingelassen, das mich mit neunzig Prozent Sicherheit zum reichen Mann macht. Aber die anderen zehn Prozent!

Die machen Sorgen. Das Schwerste ist, in Gang zu kommen. Die ganze Nacht war mir, als ob ich laufe.“

„Ist es denn eine sportliche Angelegenheit?“

„Mehr oder weniger“, sagte Emanuel, fest entschlossen, nichts zu verraten.

Inge sah auf und brachte einen Satz.

„Laß dich nur nicht gleich in der ersten Runde k. o. schlagen, lieber Em“, sagte sie wie einstudiert und ging wieder zur Pflege ihres Gesichtes über. Margo hingegen stieß sie an, ihr war noch dies zuviel. Sie hatte nicht gewollt, daß der Vater sein großes Geheimnis in ungeübte Hände lege. Jetzt aber: man schwieg und handelte!

Sie stand auf.

„Ich gehe zu Papa.“

„Und dein Flugzeugführer?“ rief die kleine Susanne. „Er erwartet dich bestimmt.“

„Ich möchte auch unbedingt. Wie soll ich nur – meinst du, daß er meinetwegen eine halbe Stunde später –? Ach, das ist Unsinn. Aber ich muß zu Papa, am Telefon sagt mir niemand die Wahrheit über ihn, nein, Rolf erst recht nicht.“

„Das Telefon!“ meldete Ernst. „Margo wird verlangt.“

Von wem? Der Herr hatte sich nicht genannt, aber es war Schattich. Kein Geringerer als der Generaldirektor selbst wünschte Margo zu sprechen. Noch war nicht Zeit gewesen, von der Begegnung mit ihm zu erzählen; es gab mehr Aufregungen. Alle standen verblüfft, bis sie aus dem Arbeitszimmer Birks zurückkehrte.

„Gestern wollte er, daß ich meine Tätigkeit zu ihm ins Haus verlege. Jetzt soll es sogleich sein.“

„Findet ihr das auffallend?“ fragte Inge ohne jede Betonung.

„Wie werden wir“, sagte die kleine Suse nicht weniger undurchdringlich. Keine von ihnen sah Emanuel an.

Er äußerte fragend: „Am Sonntagmorgen –“, als ob ihm nur dies auffiele. Plötzlich warf er die Schultern zurück und beschloß drohend: „Ich gehe natürlich statt deiner. Der Herr scheint nicht im Bilde.“

„Aber Em!“ Suse war es. „Willst du dir denn einen Vollbart stehen lassen? So klingen deine Ansichten.“

Margo fragte: „Sehe ich aus, als ob ich zum Opfer Schattichs bestimmt wäre?“ Schnell erinnerte sie sich ihrer aufgeworfenen Nase.

Sie blickte umher. Alle sechs jungen Leute lachten beherzt über die falschen Erwartungen eines älteren Herrn. Auch Emanuel fand die Sache jetzt einfach komisch.

„Mach, was du willst“, bestimmte er. „Mein Tag ist besetzt.“

Er holte schon seinen Hut.

Auch Margo setzte ihren Hut auf, aber sie lachte nicht mehr.

„Ich wollte fliegen. Ich wollte Papa besuchen. Schließlich werde ich drunten im ersten Stock sitzen und stenographieren. Man hat nie Zeit. Nie tut man, was man will.“

„Und so vergeht das Leben“, ergänzte ihre sechzehnjährige Schwester, die sich lustig machte.

„Lache nur!“ war die Antwort. „Wenn du erst zwanzig bist, sagst du das nicht mehr im Scherz.“

Ihr Gatte nahm Margo beiseite.

„Ich komme mit dir – nein, nicht zu dem Zweck wie vorhin. Überhaupt nicht deinetwegen; lassen wir den Unsinn. Ich habe die allerernstesten und dringlichsten Gründe – du ahnst wohl, in welcher Richtung sie liegen.“

Margo nickte.

„Die Gelegenheit ist gut“, sagte Emanuel noch. „Mir bleibt es völlig gleich, welche Gelegenheit der Mann mir gibt. Jede ist gut.“ Er sprach wegwerfend, zu sehr sogar – hatte auch unruhige Bewegungen. Margo sah ihn fest an, sie tat alles, um ihm Kraft zu geben.

„Mach dir gar keine Gedanken! Um so besser, wenn du mich in der Sache brauchen kannst – als Schlepper, sagen wir.“

„Läßt er sich erst mit dir ein, hab ich ihn auch“, gestand Emanuel erleichtert.

„Richtig“, sagte Margo.

In glänzender Einigkeit verließ das Ehepaar die Wohnung. Inge, die Ursache ihrer Zerwürfnisse, wurde nicht beachtet. Dagegen erbot Ernst sich, sie hinauszufahren. Er wollte auch Brüstung und Susanne mitnehmen. Der schöne Frühlingstag, die heiteren jungen Leute und die Freiheit! Aber Inge lehnte ab. „Amüsiert euch!" wünschte sie ihnen und fuhr fort in ihrer Schönheitspflege.

Sie war ungeduldig, obwohl sie nach ihrer Art nett blieb. Ihre jüngeren Geschwister merkten es, sie machten hinter sich die Tür zu. Allein war noch Brüstung bei Inge.

Er sah sie ihre Fassade beenden und fand Inge zu schön – zu schön für das Büro des Konzerns, und auch für ihn selbst zu schön. Ihr weißes, voll und längliches Gesicht war von so sichtbaren Formen und Zügen, daß man stehenbleibt, wenn es vorbeigeht. Brüstung hatte bemerkt, daß manche Männer beim Anblick ihrer Gestalt und ihres Ganges schmerzliche Mienen bekamen. War vielleicht er selbst nur einer von diesen und bestimmt, es immer zu bleiben?

„Warum halten Sie sich dabei so lange auf?" fragte er und deutete auf das Handwerkzeug, das sie weglegte.

Weil er sie liebte, hatte er eine Eingebung; er antwortete statt ihrer.

„Wohl, weil Sie traurig sind."

Sie erschrak, einen Augenblick sah sie mißtrauisch aus. Dann wurde es ihr aber, wie er sehen konnte, sofort gleichgültig, was er herausgefunden hatte. Sie blieb nett und gutmütig, für Brüstung bedeutete es nichts Gutes. Da er so genau Bescheid wußte, befragte sie ihn sogar über etwas, das sie beunruhigte.

„Kennen Sie den Zustand, wenn man im Begriff steht, etwas zu tun, das man unbedingt nicht tun will?"

Er sah sie an und verstand, was sie quälte. Er war ein ruhiger Mann, sie aber schließlich nur von der Weiberrasse, sosehr er sie liebte. Immer mit dem einen beschäftigt, immer getrieben von dem einen. Er sagte mit liebevoller Strenge: „Das gibt es, was Sie meinen. Aber wenn zum Beispiel ich mich heute abend gehenlasse und etwas tue, was nicht mehr richtig ist, dann werde ich disqualifiziert."

Sie hatte die Stirn zwischen ihren beiden blühenden Händen, eine blonde Locke fiel auf jede. Die Augen aber sah man grübeln. Sie sagte: „Wenn es auf die Sportregeln ankommt –"

„Und es kommt überall und immer auf sie an“, entschied er ohne Besinnen.

Sie blieb unschlüssig.

„Sie können das sagen ... Bei Ihnen liegt es einfacher. Sie werden noch oft kämpfen ...“

Ihre Worte kamen in Pausen.

„Ich aber habe jetzt meine einzige Gelegenheit, zu gewinnen – und aus dem Wettbewerb auszuscheiden“, sagte sie ironisch und verzweifelt.

„Sonst aber das ganze Leben lang eine Jagd, wie – Was weiß ich, eine Jagd über eine glühende Straße, eine Straße, die mich verbrennt!“ Das war nur noch Verzweiflung.

Lange Pause.

„Und Aufenthalt undenkbar, außer – bei ihm?“ fragte Brüstung.

„Aufenthalt bei ihm“, sprach sie mit Inbrunst.

Er beugte sich vor.

„Nie bei mir?“ fragte er mit schrecklichem Flehen. Sie sprang auf und wich zurück, so plötzlich kam der Umschwung des ruhigen Mannes.

„Ich liebe dich!“ rief er, hielt die Stirn gesenkt und keuchte.

„Ich liebe dich, gib dich ihm nicht! Es schlägt dir fehl, und beide verlieren wir alles. Das kommt nie wieder – für dich nicht, für mich nicht“, keuchte er rauh. „Aus. Ich sage heute abend den Kampf ab.“

Hier war nur sie die Vernünftige.

„Aber Brüstung! Die Weltmeisterschaft! Wegen einer Frau wollen Sie Ihre Chance verlieren? Ich selbst bin eine Frau, die ins Geschäft geht, und davon würde mich kein Mann abhalten. Wir denken doch beide sachlich, wir können nicht anders. Sonst kommen sofort die Nächsten –“

An der Tür polterten die beiden Jüngsten.

„– und drängen uns hinaus.“

Fünftes Kapitel

Margo und Emanuel traten drei Treppen tiefer gemeinsam ein, Schattich war davon unangenehm berührt. Er kleidete seinen Ärger in allgemeine Betrachtungen.

„Die Gleichberechtigung der Frau haben wir schwer genug erobert“, sagte er, die Stirn in Falten. „Die berufstätige Frau ist im zwanzigsten Jahrhundert für sich selbst verantwortlich“ – mit unfreundlichem Blick auf den begleitenden Gatten.

„Herr Schattich“, begann Emanuel, und jener erstaunte noch mehr. War er nicht Generaldirektor für den dreisten Jungen? Nicht Reichskanzler, nicht einmal Doktor? Er zog seinen seidenen, geblümten Schlafrock über dem Bauch enger, und zwar mit einem unwilligen Ruck.

„Herr Schattich, ich komme nur zufällig in Begleitung meiner Frau. Der Anlaß meines Besuches ist geschäftlich.“

„Herr Rapp – das ist doch Ihr Name? Und Sie sind doch Angestellter des Konzerns? Geschäfte, sagen Sie? Bedaure, Sie sind nicht verhandlungsfähig.“

„Weil er grade Rapp heißt?“ fragte Margo.

„Nein, gnädige Frau“, erwiderte Schattich ernst. „Sondern als Angestellter unseres Konzerns. Der Konzern verhandelt mit keinem seiner Angestellten, weil es gegen Ordnung und Disziplin wäre. Außerdem, was könnte er uns bieten!“

„Wollen Sie es nicht wissen?“ fragte Margo. „Wirklich nicht? Gestern waren Sie viel neugieriger.“ – „Gestern?“

„Im Krankenhaus.“

Schattich sah dumm aus. Plötzlich begriff er – jetzt aber auch alles auf einmal.

„Die Bombe! Ich meine das runde Päckchen. Es war schwer – das war nicht Schokolade! Sie hatten Angst, daß es hinfiele – das war etwas Gefährliches. Was war es?“ fragte er scharf.

Emanuel übernahm die Antwort.

„Eine Erfindung. Eine ganz große Sache.“

„Sagen wir ein Giftgas“, entschied Schattich. „Dann hauen Sie nur gleich ab, junger Mann! Mein Konzern hat nichts zu tun mit Giftgasen. Er hält sich an die Verträge und stellt keine Kriegsmittel her.“

„Es ist auch kein Giftgas."

„Es ist wohl nur Schwindel?" fragte Schattich.

Emanuel ging hoch, wie Margo mit Vergnügen sah.

„Wenn ich Ihnen etwas bringe, Herr Schattich –"

„Geben Sie mir ruhig meinen Titel!"

„Exzellenz" – er nahm die Hacken zusammen. „Exzellenz werden schon vermuten, daß ich nicht selbst der Erfinder bin, sondern eine mir nahestehende Seite."

„Dann warte ich, bis Ihr Schwiegervater persönlich mir seine Erfindung anbietet."

„Wie Exzellenz wünschen", sagte der Junge und suchte seinen Hut.

„Ich gehe an meine Arbeit?" bemerkte Margo, sah aber ihren Chef überaus vielsagend an. Er entnahm der Miene seiner Angestellten, daß er einen ungeheuren Fehler begehe. Er selbst war da, um seinem Konzern jede wichtige Information zu verschaffen. Jemand gehen lassen, der eine Erfindung des Oberingenieurs Birk brachte? ... Aber erstens, war sie von Birk?

„Herr Rapp!" rief Schattich, und Emanuel, der ohnedies die Tür so langsam wie irgend möglich öffnete, war sofort wieder zur Stelle.

„Sie wissen wohl nicht, Herr Rapp, daß die Erfindung Ihres Schwiegervaters dem Konzern sowieso gehört?"

„Wie meinen Sie das?" fragte der Junge, und Margo wandte sich schnell herum.

„Er hat unsere Apparatur dazu benutzt."

„Wie bitte?" fragte Margo.

„Klar. Unsere Laboratorien haben ihm alle technischen Mittel geliefert."

„Haben sie ja gar nicht. Vater erfindet zu Hause. Wie, Margo? Sein Arbeitszimmer ist voll von Instrumenten."

Schattich nickte befriedigt.

„Er ist bei uns angestellt und in der Lage, sich unserer Werkstätten zu bedienen. Das genügt."

„Sie haben ja nichts, womit man ein Sprengmittel herstellen kann“, behauptete Emanuel darauflos.

Schattich nickte grimmig.

„Ein Sprengmittel – das wüßten wir nun auch.“

Die beiden Kinder warfen einander hilflose Blicke zu. Sie hatten sich verraten.

Schattich ging streng, aber gutgelaunt weiter.

„Mein alter Freund Birk hat einen neuen Sprengstoff erfunden. Ich muß leider feststellen, daß er es mir bei meinem gestrigen Besuch verheimlicht hat.“

„Sie beschuldigen einen Schwerkranken!“ rief Margo empört.

„Wieder falsch. Ich beschuldige ihn nicht. Ich durfte nur persönlich mehr Vertrauen erwarten. Sonst kann er mit seinem Geheimnis machen, was er will. Verkaufen kann er es nicht.“

Emanuel war plötzlich verändert, er gab sich leicht und jungenhaft.

„Herr Schattich! Ich hatte unrecht, Ihnen so zu kommen. Dann sind Sie natürlich im Vorteil. Ich wollte nur fragen, wieviel der Konzern freiwillig bieten würde.“

„Geht Sie gar nichts an.“ Das Gesicht des früheren Reichskanzlers war gestrafft wie bei geschichtlich bedeutenden Verhandlungen, und auf seinem runden Schenkelchen lag eine Faust.

„Der Erfinder hat laut Anstellungsvertrag seine Erfindung der Firma, die ihn beschäftigt, zur Verfügung zu stellen. Wir melden sie an, das Patent läuft auf unseren Namen, wir verwerten es.“

„Und der Erfinder ist ocke?“

„Er darf auf eine Gratifikation hoffen, manchmal auf Beförderung. Hier handelt es sich um meinen alten Freund Birk, ich werde natürlich für ihn eintreten.“

„Ergebensten Dank, Exzellenz, ich werde mir erlauben, Ihnen was zu – malen.“

Emanuel fing leise an, zum Schluß schrie er. Das Gehörte schien ihm unglaubhaft, so abscheulich war es. Aber seine Erinnerungen sagten ihm, daß es gerade darum glaubhaft sei. Er schrie weniger aus Entrüstung als vor Entsetzen. Seine Frau beschwor ihn mit den Händen. Sie bereitete sich vor, dazwischenzuspringen, wenn er über Schattich herfiel. Er war dazu imstande, Margo kannte dies Erblassen und dies Anschwellen der Adern an den Schläfen.

Zum Glück kam der Junge auf einen Gedanken, der ihn von körperlichen Betätigungen ablenkte.

„Das alles gilt nur für Ihre Angestellten, wie, Schattich?“ fragte er höhnisch.

„Jawohl, frecher Bengel!“ keifte der Generaldirektor und erhob sich. Er blieb viel kleiner als sein Gegner, sah aber mit der harten Miene des Siegers zu ihm hinauf.

„Dann kann ich Ihnen etwas verraten“, sagte Emanuel hinunter. „Mein Schwiegervater hat einen Vertrag mit Ihrer Konkurrenz, I. G. Chemikalien. Seine Erfindung hat er bei denen gemacht, und die sind nicht so, die kaufen sie richtig. Dann sehen Sie mal zu, was Sie gegen Ihre Konkurrenz anfangen.“

Schattich, dies hören und in eine schaurige Lache ausbrechen. Margo wunderte sich, daß jemand in der Stimmlage eines Tenors schaurig wirken konnte. Es kam gewiß von den Mächten, für die Schattich lachte; diese waren schaurig. Margo hatte den bestimmten Eindruck, daß der Teufel aus ihm lachte.

Alle drei wurden in ihren Gefühlen gestört, denn es klopfte. Schattich wandte sich unwillkürlich nach der Tür im Hintergrunde, daher kam dann wohl das Klopfen. Zuerst zögerten alle, sie waren so schön im Zuge gewesen. Einem Achselzucken ihres Arbeitgebers entnahm Margo, daß sie öffnen solle. Sie ging hin.

Herein schritt eine großgewachsene Dame reifen Alters mit rötlich schillernden Haaren und in einer glänzenden Matinee. Nora Schattich war über die innere Treppe gekommen und leicht außer Atem. Sie musterte die Lage.

„Ich befand mich gerade in den Gesellschaftsräumen des zweiten Stockwerkes“, erklärte sie; „und deutlich hörte ich, wie lustig es zuging. Auch ich lache gern. Herr und Frau Rapp? Unsere Hausgenossen, wie nett! Man sieht sich mal.“

„Sie werden mich jetzt öfter sehen, gnädige Frau“, erklärte Margo. „Ihr Gatte wünscht, daß ich hier arbeite.“

„So? Das wünschest du?“ fragte die Dame.

„Ich wünsche gar nichts“, beteuerte Schattich zurückweichend.

Für den Augenblick war er gebändigt; so hatte Margo es auch vorherberechnet.

„Was soll ich wünschen?“ Schattich ließ machtlos die kurzen Ärmchen gegen den Körper fallen. „Ich bin nur überlastet. Hier muß wieder mal jemand sitzen.“

„Wieder mal“, bestätigte seine Frau. Ihr Gesicht drückte aus, was alles an peinlichen Zwischenfällen hier schon gespielt hatte und wieder mal anfangen sollte.

Ihr Blick traf den jungen Mann.

„Und Sie, Herr Rapp? Sie sind wohl hier, um Ihre kleine Frau einzuführen?“ fragte sie im gesellschaftlichen Ton. Dies fand Emanuel ungewappnet.

„Was meinen Sie damit, gnädige Frau? Ich komme in einer ganz großen Sache.“

„In einer noch größeren?“ Immer gleich damenhaft.

„Fragen Sie Herrn Schattich!“ Erhitzt fuhr er fort. „Das nennt man Wirtschaftskampf, meine Dame. Es gibt solche, die drin sind, und andere, die erst noch ran wollen. Darüber versuchen die ersteren dann zu lachen.“

„Ich habe wirklich gelacht“, sagte Schattich.

„Das hat er“, gab Margo zu. Sie erinnerte sich ihrer Gänsehaut.

„Ich habe es gehört“, bestätigte Nora Schattich. „Herr Rapp dagegen schrie.“

„Ich schrie, weil ich enteignet werden soll“, behauptete Emanuel.

„Wer im Recht ist, bleibt vornehm“, behauptete Nora Schattich.

„Er wollte mir einreden, mein alter Freund Birk betrüge uns mit der Konkurrenz.“ Schattich sagte es mitleidig. Tatsächlich erreichte er, daß der Junge sich vor der Dame seiner armseligen Lügen schämte. Daher äußerte Emanuel auch jetzt wieder Dinge, die er nicht verantworten konnte.

„Mit I. G. Chemikalien verhandle ich sogar schon. Die Erfindung meines Schwiegervaters begegnet dort allseitigem Interesse, wir stehen vor dem Abschluß. Zu Ihnen, Herr Schattich, kam ich nur noch zur Sicherheit. Ich weiß jetzt, wie Sie eingestellt sind.“ Verbeugung vor der Dame. „Erlauben gnädige Frau, daß ich gehe.“

„Das ist nicht gut“, entschied Nora Schattich. „Sie sollten jetzt nicht den Rücken wenden. Wir leben nun einmal im selben Hause, ja, was noch wichtiger ist, in derselben Welt. Daher kann ich nicht finden, daß geschäftliche Stellungnahme entscheiden sollte über unsere menschliche Haltung. Die Gesellschaft, an deren Bestand wir alle gleichmäßig interessiert sind, verlangt, daß jeder wenigstens das Gesicht wahrt."

Sie hielt ihre Rede im leichtesten Plauderton. Die beiden Rapp staunten. Schattich schien es gewohnt zu sein; in seiner Miene lag eine, wenn auch oft geübte Anerkennung.

Schon plauderte die Dame weiter.

„Ihre Lage, Herr Rapp, gegenüber denen, die, wie Sie sagen, „schon drin sind", wird nicht immer dieselbe bleiben, und mancher von jenen war einst in Ihrer Lage. Ich, die ich keine alte Frau bin, erinnere mich sehr wohl, daß von meinem Vater, der über Einfluß verfügte, junge Leute abgewiesen wurden, und heute können sie andere abweisen."

Ein unmißverständlicher Blick auf Schattich.

„Wenn ich sage „junge Leute", meine ich nicht Ihr eigenes Alter, Herr Rapp. Auch beträchtlich Ältere gelangen noch zum Start, wenn jemand mit ihnen Mitleid hat ..."

Ihr Gesicht war furchtbar vor höflicher Grausamkeit. Weder Margo noch Emanuel wagten ihren Gatten anzusehen. Es schien ihnen wohl, daß Schattich nicht wankte, aber was geschah in diesem Augenblick hinter seiner ehernen Fassade? Beide Kinder fühlten sich eingeschüchtert von dem, was sie ahnten, den Kämpfen der älteren Leute, den so viel härteren, nicht mehr zu schlichtenden, auf immer hoffnungslosen Kämpfen.

Waren aber andere beschämt, der Dame Nora machte es nichts. Mit ihrer bisherigen Leichtigkeit und mit erhobener Stirn bedeutete sie dem jungen Mann, er möge sie erwarten.

„Sie verabschieden sich von mir unten. Nur noch ein Wort an Ihre liebe kleine Frau!"

Indessen Nora Schattich über Margo geneigt stand, nahm der Generaldirektor seine Rache an dem ganz unvorbereiteten Emanuel. Dieser sollte erst nachträglich begreifen, was vorgegangen war. Emanuel befand sich im Abgehen und dachte nicht daran, seinem hohen Vorgesetzten mehr als eine kühle Neigung des Kopfes zu widmen. Nun zeigte aber Schattich, an dem er vorbei mußte, ein einladendes Lächeln. Einladend war es zu deuten, und auch die Hand bewegte sich mehrere Zentimeter weit vom Körper fort. Das Ganze sah aus, als wären Händedruck und ein verbindliches Wort erwünscht gewesen.

Der junge Emanuel wurde schnell warm, er neigte zum Entgegenkommen wie zum Kampf, und noch soeben hatte er Mitleid gefühlt. Seine förmliche Miene belebte sich denn auch, die Hand öffnete sich; sie wird, während er auf Schattich zugeht, unverkennbar ausgestreckt, der Oberkörper macht im Gehen schon die versöhnliche Wendung. Jetzt wäre er da; die Muskeln wollen haltmachen, vielleicht tun sie es wirklich eine Sekunde lang; sie können die Anordnungen Emanuels nicht so plötzlich stoppen, wie sein Geist es möchte. Denn Emanuel erblickt einen veränderten Schattich. Das einladende Lächeln war Hohn oder ist auf nicht nachweisbare Art höhnisch geworden. Die Hand hat den Körper nur verlassen, um vom Schreibtisch ein Lineal zu nehmen. Es ist ein sehr biegsames Lineal und schnellt bei jedem Druck der Schattichschen Hand auf und nieder, wie die klassische Reitgerte.

Emanuel dachte an keine Reitgerte, weil er erst zur Zeit des Autos ins Leben getreten war. Nur Schattich verband einen bestimmten Gedanken mit der Spielerei seiner Hand. Daher schnaubte und kicherte er auch sieghaft, als der Junge an ihm vorbei war. Emanuel dagegen konnte nichts weiter tun, als daß er leicht auftrat, größer ward und in die Luft sah. So gelangte er aus der Tür.

Nora Schattich sprach zu Margo Rapp mit reizender Vertraulichkeit. Sie hielt ihr den Gemeinsinn der Frauen vor Augen. Margo möge ihren Mann mäßigen, wie Nora den ihren an Übertreibungen seines Machtwahnes verhindern werde. Sie sprach einigermaßen wegwerfend von Schattich.

„Was will der alte Mann noch machen, er hat seine Zeit gehabt. Ich glaube an die Jugend. Wenn ein Junge kommt und ihn stürzen will – Ich sage stürzen! Glauben Sie mir, Kind, die Alten sind im Grunde wehrlos; da hilft nicht Kapital noch Gesetz – wenn sie alt sind.“

So redete die Dame zum Erstaunen Margos mit Anmut und einer Art herablassender Zärtlichkeit. Margo nahm es übrigens, trotz Erstaunen, hin wie geschuldet.

„Er wird natürlich auftreten wie die Allmacht“, sagte die Dame noch. „Ihr dürft euch nur nicht verblüffen lassen. Ihr Emanuel soll ruhig, aber fest bleiben, seine Stunde kommt von selbst. Auch Sie, mein Kind, gewähren besser gar nichts. Ich warne Sie nicht aus Eifersucht“, erklärte sie überaus hochmütig. „Ich bin nur der

Meinung, daß die Tage vorbei sind, als dieser Liebling des Glückes Erfolg haben durfte."

Hier verschwand einen Augenblick jede Anmut, Margo sah in das wahre Gesicht des Hasses. Sogleich beherrschte die Dame sich wieder.

„Wir werden künftig noch engere Hausgenossen sein, liebe Margo. Außerdem sind wir Geschlechtsgenossinnen" – den Arm um den Nacken der jungen Frau. „Ich finde es selbstverständlich, daß du mir alles erzählst, was hier vorkommt ... Ich will euch helfen", schloß sie leise, weil Schattich endlich aufhorchte.

Er legte Arbeiten für seine Sekretärin zurecht. Der Gedanke, daß seine Frau die Kleine gegen ihn einnehme, kam ihm erst spät, und auch dann noch ließ er die gefährliche Dame sich lieber aussprechen, als daß er ihr entgegentrat.

Nora küßte Margo auf den Mund. Dann sagte sie, vorüberrauschend an Schattich: „Überanstrenge dich nur nicht, du Ärmster!"

Margo dachte noch, daß dies Gespräch einen einzigen Zweck verfolgt hatte; sie sollte veranlaßt werden, den Mann zu überwachen zugunsten der Frau, die ihn haßte. Warum nicht, wenn es der Sache Emanuels nützen konnte! Margo war entschlossen, für Emanuel ohne alle Bedenken zu arbeiten ... Sie dachte dies noch, da fuhr Nora Schattich mit Emanuel, der sie geduldig erwartet hatte, im Aufzug hinauf in das dritte Stockwerk.

Als sie hinaustraten, stand die Zofe Marietta da. Sie begrüßte Emanuel mit einem kurzen Aufreißen ihrer schwarzen Augen, und auch dies bedeutete nicht Verwunderung, eher bewies es ihm ihr Einverständnis.

„Der Tee ist serviert, gnädige Frau", sagte sie und öffnete die Tür in ein großes helles Zimmer. Als Nora schon drinnen war, flüsterte Marietta dem Jungen schnell noch zu: „Das Schlafzimmer ist links."

Worauf sie flüchtig die Zunge ausstreckte. Dann goß sie den Herrschaften den Tee in die Tassen. Nora sagte solange: „Ihre Angelegenheit mit Herrn Schattich ist symptomatisch. Fällt es Ihnen nicht auf, Herr Rapp? Zwei Generationen berühren einander: erstens die Lebensstufen, außerdem die sozialen Zeitalter."

Sie legte ihm hierbei Eier auf Schinken vor. Ihre Bewegungen waren so gut gepflegt wie ihre Ausdrucksweise, ihm blieb nur schweigende Bewunderung übrig.

„Sie haben noch nicht gefrühstückt; und wenn Sie es auch schon hätten, jetzt leisten Sie mir Gesellschaft. Sie sitzen auf dem Platz meines Gatten – der wahrscheinlich in diesem Augenblick seinem Diener aufträgt, das Tablett heraufzuholen für zwei Personen."

Wobei sie ihn mit kühnen blauen Augen ansah. Was konnten ihre Worte daher viel bedeuten. Sie plauderte nur.

„Ich bin erfreut, einmal wieder mit Ihnen zu plaudern", äußerte sie tatsächlich. „Übrigens glauben Sie nicht, wie sehr die Auseinandersetzung zweier Männer mich spannt. Ich fühle wohl eigentlich, wie die richtigen Frauen immer fühlten – vor Erfindung der Kameradschaft. Wenn ihr kämpft, glauben wir immer, es geschehe unseretwegen."

Grade hierbei machte sie ihr damenhaftestes Gesicht, dadurch wurde es unmöglich, ihren letzten Satz persönlich zu nehmen. Emanuel fühlte sich dennoch warm werden. Bevor er es wußte, hatte er gesagt: „Ich bin schon längst Ihr Bewunderer, gnädige Frau."

Kaum war es heraus, sah er hinter der Dame die Zofe eine große Anstrengung machen, um nicht zu lachen. Sie krümmte sich, drückte die Faust vor den Mund und gelangte mit einem Anlauf grade noch aus der Tür.

Emmanuel war beunruhigt, daß man ihn verhöhnte, und auch, weil hier keine klaren Verhältnisse herrschten. Er zwang sich, ruhig zu urteilen. Die plaudernde Dame hatte Porzellanfarben, wie er sah. Dies war ihre unverkennbare Schönheit; ihren Kopf, ihren Hals, ihre Arme tönten ein Weiß, ein Rosa, ein zartes Blau, wie auf dünnen, teuren Schüsseln. Im übrigen sprangen die Backenknochen zu weit vor, das Gerüst der großen Person schien auch sonst grob, und die Nase näherte sich der Form, die sie beim Skelett hat. Nora Schattich ließ das Gerippe, an das man sonst gedacht hätte, vergessen durch Glanz: den Glanz des Fleisches, gelben Haares und wunderbar schillernden Gewandes.

„Das höre ich gern, mein Junge", sagte sie so gelassen und förmlich, als ob es statt „mein Junge" „Herr Direktor" hieße. „Ich gestehe, daß man mich nie zu viel bewundern kann. Ist dies Zimmer hell genug?"

Er begriff, daß sie sich in ihrem sehr hellen Frühstückszimmer zeigte wie nur eine ganz junge Frau.

„Und ich bin fünfunddreißig“, sagte sie als Antwort auf seinen Blick. Er verbesserte für sich: vierzig. Das wurde verraten von der nächsten Umgebung der sorgfältig gemalten Augen, und auch am Hals sprachen Zeichen.

„Wer für mich Verständnis hat“, sagte sie, „kann auf meine Sympathie rechnen – wenn nötig, auf meine Hilfe.“

„Meine Sache mit Herrn Schattich kämpfe ich durch“, behauptete er.

„Ihnen glaube ich es“ – hierbei musterte sie eingehend zuerst seine Schultern, dann seine energiegeladene Miene. Er ließ sich bewundern. Allmählich ward er unruhig. Als sie ihn vergebens nach Worten suchen sah, bemerkte sie in aller Ruhe: „Sie sollten in Ihrem Kampf um Ihre Erfindung in den Vordergrund das Recht des geistigen Arbeiters stellen. Hier Ihr Geisteskind drüben nichts als eine rohe Macht, die es rauben will! Ich drücke mich romanhaft aus?“ fragte sie reizend.

Emanuel hörte nicht ohne Verlegenheit: Ihr Geisteskind; aber er wandte nichts ein. Er fragte sogar: „Glauben Sie, daß ich das öffentlich schreiben sollte?“

„Und ich werde dafür sorgen, daß es in eine große Berliner Zeitung kommt“, bestätigte Nora ihm. Hier wallte ihm viel Blut zum Kopf.

„Mögen Sie mich denn?“ fragte er schnell und töricht. Sie überhörte es, sie schälte gerade Obst. Ihr Ton wurde trotzdem warnend.

„Mit I. G. Chemikalien seien Sie vorsichtig! Sie sind nicht besser – ich meine nicht fortschrittlicher gesinnt. Ein Anfänger könnte bei den Verhandlungen sonderbare Dinge erleben.“

Da sie sich auf ihre nur wenig geschminkte Lippe biß, erfuhr er nicht, welche Dinge, und war gespannt. Sogar eine sachliche Falte bekam der junge Mann.

„Wir beide gründen lieber selbst eine I. G. oder Interessen-Gemeinschaft“, sagte sie plötzlich mit klarer Stimme. „Für eine andere dürfen Sie nicht arbeiten.“

Wie die Frau dasaß und blickte, war sie unmöglich mißzuverstehen, so doppelsinnig sie schien. Er sprang vom Stuhl, körperlich getroffen von ihren Worten – machte mehrere Schritte zu ihr hin, bog plötzlich ab und trat vor ein Fenster. Als er sich wieder hinwandte, hielt sie noch immer eine Wange auf dem Handrücken. Die von Steinen blitzenden Finger hingen herab, der Blick war leicht verwundert, aber gelassen.

Er kam in Wut über seinen Irrtum. Diese Frau schwatzte, sie nannte es plaudern, und nichts berührte sie selbst. Immer wieder forderte sie ihn heraus, und schon im gleichen Augenblick war sie es nicht gewesen. Er fand sie abscheulich heuchlerisch – im Erotischen wie in allem übrigen. Er hielt sich an das übrige, trotz seiner Wut suchte er die geringere Gefahr.

„Was Sie da vom Kampf reden! Kampf sieht anders aus. Wenn einer alles hat und der andere nichts, dann kenne ich keinen Kampf. Als wir mal nicht aufpaßten, weil es hierzulande überhaupt kein festes Geld mehr gab, da haben Industrie und Banken alles, was Geldwert hat, an sich gebracht. Es war wie der Einbrecher, der im Dunkeln Ihre Perlen klaut, während Sie schlafen." Nora Schattich zog an ihrer langen Perlenschnur, daher kam er auf den Vergleich.

„Jetzt fehlt ihnen nur noch der Anteil an der politischen Macht, den wir behalten haben. Nach dem giepern sie. Dafür bezahlen sie bewaffnete Räuberbanden, und dafür richten sie absichtlich die Reichsfinanzen zugrunde, damit sie nachher die Retter spielen können. Das wird ihnen auch gelingen. Die paar reichen Leute werden in Deutschland noch mal die ganze Macht haben, wie früher die paar Fürsten – aber nicht so lange. Das geb ich Ihnen schriftlich, nicht mehr so lange! Wir haben immerhin etwas gelernt."

„Also doch", sagte Nora Schattich. „Sie sind Bolschewist. Außerdem sind Sie ein dummer Junge, denn reiche Leute, was Sie reiche Leute nennen, das gibt es gar nicht mehr. Wir arbeiten alle."

„Sie arbeiten?" fragte er und überflog ihre Gestalt. Gelockert durch seine eigenen großen Worte, betrachtete er mit offener Begehrlichkeit, was sie zu bieten hatte, Porzellanfarben, Gerüst, Glanz des Haares und Gewandes, ja, auch die Totennase. Sie indessen bezog in diesem Augenblick seinen funkelnden Blick ausschließlich auf ihre Perlenkette. Sie ließ die lange Schnur in ihrem Brustausschnitt verschwinden. Er beugte sich unbewußt vor, um dem Kleinod nachzusehen. Dort drinnen war es milchig weiß, hügelig, und ein beschleunigter Atem bewegte die Gegend.

Um seine Fassung wiederzuerlangen, trat der Unglückliche hinter die Dame, da kam er vom Regen in die Traufe. Ihr Rücken war ausgesprochen schön, und das Morgenkleid entblößte ihn bis dorthin, wo sie saß.

„Mein Mann arbeitet nachweislich so viel wie dreißig Angestellte. Sein Gehalt ist aber nur das Zwanzigfache."

Sie sprach zu ihm vernünftig belehrend, während er hinten seine Wunder erlebte. Schnell und undeutlich führte er irgend etwas ins Feld, Beteiligungen, Aktien, Aufsichtsratsposten, die Schattich außer seinem Gehalt besitzen sollte. Sie erklärte in überlegenem Ton dies alles für wertlos, worauf er seine unwirksamen Versuche auch schon aufgab.

„Was machen Sie dort eigentlich?“ fragte sie klagend, ohne sich im geringsten zu rühren.

Er überlegte unruhig, was geschehen würde, wenn er ihr einfach den großen nackten Rücken küßte. Klar, daß sie grade dafür den Körperteil hinhielt.

„Ich bin jung“, dachte er, um sich anzufeuern, aber es half nichts, er blieb eingeschüchtert.

„Haben Sie mir gar nichts mehr zu sagen?“ fragte die Dame auf ihrer vorderen Seite.

Infolgedessen begann er wieder von der Übermacht des Konzerns, der Aussichtslosigkeit, sein eigenes, verantwortliches Leben zu führen, der Sklaverei des Geistes. „Der verfallen alle mit der Zeit, und unsere Gebundenheit führt zu Minderwertigkeitsgefühlen. Ich kann doch nicht einmal die Stadt verlassen, wenn ich es wollte!“

„Wollen Sie es denn?“ fragte Nora Schattich und wandte sich zum erstenmal nach ihm um.

„Sie sind egoistisch wie alle Männer, von welcher Generation auch immer. Sie unterhalten mich nur von Ihren eigenen Sorgen, und sogar fortgehen wollen Sie. Als ob ich meinerseits das könnte! Ich bin hier eine Gefangene.“

Sie sagte mit zerbrechlicher Miene: „Ein goldener Käfig ist auch noch ein Käfig. Haben Sie mich denn richtig angesehen?“

„Ich sehe Sie zu viel an“, antwortete er hierauf.

Sie behielt den Ausdruck von Zerbrechlichkeit und Schonungsbedürftigkeit.

„Ich leide unter den Erfolgen eines mittelmäßigen Mannes, an den ich ebenso gebunden bin wie Sie an Ihren Konzern, und mein menschlicher Mehrwert, denn ich bin mehr wert, wird auch im ganzen Leben nicht realisiert. Begreifen Sie das? Ich liege da wie totes Kapital, und meine Zeit vergeht. Noch wäre ich für Berlin geeignet – und dann hier festgehalten sein! Begreifen Sie das?“

„Ich verstehe Sie“, behauptete er bereitwillig.

„Aufregungen am Vormittag sind für mich Gift“ – wobei sie in die geheime Gegend ihres Herzens griff. „Läuten Sie meiner Zofe!“

Auf was wartete sie, die Klingel war unter der gläsernen Tischplatte.

„Oder helfen Sie mir, mich niederzulegen!“

Dies wurde stillschweigend vorgezogen. Der junge Mann führte die schöne Vierzigjährige auf ihren Wunsch nach links, und als er die Tür aufstieß, war es wahrhaftig das Schlafzimmer. Ein kleiner Raum, worin der Diwan stand, trennte noch davon, aber wer wartete schon an dem grünseidenen Vorhang, der das Bett nicht verdeckte? Die Zofe Marietta, sie machte ein keusches und ehrfürchtiges Gesicht, wie ihre Dame am Arm des Jungen ihren Einzug hielt.

Besorgt legte sie ihr die Kissen zurecht. Das Bedecken der Beine dagegen deutete Marietta nur an, in Wirklichkeit unterblieb es. Da Nora Schattich die Augen schloß, folgte ihr Bewerber dem klugen Mädchen bis hinter den Vorhang.

„Was ist jetzt zu machen?“ fragte er.

„Nur behutsam“, flüsterte Marietta. „Manchmal schreit sie.“

Schon war das kluge Mädchen verschwunden. Den jungen Mann überließ sie seiner schwierigen Lage. Er dachte grade daran, sich gleichfalls zu drücken, da bemerkte er, daß die Dame ihn eigentlich ansah. Ihr Blick lag nur unter ungewöhnlich langen und dichten Wimpern. Oh, sie hatte Schönheiten – auch die unbedeckt gebliebenen Beine ... Sie stellte fest, was ihn beschäftigte, und sie fragte harmlos: „Für wie alt würden Sie meine Beine halten?“

„Wenn ich nicht wüßte, daß Sie dreißig sind, ich würde sagen: achtzehn.“

Die Antwort befriedigte sie, sie lächelte leidend. „Rücken Sie mir die Kissen höher! Ich will Sie im Auge behalten, es ist besser für uns beide. Mit wem betrügen Sie übrigens Ihre Frau?“

Er wurde rot. Erbittert mußte er fühlen, daß das Blut sogar seine Ohren färbte. Er stand vor Nora Schattich als dummer Junge, weil er zur unrechten Zeit sich Inges erinnerte. Sie lag ein wenig weit zurück, aber ihr Bild befiel ihn mit erstaunlicher Kraft. Es geschah gradezu körperlich, Inge war so gut wie eingetreten. Eine ganze Weile hörte er Nora Schattich gar nicht sprechen.

Sie mußte etwas erzählt haben von einem Direktor der I. G. Chemikalien – vom Präsidenten sogar, und es bezog sich auf ihre Beine. Oder ein anderer Körperteil war im Spiel, vielleicht der Busen. Sie schien ihn dem Präsidenten zu Ehren hervorgeholt zu haben, wobei sich aber ergab, daß er den Rücken vorzog. Es machte den Eindruck, als würde über einen Braten gesprochen, so sachlich erklärte die Dame dies alles.

„Auch Sie haben, solange Sie irgend konnten, meinen Rücken betrachtet. Ich wußte, was Sie taten."

Sie hatte hierbei ein Gesicht wie eine Schauspielerin in einer Szene schwerster Seelenkämpfe, denen sie nicht gewachsen ist. Der Junge begann schon wieder seine Sinne zu spüren. Inge, noch soeben gradezu körperlich anwesend, trug zu seiner Erregung eher bei, als daß sie ihr entgegenwirkte. Ihn empörte dies Durcheinander, daher näherte er sich der Dame in feindlicher Absicht. „Jetzt Prügel!" sann er, indes er die Hand an eins ihrer Beine legte.

Sie schien es nicht zu bemerken, sie erzählte vielmehr, daß sie Schattich jeden Augenblick betrügen könne. Was hätte daran gelegen – bei einem solchen Grade innerer Entfremdung und wenn die Frau ihre Freiheit zurückbekam, weil ein Mann ohne inneres Zentrum kein Recht auf ihre Treue hatte!

Das „innere Zentrum" war ihr zur rechten Zeit eingefallen. Sie warf den Mangel daran ihrem Gatten noch einige Male vor. Schattich war ihr zufolge nichts anderes als ein geschickter Macher und eine verkannte Unfähigkeit. Um so schlimmer für seine Frau! Wahrhaftig nicht seinetwegen verzichtete sie auf eine echte Gemeinschaft ... Das Bein, auf dem die Hand des Jungen lag, zitterte.

Sondern sie hatte einstmals seelische Verpflichtungen eingegangen – mit einem Mann, den sie selten sah, nie zu erhören gedachte, oft sogar vergaß. Aber es war ein Mann – Nora Schattich konnte an so viel Vornehmheit nur unter Tränen denken. Der Mann, den sie meinte, hatte auf alle gemeinen Vorteile längst verzichtet. Er lebte gerecht und weise. Er hatte viele Kinder und kein Vermögen, ergänzte sie der größeren Deutlichkeit wegen. Hier erkannte der Junge, daß sein Schwiegervater Birk der Mann war. Auch ihn hatte die Unermüdliche in Arbeit gehabt vor wer weiß wie langer Zeit. Endlich nahm der Junge die Hand von ihrem Bein.

Manchmal schrie sie, wie die Zofe Marietta ihm warnend mitgeteilt hatte. Heute hatte sie vorgezogen, eine feinere Musik auf seinen Nerven zu spielen. Aber die Wirkung machte sich fühlbar, ihm war nachgrade ganz schwach. Der

Junge von 1929 erprobte zum erstenmal, was Frauen mit erotischer Tradition zu leisten imstande waren. Er sah, daß seine Altersgenossinnen unerfahren und in der Liebe ohne die Lehren der Geschichte waren, genau wie er selbst in anderer Hinsicht. Nora Schattich mußte, wie ihm einfiel, die „Dame von 1880“ sein. Von dieser hatte er reden gehört. Die Jahreszahl stimmte nicht, nur der Begriff traf zu.

Dies einmal erkannt, rüstete er sich mit der ganzen Überlegenheit seiner Zeit.

„Oberingenieur Birk hat Sie nicht gehabt“, sagte er klar. „Der Präsident der I. G. Chemikalien hat Sie auch nicht gehabt und ein anderer ebensowenig. Das ist richtig; aber es ist auch das einzige, was ich Ihnen glaube.“

„Schrecklich, wenn man alles glauben müßte“, erwiderte sie. „Es wäre vor Langeweile nicht auszuhalten.“

Sie verriet in diesem Augenblick ein Gesicht, das vielleicht nur vorkam, wenn sie allein war, ein denkendes Gesicht.

„Soll lieber niemand glauben, was von dem allen vielleicht doch wirklich war – und was du versäumst, mein Junge“, sagte sie zu tief für ihn. Bevor er seine Schlüsse gezogen hatte, war sie aufgestanden.

„Ich habe mich doch ausgeruht“, hörte er sie sagen und begriff nicht, warum „doch“. Aber er vermutete, daß es ihn demütigen sollte. Sie fragte auch sofort: „Wer sind Ihre Freunde?“

Jetzt war es klar, Nora Schattich wünschte für ihre erotischen Versuche ergiebigere Teilnehmer; nach dem Stündchen mit ihm selbst fühlte sie sich zu ausgeruht. Trotz gekränkter Eigenliebe sagte er mit viel Kaltblütigkeit:

„Ich habe besonders drei Freunde. Der erste ist ein Boxer, das ist der am wenigsten interessante. Aus einem anderen werde ich nicht klug, den sollten Sie in Arbeit nehmen. Der dritte hat Anlage zum Mörder – sagt er.“

„Bringen Sie die lieben jungen Leute doch alle mal her. Morgen zum Beispiel fährt mein Mann nach Berlin, soviel ich weiß. Ich soll zu einem Tanztee gehen, aber vielleicht werde ich Kopfweh haben.“

Sechstes Kapitel

Das Haus war aus der guten Zeit, 1909, daher drang nichts durch die Mauern und Fußböden. In einem allerneuesten Gebäude würden Nora Schattich und Emanuel Rapp sogar zwei Stockwerke höher einige Stöße verspürt haben. Denn Reichskanzler a. D. Schattich sprang in einem gewissen Augenblick mit Schwung über ein freistehendes Klubsofa, und in einem anderen fiel der schwere Tisch mit allen Akten um. Inmitten der Verwüstung schalt Schattich.

„Die Damen kommen zum Herrn Generaldirektor immer in der falschen Hoffnung, nun ginge es los und nun könnten sie mich wegen Mißbrauchs beim Betriebsrat verklagen. Geben Sie sich keine unnütze Mühe, Fräulein!" Grade hier sprang er über das Sofa.

Es geschah ganz unerwartet. Schattich arbeitete mit Überraschungen, Margo, so schlank und gewandt sie war, konnte sich nur grade noch zwischen die Aktenbündel retten. Der Tisch streckte seine Beine nach oben, die Bündel hatten sich gelockert, und Margo schob die Fußspitze hinein. Ein weiterer Schritt Schattichs, und das gesamte Material des Vereins zur Rationalisierung Deutschlands wäre im Zimmer umhergeflogen. Schattich gab nach, aber in dem treulosen Gehirn des Politikers bildete sich zweifellos schon die nächste taktische List.

Margo glaubte ihm keine Sekunde, was er redete. Schattich sagte berufsmäßig das Gegenteil dessen, was er tat. Sein Glaube an die Dummheit der Menschen war weitgehend und unerschütterlich. Er verzweifelte nicht im geringsten daran, Margo einzureden, daß sie ihn verfolge, anstatt er sie, was doch die klare Tatsache war. Margo sah ein, daß sie ihn ihrerseits ablenken mußte.

„Hören Sie nichts?" fragte sie und stellte sich erschreckt.

„Ich – nichts, Sie gerissenes Luder", sagte er mit bösen Augen. „Meinen Diener habe ich weggeschickt, und meine Frau hat oben Herrenbesuch." Dies schrie er mit Tenorstimme, es machte ihm eine bösartige Freude. Übrigens gelang es ihm, Margo einzuschüchtern. Sie überlegte schmerzlich, was in diesem Haus vorging. Ihre Geistesabwesenheit war kurz, dennoch ermöglichte sie dem Angreifer einen neuen Vorstoß. Diesmal erwartete ihn Margo festen Fußes.

„Nun?" fragte sie, als er da war – und wie er vorübergehend die Fassung verlor: „Ich will Ihnen was sagen. Herr Schattich. Hier kommt kein Betriebsrat in Frage. Für einen älteren Herrn sind Sie körperlich noch ganz rüstig; aber ausgeschlossen, daß Ihr Köpfchen ausreicht, um meinem Emanuel die Erfindung abzuluchsen. Und darauf sind Sie im stillen nur aus, wenn Sie hier auch noch so stürmisch tun."

„Nun dann – reden wir mal geschäftlich!" Er fand sich sofort ab, wie immer mit den Gegebenheiten, auf die er keinen Einfluß mehr hatte. Diese kleine Frau war stärker, als er gedacht hatte. Man mußte ihr andersherum beikommen.

„Stellen wir mal erst den Tisch wieder auf!"

Dies und das Sammeln der Akten gab ihm die Zeit, die er brauchte. Aber auch Margo kam inzwischen mit sich ins reine. Es war nicht sicher, für wen sie arbeitete, wenn sie Emanuel half. Vielleicht für Inge, vielleicht sogar für eine andere, die zufällig so verrückt war, mit ihm durchzugehen. Er wäre mitgekommen mit jeder, denn er war ungefestigt, und wo immer das Leben ihm ein unhaltbares Versprechen machte, dorthin irrte er ab. Lieben? Er konnte Nora Schattich nie lieben, darüber war Margo beruhigt; aber er konnte Inge lieben. Doch. Er liebte sie schon, Inge brauchte nur zuzugreifen! Etwas anderes war, ob es Dauer hatte mit ihnen. Für Inge hatte noch nichts Dauer gehabt; war Emanuel der Erwartete? Es wäre schrecklich gewesen, der vernichtendste Schrecken.

Margo hatte in einem Augenblick über alles, alles zu entscheiden: nur die Zeit, indes sie die letzten verstreuten Papiere vom Boden auflas ... Nein. Sie glaubte nicht, daß Inge ihn halten konnte. Das vermochte nur sie selbst, weil ihr Leben daran hing. Das Leben einer jungen Frau mit weißer Haut, schwarzen, manchmal leider flehenden Augen, aber einer kecken Nase hing am Besitz Emanuel Rapps. Margo erblickte die junge Frau als Gestalt für sich und bemerkte sachlich: „Die macht Schluß, wenn es ihr vorbeigeht."

„Herr Schattich", sagte Margo, „Sie werden sich wundern. Ich mache Ihnen einen ernstgemeinten Vorschlag."

„Nun bin ich aber neugierig", sagte er, ohne das Gesicht zu verziehen.

„Sie bringen unsere Erfindung im Ausland unter. Dafür werden Sie beteiligt", sprach sie in einem Atem.

Sie bekam von dem großen Mann einen Blick von unten nachsichtige Ironie, etwas schlechthin Entmutigendes. Sie blieb tapfer.

„Warum denn nicht, Herr Schattich? Leben und leben lassen. Wo steht es geschrieben, daß wir unsere Erfindung einfach verschenken müssen."

„Das kann ich Ihnen sagen, liebe Frau. Das steht in den gesetzlichen Bestimmungen über das Verbrechen des Industrieverrats.“

Er sagte „liebe Frau“, die Ironie war weg, auch die Huldigung der Sinne war weg, und Schattich verteidigte rücksichtslos den Boden, auf dem er stand.

„Industrieverrat ist Landesverrat“, entschied er hart. „In ihrem Fall läßt sich ein Verrat militärischer Staatsgeheimnisse konstruieren. Das kommt gleich nach Mord. Sie können sich denken, was darauf steht.“

„Muß es denn herauskommen? Wenn Sie die Sache mitmachen?“

Hierauf sah er sie entgeistert an. Das Fehlen jeder Scham im Hinblick auf das Recht mußte weiblich sein! Kein Geschäftsfreund hatte ihm je einen so unumwundenen Antrag gemacht. Er vergaß seine Strenge und sagte vertraulich, indes er sich umsah:

„Solche Sachen sind mir zu gefährlich. Sagen Sie Ihrem Mann, er soll die Finger davonlassen! Wir haben nämlich unsere Kontrollabteilung. Das erzähle ich aber bloß Ihnen, weil ich Sie vielleicht dort verwenden werde. Sie scheinen mir brauchbar.“

„Setzen Sie mich gleich jetzt in Ihre Kontrollabteilung; dann kann ich die Sache in die Hand nehmen, und der Konzern erfährt nichts.“

„Sie haben dort keine Sache allein in Händen. Andere kontrollieren wieder Sie. Übrigens – beobachtet werden Sie natürlich schon jetzt. Die anderen alle auch – ich sogar ... Ich sage Ihnen viel zuviel“, erkannte er plötzlich. „Warum nur?“

„Ja, warum? Weil Sie die Sache eigentlich mit mir machen möchten“, sagte die unschuldige Versucherin. Er begann zu schnauben.

„Mit dir werde ich eine andere Sache machen. Verlaß dich drauf. Du bist jetzt eingeweiht und mußt bei mir bleiben. Laß deinen Mann überhaupt laufen!“

„Erst müssen wir ihm noch die Erfindung abknöpfen“, sagte Margo und erwiderte, so gut sie konnte, seinen Blick von Macht zu Macht, samt dem diebischen Einverständnis, das im Ton lag.

„Das wird vorausgesetzt. Das besorgst du, während ich fort bin. Ich fahre morgen abend nach Berlin. Nach meiner Rückkehr bekomme ich mit sofortiger Wirksamkeit a) die Erfindung, b) die Braut.“

Er wollte wieder einmal überraschend sein kurzes Ärmchen um sie werfen. Statt dessen fand er seine Sekretärin plötzlich an der Schreibmaschine sitzen.

„Jetzt diktieren Sie mir den Brief an den Herrn Präsidenten von I. G. Chemikalien."

„Davon war nie die Rede."

„Aber die ganze Zeit haben Sie es vorgehabt."

„Oder Sie."

Er sagte wieder Sie, so stark fand er das Mädchen.

„Sie wollten dem Herrn Präsidenten mitteilen, daß Sie ihn aus alter persönlicher Freundschaft in Kenntnis setzen von der Erfindung eines Ihnen selbst unbekannten Herrn X. Wer sich hinter dem Vermittler versteckt, können Sie nicht herausbringen. Die Sache selbst scheint Ihnen epochal."

„Woher haben Sie das Wort?" fragte Schattich, nur um Zeit zu gewinnen.

„Oder ich formuliere den Brief gleich selbst?"

„Das kommt nicht in Frage", bestimmte er und setzte, um zu diktieren, seine Amtsmiene auf. Er ließ die tüchtige kleine Frau ungefähr das hinschreiben, was sie sich gedacht hatte. Sooft sie aufsah, fand sie immer nur die Amtsmiene. Was sie dahinter nicht sehen konnte, waren Gedanken, die den überlegenen Menschenbehandler insgeheim belustigten.

„Die tüchtige kleine Frau wird sich wundern über die Wirkung ihres schönen Briefes, selbst wenn ich ihn hinausgehen lasse. Und auf das Gesicht ihres netten Jungen freue ich mich auch schon."

Als der Brief fertig war, verließ Schattich das Zimmer in der sicheren Voraussicht, daß seine Sekretärin jetzt telefonieren werde. Sie tat es auch sofort. Zuerst ließ sie die Zofe Marietta berichten und schwören, daß Emanuel nicht mehr bei Nora Schattich sei. Dann rief sie zu Hause an – ebenso vergebens wie im Krankenhaus, im Café Central und bei seinen Freunden Ehmann und Mulle. Sie erinnerte sich, daß Boxer Brüstung mit ihren beiden jüngsten Geschwistern spazierenfuhr. Es war nicht wahrscheinlich, daß Emanuel den Sonntag bei ihrer ältesten Schwester Ella verbrachte. Wer blieb übrig, außer Inge? Er mußte mit Inge sein.

Kaum stand dies für sie fest, machte Margo sich auf den Weg – sie wußte nicht, wohin. Daher befragte sie vorher noch unten beim Ausgang die Frau des Schneiders Landsegen. Es waren die Portiersleute, einige hölzerne Stufen führten neben der Haustür zu ihnen hinunter. Aus ihrem Verschlag quollen die beiden beleibten Menschen abwechselnd hervor, Landsegen mit wollenem Hemd und weißem Bart, seine Frau etwas zu prall bekleidet, und ihr Gesicht bewahrte Anzeichen einer bewegten Vergangenheit.

„Herr Rapp ist rechts herumgegangen, so viel weiß ich", meldete Frau Landsegen.

„Und Fräulein Inge auch wieder rechts", ergänzte der Schneider.

„Schafskopf!"

„Ich weiß nicht, was Melanie immer hat. Ich komme allen meinen Gattenpflichten pünktlich nach."

Dieser gewöhnliche Mensch erfreute sich daran, wie sein Bauch in der wollenen Hülle vor Lachen kullerte. Es war sein gefundenes Sonntagsvergnügen, der viel zu besonderen Tochter des Oberingenieurs Birk von den gemeinen Dingen seines Lebens zu sprechen.

„Sie ist nämlich eine ganze Menge gewöhnt von früher her. Was, Melanie? Da muß ich als ihr Gatte mich dranhalten, sonst taucht sofort ein anderer Süßer auf, und was für einer. Grüne Jungen, das ist bei ihr das Neueste."

„Er hat eine weiche Birne!" rief die Frau – nicht geringschätzig, sondern jubelnd.

„Sind nun wirklich beide nach rechts gegangen?" fragte Margo, die sich zusammennahm.

„Was kann das schon bedeuten, Kindchen?" sagte die Frau vertraulich.

„Na, na!" drohte hingegen der Mann.

„Mach nicht so 'n Bekleckerten!" hörte Margo die sogenannte Melanie noch schelten, als sie selbst schon aus dem Hause war. Das gemeine Paar hatte sichtlich nachgrade seine feste Ansicht über Emanuel und Inge. So weit war es gekommen, während Margo noch immer mit Zweifeln die Zeit verloren hatte. Vielleicht mußte man, um anders zu denken, überaus wohlwollend oder ganz und gar gleichgültig sein. Das zweite hielt Margo für verbreiteter. Demnach hatte sie damit zu rechnen, daß jeder, der den Fall überhaupt beachtete, in ihrem Mann den Geliebten ihrer Schwester sah.

Auf einmal wurde ihr bewußt, daß sie durch eine fremde Stadt ging. Sie erkannte weder Straßen noch Menschen. Jene waren leerer und breiter, diese aber trugen, wie jene – die Straßen wie die Menschen –, alle Anzeichen völliger Zwecklosigkeit. Da auch Margo nicht wußte, wohin, lohnte hier unten kein Schritt mehr. Sie sah zum Himmel auf – und alles war erklärt. Sonntag, Frühling und ein des Nichtstuns ungewohntes Volk, das ungefällig wirkte. Sogar die beiden Landsegen wurden offenbar übler durch Frühling und Sonntag! Ihre Bosheit ergab sich aus ihrer Untätigkeit. Es waren zufällige Umstände; und Margo selbst: hätte sie vorhin Emanuel telefonisch erreicht, würde sie jetzt diesen äußersten Befürchtungen nachhängen?

Sie hatte doch beschlossen, für Emanuel zu arbeiten, es sei, wie immer. Grade im Angesicht des so gefährlichen Schattich hatte sie sich tapfer und ruhig gefühlt. Nur hier, in der harmlosen, frisch gesäuberten Öffentlichkeit verlor sie infolge von Zufällen den Kopf. Wenn das öfter vorkam, war die Sache verloren, ihre und Emanuels; aber vor allem waren sie füreinander verloren. Margo versprach sich, keiner Überraschung mehr zu erliegen und zuverlässiger zu sein.

Sie erkannte jetzt auch, daß sie falsch gegangen war – nach links, eigens, um die beiden zu fliehen. In der Parkstraße kehrte sie wieder um, sie wäre dort nach dem schönsten Stadtteil gelangt, ein unpassender Weg für ihre Sorgen. Hier das Marmorhaus gestern abend saßen sie noch verhältnismäßig alltäglich alle beisammen im Kino, obwohl eine Woche schon begonnen hatte, wie nach menschlichem Ermessen keine bisher dagewesen war ... Der gewöhnliche Verkehrspolizist auf seiner Trommel, der minutenlang auf ein Auto wartete, kam ihr daher alberner als je vor.

Der Heumarkt, sein Brunnen und seine versenkte Bedürfnisanstalt. Margo wäre gern ihrem Hause samt den beiden Landsegen ausgewichen und rechts davon in den Monbijou-Park getreten. Sie sah aber durch das Gitter, daß der Garten sich belebt hatte. Inge und Emanuel spazierten schwerlich zwischen den anerkannten Liebespaaren ... Margo ging dennoch lieber vorn an ihrem Haus vorbei.

Gleich in die nächste Straße wäre sie fast eingebogen: die Straße zur Brücke, in guten Tagen der Weg zu ihrem Vater. Wie oft hatte er in einem Schuppen gestanden und seinen Stab befehligt. Die Tochter des Chefs wurde überall durchgelassen, und er unterbrach sich sofort, um sie anzuhören. Ach! Die Ansicht war inzwischen verändert, er lag im Krankenhaus. Aber noch hörte er sie an, wenn sie hinkam; er lebte, er war noch da! Sie eilte. Der Gehsteig war schmal, und jemand begegnete ihr; hier streifte sie mit der Schulter die Front der Kirche von Sankt Stefan.

Innerlich drängte sie zum Vater und flehte, er möchte helfen. Wie war zu erreichen, daß er Inge zu sich rief und sie abhielt, das große Unglück anzurichten? Wo sollte er sie auftreiben, da sie, unbekannt durch welche Straßen, mit Emanuel umherzog. Weilten sie noch in der Stadt? Schon durchgegangen? Emanuel war von der Art, die durchging, und Inge von einer, die nicht genügend widerstand ... Großer Umtrieb im Geiste Margos, sie merkte gar nicht, welches Gebäude sie mit der Schulter streifte. Nur weil das Portal vorsprang und Leute über die Stufen stiegen, wurde Margo aufmerksam.

Sie blickte hinauf; das waren die gewöhnlichen Gesichter; drüben aus dem Polizeigebäude wären sie genau so herausgekommen, und an der Ecke das Hotel Deutsches Haus hätte sie wesentlich angeregter über seine Schwelle treten gesehen. Margo machte sich dies nicht einmal klar, sie war dessen sicher, ohne daran zu denken. Sie blickte an der Kirche hinauf, und nichts anderes sagte sie ihr als alle hergebrachten Erscheinungen des Lebens und täglichen Übereinkommens. Eine junge Frau mit weißer Haut, besonders dunklen Augen, die leider flehend blicken konnten, aber aufgeworfener Nase schritt eilends vorbei. Das Gefühl, das sich grade jetzt in ihr herausarbeitete, war der Haß.

Sie haßte ihre Schwester: nie bisher hatte sie die Kraft gefunden, sie so sehr zu hassen. Margo, wie sie nun einmal war, hatte im Gefühl, daß eine Schwester keine Feindin sein kann. Es geschehe, was immer, sie tue auch unrecht, dränge sich vor und nehme dir die Chancen, wozu Inge von jeher neigte – sie bleibt die Schwester, das ist keine Feindin. Daher bedeutete der neue Haß Margos mehr als nur dies Gefühl, er glich einer Entdeckung hinsichtlich des Lebens überhaupt. Nichts hält zusammen, und nichts hält vor. Wir irren uns über eine Schwester, weil wir schwach sind und auch uns selbst lieber nicht deutlich sehen. Sonst fänden wir uns schrecklich vereinsamt in einer endlosen, kahlen Straße mit lauter geschlossenen Türen und so eng, daß die Sonne nur die höchsten Fenster der einen Seite berührt.

Durch eine solche Straße ging Margo tatsächlich schon geraume Zeit. Es war ihr richtiger Weg, die alte Vorstadtstraße, alte Brücke, das Krankenhaus. Nur, daß kurz vor der Brücke eine zweite Gestalt in die Straße einlenkte, und diese war Inge. Sie schlenderte vor Margo her, sie hatte sie nicht bemerkt. Margo in ihrem Haß verbot ihr sowohl ihre Schönheit wie ihren lässigen Gang, und daß sie hier war und daß sie auf der Welt war – vor allem aber die Veilchen, die sie am Gürtel trug. Alles wurde mit jedem Atemzug unerträglicher, Margo hätte in ihrer Handtasche eine Waffe haben sollen! ... Da wandte Inge sich um, sie waren an der Brücke.

Das allzu schöne Drehen ihrer Hüften hatte plötzlich aufgehört, Inge blieb reglos, sie war gefangen und wußte nicht, was tun.

„Also hier triffst du ihn", sagte Margo und bekam keine Antwort. Die beiden Schwestern standen am Brückenkopf völlig allein, die Bewohner der Fabrikstadt saßen drüben beim Essen. Den Fluß aber bedeckten viele Kähne mit sommerlichen jungen Leuten, bunte Sweater, zarte Seidenfähnchen, und der Himmel nötigte selbst den Fluß zu einer schwärzlichen Bläue. Die Hochöfen in ihrer Landschaft von aufgeschichteten Kohlen verhielten sich blicklos und mit ablehnenden Köpfen.

„Mach man, daß du ihn nicht im Fluß suchen mußt!" sagte Margo und wußte selbst nicht, was sie meinte. Der Zorn ließ ihrem Gerede keine andere Bedeutung, als daß sie eben zornig war. Inge zuckte denn auch die Schultern.

„Verrückt", sagte sie und fühlte sich erleichtert.

„So? Verrückt? Hast du nicht darum nein gesagt, als Brüstung mit dir ausfahren wollte? Schleichst du nicht hier umher, wo niemand euch begegnen soll? Die Leute reden schon. Du machst dich lächerlich."

Mitten im Wirbelwind des Zornes überlegte Margo. Sie wußte ganz gut, daß Inge nicht sich selbst lächerlich machte – und wahrscheinlich auch ihre Schwester nicht. Die komische Figur ist eigentlich der Mann, der sich hin- und herziehen läßt. Grade dies aber hätte Margo nie zugegeben. Wie vorhin mit dem Fluß, hat sie etwas gesagt, was ihren Zorn falsch ausdrückte. Zum Zorn kam der Ärger. Daher wurde sie sowohl lauter als böser.

„Du hast ihn dahin bringen wollen, daß er mit dir durchgeht! ... Ich bilde mir wohl alles nur ein?" antwortete sie auf den Blick Inges. „Es ist vielleicht nicht wahr? Er hat es mir selbst gesagt."

Jetzt weinte Margo, ihre überanstrengte Stimme füllte sich mit Tränen der Ohnmacht. Alles, was sie sprach, war Lüge, und sogar ihren Mann verleumdete sie. Wie kam es? In allem recht haben, und dennoch fortwährend lügen und verleumden müssen! Wie sollte sie Inge jetzt noch die Veilchen vorwerfen, und doch waren die Veilchen sicher von Emanuel. Den ganzen Vorgang hier am Brückenkopf begriff sie nicht mehr; sie wollte fort sein, schon bereitete ihr Körper die Wendung vor: da fiel ihr noch das einzige Wort ein, das unzweifelhaft richtig war.

„Hure! Du bist nun einmal eine Hure!"

Als sie es aber gesprochen hatte, hielt das Wort sie fest. Jetzt war an Fortgehen nicht zu denken, denn dort stand Inge, ihre Schwester, in ihren eigenen Augen verwandelt und überaus spannend geworden durch das ausgesprochene Wort. Margo wartete neugierig; Zorn und Ärger setzten aus.

Inge sagte, als hätte sie nicht gehört: „Ich wollte zum Vater gehen."

Lässigkeit und Trauer, mehr verriet sie nicht. Die Schwester fühlte sogar, daß sie nichts weiter zu verraten hatte. Das ausgesprochene Wort war an ihr abgeglitten.

„Ich möchte mit dem Vater sprechen. Wenn du anders gewesen wärest –"

Margo schlug die Augen nieder. Sie dachte: „Ich? Ich muß die Augen niederschlagen? Anders gewesen – wie hätte ich denn sein sollen, damit sie mit mir anstatt mit Papa spricht? Das versteht niemand", fühlte sie, hob die Lider auf und erblickte auch Inge ratlos.

„Ich wollte selbst hin", sagte Margo und zögerte. Sollten sie jetzt Seite an Seite weitergehen? ... „Besser du", entschied sie.

„Es ist mal nicht anders", sagte Inge – entschlossen, aber mit einer Art Rücksichtnahme trotz allem. Margo erschauderte grade hiervon. Sie und ihre Schwester waren nicht mehr in dem Alter, wo sie einander im Streit die Puppen einfach aus der Hand rissen. Das wurde hier so schrecklich klar. Zu ihrer Verfügung standen jetzt widerspruchsvolle Gedanken, auch Worte, die nur einen Augenblick als die volle Wahrheit erschienen, ferner die Dankbarkeit, weil sie miteinander klein gewesen waren, und ein tiefinnerer Vorwurf, der denselben Grund hatte. Was half aber alles, da am Schluß dieser Verwicklungen die Puppe doch wieder hin- und hergerissen wurde, bis sie den Kopf oder ihr Inneres verlor ... Als Margo umkehrte, war sie begleitet von der neuen und schlimmsten Furcht, Emanuel könnte verlorengehen – nicht nur ihr, auch sich und allen.

„Ich muß ihn halten", fühlte sie voll Tapferkeit durch die ganze lange und öde Vorstadt, die sie nochmals zurücklegte. „Wenn Inge ihn eine Zeitlang hat, das darf doch nicht das Ende sein. Nachher muß ich ihn erst recht halten."

Margo sagte nicht: Ich kämpfe und ich leide, obwohl sie an einem Kino vorbeikam, wo ähnliche Worte angeschlagen standen. Sie hatte nicht die Vorstellung, als spielte sie eine große Rolle. Sie hatte nur zweckmäßig zu handeln, nicht erst lange ihre Wunden zu zählen und ihren Schrei einzuüben. Augenblicklich war für das Mittagessen zu sorgen. Selbst wenn Emanuel sich doch noch mit Inge traf, einmal mußten sie heimkehren.

Als sie wieder die Kirche von Sankt Stefan mit der Schulter streifte, folgte sie einem Gedanken und erstieg die Treppe, die keine Füße mehr belebten. Sie trat ein, sah unbefangen durch das mystische Gewölbe und setzte sich, um zu beten. Sie betete tief, ganz tief in sich hinein. Wohnte dort Gott, dann hörte er. Aber Margo wußte genau, daß ihr Gebet sie kräftigte, auch wenn nur sie allein es hörte.

Siebtes Kapitel

Emanuel Rapp verließ den furchtbaren Schattich mit dem Vorsatz, seiner Herr zu werden. Hierfür begab er sich erst einmal zu seinem Freund Ehmann. Der Mann der Beziehungen war Ehmann; wenn jemand an den Präsidenten der I. G. Chemikalien herankonnte, war es Ehmann. Emanuel dachte die Gewinnsucht der beiden riesigen Konzerne seinen kleinen Interessen nutzbar zu machen. Niemals überließ der eine dem anderen einen Sprengstoff von äußerster Brisanz, auf den die ganze Welt wartete. Das mußte er sich nur klarmachen ... Indessen traf er Ehmann schon nicht mehr an.

Aus der Wohnung des Freundes läutete er bei der Geliebten Ehmanns an. Dies war ein Mädchen aus gutem Hause, eine andere würde der ehrgeizige Ehmann auch niemals eingestanden haben. Daher mußten die telefonischen Auskünfte der jungen Dame durchaus unverständlich gehalten sein, sie gab sie im Schoß ihrer Familie. Emanuel war genötigt, persönlich hinzueilen.

Herr Bausch, der Inhaber von Elektro-Lux, verbrachte den Sonntag auf der Gartenterrasse seiner Villa. Emanuel wurde vom Anblick all dieser Bequemlichkeit nur mit noch mehr Tatkraft erfüllt.

„Heute geht alles schneller“, erklärte er im Lauf der notwendigen Unterhaltung mit Bausch. „Nehmen wir mal an, eine Erfindung, richtig aufgezogen, das ist in einem Augenblick so viel wie zehn Jahre Elektro-Lux. Das Tempo unserer Zeit!“

Als rüstiger Vierziger wollte Bausch nichts gegen seine Zeit sagen. Nur gegen Ehmann war er eingenommen. Er hatte sich nicht entschließen können, den Freund seiner Tochter offen zur Kenntnis zu nehmen. Andrerseits ließen die Sitten kein strenges Einschreiten mehr zu. Bausch befand sich moralisch im Zustand der Schwebe; er stellte sich zu dem jungen Paar liebenswürdig, schadete aber Ehmann, wo er konnte.

„Achtung auf unseren Freund!“ sagte er zu Emanuel recht munter. „Er ist ein außerordentlich moderner Junge, und wenn man glaubt, man hat ihn, hat er wenigstens drei Finger noch woanders drin. Das schätze ich so sehr an ihm“, setzte er schnell hinzu, um seine Tochter nicht zu verstimmen.

„Käthe, unser Freund kann gleich hiersein. Ich hoffe es wenigstens. Aber dann sollten Rosen auf seinem Platz stehen; du weißt, er hält darauf. Im letzten Beet drüben sind drei neue aufgeblüht. Willst du so gut sein, mein Kind, und sie abschneiden?“

Seine Tochter entfernte sich achselzuckend, darauf begann Bausch zu flüstern.

„Die Stellung unseres Freundes bei Ihrem Konzern ist nicht geklärt. Fiel Ihnen das noch niemals auf? Er hat Einfluß und hat mich schon mehrfach sozusagen mitgenommen – ohne eigenes Kapital, wie er ist. Was verkauft er eigentlich? Fragt man nach ihm, scheint er unbekannt.“

Bausch machte eine vielsagende Pause. Emanuel schob ein: „Er ist im Konzern dasselbe wie ich.“

„Wir wollen es hoffen. Aber bei Ihnen kenne ich bis jetzt noch nicht das Gefühl, als wäre der Teufel hinter mir.“

Der junge Gast hielt infolge dieses Wortes Herrn Bausch für überaltert, daher seine Bedenken gegen eine heutige Erscheinung wie Ehmann. Andrerseits verließ Frau Bausch den Hintergrund und eröffnete ihrem Gatten, daß sein künftiger Schwiegersohn zu ihm einfach kein Vertrauen habe.

„Mir hat er alles erklärt, was sie ihm im Konzern zu tun geben und so weiter. Ich als Dame verstehe nicht alles, aber das tut nichts. Jedenfalls braucht er nur noch eine große Sache –“

Emanuel unterbrach. „Was für eine?“ Denn mit dem Wort im Innern ging er seit gestern umher; er konnte es nicht fallen hören, ohne zu erschrecken.

„Eine große Sache“, wiederholte Frau Bausch, ohne dem Wort einen Sinn zu geben. „Dann wird er befördert und kann sich um ein junges Mädchen aus gutem Hause bewerben.“ Dies beiläufig und dadurch nur wirksamer.

Schon kehrte auch Fräulein Bausch zurück, sie wurde von beiden Herren achtungsvoll empfangen. Übrigens äußerte sie: „Der Junge kommt mal wieder nicht. Was er verkauft? Das weiß ich auch immer noch nicht. Ich weiß bloß, daß in der Central-Bar eine oxydierte Bardame namens Sonnenschein sitzt.“

„Aber, mein Kind!“ sagte die Mutter in aller Ruhe.

„Du hast hundertprozentig recht“, sagte der Vater.

Der Gast empfahl sich.

„Um diese Zeit ist in der Central-Bar nichts los. Ich übernehme jede Garantie.“

Dennoch fuhr er sofort dorthin. Der Preis der Fahrten begann ihn zu beunruhigen. Hatte man den eigenen Wagen, damit Brüstung mit den beiden Kleinen ihn für seine Erholung benutzte, indes man selbst den angespanntesten Tag erlebte? Noch dazu hätte ein Boxer heute sich lieber massieren lassen und schlafen sollen! Am Abend setzte er seine Existenz aufs Spiel.

In der Central-Bar gab es keinen Ehmann. Aber auch Fräulein Sonnenschein war noch nicht im Geschäft, daher bewies seine Abwesenheit nichts. Außerhalb ihrer Geschäftsstunden gefiel sich die Sonnenschein gewöhnlich als Gast der Elba-Bar, nebenan in der Parkstraße. Emanuel hätte sofort nachgesehen, nur Mulle hielt ihn fest.

Es war inzwischen ein Uhr geworden; ob Mulle nun zu Mittag gegessen hatte oder nicht, getrunken hatte er schon viel, daher setzte er einem Kreise Gleichgesinnter auseinander, wie er zu seinem Stückchen Land gekommen war.

„Ich hatte immer Sinn für das Landleben. Als Vierzehnjähriger gehörte ich einer Einbrecherbande an, wir arbeiteten ausschließlich mit Schaufenstern und Automaten, und was wir verdienten, war für Reisen ins Gebirge und an die See. Weißt du noch, Emanuel?“ fragte er anzüglich, hängte sich ein und war nicht loszuwerden.

„Mensch, du bist beschickert“, sagte Emanuel nur. Er wußte von der Mulleschen Vergangenheit nichts weiter, als daß sie eine Zeitlang dieselbe Unterstützung bezogen hatten.

„Was hast du an den Automaten schon verdient“, meinte er. „Geben wir mal zu, daß die Arbeitslosenunterstützung ein besseres Geschäft war! Mit Wohnungshilfe und Verbandshilfskasse machte es 160 Mark. Damals hätte man sich eine Villa auf Stottern kaufen sollen.“

„Hab ich gemacht“, Mulle reckte seine gedrungene Gestalt. „Das Stückchen Land mit 50 Mark Anzahlung. 30 Mark waren monatlich zu spucken, bin ich drei Monate schuldig geblieben. Der Prozeß dauerte noch mal so lange, dann zahlte ich 50 Mark ab. Nun hatte ich Arbeitslosenunterstützung plus Ertrag des Grundstücks. Ziegel machen, Häuschen bauen. So kommt man hinten hoch, prost.“

Beglückt legte Mulle sein völlig flaches Gesicht in den Nacken.

„Schiebung!“ bemerkte ein sonst Gleichgesinnter. „Schädling am Volksganzen!“

„Riech mal an meiner Faust!“ antwortete Mulle und nahm Kampfstellung ein, indes schon einige anfeuernd „Kss! Kss!“ machten. Auch der andere war bereit, obwohl er sich langsam zurückzog. Er fand sofort die kriegerischsten Worte.

„Du, da müssen sechse von die Sorte kommen, und denn noch nicht!“ rief er und suchte nur aus Geringschätzung, wie es schien, Abstand. Mulle wieder hielt sich an Emanuel, legte ihm von hinten den Arm über die Schulter und reckte die Hand gegen den, der mittlerweile die Tür erreicht hatte. Der Kreis der Zuschauer hetzte weiter: „Kss! Los dafür!“

„Dir zerschlag ich die Knochen“, drohte Mulle. Der andere fragte: „Willstes denn alleene machen oder dein Verein?“

„Wanze!“ rief Mulle. Von jetzt ab beschränkte er sich auf dies Wort.

„Villenbesitzer will so was sein! Dein geklautes Klosett im Walde besetzen wir mit Rotfront.“

„Wanze!“

„Komm mal ran!“ Und da Mulle wirklich den von ihm umarmten Emanuel vorwärts schob: „Jetzt stellst du dich wohl auf Held um.“

„Wanze!"

Es war das letzte, was der andere hörte; er hatte die Tür hinter sich zugemacht. Der Kellner war ihm zuvorgekommen und wartete draußen auf Bezahlung; daher auch die Sorglosigkeit der Dame hinter der Bar. Sie beschäftigte sich auf das liebevollste mit Emanuel, der Verbindung mit der Elba-Bar wünschte. Der Telefonapparat stand auf dem Bartisch, im Lokal herrschte Lärm, und was in der Elba-Bar vorging, schien nicht dahinter zurückzustehen. Daher war die Verbindung schwierig.

„Ist Herr Ehmann dort?" wiederholten Emanuel und das Mädchen abwechselnd.

Mulle verteidigte sich schreiend gegen den Vorwurf, er habe geschoben. „Wenn es durchaus nicht mehr anders zu machen ist, wißt ihr, wofür ich noch eher bin? Wißt ihr das? Wofür?"

„Für Mord", sagte gelassen ein Gleichgesinnter.

„Sehr richtig", bestätigte Mulle und ließ sich bewundern.

Die Bardame und Emanuel fragten abwechselnd: „Haben Sie denn Fräulein Sonnenschein dort?"

Aber auch dies war schwer zu ermitteln ... Mulle indessen stieß auf Widerspruch.

„Kann man eventuell mal zusehen, wenn du einen beförderst?

Nee, Erich, du bist auch bloß so doof wie wir alle und verbrauchst dich im Betrieb."

„Der Konzern hat mich entlassen wegen Umtriebe", tobte Mulle.

„Na, nu biste Agent. Alles dasselbe. Stehst weiter auf dem laufenden Band – und daneben immer die Kontrolle."

Emanuel hatte endlich glaubwürdig erfahren, daß weder Ehmann noch seine Begleiterin in der Elba-Bar gesehen worden waren. Sofort tat er den nächsten Schritt.

„Fräulein Melitta, verbinden Sie mich doch mal mit dem Präsidenten der I. G. Chemikalien! Geben Sie sich für die Sekretärin von Doktor Martini aus!"

„Knorke", sagte das Mädchen. „Was krieg ich, wenn Sie das Geschäft machen?"

„Ich will ihn nur fragen, wie er geschlafen hat", versicherte der Junge.

Mulle bezeugte nochmals allen: lieber Mord als der Dumme sein. „Wo mir sowieso mein mütterliches Geld geklaut ist von einem Herrn, der es damit bis zum Generaldirektor gebracht hat."

„Na laß man!" wurde gesagt, denn diese Mullesche Leier kannte man. Er brauchte nur am Nachmittag zu trinken, dann kam sie dran; abends weniger. Verlorenes Erbe und vornehme Verwandtschaft beschäftigten Mulle nur in Stunden, wo er noch Sorgen hatte.

„Grammophon einstellen!" wurde gerufen. Sofort tauchten einige Mädchen aus den Ecken, die Paare scharrten. Grade erschien auch die Sonnenschein. Emanuel rief sie heran; auf seiner Schulter ruhte der Arm Melittas, während sie den Hörer hielt.

„Wo ist Ehmann?" fragte er.

„Wie wir von Hause weggehen wollten, wurde er angerufen, ich weiß nicht, von wem. Nein, das kann ich nicht sagen", beteuerte die Sonnenschein. „Da hat er mich bei meiner Freundin abgesetzt und ist seiner Wege gegangen."

„Der Privatsekretär des Präsidenten ist am Apparat", meldete Melitta.

Emanuel sprach hinein.

„Wie geht es denn, Herr Doktor?"

Die Stimme, die ihm antwortete, schien bekannt, ohne daß ihr Inhaber ihm einfiel.

„Ich bin Doktor Martini und komme momentan aus London", sagte Emanuel mit etwas Akzent. „Sie können mit mir eine große Sache machen. Auch am Sonntag", antwortete er auf eine Frage. „Mich stört der Sonntag nicht."

Die Stimme sagte: „Musik stört Sie auch nicht. Machen Sie Ihre Abschlüsse nur bei Musik? Dann sorgen wir für entsprechende Apparatur."

Jetzt schien sie verändert, Emanuel erkannte nichts mehr. Zu seinem Erstaunen sagte sie: „Wir sind von Ihrer Ankunft schon informiert, Herr Doktor."

„Um so besser", entschied Emanuel. Eine Verwechslung mußte vorliegen.

„Wir haben Interesse für Ihre Erfindung."

Auch in dem anderen Fall handelte es sich um eine Erfindung, das Zusammentreffen konnte vorkommen.

„Wir schicken Ihnen einen Herrn zwecks Fühlungnahme. Darf ich fragen, wo Sie zu finden sind?“

„Im Krankenhaus links des Flusses“, sagte Emanuel schnell entschlossen.

„Sehr wohl“ – die Stimme fand nichts Auffälliges dabei.

„Ich erwarte Ihren Vertreter in einer Stunde“, bemerkte der Junge leichthin und hängte ein.

Der Beendigung des kühnen Gesprächs folgte nun doch eine leichte Betäubung. Emanuel sah seinen Freund Mulle einem fremden Gast die Zigarre aus dem Mund nehmen, worauf wieder Krach entstand. Der Geist Emanuels griff vor, er träumte sich in Verhandlungen mit einem gewichtigen Herrn, und es ging um vierzig Millionen. Der Geist Emanuels sagte rundweg vierzig. Damit verglich er unversehens das Dasein, die Reden und Taten seines Freundes Mulle und empfand die Unverträglichkeit der Dinge.

Emanuel verließ die Central-Bar. Andrerseits sah er ein, daß Mulle an seiner Stelle nicht anders gehandelt und beiläufig dieselbe Figur gemacht hätte. Alles und alle waren auswechselbar. Jeder brauchte eine Chance. Mulle suchte sie vorläufig im Mord, was aber weder sehr aussichtsvoll noch gute Klasse war. Nicht, daß Emanuel Mord auch bei günstigsten Umständen grundsätzlich abgelehnt hätte. Er wäre aus Gründen persönlicher Einstellung einem Unternehmen dieser Art wohl nicht erst nähergetreten; aber möglich im Ablauf der Tatsachen blieb alles, und vierzig Millionen, durch Mord erworben, waren so gut wie die vierzig Millionen, die Emanuel auf dem Verhandlungswege erstrebte.

Während seiner Gedanken über das Leben und das Glück befand der Junge sich noch in dem dunklen Seitengäßchen, das die Bar enthielt. Auf der Sonnenseite der Parkstraße ward ihm alsbald klar, wie er zu handeln hatte. Nicht wehrlos den Vertreter des Kapitals erwarten: – ihm eine gleichwertige Macht entgegenstellen. Emanuel selbst hatte etwas erfunden, so drückte er es kurz aus; verhandeln konnte nur, wer außerdem so viel Geld vertrat wie der andere. Er dachte wieder an Ehmann.

Dieser vertrat natürlich nicht das geringste an Geldwert, aber er sah so aus, daß jeder ihm die höchsten Beträge geglaubt hätte. Vor allem kamen sie ihm leicht und ungezwungen aus dem Munde ... Emanuel wollte nach Hause, um nochmals Ehmann telefonisch zu suchen. Schon wandte er sich in der Richtung des Heumarkts, da erblickte er Inge.

Sie ging entgegengesetzt, trieb übrigens im Gewühl, er sah nichts weiter als, in Abständen, ihr helles Profil, die goldgelbe Locke unter dem engen Hut. Vielleicht auch war sie es nicht, nur sein Gedanke sprang vom Geschäft zu ihr. Denn sein Gedanke an Inge erfüllte dies ganze Geschäft mit einem Reiz, den es für sich allein, trotz der einzigen Gelegenheit für alle Leidenschaften, nicht angenommen hätte. Plötzlich bemerkte er alles. Worauf es im Grunde ankam, um was er sich in Abenteuer stürzte und wem er nachlief! Er lief Inge nach, ihrem blonden Kopf im blauen Hut, der Gestalt, die höher als die Menge schritt. Da sie aber die verkehrte Richtung hielt, ging auch er falsch.

Sie war weit entfernt, und der Abstand vergrößerte sich eher noch, denn das sonntägliche Gewühl zwischen ihnen schien nicht zu durchbrechen. Eine Kolonne Arbeiter hinderte den Ungeduldigen, vorwärtszukommen, als wäre sie dafür angestellt gewesen. Bei der Rosengasse beschloß er, um das nächste Häuserviertel zu lenken; dann konnte er in Höhe der Kanalbrücke grade neben Inge gelangen. Nichts anderes sah der Junge, nichts anderes mehr hatte er im Kopf.

In den kleinen Gassen kam er schnell weiter, freilich kreuzten sie einander mehrmals, überdies drang unter die vorstehenden Dächer nur halbes Tageslicht. Einmal wußte er nicht mehr, wohin einbiegen, und blieb stehen. Im gleichen Augenblick hielt irgendwo ein zweiter Schritt an – etwas nachklappend, wie ein Echo. Emanuel bemerkte erst jetzt, daß er schon seit einiger Zeit noch jemand laufen hörte, weder schneller noch langsamer als er selbst, nur gedämpft, man konnte denken: heimlich. Er sah sich um, fand aber niemand. Vergebens durchsuchte er mit den Augen die schattigen Winkel.

Er ging weiter, sogleich wurde auch der andere Schritt wieder hörbar, nur war er noch vorsichtiger geworden. „Ich werde verfolgt“, erkannte Emanuel. Es schien unglaublich, war in seinem Leben das erste Mal und machte ihm Eindruck. Es bestätigte ihm, daß er neuerdings an Bedeutung gewonnen hatte – für wen? Für manche. Am nächsten lag, daß der furchtbare Schattich ihm Aufpasser nachschickte – wenn nicht schon der Präsident von I. G. Chemikalien an der Arbeit war. Emanuel beglückwünschte sich zu seinem Scharfblick, nur konnte er leider noch immer nicht feststellen, wie der Verfolger aussah und wo er, wenn man sich hinwandte, verschwand.

Plötzlich tat er einen Sprung, das Dunkel jener Haustür hatte sich bewegt. Er griff etwas, es war eine alte Frau; der Schritt hatte schwerlich ihr gehört. Während der Junge noch überlegte, wurde aber der Schritt wieder laut – wurde lauter als je, er hatte sich offenbar selbständig gemacht. Mehr noch, er erklang jetzt von vorn, aus Strecken, die Emanuel noch gar nicht durchlaufen hatte. Hier wurde dem Jungen kalt.

Das Gefühl durchdrang ihn, daß er die Mächte, mit denen er den Kampf aufnahm, noch immer unterschätzt hatte. Sie standen früh auf, und es war schwer, ihnen zu begegnen. Man konnte nicht genug gute Verbündete haben, nicht genug Informationen einholen und nicht sicher genug gehen. Daher kehrte Emanuel ohne weiteres in die Parkstraße zurück, änderte auch durchaus die Richtung. Inge war nirgends zu erblicken, übrigens durfte sie ihn nicht ablenken.

Zu Hause fand er Margo allein bei dem erkaltenden Mittagessen. Niemand war gekommen. Die beiden Jüngsten bewachten irgendwo draußen den so notwendigen Schlaf des Boxers, sie hatten es telefonisch mitgeteilt. Inge? „Hast du Inge nicht gesehen?“ fragte Margo den Jungen. Er antwortete „nein“ – und ebensowenig verriet sie selbst ihre Begegnung mit Inge bei der Brücke.

Er zeigte große Eile. Ehmann hatte wirklich nicht angerufen? Wie war das möglich. Kein Sonntag verging doch, ohne daß die Freunde sich verabredeten; oft kam Ehmann zu Tisch ... Margo hielt ihn auf, als er ans Telefon wollte.

„Einen Augenblick! Du mußt zuerst die Hauptsache wissen. Schattich hat mir einen Brief an den Präsidenten von I. G. Chemikalien diktiert, oder ich habe ihn mir selbst diktiert; aber unterschrieben ist er von Schattich, und ich steckte ihn eigenhändig in den Kasten. Er sagt darin, daß er den Erfinder nicht kennt, aber die Erfindung für epochal hält.“

„Hättest du das lieber nicht gemacht!“ Er war so schroff, daß sie erschrak. „Ich selbst habe inzwischen die Sache ganz anders aufgezogen.“

Er fand es unnötig, zu sagen, wie. Er rief Ehmann an, wieder vergeblich. Als er einhängte, fragte sie plötzlich: „Weißt du, daß der Konzern eine Kontrollabteilung hat?“

„Nein“, antwortete er. „Ich glaube es auch nicht“ – obwohl er sofort daran dachte, daß er verfolgt worden war.

„Alle stehen unter Aufsicht.“

Er zuckte die Achseln; das ging natürlich zu weit.

„Woher weißt du überhaupt von der Abteilung?“

„Ich selbst soll hinein.“

Sein erster Gedanke war: „Da kann sie meiner Sache verdammt nützen.“ Aus Gründen aber, die er sich nicht klarmachte, fand er es unerwünscht, Margo viel verdanken zu sollen.

Das Schlimme war, daß sie ihn verstand. Ihr Herz übermittelte jede Regung des seinen; und was bei ihm nur Unlust und innerer Widerstand war, bei Margo wurde es Qual, wurde schrecklicher Zweifel. „Mein Mann – und jede Stunde des Lebens unser gemeinsames Eigentum!“ Margo wußte, daß man so nicht fühlen darf. Leider fühlte sie so, sie war nicht in allem richtig. Daher kehrte auch, wo es doch um das Nächste, Notwendigste ging, immer ihre innere Frage wieder: „Wo hat er sich inzwischen umhergetrieben? Nicht doch mit Inge?“

„Hast du gar nicht daran gedacht, ins Krankenhaus zu Papa zu gehen?“ fragte sie endlich laut.

„Natürlich.“ Er log nur aus Widerspruchsgeist.

„So? Und dann behauptest du, daß du Inge nicht begegnet bist?“

Sie war erschreckend weiß, und ihre Augen brannten von einer solchen Leidenschaft, daß ihm bange wurde. Ihm bangte vor ihr und um sie. Einen Atemzug lang, nicht länger, spürte er den Puls des anderen Lebens, als ob es sein eigener gewesen wäre; ja, zwischen ihr und ihm verschob sich die Masse der angesammelten Fremdheit, die gewöhnliche menschliche Fremdheit und die der feindlichen Interessen – so daß er hindurchsah ... Gleich darauf war die trennende Wand samt seiner Blindheit wiederhergestellt; er seufzte deshalb sogar erleichtert ...

Er wollte gehen, sie hielt ihn nochmals zurück, oh, nicht, um der großen Aussprache ihren Lauf zu lassen, so laut ihre Augen und ihre weiße Haut auch schon gesprochen hatten. Margo empfand zu deutlich die entscheidende Minute. Jetzt ein Fehler, und alles war verloren. Vernünftig war Margo. Ihre Vernunft beherrschte alles, ihren inneren Aufruhr, den Haß, der ausbrechen wollte, und sogar ihre Lebensangst. Sie hielt sich vor: „Ich und er haben ein großes gemeinsames Interesse.“ Das war die rettende Tatsache. Margo ließ sie nicht wieder los, daher rief sie Emanuel von der Tür zurück.

„Übrigens ist das mit Inge nebensächlich.“ Sie sprach überzeugend; nichts bekümmerte sie weniger als die Frage, ob er Inge getroffen hatte.

„Was ich aber sagen wollte: du solltest Ehmann nicht trauen.“

„Nanu?“

„Das Geschäft ist zu groß – auch zu gefährlich. Das bespricht man höchstens mit seiner eigenen Frau.“

„Ein Freund, den man ganz genau kennt – Ehmann und ich haben dieselbe Einstellung zu den Tatsachen. Ich kenne ihn als Mann.“

„Und ich als Frau.“

Zuerst sah er sie an, um in ihrem Gesicht mehr zu entdecken, als was sie sagte. Ehmann hatte sich vielleicht Freiheiten bei ihr herausgenommen? Das war immer möglich, sonntags nach dem Essen lag es nahe, und Ehmann gehörte ohnehin zu den Leuten, die keinen Augenblick mit einer Frau allein im Zimmer sein können, ohne loszugehen. Das war bei ihm, als ob er mit sich selbst gewettet hätte. Weiter bedeutete es nichts, Emanuel verzieh es ihm. Die Frauen natürlich beurteilten einen Mann nur von da aus, und Margo besonders war überempfindlich.

Er suchte nach einem Wort, womit er, ohne sich als Gatte etwas zu vergeben, ihre Zumutung beseitigte – da klingelte es von der Flurtür her. Wer erschien, war derselbe Ehmann. „Endlich!“ rief sein Freund ihm entgegen.

Ehmann trat übrigens auf wie immer, als der vielbegehrte Herr, der hier erwartet wird, aber anderswo auch schon wieder. Korrekt, elegant, Geschäfts- und Weltmann, nur alles etwas abgegriffen, wie Margo heute deutlich bemerkte. Er hatte wenig Haare, ein spitzes Gesicht und eifrig suchende Augen. Wo er den Fuß hinsetzte, mußte etwas für ihn zu machen sein. Die Mißtrauische bekam von dem allen den untrüglichsten Eindruck. Die Gestalt erschien derart verdächtig, daß Margo ihrem Emanuel einfach die Augen zuwendete. „Was habe ich gesagt“, hieß es. Aber der treue Freund sah gar nichts.

„Dich suche ich den ganzen Tag“, rief er ihm entgegen.

„Ich war geschäftlich stark in Anspruch genommen“, erklärte Ehmann, wie immer.

„Was ich für dich habe, ist größer.“

„Ich würde dir aus Freundschaft helfen“, erwiderte Ehmann mit seinem gütig frechen Lächeln, das um alles in der Welt wußte.

„Eine große Sache“, beteuerte Emanuel.

„Eine große Sache, die brauche ich auch. Ich brauche sogar nur noch eine“ – dies war ihm entfahren. Sogar Emanuel fühlte, daß Ehmann es aus Versehen gesagt hatte. Er sah Margo lieber nicht erst an. Er dachte an Bausch, den Inhaber von Elektro-Lux. Worte wie „Die Stellung unseres Freundes bei Ihrem Konzern ist nicht genügend geklärt“ oder „Was verkauft er?“ fielen ihm peinlich ein. Dazu Frau Bausch: „Jedenfalls braucht er nur noch eine große Sache, um befördert zu werden und sich um ein Mädchen aus gutem Haus zu bewerben.“ Auch dies waren verdächtige Worte. Sie brachten jetzt nachträglich den Freund in den Geruch, als erwartete er für seine Hilfe von Emanuel eine Provision. Immer sind Provisionen etwas, das über einen Freund enttäuscht.

Wer wußte es besser als Ehmann. Er kannte die Menschen, sein gütig frecher Blick gab es zu erkennen.

„Ich habe übrigens nicht die Absicht, Fräulein Bausch zu heiraten“, äußerte er nur scheinbar unvermittelt. Er antwortete auf Gedanken.

„Ich dachte“, sagte denn auch Margo.

„Sehen Sie, gnädige Frau, so leicht wird man für persönlich interessiert gehalten.“ Die Stimme Ehmanns klang milde. „Ich nütze Herrn Bausch mit meinen Beziehungen bei den städtischen Behörden. Gleich heißt es: die Tochter – als ob das ein gutes Geschäft wäre! Der Alte wackelt, wie ich Ihnen vertraulich weitergeben kann.“

Längst bereute Emanuel seinen Verdacht. Wenn Ehmann sich jetzt zurückzog, war er selbst hilflos. Schnell nannte er daher die Sache bei Namen: Sprengstoff, äußerste Brisanz. War er erst einmal ins Vertrauen gezogen, nötigte gewiß die eigene Anständigkeit den Freund, in der Sache mitzugehen. Emanuel berichtete von der Stellungnahme Schattichs, die feindselig und drohend war, sowie von seinem eigenen Schritt bei dem Präsidenten von I. G. Chemikalien – ein gewagter Schritt, wie er zugab, aber voll von Möglichkeiten.

Ehmann äußerte sich nicht gleich. Er hörte gewitzigt zu, schüttelte den Kopf und nickte abwechselnd. Sogar Margo fand ihn geheimnisvoll oder wenigstens besonders eingeweiht – so eindrucksvoll schwieg er.

Schließlich brummte Ehmann „Mm, mm“, als ob mehr zu machen wäre, als daß Emanuel einfach in das Krankenhaus ging und dort den Vertreter von I. G. Chemikalien erwartete.

„Das dachte ich mir auch“, bestätigte Emanuel. „Das Ding sitzt noch nicht richtig, willst du sagen. Eine letzte Drehung fehlt noch: ganz meine Meinung. Nun höre mal schnell zu, Ehmann! Ich habe nur noch acht Minuten Zeit. Ich soll im Krankenhaus den Vertreter von I. G. Chemikalien empfangen, schön. Ich bin Dr. Martini und bringe die Erfindung aus England, geht in Ordnung. Was noch fehlt, ist die Konkurrenz. Wenn der Trick ziehen soll, müssen die Engländer hinter der Sache her sein und mir nachreisen. Sonst möchte ich wissen, warum I. G. Chemikalien sich meinetwegen zerreißen sollten?“

Ehmann wartete ab, seine Miene zeigte unverändert sowohl Zynismus als Nachsicht.

„Nun klebst du dir einen Schnurrbart“, verlangte der Junge, entschlossen, aufs Ganze zu gehen. „Damit trittst du als englischer Kapitalist auf – platzt einfach in meine Verhandlungen hinein. Das hebt meinen Wert um hundertundfünfzig Prozent ... Wie? Was?“ fragte er erregt. „Englisch kannst du sowieso“, fiel ihm noch ein.

„Englisch kann ich sowieso“, wiederholte Ehmann. Sein Ausdruck wechselte dabei, er ward kalt, er ward bitter. Ehmann wendete sich an Margo.

„Wollen Sie gefälligst zur Kenntnis nehmen, gnädige Frau, daß nicht ich dies gesagt habe. Ein abenteuerlicher Vorschlag wie der, den wir soeben hörten, liegt außerhalb meiner Mentalität. Ich kenne die Welt zu gut, als daß ich der sein könnte, für den Sie mich halten, gnädige Frau“, schloß er strafend.

Es war sein einziges wirklich strenges Wort. Gleich darauf gab Ehmann sich jungenhaft. „Famoser Witz übrigens!“ rief er übermütig. „Auf so was muß man kommen, da zeigt sich das Talent. Schade eigentlich, daß ich anders eingestellt bin. Ich bedauere meine Hemmungen.“

„Ich wollte dich zum Schwindel verleiten“, gab Emanuel zu, denn diese Wahrheit ging ihm jetzt erst auf. „Ich selbst schwindele auch“, sagte er achselzuckend. Was war zu machen, wenn gegebene Tatsachen den Schwindel nun einmal forderten! Der Junge zerbrach sich nicht weiter den Kopf, seine Frage war nur: „Wenn du den englischen Kapitalisten nicht machen willst, was rätst du mir dann?“

„Das will ich dir sagen." Ehmann sprach bieder und schlicht. „Arbeite! Überlasse die Vermittlung von Erfindungen anderen, die brauchbarere Einfälle haben."

Dies sagte er im Hinblick auf Margo, obwohl er sie grade dabei nicht ansah. Aber ihm war genau bekannt, wer gegen ihn wühlte. Wenn Ehmann nichts anderes für seinen Beruf mitgebracht hätte, den scharfen Sinn für seine Gegner besaß er. Tatsächlich sagte Margo zu ihrem Gatten: „Siehst du! Papa hat dir dasselbe geraten. Arbeit, Beziehungen oder Verbrechen, was glaubst du, daß für dich paßt? Er wollte nur, daß du es auch mal mit den Beziehungen versuchst. Jetzt ist es aber genug, es kommt nichts heraus. Überlasse die Beziehungen Herrn Ehmann. Er hat überhaupt keine Zeit mehr", versicherte sie dringend.

Emanuel verstand sehr gut, daß sie seinen Freund entfernen, ihn selbst von weiteren Vertraulichkeiten zurückhalten wollte. Daher betonte er trotzig: „Unseren Wagen haben wir auch durch die Beziehungen Ehmanns anschaffen können. Sonst nie – wie wir dastehen! Das hast du dir von ihm gefallen lassen."

Er lief umher und griff sich in die Haare.

„Ehmann, mach doch den Engländer!" rief er.

„Ich bin ernster veranlagt. Ich muß die Sache vor allem sehen und in der Hand haben", erklärte Ehmann ohne längeres Zögern. Der entscheidende Augenblick schien ihm gekommen, er hatte ihn genügend vorbereitet.

„Die Bombe willst du haben?" fragte Emanuel – stoppte seine Bewegung und wandte sich einem bestimmten Möbel zu, dies unwillkürlich. Da zur gleichen Zeit Margo vor eben jenen eingebauten Schrank hintrat, um ihn zu schützen – war Ehmann im klaren.

„Ich nehme an, euer Sprengmittel ist nicht weit von hier", sagte er in einem merkwürdigen Ton, gemütlich, verlockend, und was man erst nachträglich, gewissermaßen aus dem Echo seiner Worte hörte, nicht ohne Drohung.

„Das Sprengmittel ist selbstverständlich in Sicherheit", behauptete Margo. „Wir sind nicht so leichtsinnig, es hier zu lassen, und nicht so unverantwortlich dumm, es aus der Hand zu geben."

Sie wurde immer schärfer und entschlossener, nur so konnte sie ihrem armen Emanuel das unabweisbare Gefühl beibringen, daß sie für ihn mitsprach und daß er in Gefahr war. Es gelang der tapferen Margo. Die von Ehmann geschaffene Lage fand das Ehepaar verbündet gegen den Angreifer. Ehmann wurde hierdurch gereizt; die vorübergehende Einigkeit seiner Gegner machte ihn unvorsichtig, anstatt daß sie ihn warnte. Er steckte die Hände in die Taschen, er bekam ein nur noch geschäftlicheres Gesicht.

„Macht, was ihr wollt! Ich weiß doch, daß ihr ohne mich nicht aus dem Käfig kommt. Denn hier stoßt ihr bei jedem Schritt an ein Gitter. Es würde mich wundern, wenn die Kontrolle nicht schon hinter Emanuel her wäre. Stimmt?" fragte er stark. Damit brachte er auch richtig den Jungen ins Schwanken; nur Margo, die von dem unsichtbaren Verfolger nichts wußte, blieb fest.

„Unsere Erfindung ist am sicheren Ort", wiederholte sie, „und der Platz ist sogar mit Diebsalarm versehen." Sie erfand noch mehr. „Das Ganze geht überhaupt hoch. Die Bombe platzt einfach, sobald ein Unbefugter dran rührt. Da sehen Sie's! Wir wollen lieber das Ganze auffliegen lassen als bei dem Geschäft bestohlen werden."

Wahr war einzig ihre Leidenschaft, diese aber bezwang Ehmann, so argwöhnisch grade er gegen Lügen sein mußte. Er ließ sich immer weiter hinreißen.

„Und wer bringt euch das Ding ins Ausland?" fragte er mit herausrollenden Augen.

„Ins Ausland?" wiederholten beide hocherstaunt.

„Entweder ihr laßt das Ding in die Luft gehen, weil hier niemand euch den Preis zahlt, oder ihr gebt es mir zur Beförderung ins Ausland. Ich habe die Beziehungen."

„Es ist verboten", rief Margo.

„Heutzutage? Man weiß doch, wie das ist" – Ehmann wurde wegwerfend, um so stärker aber Margo.

„Industrieverrat, so gut wie Landesverrat! Verrat militärischer Geheimnisse, das machen wir nicht. Ich muß mich über Sie wundern, Ehmann."

„Ich dachte, Sie wüßten, daß wir das Recht haben, mit der Armut Schluß zu machen auf jede erreichbare Art. Das ist kein Umsturz, damit bin ich bloß ein konsequenter Verteidiger der bestehenden Ordnung. Was heißt hier Landesverrat? Reich werden auf alle Fälle ist die höhere Treue!" schwur Ehmann.

„Sie haben Sonne im Herzen", bezeugte Margo ihm höhnisch.

Da Emanuel sich nicht entschied, blieb dem Versucher nur noch eins. Er senkte die Stimme, es wirkte außerordentlich.

„Mit wem hast du gesprochen, Rapp, als du den Präsidenten von I. G. Chemikalien heute Sonntag nachmittag in seiner Privatwohnung verlangtest?“

„Mit seinem Privatsekretär“, antwortete der Junge ahnungslos.

„Und wer hat dich verbunden? Melitta hat dich verbunden, denn der Privatsekretär hörte Tanzmusik. Das sind meine Beziehungen. Ein Vorfall, der erst dreiviertel Stunden her ist – was willst du gegen mich machen. Mit mir zusammen liegst du richtig. Begriffen?“

Er hielt sich nur noch an Emanuel. Margo überließ er ihrer Überraschung. Gleichzeitig zog er schon einen Handschuh wieder an.

„Übrigens habe ich andere Sorgen“, äußerte er leicht. „Du wirst von selbst kommen, wenn es soweit ist. Wiedersehen. Werde ich das Vergnügen haben, meine Gnädige, heute abend im Sportpalast? Nein? Na, dann dich und Fräulein Inge. Fräulein Inge sowieso!“ Mit frechem Blick von ihr zu ihm. Aber er behielt das Gütige.

Abgang Ehmann.

Achtes Kapitel

Aber Emanuel war schneller. Im Aufzug hinunter und aus der Haustür, bevor Ehmann die vier Treppen hinter sich gebracht hatte. Der Junge wartete, gedeckt durch einen Pfeiler, beim Eingang des Monbijou-Parkes, er sah den anderen nach der Autohaltestelle hinübergehen, ließ ihn abfahren und nahm dann selbst einen Wagen.

Es war das erste Mal im Leben, daß er einem Mann folgte, und es setzte ihn im Grunde genauso in Erstaunen wie der Verfolger, der sich vor kurzem um ihn selbst bemüht hatte. Indessen überwog die Tatkraft. Wohin wollte Ehmann? ... Jedenfalls brachte er Emanuel weitab vom Weg nach dem Krankenhaus, der elegante Westen war das Ziel – Blauenberg sogar, das Villenviertel der reichsten Zweihundert. Emanuel ahnte die Wahrheit, noch bevor die andere Taxe anhielt vor dem Palais des Präsidenten von I. G. Chemikalien.

Einen Augenblick erkannte der Junge alles. Ehmann, der jetzt dort drinnen über seinen Besuch bei Emanuel Bericht erstattete, war selbst am Apparat gewesen, als Emanuel aus der Central-Bar mit dem Privatsekretär des Präsidenten gesprochen hatte. Ja, Ehmann persönlich hatte den Privatsekretär gespielt – beim ersten Satz war seine Stimme noch unverstellt gewesen. Er und kein anderer hatte auch jenen Verfolger gemacht in den Seitengassen der Parkstraße. Dieselben Auftraggeber, die ihn dorthin geschickt hatten, erwarteten von Ehmann jetzt den Sprengstoff; seine Bemühungen, ihn zu erlangen, waren deutlich.

Im nächsten Augenblick hingegen bezweifelte der Junge dies alles. Nicht wegen der Abenteuerlichkeit der Vorgänge; Abenteuerlichkeit und Alltäglichkeit kannten für den Jungen keine festen Grenzen – sondern, weil Ehmann dieselbe Einstellung zu den Tatsachen des Lebens hatte und ebenso wie Emanuel unbedingt reich werden wollte. Wenn grade dies den Freund hätte warnen können, beschwichtigte doch wieder seine Sympathie den Verdacht. Je bedenkenloser Ehmann sich sonst gab, um so verläßlicher schien dem Jungen seine Freundschaft. Das Gefühl des Jungen unterschied zwischen dem Ehmann, der wie aus einem Film stammte, und dem Ehmann für den täglichen Gebrauch.

Vor allem mußte Margo unrecht haben, denn Emanuel stand gespannt mit Margo, und Ehmann war bestimmt anders, als sie glaubte. Sie machte Schwierigkeiten bei der Verwertung des Sprengmittels – warum? Landesverrat – von wem kam das, wer hatte sie informiert? Margo hielt zu Schattich!

Dem Jungen wurde heiß. Aus Eifersucht vergaß er Inge, Nora Schattich, die eigenen Dummheiten und sogar seine Leidenschaft. Er sah im aufgeregten Innern nur noch das Bild Schattichs mit Margo; fast hätte er halten lassen, sein Anfall kam grade am Heumarkt. Er widerstand mit genauer Not und fuhr weiter, der Zeitpunkt seiner Verabredung war ohnehin überschritten.

Als er durch die Gänge des Krankenhauses eilte, trat grade sein Schwager Rolf aus dem Zimmer des Arztes. Er zeigte sich ganz damit einverstanden, daß sein Vater Besuche empfing.

„Geh zu ihm, bring meinetwegen Geschäftsfreunde mit! Der Vater liegt zu viel allein. Seine Verletzung ist nicht bedeutend genug, daß er deshalb tagelang seinen Gedanken überlassen bleiben darf."

„Das ist ja schrecklich!" bestätigte der Junge. „Tagelang denken!"

Rolf sagte: „Ich habe Anzeichen, daß er depressiv wird. Er spricht von übernommenen Verantwortungen, die er nicht tragen könne."

„Was heißt Verantwortung", warf der Junge hin.

„Man behält sie, solange der Patient noch Chancen hat", erklärte der Arzt.

„Es heißt überhaupt Chance – statt Verantwortung", schloß der Junge.

Emanuel eilte weiter, dabei kam er vorbei an einem Zimmer, in dem Inge saß. Er sah sie nicht, nur sie ihn durch die wenig geöffnete Tür. Sie wartete dort schon lange, lange auf die Pflegeschwester, die sie zu ihrem Vater brächte. Als sie herkam, war es ein Uhr mittags; ihr Vater hatte gegessen oder wenigstens zu essen bekommen, dann sollte er schlafen und hatte vielleicht nur dagelegen. Sein Zustand sollte sich verändert haben, etwas war eingetreten, das die Wärterin der Tochter nicht sagen wollte. „Sie werden schon sehen"; – aber inzwischen wartete Inge in dem kahlen, unbewohnten Krankenzimmer, und Männer kamen vorbei, um sie anzusehen.

Es waren Kranke, sie warfen Blicke der Sehnsucht nach dem blühenden Mädchen – erschienen mit bleichen Gesichtern im Türspalt und entglitten auf Filzschuhen. Ihr fiel es nicht ein, zu schließen; sie hatte Gedanken wie diese: „Wenn ich nun in dem Tennisturnier Meisterin geworden wäre, hätte mir das alles nicht passieren können. Ich führe nichts durch, und immer gebe ich nach, aber diesmal – Emanuel, das ist ein richtiges Unglück. Er sieht das noch gar nicht. Was denkt er sich, wie es kommen soll mit Margo – und mit uns!"

Ein Kranker, dem es schon besser ging, faßte Mut, trat ein und tat, als hätte er in dem Zimmer etwas zu suchen. Kein Gegenstand fand sich vor, den er mit einiger Wahrscheinlichkeit hätte in die Hand nehmen können; daher bückte er sich lautlos hinter ein Tischchen und begehrte versunken das schöne Geschöpf, das ihn nicht sah. Sie dachte in ihrer großen Angst: „Wie Margo mich genannt hat bei der Brücke, wirklich, das bin ich. Und es ist nichts zu machen. Wer könnte mir helfen? Ich werde zu Papa gehen, er wird gut mit mir sein, das ändert nichts daran. Vielleicht stirbt er, und wir alle werden vom Konzern entlassen wegen des Skandals!"

Das Verlangen des Kranken war, schon durch seinen geschwächten Zustand, nicht entfernt so stark wie die Lebensangst des Mädchens. Er fühlte selbst, daß hier auf keinen Fall ein Zugang bestand, und schlich hinaus. East gleichzeitig eilte Emanuel vorbei. Inge dachte grade: „Wir alle werden entlassen" – und wunderte sich nicht im geringsten, daß ihr Schicksal körperlich auftrat. Es war zugegen, wo immer sie saß und wartete.

Emanuel wurde aufgehalten in seinem Lauf durch eine Pflegeschwester, die ihn fragte, ob er der Herr sei, der bei Herrn Oberingenieur Birk erwartet werde. Auch der andere Herr sei schon da, ziemlich lange sogar. Infolgedessen öffnete der Junge die Tür etwas stürmisch; der neben dem Bett Sitzende wandte sich um mit verschobenen Schultern, in einer Art von Schutzhaltung; es war Schattich.

Emanuel erblickte Schattich und keinen andern. Der Junge war weder erschrocken noch auch nur erstaunt: diesmal nicht. Er glaubte nicht sogleich, daß es ernst gemeint sei! Schattich saß dort offenbar scherzweise oder durch bloßen Zufall. Dem widersprach allerdings sein anzügliches Lächeln und daß er sich nach dem ersten Schrecken herausfordernd zurechtrückte. Seine Miene sagte: Mich hattest du nicht erwartet.

Emanuel fand blitzschnell ein Verfahren, um dies zwar zuzugeben und sich dennoch zum Herrn der Lage zu machen. Er schlug sich auf beide Schenkel und rief: „Kuckuck!"

Schattich, nicht sofort angepaßt, sprang auf seine kurzen Beine, allem Anschein nach wollte er böse werden. Ein Blick auf seinen alten Freund Birk stimmte ihn um, er bediente sich lieber seiner klar gegebenen Überlegenheit.

„Wenn Sie vom Herrn Präsidenten der I.G. Chemikalien einmal wieder etwas wünschen, junger Mann, kommen Sie gleich zu mir! Ich verständige mich mit dem Herrn Präsidenten meistens leichter als Sie."

Wie er „meistens" betonte, diese dick aufgetragene Unangreifbarkeit stellte den Jungen vor die Wahl, auf der Stelle zusammenzubrechen oder mit den Fäusten über den Menschen herzufallen. Sein Schwiegervater sagte ihm durch eine Reihe von Armbewegungen, daß er vom zweiten dringend abrate. Birk arbeitete sich hinter dem Rücken Schattichs ab, als ob er niemals eine schwere körperliche Verletzung erlitten hätte, besonders aber nicht erst gestern. Ohne Worte gab er dem Jungen lebhaft und sinnfällig zu verstehen, er sei ein Esel und könne gehen. Den Schattich übernehme Birk selbst.

Emanuel ließ es sich nicht zweimal sagen. Er öffnete die Tür, die er kaum erst geschlossen hatte, und fand sich draußen auf dem Gang – noch immer nicht verwundert. Hier war etwas schiefgegangen – zum nächsten! Das Auftreten Schattichs anstatt eines erwarteten Verhandlungsgegners war kein Problem zum

Nachdenken, es war eine Tatsache, die einfach neue Entschlüsse ergab. Emanuel erkannte nur im Augenblick noch nicht, welche. Er sah nach der Uhr: drei Uhr zweiundzwanzig ... Da wurde sein Name geflüstert.

Inge! Sie zog die Tür, hinter der sie stand, ein wenig näher an sich, Emanuel glitt hindurch, und sie selbst schloß wieder. Sie sahen einander in die Gesichter, die auf einmal außerordentlich schön geworden waren und Größe atmeten, wie im Kampf mit einem ausgebrochenen Sturm. Sie maßen einander, erkannten einander, packten einander an. Sie ergriffen Besitz ohne Zärtlichkeit, sie taten das Unvermeidbare. Sie hatten es nicht gesucht. Dort stand das Bett bereit – ein Bett für Kranke, die unbekannt hier aufeinander folgten, Bett ohne Gesicht, ohne Lockung, sie rissen einander daraufhin, sie rissen einander die Kleider auf, sie hätten einander aus den Leibern die Gedärme gerissen, um mehr zu halten und ihres Besitzes sicher zu sein.

Sie litten, indes sie genossen. Die Lust war ihnen nicht tief genug, und wenn sie darin scheiterten und vergingen! Sie drangen ein, drangen ein und empfingen, blieben aber Oberfläche und Haut. Sie suchten mit ihren Fingern aneinander, sie wußten nicht, was noch. Sie stöhnten in ihre sich öffnenden Münder, schrien zu den Bewegungen ihrer Körper und bedeckten dabei mit einer Hand die Augen. Es war ein Krankenhaus, Operierte stießen ringsum Schmerzenslaute aus; diese Geräusche der Lust verschwanden darin, wie zugehörig.

Sie kamen nicht dazu, einander zu bewundern; die ganze Zeit blieb ihre Begierde zu groß. Die eine unterschied undeutlich eine Brust, die nicht die ihre und aus unbekannten Gründen genau, genau für ihre gemacht war. Der andere fühlte ihre Brüste, keinem anderen Stoff der Welt vergleichbar, an sich gepreßt und fühlte etwas wie die zunehmende Weiträumigkeit ihrer beiden Körper. Die weißen Achselhöhlen seiner Geliebten, ihre geschwungenen Schultern, das kleine Stück gewölbten Fleisches zwischen Schulter und jeder der Brüste, alles wuchs mit dem Genuß – verschwamm, bekam die helle Farbe von Sternenlicht, verwandelte sich aus Fleisch in einen Glanz und eine Sonne.

Indessen sagte Schattich am Bett Birks: „Wenn ich an die Wirtschaftslage denke, wird mir schwarz vor Augen."

Schattich, der Emanuel so mühelos aus dem Felde geschlagen hatte, neigte dennoch zur seelischen Unruhe. Der Anblick seines alten Freundes bestimmte ihn mit. Er hing an der Gewohnheit, seinen alten Freund in schlechten

Verhältnissen anzutreffen; nur durfte Birk nicht sterben. Schattich sah ungern seinen Altersgenossen den Mut verlieren, ihm selbst fielen sofort alle Möglichkeiten des Abstiegs ein.

Nach der Flucht des Jungen versank Birk im Bett und schwieg.

„So warst du aber noch nie, alter Freund“, bemerkte Schattich. „Da kann einem doch ganz bange werden. Dich hat die Sache glatt umgeworfen. Ja, wenn zu dem täglichen Kampf um die Existenz mal ein ungewöhnlicher Schlag kommt – Das ist meine ewige Angst.“

Er wartete auf ein Zeichen des Mitgefühls, sprach aber auch weiter, ohne es empfangen zu haben.

„Du liegst immer noch besser, meine Sorgen hast du nicht. Die katastrophale Wirtschaftslage kann mich von heute auf morgen ausschalten. Ich verstehe nur zu organisieren; aber wo es nichts mehr zu organisieren gibt –? Du, alter Freund, paßt im schlimmsten Fall dabei auf, wie deine Leute Abzugsröhren legen. Die werden wohl noch eine Zeitlang gebraucht werden.“

Er hatte seine Guthaben auf ausländischen Banken augenblicklich fast ganz vergessen. Voll aufrichtiger Besorgnis folgte er dem Blick Birks. An der Wand gegenüber dem Bett hing ein Kruzifix, von dem der Kranke die Augen nicht wandte. Schattich seufzte auf.

„Das auch noch. Ich hätte mit dem Pfarrer von Sankt Stefan nicht anbinden dürfen wegen des Glockengeläutes. Er hat den Bürgermeister für sich auf Grund der Wahlen. Er läutet ruhig weiter, und ich muß in meinem Bett wehrlos zuhören, aber das ist das wenigste. Die städtischen Behörden werden mir auf den Hals gehetzt, sie nehmen Stellung gegen uns, im Konzern bekomme ich es zu hören. Ich bin gefährdet, alter Freund, ich bin gefährdet!“ sagte der große Mann gepreßt, ja tragisch.

Sein Monolog ward ihm unerträglich – ihm, der doch gern allein sprach.

„Was denkst du dir, alter Freund?“ fragte er flehentlich. Birk sah ihn endlich an. Sein Gesicht drückte Spannung zusammen mit Scham aus – das Gesicht eines Jungen, der einen Streich vorhat; und dabei war es seit gestern so sehr gealtert.

„Man soll es nicht tun“, äußerte er.

„Was soll man nicht tun?“

„Auch ich dachte an Sankt Stefan. In anderer Hinsicht – und übrigens gegen mein Gewissen; aber ich denke daran."

Schattich verstand dies nicht, er überging es als belanglos.

„Jetzt höre mal ernstlich zu, alter Freund!" verlangte er. „Es geht nicht so weiter mit deiner Erfindung. Du weißt nichts mit ihr anzufangen, ich aber brauche sie. Verstehst du mich? Ich bin offen. Ich kann meine Existenz durch sie auf Jahre sichern – vielleicht endgültig. Was macht dein Schwiegersohn mit den Werten, die er an Hand hat? Kindereien treibt er. Gib mir, mir, deine Erfindung zur freien Verfügung! Ich hole den richtigen Preis heraus. Ich erziele für mich eine Lebensrente, und dir als meinem ältesten, besten Freund verspreche ich eine anständige Abfindung."

„Du bekommst gar nichts", sagte Birk in aller Ruhe.

Die Augendeckel Schattichs begannen zu fliegen; es sah aber aus, als bräche seine ganze Person zusammen.

„Ich verstehe dich nicht", brachte er vor. „Selbst wenn du mich haßt – bei mir verdienst du doch immer etwas, und anderswo keinen Pfennig."

„Das ist auch nicht die Frage."

„Verdienen ist nicht die Frage? Dann möchte ich wohl wissen, was die Frage ist."

„Die Frage ist", erklärte Birk, „wie die jungen Leute sich in der Angelegenheit verhalten und wie das Erlebnis ihnen anschlägt."

„Sonst nichts?"

„Dann wird es auch lehrreich sein, Schattich, was mit dir noch alles passiert. Denn ich glaube nicht, daß du dich so leicht beruhigen wirst."

„Da kannst du sicher sein. Ich habe die Macht, deine Erfindung an mich zu bringen. Ich bin der Bevollmächtigte des Konzerns, um mich kommst du nicht herum. Wenn du bei deinem Starrsinn beharrst, werde ich zum erstenmal im Leben unsere alte Freundschaft vergessen müssen und lasse dich die eiserne Faust fühlen" – drohte das Männchen, mit möglichst ehernen Zügen.

„Das System, dem du dienst, vernichtet dich ebensogut wie mich" – sein alter Freund betrachtete ihn eher traurig als feindlich. Da sackte Schattich nun wirklich auf den Stuhl wie knochenloses Fleisch. Sein Gesicht verfiel, es verlängerte sich; für Augenblicke erkannte er von den Dingen nur noch einen glänzenden Nebel – auch er am Rande des noch Empfindbaren angelangt, wie einige Zimmer weiter die beiden Jugendlichen in ihrer Lust.

„Ich habe solche Angst!“ stöhnte der Reichskanzler und Generaldirektor.

„Hilf mir doch!“ stöhnte er, und ihm war undeutlich bewußt, als kniete er – sei in seiner ausgebrochenen Lebensangst wahrhaftig auf beide Knie gesunken. Niemand stellte es fest. Oberingenieur Birk blickte wieder unbeirrbar nach der Wand gegenüber. Einige Zeit später erinnerte er sich Schattichs und bemerkte, daß der Gast entwichen war – lautlos vermutlich.

Inzwischen hatten die Körper Inges und Emanuels sich voneinander getrennt und waren vom Bett aufgestanden; sie hätten nicht gedacht, daß es jemals so kommen würde. Sobald Emanuel seine Sachen anhatte, sah er nach der Uhr: drei Uhr einunddreißig. Er erinnerte sich, daß es vorher drei Uhr einundzwanzig gewesen war. Das Aufstehen abgerechnet, hatte der ganze Zauber acht Minuten gewährt. Der Junge stellte für sich fest, daß die Liebe kein Leben ausfüllte.

Das Mädchen empfand anders. An ihrer Kleidung waren weniger Knöpfe, sie stand schon fertig da, und voll Erwartung folgte sie allen Bewegungen ihres Freundes. Schwerlich wußte sie, was wirklich zu erwarten war. Sie konnte nicht hoffen, daß er jetzt den Mund öffnete und sprach: „Ich bin dein, dich geb ich nie mehr frei. Wir gehen nach Amerika und bauen unsere Existenz neu auf.“ Das waren keine Begriffe von heute. Dennoch drängte es sie, heimlich zu fragen: „Wie toll liebst du mich?“ und für ihre Person zu antworten: „Ewig.“

Ihr besseres Wissen, der Widerstand der Tatsachen und eine gewisse Traurigkeit, die in Stunden wie diese alle Dinge annahmen – dies zusammen machte, daß die Stirn Inges sich verzog. Sie bekam einseitige Falten, und das blonde Haar wurde aussehen[d] wie eine darübergeklebte Perücke. Der Junge bemerkte etwas, sie setzte schnell ihren Hut auf. Übrigens kümmerte es ihn nicht, was ihr Gesicht machte. Alle seine Sorgen hatten ihn auf einmal wieder überfallen, sobald er auf den Füßen stand. Er glaubte plötzlich nicht mehr, daß Schattich außer seinem eigenen Konzern auch noch I. G. Chemikalien vertrat. Schattich hatte gelogen. Emanuel war auf einen plumpen Schwindel hereingefallen. Dies erregte ihn vor allem; das dringlichste schien ihm, daß er Schattich bei seinem Schwiegervater noch erwischte.

„Ich habe hier mit jemandem ein Wort zu reden. Hätte es schon vor zehn Minuten tun sollen“, warf er hin und war draußen. “Nachher hole ich dich ab“, sagte er noch hastig, den Kopf in der Tür.

Dann wartete Inge – zuerst eine halbe Stunde, aber das bemerkte sie nur zufällig. Sie hätte beliebig weiter gewartet, wäre es nur glaubhaft gewesen, daß er noch kam. Es war nicht mehr ganz glaubhaft. In Wirklichkeit hatte er, kaum aus der Tür, seinen Entschluß geändert. Er zog jetzt vor, den Präsidenten von I. G. Chemikalien aufzuklären sowohl über Ehmann wie über Schattich. Er lief, ohne noch an Inge zu denken, durch die Gänge und verließ das Krankenhaus. In sich fühlte er einen solchen Bewegungsantrieb, daß er nötigenfalls geflogen wäre, um den Präsidenten zu erreichen.

Inge richtete ihr Gesicht her, damit verstrich noch einige Zeit. Auf ihrer Armbanduhr las sie vier Uhr fünfundzwanzig, da fand sie es lange genug. Sie vergewisserte sich, daß niemand sie aus dem Zimmer kommen sah, und ging, die Füße vorn aufsetzend, auf ihren hohen Beinen lässig und leicht nach Nummer achtundsechzig. Sie klopfte, die Stimme ihres Vaters rief „herein“, da schluchzte Inge einmal auf. Sofort dachte sie an ihr frisch hergerichtetes Gesicht und beruhigte sich. Die von jeher und dauerhaft befreundete Stimme hatte sie unversehens bewegt.

Als ihr Vater sah, wer eintrat, richtete er sich auf. Sie erkannte aber nicht seine gewohnten Bewegungen. Ihr fiel ein, daß sein Zustand sich verändert haben sollte. „Sie werden schon sehen“, hatte die Wärterin gesagt. Daher rief sie mit der Heiterkeit, an die er bei ihr gewöhnt war: „Pappi, du bist der vielbeschäftigtste Mann im ganzen Haus. Seit Mittag habe ich nachgesucht, daß du mich vorläßt.“

Schon errötete sie – denn wenn er jetzt fragte, was sie inzwischen gemacht hatte? Von der ganzen langen Zeit erinnerte sie sich einzig jener acht Minuten. Er ließ sie indessen auf sein Bett zukommen und fragte nichts. Zuerst einmal lehnte Inge ihren Kopf an seine Wange, wie sie es seit ihrer Kindheit tat. Dies brachte auch den Vorteil, daß er ihr nicht gleich nahe ins Gesicht blicken konnte.

„Dir soll es heute nicht gut gehen?“ fragte die Tochter ohne wahre Teilnahme, denn die brauchte sie selbst. „Pappi, was machst du für Geschichten!“ wiederholte sie. Es war ein Satz von gestern, nur hatte er damals anders geklungen.

„Ich verstelle mich“, behauptete ihr Vater. „Endlich kann ich ungestört nachdenken.“

„Über mich?“ fragte Inge.

Sie sagte es ohne Pause, als erste Regung. Auch den Kopf nahm sie unwillkürlich von seiner Wange fort, sie ließ sich ansehen. Ihr Vater wußte Bescheid, wenn ihm noch etwas zu erfahren übrigblieb. Ihr bürgerlicher Vater empfand sich selbst und seine Duldsamkeit als ungehörig, daher äußerte er mit Ironie: „Es wird wohl heute ein bewegtes Leben gewesen sein?“

Sie machte eine wegwerfende Bewegung, gleichzeitig verlor sie die Herrschaft über ihr Gesicht. Er tat, als bemerkte er nichts.

„Du willst mir doch viel berichten. Du und Margo, ihr habt euch sicher auseinandergesetzt.“

„Margo und ich? Ja, auch das. Aber es hat nichts daran geändert.“

„Es hat nichts verhindern können“, berichtigte er.

„Nein, gar nichts“, flüsterte sie. Ihre Lippen zitterten zu sehr, es ging nicht lauter.

„Und du bist jetzt sehr glücklich“ – keine Ironie mehr. Er prüfte sie ernst. Sie erfaßte, daß dies sein ganzer Vorwurf war, das einzige, was er ihr übelnahm: sie war durch das Geschehene nicht glücklich geworden. Ihrer Schwester hatte sie Böses zugefügt, sie machte sich mitschuldig an der größten Verwirrung, vielleicht sogar am Zusammenbruch ihrer Verwandten. Alles fand ihr Vater noch begreiflich, noch gut – unter der Bedingung, daß sie glücklich war! ... Sie hätte seine Liebe hingenommen wie geschuldet; aber er sah doch ihr Gesicht, das nicht mehr schön war. Warum verzieh er ihr dann?

Ihr Vater liebte sehr ihre Schönheit, Inge rechnete damit. Indessen wußte sie bisher nicht, was er sonst noch an ihr liebte. Jetzt sah er in ihrem Gesicht, das sie ihm unvorsichtig hinhielt, die Blässe und die verschobenen Züge. An seinem Zögern erkannte sie sogar, daß er sie nicht mehr schön fand. Inge hielt ihr augenblickliches Aussehen für unerlaubt – und nicht einmal mehr heiter und leicht zu sein, für eine verdächtige Ausnahme.

Ihr Vater äußerte etwas ganz Unerwartetes. „Ich will dir etwas erzählen, mein Kind“, sagte er – legte auch selbst ihren Kopf wieder an seine Wange; so war sie da und wurde doch nicht gesehen.

„Du hattest eine Tante: meine Schwester; sie war die einzige, die so schön wie du war.“ Er sagte es in einem Ton, daß sie dabei die Augen schließen konnte. Es klang tröstlich, klang auch alt und belanglos, man konnte einen Augenblick hinhören. Wie aus dem Schlaf fragte Inge nach einer Sache, die man halbwegs schon kennt und nicht genau kennen muß.

„Und wie hat sie geendet?“

„Sie? Mit einer Katastrophe. Sie verließ uns in furchtbarer Verwirrung. Auch sie, mußt du wissen, hatte die Verwirrung selbst angerichtet. Ich war wochenlang krank von meinen eigenen Vorwürfen, denn ich hätte sie vielleicht abhalten können, zu sterben. Wer freiwillig stirbt, hat nur den Richtigen, der ihn hätte aufhalten können, nicht bei sich gehabt.“

„Und ich?“ fragte Inge. Es drängte, auf das einzig Wesentliche zurückzukommen.

„Du? Das ist grade der Unterschied. Du wirst nie darum sterben, weil du etwas bereust. Du hast den Mut zu deinen Handlungen, selbst wenn nicht jeder sie billigen könnte, zum Beispiel dein Vater nicht. Der Mut ist euch seit den Tagen deiner Tante erst gekommen. Es sind aber noch keine zwanzig Jahre, daß sie Schluß machte“, setzte er für sich hinzu.

„Alt und belanglos“, fühlte Inge. „Stimmt auch nicht, daß ich auf alle Fälle Mut habe. Wer hat das. Die Alten glauben, was wir ihnen vorspielen. Oder spielen wir es eigentlich uns selbst vor?“

„Ich habe aber Angst, Vater“, sagte sie und zeigte hierbei ihre weit offenen Augen. Sie waren sonst schmal und lang, das Oval des Gesichts lückenlos und die Haut der Blonden blaß getönt. Plötzlich diese eingesunkenen Wangen und grauen Schatten – Birk hielt keinen Augenblick länger an sich, er entschied:

„Du mußt mit dem Jungen fort.“

„Er denkt nicht daran. Er hat hier Sachen, die ihm wichtiger sind.“

„Die hat er von mir. Ich kann es ebensogut schieben, daß er fort muß.“

„Wie lange bleiben wir fort?“

„Solange du glücklich bist.“

„Ich bin nicht glücklich.“

„Dann, bis du weißt, ob du es wirst. Wenn nicht, kommt ein anderer.“

„Natürlich. Und der ist wieder so.“

„Auch du bist so. Bleibe nur, wie du bist!“

Hier erschrak die Tochter und kam zu sich. Die Gewagtheit des Gesprächs wurde ihr klar – und auch, warum ihr Vater sie wirklich liebte und vorzog. Weil sie das war, was er meinte und nicht aussprach. Margo an der Brücke hatte das Wort genannt ... Auch für ihn mit war Inge erschrocken.

Er hätte der tapferen und reinen Margo beistehen sollen; er selbst wie sogar Inge fühlten es. Den Umständen mußte es überlassen bleiben, dachte Birk, sie mußten Margo ihr Recht verschaffen. Zuerst einmal bat Inge ihn um Hilfe, und es war ihr Blut, das bat. Er dachte: „Sonderbar; ihr Blut ist doch meins. Ich war ein so ordentlicher Mann, wie vieles muß ich unterdrückt haben in meinem Lebensplan. Schon, daß es ein Plan war! Dies Kind hat keinen.“ Hierbei öffnete sich sein ganzes Herz.

Das Herz des guten Arbeiters und uneigennützigen Denkers erschloß sich weit dem jungen Wesen, das nur an seinen Sinnen litt und nichts kannte als begehren, verlieren, umsonst begehren. Bei ihm erblickte sie die Züge einer so widerstandslosen Liebe, daß sie, die doch erfüllt genug von sich selbst war, ihn noch bemitleidete. Er tat ihr leid wegen seines Gefühles, weil er alt und ihr Vater war. Nachsichtig küßte Inge ihren Vater auf die Wange. Zwischen ihnen war damit das Gleichgewicht hergestellt, sie konnten weiterreden.

„Was hältst du von ihm?“ fragte er.

„Von Em?“

Sie machte eine Bewegung – nichts weiter, als daß sie die auf dem Schenkel ruhende Hand umwendete, das Innere nach außen, dann wieder zurück. Im selben Augenblick machte er genau die gleiche Bewegung. Beide sahen es und lächelten – über ihre Verwandtschaft und auch ein wenig über den guten Em, von dem sie diese Meinung hegten.

Birk fand es nötig, sich zu berichtigen; er tat es mit Nachdruck.

„Ich bin fest überzeugt von dem Jungen, sonst ließe ich ihn nicht laufen.“

„Du läßt ihn laufen?“

„Wie einen Wagen – und eigentlich, als ob ich den ganzen Jungen erfunden hätte. Das verstehst du nicht.“

„Ich? Ich hab zu der Erfindung eine Stunde gebraucht. Nein, es sollen sogar nur zehn Minuten gewesen sein." Sie sah weg, sie war zu weit gegangen.

„Nun gut. Er geht umher, wie dein Herz ihn will. Erfunden hast du ihn. Jetzt bleibt dir noch eins: rette ihn! Jawohl, rette ihn! Zehn Minuten Liebe sind noch kein Sieg", sagte er rücksichtslos. „Paß auf ihn auf! Er wird lebensgefährliche Dummheiten machen. Sei bei ihm! Folg ihm!"

Sie mußte nach Luft ringen. Dann hatte sie den Ernst erfaßt und rief: „Ich sterbe mit ihm!"

„Davon war nicht die Rede", sagte ihr Vater nüchtern; – Inge aber war erleichtert, sie hatte seit dem Ablauf jener wenigen Minuten ihren ersten glücklichen Atemzug getan, um auszurufen: „Ich sterbe mit ihm!" Sie war entschädigt dafür, daß sie damals nicht hatte rufen dürfen: Ewig!

„Ganz etwas anderes!" betonte ihr Vater. „Ihm werden Fallen gestellt werden – ja, richtige Fallen, wie einem Erben, den die Verbrecherbande verschwinden lassen will; du hast mal so was gelesen. Er tappt auch hinein, verlaß dich drauf!"

„Ist er denn dumm?"

„So wollen wir es nicht nennen. Ein Junge, den du liebst und in den ich selbst ganz vernarrt bin! Wir wollen sagen: stürmisch."

„Ja, stürmisch."

„Und darum etwas flüchtig. Wie lange dauern schon Stürme?"

Sie mißbilligte ihn, wie er deutlich erkannte. Daher wurde er besonders einfach und eindringlich.

„Wenn du nun siehst, mein liebes Kind, daß unser Junge sich in Gefahr begibt, dann rufe mich! Ich kann plötzlich dort sein."

„Du liegst doch hier und denkst nach" – nicht ohne Geringschätzung hingeworfen.

Als Antwort verließ er das Bett mit einem einzigen Schwung, sie traute ihren Augen nicht. Über seinen Schlafanzug zog er den Schlafrock aus Kaschmir und bewegte sich einige Male durch das Zimmer. Sein Gang war verhältnismäßig schlank, seine Tochter gab es zu.

„Das kann angehn, Pappi. Den Bart weg, und du gehörst beinahe zu uns."

„Ihm werden sogar die Haare früher ausgehen als mir", behauptete Birk und strich sich eine Strähne vom Auge weg. „Aber um eine Geschichte von 1929/30 zu erleben, brauche ich nun einmal unseren Jungen. Verstehst du? Seine bisherigen Schritte sind mir durchweg klar. Ich kenne seine Feinde und die möglichen Zwischenfälle. Ich sitze in dem Rennwagen mit drin. Verstehst du das? Nein."

„Es soll heißen, daß du allerdings plötzlich dort sein kannst, wo du gebraucht wirst", sagte sie noch spöttisch, aber schon eingeschüchtert.

„In Gedanken", berichtigte er. „Nur in Gedanken; aber das genügt auch."

„Ich möchte bloß wissen, was es helfen soll, wenn einer ihn abschießt, daß du an uns denkst."

„Du darfst nicht vergessen, daß der Geist anderswo weilen kann, wie man es nennt. Dann ist er offenbar in dem Augenblick nicht bei seinem Körper."

„Pappi! Das soll man nicht tun."

Jetzt hatte er sie ernstlich erschreckt. Er trug doch einen Schlafanzug, einen Rock aus Kaschmir, und auf einmal fing er an, wie ein Zauberer zu reden. Er mußte sie beruhigen.

„Man soll es nicht tun: das habe ich selbst schon gesagt. Übrigens kann ich es nicht. Du kennst mich doch, ein Ingenieur, selbst nur Maschine – im Privatleben auch noch Vater so sachlicher Kinder. Willst du mir sagen, wie ich dazu käme, ausgerechnet euch als Geist zu erscheinen?"

Sie wollte schon lachen. Unglücklicherweise setzte er hinzu: „Noch dazu, während unser guter Junge abgeschossen wird" – was sie wieder tiefernst stimmte.

„Abschießen", murrte ihr Vater und bewegte sich behender umher. „Als ob grade dafür Aussicht bestände. So sind die andern nicht eingestellt. Er selbst vielmehr könnte – Du gibst zu, daß er stürmisch ist?"

„Ja."

„Und flüchtig?"

„Ja, ja."

„Wenn er grade an nichts Böses denkt, schießt er vielleicht jemand in den Arm. Ich sage „Arm", weil ich deinen zufällig anfasse" – aber er hielt sie sogar sehr fest.

„Gib acht auf unseren Jungen!"

Er sagte dies mit einer Art Vertraulichkeit, die jeden anderen ausschloß aus dem Bündnis zwischen ihm und ihr – besonders den Jungen. Der lief dahin als der Rennwagen, die Steuerung aber war hier, der Sturz in den Abgrund nur von hier zu verhindern. In diesem Augenblick veränderte Inge ihre Stellung zu Emanuel, er wurde kleiner, aus dem Mittelpunkt all ihres Lebenswunsches wurde er ein Gegenstand der Fürsorge. Inge empfand Freude, sie begriff nicht, warum; und auch schon Abschiedsstimmung, aber das blieb noch unverständlicher.

Denn was sie einzig antrieb, war: ihn wiedersehen, auf der Stelle zu ihm! „Im Geiste bei ihm weilen?" dachte sie voll Verachtung. Nein! Ihn einholen mit dem ganzen Körper! Ihn einholen – wiederhaben ihn, seinen Körper und jene zehn Minuten!

Inge entschwand – ihr Vater konnte sich nachher nicht darauf besinnen, wie.

Was Birk betraf – Er selbst sagte: „Was mich betrifft" – und legte sich wieder hin, merklich erschöpft. Gegenüber das Kruzifix, braunes Holz mit Silberbeschlägen, daran haftete sein Blick, zuerst noch leer. Allmählich vertiefte er sich, Birk wurde erfüllt und gekräftigt, nicht anders als seine Tochter Margo vor einigen Stunden in der Kirche Sankt Stefan. Seine Tochter Margo hatte von ihm soviel wie seine Tochter Inge.

Er dachte an alles, nur nicht an seinen Beruf und die Tatsachen seines täglichen Lebens. Das war gewesen; hier lag einer, der absah von seiner getanen Arbeit; von ihm war nur noch da, was übrigbleibt nach Abzug der gewöhnlichen Pflichten, Sorgen und Bedenken. Ja, er unternahm es, in jeder Hinsicht seinen Menschen freizulassen – in der Art Inges, in der Art Margos und sogar wie der junge Schnellfahrer. Alles aber vom Bett aus. Alles aber, als ob Oberingenieur Birk, was geschah, selbst dichtete.

Er hatte die junge Welt samt mehreren Alten in Bewegung gesetzt und jeden in seiner Richtung bestärkt, die seine Natur ihm ohnehin anwies. Die einzelnen aufzuhalten war ihm jetzt nicht mehr erlaubt. Er hatte auch keine Lust, sich selbst und den gegebenen Verlauf der von ihm erfundenen Handlung noch abzubremsen. Manches, was geschehen sollte, konnte er vorausberechnen, anderes noch nicht; aber nicht dies für sich allein machte ihm Kopfschmerzen und den Druck in der Magengegend. Er hatte die außerordentliche Verantwortung übernommen, hier und dort sein zu müssen, gleichzeitig im Bett und an den Schauplätzen der verschiedenen Abenteuer. Er war verantwortlich für die von ihm Losgelassenen, war verpflichtet, sie nötigenfalls vor sich selbst zu schützen, und konnte daher nicht genug auf sie aufpassen.

Das war sehr schwierig. Birk hielt das Kruzifix fest, weil nichts anderes mehr in Sicht blieb vor seiner merkwürdigen inneren Beschwingtheit. Er schien sich aus sich selbst zu entfernen, während er unverändert dalag; fühlte sich fliegen und an Zielen landen, wo er ganz klare Tatsachen erlebte zusammen mit seinen Personen. Sie sahen ihn nicht, dafür sah er sie; und bevor sie etwas ahnten, war er zurück in seinem Bett. Es war ein höchst gewagtes Spiel, aber doch ein Spiel, daher erregend und unterhaltend. Man konnte nicht traurig dabei werden, nur eine übertriebene Anstrengung kostete es allerdings. Birk schadete sich; andere, auch die Krankenschwester, hatten es ihm schon angesehen. Er selbst war in der Fahrt und dachte nicht daran, die Sache aufzugeben, sooft er schon gestöhnt hatte: „Man soll es nicht tun."

Neuntes Kapitel

Emanuel wollte den Präsidenten von I. G. Chemikalien aufklären über seinen ehrenwerten Kollegen Schattich. Er glaubte Schattich nicht mehr, daß jener gegen ihn die I. G. Chemikalien vertrat. Schattich hatte vielmehr gar nichts mit ihr zu tun, außer daß es zu seinen Pflichten gehörte, den anderen Konzern zu schädigen, wo er konnte. Die Interessen der beiden großen Konzerne gingen nie im Leben einig, soviel stand fest, und Schattich hatte einfach gelogen. Er hatte Emanuel mit Erfolg geblufft – wenn auch nur mit augenblicklichem Erfolg.

Sonst wäre einzig die Möglichkeit geblieben, daß Schattich seinen eigenen Konzern an I. G. Chemikalien verriet. Das sollte ihm dann allerdings teuer zu stehen kommen; – aber Emanuel traute dies einem so großen Herrn nicht gleich zu, sonst wäre er nicht zum Präsidenten von I. G. Chemikalien gegangen, lieber hätte er Schattich entlarvt, der es verdiente. Er hätte den unbekannten Weg gesucht nach den höchsten, unsichtbaren Gipfeln des eigenen Konzerns. Er hätte sich durchgekämpft bis zu Karl dem Großen ... Aber derartiges träumte man natürlich nur.

Er ging nach Hause, er wußte selbst nicht, warum, anstatt zum Präsidenten. Margo war im Begriff, die Wohnung zu verlassen. Wohin? Schattich ließ sie nochmals zu sich kommen.

„Etwas oft!" bemerkte der junge Gatte scharf. „Was denkt er sich! Und das in seiner geschäftlichen Stellung mir gegenüber! Er soll –"

Noch während er so streng seine Rechte wahrte, fiel ihm ein, woher er selbst kam und wie er jetzt vor Margo dastand. Daher brach er ab.

Margo sagte ruhig und mit großen sanften Augen: „Nimm mir doch meinen Schattich nicht! Du ahnst nicht, was ich mit dem Jungen noch drehe."

„Du redest, als gingest du eventuell bis zu Karl dem Großen."

„Wenn er uns helfen kann", sagte Margo ruhig.

„Wenn er überhaupt existiert", berichtigte er.

Sie blieb dabei: „Ich mache ihn ausfindig. Schattich hat dich natürlich hereingelegt?" fragte sie freundlich. „Ich glaube übrigens, daß er seinen eigenen Konzern hereinlegen würde, soviel Interesse hat er für die Sache."

„Das hast du dir auch gedacht?" Er war überrascht, setzte aber hinzu: „Da sieht man die weibliche Phantasie. Ich lehne es ab, diesem Verdacht nachzugehen. Die Schattichs schrecken vor nichts zurück – außer, wo es klar ist, daß sie reinfallen würden."

„Du sollst recht haben", sagte Margo. „Bis ich herausbringe, mit wem er sich einläßt; deshalb gehe ich zu ihm. Mit dem Präsidenten von I. G. Chemikalien hat er noch nicht sprechen können, denn der ist verreist. Darum hat er mich auch ruhig den Brief an den Präsidenten abschicken lassen."

„Solch ein Halunke! Ich wollte gerade zu dem Präsidenten fahren."

„Man muß immer anrufen, bevor man hingeht. Allerdings hattest du mit dem Privatsekretär des Präsidenten am Telefon gesprochen, und denke dir, der ist auch mit verreist."

„Mit wem habe ich dann gesprochen?" fragte er herausfordernd. Im selben Augenblick aber wußte er es wieder. Er warf Margo nur vor, daß sie zu scharfsichtig gewesen war hinsichtlich Ehmanns.

„Ehmann ist mein Freund, du sollst mich nicht immer gegen ihn aufhetzen!" forderte er wie ein Kind, er stampfte sogar. Sie sah, daß ein Wutausbruch drohte, nur, weil er nahe dem Weinen war. Daher reichte sie ihm die Hand. Hierbei erinnerte er sich wieder seiner Taten im Krankenhaus – betäubte seine Bewegung mit lautem Widerspruch und lief fort.

Margo dachte: „Jetzt läuft er und boxt Ehmann nieder. Nachher ist wieder alles in Butter. So geht es nicht vorwärts." Hierauf begab sie sich hinunter – aber noch nicht zu Schattich, zuerst zu seiner Frau Nora.

Emanuel suchte stürmisch die Central-Bar auf. Der kurze Weg dorthin genügte ihm, damit er seinen Freund Ehmann von Kopf bis Fuß anders sehen lernte. Ehmann wurde hier für Emanuel zu einem Mitglied der Kontrollabteilung. „Was verkauft er eigentlich?" hatte sein eigener Schwiegervater Bausch gefragt. Freunde und Kameraden verkaufte Ehmann!

Mit ihm und keinem anderen hatte Emanuel am Telefon gesprochen statt mit dem Privatsekretär des Präsidenten, „und das Ergebnis war, daß Schattich mit bluffen konnte". Was Ehmann herausbekam, erfuhr alsbald Schattich! Nur die unbezähmbare Gier des Generaldirektors nach der Bombe hatte bewirkt, daß auch der Spion mit herausquellenden Augen hinter ihr her war. Denn Emanuel sah im Geiste auf diesem Wege nach der Central-Bar alles, wogegen er sich vorher verschlossen hatte: die hervorquellenden Augen Ehmanns, sein spitzes, ruheloses Gesicht, den schwach behaarten Kopf und sogar die Krawatte, die zu grell leuchtete. Nur eine solche Gestalt kam auch in Frage als Verfolger. Ehmann ganz allein konnte ihm nachgespürt haben im Gedränge, heute mittag, als er selbst nach Inge suchte. Es war überwältigend klar – auch ohne Beweis.

Beweis war, daß wer – wer telefoniert hatte anstatt des Privatsekretärs? Derselbe, der des einen fähig war, beging auch das andere. Ehmann als Verräter und Verfolger stand während dieser Minuten für Emanuel so fest, als ob er ihn nie anders gekannt hätte. Er wußte es besser und im Grunde auch länger als Margo, davon war er überzeugt. Außerdem lief Margo nicht in die Central-Bar, um mit Ehmann Schluß zu machen.

Die geschärften Sinne Emanuels benachrichtigten ihn, daß auch jetzt jemand ihm nachstellte. Nur das Gedränge vor jenem Kino gewährte dem Verfolger rechtzeitig Deckung, sonst hätte Emanuel ihn gefaßt. Emanuel versuchte es wieder mit dem Umweg durch die Seitengassen, aber gerade diesmal wollte Ehmann nicht, kein unsichtbarer Schritt umschlich den Horchenden. Emanuel begriff auch bald, warum. Der Verfolger war ihm voran in die Bar getreten. Ein Spion, der alles wußte! Emanuel beeilte sich.

In der Central-Bar herrschte noch immer Mulle – man wollte sogar feststellen, grade als Emanuel eintrat, ob Mulle den ganzen Tag das Lokal nicht verlassen hatte.

„Was ich gemacht habe, wie ich fort war, brauchst du Wanze nicht zu wissen!“ rief er einem sonst Gleichgesinnten zu.

„Du hast woanders gesoffen.“

„Ich war in einem erstklassigen Haus, ein Generaldirektor, ich sage nicht, welcher, Schattich heißt er. Übrigens was mich der Dreckfresser angeht! Ich hatte schnell mal bei einer Dame zu tun, der Mann war gerade eingeschlafen.“

„Mulle!“ Emanuel rüttelte ihn am Arm. „Da stimmt was nicht, Schattich hat heute bestimmt nicht geschlafen. Ich muß es wissen.“

Emanuel war nicht damit einverstanden, daß Mulle sich laut vor seinesgleichen seiner Erfolge rühmte bei einer Dame, mit der Emanuel selbst nicht ohne Enttäuschungen gefrühstückt hatte.

„Wer redet von Schattich?“ entgegnete Mulle, ohne sich unnötig zu steigern. „Lehr mich Schattich kennen! Ein Schieber, der mich um all mein Geld gebracht hat – um mein Erbe!“ Dies war das Wort, bei dem Mulle hochging. „Verführte meine Mutter und ließ sie verschwinden, so was wird heute Reichskanzler. Ich mache ihn kalt“, schloß er, selbst wieder ganz kühl bei der Sache.

Emanuel dachte, daß es schon nicht mehr darauf ankäme, was Mulle redete.

„Deswegen darfst du noch nicht von der Dame so etwas sagen“, belehrte er ihn nur. Der Ton paßte Mulle nicht.

„Ach! Wer wohl gleich Nutte sagen wird zu einer Dame. Ich hab einen Kiek.“

Mulle wurde durchaus widerwärtig für seinen Freund Emanuel; dieser schmutzige Hohn – wirklicher Schmutz, der herabrann mit dem Fett über das Mullesche Gesicht. Denn so war dieses Gesicht nachgrade zugerichtet von dem hier verbrachten Sonntag, nicht mehr nur flach war es anzusehen wie ein Deckel, es troff auch, wie der Deckel im fetten Spülwasser.

Emanuel blickte fort von Mulle, dabei stieß er auf eine der entfernteren Logen und auf ein Profil ... Doch. Es war ungewohnt rosig beleuchtet, aber es gehörte Inge. Auch ohne den Streifen Wange hätte er diese Schultern erkannt. Das Gegenüber, zu dem sie sprach, blieb verdeckt, aber natürlich war es Ehmann. Als er Emanuel draußen verfolgte, hatte er feststellen gewollt, daß Emanuel nicht in die Bar ging, so war es doch. Ehmann hatte sich hier mit Inge getroffen. Verblüfft spähte Emanuel ringsum durch den Zigarettenrauch.

Im Zigarettenrauch lagen noch alle hier üblichen Erscheinungen, Melitta, der Mixer und die Stoffpuppen für die Damen, samt Mulle und seinesgleichen. Nicht einmal Fräulein Sonnenschein fehlte. Hatte sie denn Ehmann an Inge abgetreten? Wer war hier verrückt geworden? Inge, die noch vor einer Stunde !

Der Junge betrat verzweifelt, mit Kälte im Magen, den Gang, der zu der Loge führte – kam aber schwer vorwärts, denn an ihn hängte sich Mulle.

„Das ist meine Sache", verlangte Mulle. „Wer hier 'n Knochenbruch wünscht, kommt zu mir. Daß du bloß nicht Nutte sagst zu dem Mädchen, sonst schlag ich dich selbst knockout." Beschwerlich waren sie angelangt.

Erstaunlich, nicht Ehmann – ein fremder, kleiner Mann mit breiten Schultern saß bei Inge. Sie erblickte Emanuel und verstummte, wie er. Auch der Fremde wartete ab; er sollte nicht lange warten.

„Wanze!" rief Mulle ohne Übergang, er hatte damit die besten Erfahrungen gemacht. Hier verlief es anders. Niemand dachte an etwas Böses, und schon bedeckte Mulle den Boden, seine Augen waren geschlossen. Eine angemessene Pause – dann erhob Inge sich zugleich mit dem Fremden; denn dieser hatte, nach Beförderung Mulles auf den Fußboden, ruhig wieder Platz genommen.

„Dies ist Mister Williams", erklärte sie ihrem Freund. „Er ist Trainer bei Brüstung. Heute konnte er gar nicht abkommen – nur, weil es mit uns so dringlich war – wegen unserer Reise."

„Wegen unserer Reise", wiederholte Emanuel, ohne zu verstehen.

Übrigens erregte der hingestreckte Mulle Aufsehen, die Unterhaltung wurde erschwert durch Herandrängende. Die drei jungen Leute verständigten sich mit Blicken darüber, daß man besser draußen weiterspreche. Auch gelang es ihnen, hinauszukommen dank der furchterregenden Haltung des Engländers, der dafür das richtige Gesicht hatte. An innerer Entschlossenheit blieb Emanuel bestimmt nicht hinter ihm zurück. Auf der Straße sagte Inge dem Jungen ins Ohr: „Du bist dir doch darüber klar, daß wir fortmüssen. Ich kann nicht länger mit Margo zusammen wohnen."

„Das mag sein", sagte er.

Er meinte: was ihn das anginge; ob er seine Geschäfte verlieren sollte wegen ihrer Gefühle – und so weiter. Sie verstand jedes Wort, das er dachte. So weit kannte sie ihn und die anderen. Ohne deswegen lange zu trauern, kam sie auf Dinge, die ihn angingen.

„Hier machst du nie das Geschäft, ist dir das klar? Wir müssen fort. Du kannst in Gefahren kommen, ist dir das klar?“ wiederholte sie; denn ihr selbst war nichts von allem klar, außer daß sie fortwollte.

„Nun habe ich an Brüstung gedacht. Er ist der Stärkste, den wir kennen, er kann dich beschützen. Oder du und er, ihr paßt auf mich auf“, verbesserte sie schnell, mußte aber bemerken, daß ihm dies ebensowenig recht war. Er fand ihren Vorschlag kränkend. Entweder man wies Brüstung ab, dann aber nicht nur als Liebhaber, auch geschäftlich! Nein, eine Frau dachte anders; sie versuchte beide, den Bevorzugten und den anderen, nutzbar zu machen und zusammenzubringen.

„Du hast zu viele Feinde“, sagte sie im Ton der Verzweiflung und mit Tränen in den Augen. Sofort begriff er den weiblichen Gedankengang; denn sie weinte. Er wandte sich an den Engländer.

„Wohin fahren Sie eigentlich, Williams?“

Die Antwort kam von Inge auf englisch.

„Wenn Brüstung heute abend Sieger wird, fahren sie morgen nach Berlin, dort soll er kämpfen. Williams wird schon machen, daß es gut geht.“

Soviel für den Engländer; dann wiederholte sie es ähnlich auf deutsch. Der Mann, den sie liebte, konnte weder englisch noch boxen, in diesem Augenblick setzte es ihn immerhin herab. Inge sagte, um sich und ihn darüber zu trösten: „Ich will mich nur schon umziehen. Es ist sieben Uhr.“

„Ich nehme Plätze, es wird voll werden.“

„Nimm keine! Ich hab schon welche“, verkündete sie laut, wie etwas ganz Gleichgültiges, und betrat schnell das Haus. Die Plätze waren natürlich von Brüstung; und auch das Kleid: – Inge verschwand im Aufzug, da fiel es dem Jungen ein, daß sie auch das Kleid von Brüstung anhaben werde ... Jetzt gedachte er jener acht Minuten im Krankenhaus, wie an die gute Zeit. Er erkannte, daß er sie im Drang seiner Geschäfte unterschätzt hatte. Williams verabschiedete sich von ihm.

Leute drängten noch immer reichlich vorbei, der bestürzte Emanuel vor seiner Haustür wurde angestoßen. Als ihm jemand sogar auf die Schulter schlug, fuhr er herum. Es war Mulle am Arm Ehmanns.

„Was ist ihm eigentlich passiert?“ fragte Ehmann.

„Du siehst doch, daß er blaß ist“, sagte Emanuel.

„Das sowieso. Aber in der Central-Bar muß ihm außerdem etwas passiert sein. Ich werde der Sache nachgehn“, verhieß Ehmann in seiner besonderen Art, die Güte mit Drohung vereinte. Sie berührte Emanuel jetzt wenig. Er stand ganz unter dem Eindruck, daß er Ehmann im falschen Verdacht gehabt hatte. Ehmann war nicht der Mann gewesen, der in der Loge neben Inge saß. Er hatte überhaupt die Bar nicht betreten, vor den Ereignissen nicht und sichtlich auch nicht nachher. Daher, so schloß Emanuel kühn, war es ebensowenig Ehmann, der ihn selbst auf der Straße verfolgt hatte – weder diesmal noch auf jenem früheren Gange.

Emanuel sah sich verblüfft, beschämt – aber vor allem erbittert durch Margo. Die Beschuldigungen seines Freundes kamen alle von Margo; nur unter ihrem Einfluß hatte Emanuel auch glauben können, daß Ehmann am Telefon den Privatsekretär des Präsidenten ersetzte. Ehmann als Verräter, als Mittelsmann zwischen Schattich und I. G. Chemikalien; Ehmann, Mitglied einer Kontrollabteilung, die niemand gesehen hatte: Erfindungen Margos, lauter Kinophantasien einer eifersüchtigen Frau. Wie weit eine Frau gehen konnte in der Hemmungslosigkeit! Margo hatte sich stark gemacht, heranzukommen an die sagenhafte höchste Person, die Karl der Große hieß. Emanuel beschloß ein für alle Male festzubleiben und die Anständigkeit seines Freundes Ehmann nie wieder in Zweifel zu ziehen. Er drückte ihm die Hand, und der Freund drückte zurück, er hatte verstanden.

Endlich mußten sie dennoch bemerken, daß es Mulle übel war. Damit sie kein öffentliches Schauspiel gaben, beförderten sie ihn ins Haus. Sie hatten das Glück, daß ihnen sofort eine hilfreiche Person entgegenkam, die Portiersfrau. Sie strebte aus ihrer Wohnung die hölzernen Stufen empor, ihre Kleidung saß prall, und die Spuren einer bewegten Vergangenheit wichen auch ihrem jetzigen Gemütszustande nicht; aber sie empfing Mulle wie eine erschrockene Mutter. Gemeinsam mit seinen Begleitern trug sie ihn hinunter; sie hatte nur die eine Bitte, man möchte Landsegen nicht wecken.

Ihr Mann schlief in der Kammer hinter der Küche, wohin alle mit Mulle gelangt waren; sie sahen den Bauch des Schneiders im Hemd aus Wolle auf- und niederwogen.

„So 'n Mann pennt immer“, sagte die Frau und schloß die Tür.

„Ich nicht“, prahlte Mulle, er versuchte, alle abzuschütteln und allein dazustehen. Es mißlang ihm, aber er fragte noch: „Melanie, hab ich bei dir schon mal gepennt – oder was hab ich gemacht bei dir, Melanie?“

Die Frau verdrehte die Augen, es deutete an, Mulle sei nicht ernst zu nehmen. Ehmann wurde aufmerksam, und auch Emanuel wunderte sich immerhin über die plötzlich entschleierten Teile des Mulleschen Daseins. Indessen kam es bei dem in Frage Stehenden zur Krise, Frau Landsegen hielt ihm den Kopf, während er sich erleichterte. Dann wurde er hingelegt, erhielt auch ein Tuch auf die Stirn und über die Augen.

„Nun liegen sie glücklich beide“, stellte Melanie fest. „Dieser ist 'n armer guter Junge, bißchen doof, aber sonst ganz ordentlich. Gott, man vertritt ja gerne Mutterstelle an so 'n Kind.“

„War er heute schon mal bei Ihnen?“ fragte Emanuel, „und schlief Ihr Mann damals vielleicht auch?“

„Der pennt meistens“, erklärte sie unverbindlich. „Oder er denkt sich was aus – Ihnen wird er nicht sagen, was.“ Emanuel berichtigte trotzdem seine Auffassung der Angaben, die Mulle vorhin in der Bar zum besten gegeben hatte. Nora Schattich war es nicht, die Mulle kannte. Wie sollte er jemals zu Nora kommen! Blieb nur die Frage, inwiefern Schattich selbst hineinspielte.

„Was hat er mit Schattich vor?“ fragte Emanuel die mütterliche Freundin des armen Jungen.

„Den will er umbringen“, äußerte sie ohne Bedenken. „Ich sag ihm immer, er soll wenigstens warten, bis er weiß, wo Schattich seine Mutter gelassen hat. Wenn der sie überhaupt hat verschwinden lassen, wie Erich meint. Gott, was ist im Kriege alles verschwunden! Mir selbst ist jemand verschwunden“, sagte sie – wie etwas ganz Belangloses. „Was kann nun Erich Mulle von seiner Mutter wissen, hat sie nie gesehn. Und was Schattich ist, soll sie verführt haben? So sieht er aus. Schattich und verführen, das hab ich noch nicht erlebt“, äußerte sie und sah sich abgefeimt sowohl Ehmann als seinen Freund an. Sie schien sich einen auszusuchen, was beide veranlaßte, eine Drehung zu machen. Mulle schnarchte, wie nebenan Schneider Landsegen. Sie verließen die enttäuschte Melanie. „Noch eins“, sagte Ehmann, halb draußen. „Wen vermissen Sie aus Ihrer werten Familie?“

Die Frau gab Auskunft. „Meine Schwester. Sie war Klassefrau am Kurfürstendamm, und nun ist sie weg."

Droben sagte Ehmann gedämpft: „Was wir gehört haben, ist natürlich vertraulich zu behandeln."

„Warum?" warf Emanuel hin. „Ich kann von Schattich auch das glauben"; – worauf er von Ehmann einen sonderbaren Streifblick bekam. Er hatte das Gefühl, abgeschätzt zu werden und als werde in dieser Minute über ihn entschieden. Aber das kam bei Ehmann öfter vor. Übrigens lieferte sein Begleiter sofort die Erklärung.

„Ich denke natürlich gar nicht an das alberne Märchen von der verschwundenen Mutter unseres Freundes Mulle. Mag er sie selbst suchen. Sie und ihr Geld, das Geld ihres Verführers, sind sein Wunschtraum. Ein Vater wie Schattich, zu schön, um wahr zu sein", sagte Ehmann gewählt. „Nein, ich denke an deine Erfindung, die doch eine greifbare Tatsache ist." Dies eindringlich.

„Allerdings", bestätigte Emanuel. „Und ich überlege fortgesetzt, aber immer deutlicher sehe ich, daß wir hier zu keinem Abschluß kommen."

„Hier?"

„Ich meine: in Deutschland."

„Aber das andere wäre Landesverrat – sagt wenigstens Margo."

Ehmann zeigte sich verwundert.

„Ja, Margo sagt es."

„Und ich würde dasselbe sagen, wenn es nicht um dich und deine ganze Zukunft ginge!"

Da sah Emanuel ein, was er allzugern zugab: Ehmann war hinsichtlich des Landesverrats nur schwer mit seinem Gewissen fertig geworden. Die Freundschaft hatte sich als stärker erwiesen! Sie mußten dies nicht aussprechen, aber sie gingen einige Schritte nebeneinander in großer Sympathie.

Der Freund suchte und fand schrittweise.

„Es wird sich kaum vermeiden lassen, daß wir unseren Aktionsradius ausdehnen", sagte er sichtlich im Stil des Strategen. „Richtig, wir nehmen Berlin mit hinein. Meine dortigen Beziehungen –", Pause nach dem Wort, „können ergiebig gemacht werden. Sie weisen übrigens von selbst in die gewünschte Richtung."

„In die Richtung des Landesverrats?" fragte Emanuel arglos, nur der Deutlichkeit halber. Ehmann überhörte es zunächst.

„Mein Lieber, es klappt. Wir fahren zusammen nach Berlin. Ich werde dich dort mit einem fremden Agenten zusammenbringen. Ich bin näher bekannt mit gewissen exterritorialen Persönlichkeiten."

Das waren viel zu große Worte, sie schüchterten den Hörer ein und verleideten ihm von selbst jede Frage – nicht gerechnet die überlegene Geläufigkeit, mit der sie dem anderen aus dem Munde gingen.

„Die Sache ist eine der schwierigsten, die ich zu bearbeiten gehabt habe – oh, nicht hinsichtlich des Geschäfts selbst. Meine Verhandlungstechnik ist erprobt. Aber ich werde dich die ganze Zeit scharf im Auge behalten müssen."

„Mich?"

Ehmann prüfte ihn schnell von der Seite, ob der Junge wirklich so harmlos war. Dann kam er erst einmal auf den Abschnitt Landesverrat zurück. Ehmann bewegte sich während dieses Gesprächs im Zickzack – geistig und daher auch auf dem Bürgersteig.

„Ich äußerte schon meine Meinung dahingehend, daß unsere Treue gegen unser Land nicht darin sich zeigt, daß wir arme Teufel bleiben. Damit ist dem Lande nicht gedient. Es macht uns zur Pflicht, reich zu werden – auf jede irgend vertretbare Art, und welche wäre nicht zu vertreten. Allerdings auch auf unsere eigene Rechnung und Gefahr."

„Daher!" rief Emanuel, froh, den Faden wiederzufinden. „Du willst mich im Auge behalten. Du glaubst, ich habe Verfolger und Feinde."

„Glaubst du es etwa nicht?"

„Was denn! Ich hatte sogar ganz bestimmte Vermutungen – die sich zwar als falsch erwiesen. Das kann mich aber nicht hindern, ich habe schon Vorkehrungen getroffen für die Berliner Reise. Meine Feinde sollen mal rankommen. Sie finden erstens mich und zweitens noch ein paar anerkannte Fäuste."

„Du hast gewußt, daß du nach Berlin fährst? Du hast dich mit jemand verabredet?"

Aus Überraschung hatte Ehmann aufgehört, sich zu beobachten, daher in seinem Ton dies wütende Mißtrauen. Es kam völlig unvorbereitet, Emanuel wurde gewarnt, aber zu spät. Er fand sich schon in den Händen Ehmanns, konnte nicht mehr los und zog es daher vor, sich restlos anzuvertrauen. Er würde auch den Namen Brüstungs genannt haben, hätte Ehmann im geringsten danach gefragt. Ehmann unterließ es; er durfte beim jetzigen Stande der Dinge keinen Widerstand mehr hervorrufen. Wozu auch, er hatte Zeit. Ohne Übergang verabschiedete er sich; damit gab er dem Jungen Gelegenheit zu überlegen, wie weit seinesgleichen kam, wenn sein Freund Ehmann ihn jemals aufgab.

Tatsächlich wandte Emanuel sich höchst gedankenvoll dem Hause wieder zu. Er ging sogar daran vorüber. Endlich angelangt, wartete er noch einige Zeit auf den Aufzug, der, ohne herunterzugelangen, zwischen den Stockwerken hin- und herglitt.

Dies kam von den Vorgängen, die inzwischen Margo mit ansehen mußte.

Margo begab sich nicht sogleich eine Treppe hoch, wohin Schattich sie bestellt hatte; sie suchte drei Treppen hoch die Dame des Hauses in ihren Räumen. Statt der Zofe Marietta öffnete ihr ein anderes Mädchen, das war schon ungewohnt, und auch das Gesicht dieses Mädchens ließ auf außerordentliche Ereignisse schließen. Indes Margo nach der Dame fragte, hörte sie diese laut nach Marietta rufen. Es läutete heftig, eine Tür wurde zugeworfen, das Ganze vollzog sich in der Gegend des Schlafzimmers.

„Meckern Sie solange mit ihr", verlangte das Mädchen, das der Besucherin geöffnet hatte. „Dann krieg ich Zeit, Marietta zu warnen, daß sie türmen soll."

Margo sah keinen Grund, nicht zu tun, was man ihr sagte. Sie fand aber das Schlafzimmer verlassen. Das Boudoir betrat sie erst nach mehrmaligem Anklopfen. Als es gleichfalls ohne Bewohnerin dämmerte, ging sie zwar schneller bis ins Frühstückszimmer vor, jetzt war es dennoch zu spät. Nora Schattich war dagewesen, sie entschwand aber schon im ferneren Durchblick, jenseits des Musikzimmers, der beiden Salons und eines von Margo vermuteten großen Speisesaals.

Dieser lag nicht mehr in derselben Front. Nora Schattich verlor sich um die Ecke. Bis Margo eintraf, war sie endgültig unsichtbar geworden. Eine Tür hatte immerhin auch hier geklappt. Margo bediente sich des Ausgangs nach der Diele und stieß wieder auf das Mädchen.

„Ist sie schon runtergeschwebt?“ fragte das Mädchen.

„Wieso hinunter?“

„Zwei Treppen tiefer ist der große Saal, wer da 'n Ding dreht, das merkt kein Aas, außer die Alte ist eifersüchtig. Jetzt wird Mieze gefaßt“, raunte das Mädchen, teils erfreut, teils verzweifelt.

„Marietta? Was hat sie denn viel gemacht?“

„Ach so.“ Die Person betrachtete Margo nachdenklich. „Das wird immer schöner. Sehn Sie man selbst nach!“

Sie öffnete im Speisezimmer eine der Wandtafeln, Stufen erschienen.

„Die Alte hätte ruhig Zeit gehabt, wieder abzuschließen. Vorne kommt Mieze doch nicht raus. Na, nu verpfeift sie mich natürlich, daß ich es auch schon gemacht habe. Lieber pack ich gleich meine Backbirnen.“

Damit ging sie. Margo sagte, solange die andere es hören konnte: „Dann komm ich später noch mal“; aber sie sagte es nur, um ihr Dableiben zu bemänteln. Sie war entschlossen, hier im Hause nichts zu versäumen.

Die verborgene innere Treppe war mit einem weichen Läufer belegt, und von oben bekam sie Licht genug. Auch den Saal drunten deckte, wie sich bald herausstellt, viel Schatten; die Fenster waren verhängt. Hohe Fenster, eine Pracht, wie in Schlössern, die zu besichtigen man große Filzschuhe überziehen muß. Drei Kronleuchter, nicht gerechnet die Beleuchtungskörper an den Wänden, wo immer ein riesenhaftes Sofa an das andere grenzte. Der Konferenztisch, der kein Ende nahm, hatte über sich, zwei Stockwerke hoch, den reich vergoldeten Plafond, sonst bis in die dünneren Luftschichten hinauf nichts. Man merkte deutlich: hier saß eine große Macht. Der Konzern formte an dieser Stelle einen seiner Knoten, und ihn beherrschte ein Generaldirektor. Demgemäß hing hinter dem Sessel des Vorsitzenden das Bildnis des Sonnenkönigs, Ludwigs des Vierzehnten.

Der Raum war für seine Maße menschlich nur schwach belebt; drei Personen standen und bewegten sich vor einem der entferntesten Sofas. Zwei hielten scheinbar zusammen, die dritte war gegen sie. Ihr hoher Wuchs kennzeichnete Nora Schattich. Für Margo, die ihre Treppe nicht zu verlassen wagte, benahm sie sich wie der Darsteller eines entrüsteten Feldherrn auf einer Bühne, von der man zu weit weg sitzt. Das lenkte von den beiden andern ab; diese hatten übrigens keinerlei Interesse, sich hervorzutun. Nora Schattich schrie, und alles hallte zurück, der schwache und verworrene Widerhall von Wänden, die etwas anderes gewohnt waren. „In diesem Saal!“ schrie sie oft. „Ausgerechnet hier!“

Sie verhieß, daß sie Marietta verhaften lassen werde, erstens wegen Mißbrauchs des Konferenzsaales, zweitens wegen Mißbrauchs eines Minderjährigen. „Doppelter Mißbrauch!“ rechnete sie ihr vor.

Darauf versuchte Margo, den erwähnten Minderjährigen zu erkennen, Marietta schützte ihn aber, trat vor ihn und schwur, daß nichts geschehen sei. Der junge Mensch sei einfach neugierig gewesen, den Saal zu sehen.

„Wie seid ihr hereingekommen?“ forschte der entrüstete Feldherr. „Ich glaube dir kein Wort, du bist fristlos entlassen. Erst aber will ich wissen, wie ihr es gemacht habt.“

„Ich hab es ihm gezeigt“, sagte Marietta frech.

„Was hat sie dir gezeigt?“

Von dem zu vermutenden Jungen bekam die Dame keine Antwort. Die Zofe erklärte:

„Daß er vom vierten Stock auf unsere Terrasse hinunterklettern soll, da mach ich ihm die Tür zur Treppe auf.“

„Und wenn ihr fertig seid? Das Herumklettern über mir muß ich doch mal merken.“

„Dann laß ich ihn unten raus. Das ist Ihnen entgangen, gnädige Frau, daß unsere innere Treppe nicht nur bis zum Arbeitszimmer des Herrn geht. Wie gnädige Frau im Sommer verreist waren, hat er sie bis hinunter zur Haustür führen lassen.“

„Ihre Angaben werden geprüft werden. Suchen Sie Ihr Zimmer auf!“ befahl der Feldherr kalt.

„Sehen Sie, so kann der Herr bei sich rein- und rauslassen, wen er will“, fuhr die Zofe unbeirrt fort. „Keine Flurtüren, kein Lift, nicht einmal die Portiersleute müssen sehen, wenn Schattich heimlich ausrückt, und die verbrennen sich sowieso nicht den Mund.“

Die Dame beherrschte sich, aber sie setzte sich.

„Ich übergebe Sie den Behörden“, verhieß sie mit nicht mehr sicherer Stimme. Mieze oder Marietta wählte denn auch einen eher mitleidigen Ton.

„Das können Sie halten, wie Sie wollen, gnädige Frau. Dann wäre ich eben genötigt auszupacken. Dem Herrn habe ich ja versprechen müssen, daß Sie nichts erfahren. Wie konnte ich auch reden; mich wollte er doch mithaben bei seinen nächtlichen Orchideen hier im Konferenzsaal – in allen Ehren natürlich. Ich habe nur bedient."

Alles hörte Margo, vorgeneigt von ihrer untersten Treppenstufe. Sie unterschied die tückische Frechheit der einen von der herrischen Verzweiflung der anderen und erfaßte auch mit ihrem kaum noch überraschten Blick die ganze Innenarchitektur des Schattichschen Hauses, wie sie vor ihr aufgeschlossen wurde. Seit aber Nora Schattich auf dem Sofa sitzen mußte, gab Mieze-Marietta die Aussicht auf ihren jungen Mitschuldigen frei, und Margo hatte sich überzeugt, daß es ihr eigener kleiner Bruder Ernst war.

Dieser Umstand übersetzte alle ihre Eindrücke ins Phantastische. Sie glaubte nicht etwa zu träumen, nur bekamen Personen und Dinge hier mehr freie Laune, als ihnen für täglich zustand. Ihr Bruder Ernst, der Mechaniker, die Zuverlässigkeit selbst, war in eine Lage geraten – für wen paßte sie? Margo suchte in ihrer Erinnerung und fand nur die Gesichter junger Leute, die sie auf der Leinwand erblickt hatte. Nora Schattich kam nochmals auf die Minderjährigkeit des Verführten zurück sowie auf das, was sie seine Unschuld nannte. Dies fand Margo vollends unwahrscheinlich.

„Warst du noch unschuldig?" fragte die Dame den Jungen, den sie duzte.

Seine Antwort war nicht zu hören. Margo hoffte, daß er eine so dumme Frage unbeachtet ließ. Sachlichkeit und die früh erworbene Kenntnis des wirklichen Lebens lagen wahrhaftig auf einem anderen Feld als die überalterten Begriffe dieser Dame. „So 'n gesunder Junge!" dachte Margo und wandte sich einfach ab, um den Schauplatz zu verlassen. Sie hatte übersehen, daß Marietta sich heranschlich. Plötzlich standen beide voreinander.

„Was glauben Sie, was die Alte jetzt angibt?" fragte das Mädchen. „Das kann schauderhaft werden, sie ist scharf auf seine Unschuld."

Tatsächlich sahen sie Nora Schattich sich lockend hinbreiten und den Jungen trotz Sträuben nicht loslassen. Sie warteten nicht ab, ob sein Widerstand aufhörte, achteten auch nicht mehr auf die lehrhaften, obwohl erregten Worte der Dame; schon liefen sie die Treppe hinauf. Marietta verschwand; sie sagte noch: „Lieber geh ich zu einer Schauspielerin in Stellung nach Berlin. Schattich weiß schon, wo."

Margo setzte sich entschlossen hin, um auf die Dame zu warten. Sie erschien, wie vorausgesehen, allein. Den Jungen hatte sie zurückklettern lassen, woher er gekommen war. Sie atmete erregt, aber beim Anblick Margos verging ihr sofort die Luft. Sie machte halt; Margo stand auf. Ihre Gedanken lauteten etwas anders, als die arme Nora annahm. Margo dachte noch mehr an ihren Emanuel als an den kleinen Ernst.

Bei der Haltung Noras, diesem schlechten Gewissen, obwohl sie wahrscheinlich im letzten Augenblick die fleischliche Tat noch vermieden hatte – war es der klugen Margo auf einmal klargeworden, Emanuel werde niemals so vor ihr stehen; aber er sei dennoch eben heute mit Inge zum Schluß gekommen. Sie entnahm es nachträglich seinem Wesen, das freier geworden war nach der Gereiztheit der letzten Zeit. Er sah in Margo wohl noch seine Gegnerin, soweit es Inge betraf; im übrigen ließ er mit sich reden, ließ sich sogar helfen. Margo lächelte. Sie verzog das Gesicht zum Lächeln, damit sie leichter beschließen konnte: „Meinetwegen. Mag er." Denn das blieb schwer.

Nora Schattich indessen sah in diesem Lächeln die Gelegenheit, sich zu rechtfertigen.

„Wo waren Sie vorhin?" fragte sie.

„Unten", sagte Margo ruhig und neigte den Kopf in Richtung der Treppe.

„Ich hasse jemand" – Nora ging unvermittelt los, sie schlug sich die Brust. „Sie haben nicht zu lächeln. Ich kann furchtbar sein. Man wird es sehen, wenn ich mich räche."

„Aber mit einem kleinen Jungen? Ist das eine Rache? Herr Schattich wird es vielleicht nicht glauben wollen. Eine Frau wie Sie!" sagte Margo einschmeichelnd, denn sie mußte diese Verbündete haben.

„Eine Frau wie ich!" wiederholte Nora und fuhr fort, sich die Brust zu schlagen, um zu zeigen, daß sie fest war.

Margo begann: „Gnädige Frau, ich bin eine Angestellte Ihres Gatten, aber sobald ich will, kann ich mehr sein. Ich spreche offen, damit Sie sehen, auf wessen Seite ich stehe. Ich begreife, daß Sie ihn hassen und sich rächen wollen."

„Nicht Ihretwegen!" Nora rief es strafend und gehoben.

„Ich weiß, gnädige Frau. Ich wäre ein zu kleiner Anlaß. Sie sind eine bedeutende Frau, und was ist Herr Schattich?" Sie sah, wie das saß. „Er verdankt

Ihnen seine Karriere, aber er lohnt es Ihnen mit schwarzem Undank. Er geht damit um, Sie zu verraten. In seinen Jahren denkt er noch an Veränderungen."

Nora trank jedes Wort, Margo schien ihr wahrzusagen, solch einen richtigen Geruch hatte sie gehabt für den Zustand der Frau. Sie entschloß sich, in aller Form wahrzusagen.

„Es liegt Geld im Haus", sagte sie in ihrer Rolle als Kartenschlägerin.

„Noch mehr Geld?" rief die Gequälte. „Soll er immer nur verdienen? Wann platzt er endlich an dem Geld?"

„Das, was er jetzt haben will, nimmt er meinem Mann weg. Uns nimmt er es weg", wiederholte Margo erbittert.

„Ach so."

Die reiche Frau hatte sich besonnen, sie entfernte sich ein Stück. Das waren arme Leute; es schien natürlich und entsprach den guten Sitten, wenn Schattich das Geld für jene Erfindung bekam und nicht die Geldlosen.

„Ich weiß von der Sache", erklärte sie kühl. „Ihr Mann hat sie mir erzählt. Übrigens, im Vertrauen: auch Sie können sich auf Ihren Mann nicht fest verlassen."

„Ich weiß", sagte Margo unerschütterlich. „Aber es handelt sich um das Geschäft. Sehen Sie, wir müssen es machen; Sie dagegen wünschen, daß Ihr Gatte einen Stoß bekommt. Denken Sie nicht an das Geld! Nur, daß er einen Stoß bekommt. Er wird kleiner werden, seine Ihnen so unerträgliche Überlegenheit wird erschüttert. Er ist furchtbar hinter unserer Erfindung her, wie notwendig muß er es haben! Ich weiß zufällig von großen Kosten, die seine Berliner Reisen ihm machen. Ich könnte den Namen einer Schauspielerin anführen ..."

Leider hatte Marietta keinen Namen genannt. Glücklicherweise brauchte Nora keinen mehr. Das bloße Wort Schauspielerin besorgte aus unbekannten Gründen die noch übrige Auslösung, und plötzlich war Nora Schattich zu allem bereit und entschlossen.

„Setzen Sie sich", entschied sie. Jetzt kam die Beratung zwischen Verbündeten.

„Ein Mann in seinen Jahren – sagten Sie ganz richtig. Sie sind ein kluges Kind; ich will es wagen und von meiner Zurückhaltung einiges aufgeben. Hoffentlich werde ich niemals Grund haben, es zu bereuen."

„Niemals.“

„Er ist im gefährlichen Alter des Mannes. Diesmal bringt er sich selbst zu Fall, ich habe das deutliche Vorgefühl.“

„Ich auch“, sagte Margo. Sie war von ganzem Herzen dabei, sich mit der alten Frau zu verschwören zum Untergang des alten Mannes.

„Sie müssen zupacken, gnädige Frau. Er will nach Berlin fahren.“

„Er fährt immer nach Berlin. Diesmal ist es nur die Frage, ob er wiederkommt. Sie begleiten ihn, mein Kind.“

„Nur auf Ihren ausdrücklichen Wunsch.“

Margo errötete nicht, daher hielt Nora es für nötig, alles auszusprechen.

„Sie können so weit gehen, wie Sie meinen, gehen zu müssen.“

„Danke. Aber es wäre noch besser, wenn ich wüßte, was er eigentlich vorhat.“

„Das sollen Sie eben herausbringen. Mir sagt er nichts.“

Die arme Dame saß hilflos da.

„Aber eine Frau von Ihrer Energie!“ sagte Margo ermutigend. „Haben Sie denn keine Mittel gegen ihn? Können Sie ihm keine Komödie vorspielen?“

„Alle unsere Beziehungen sind schon zu lange eingeschlafen“, gestand die arme Dame. „Aber ich werde stark sein, ich verspreche es Ihnen.“

Sie erhob sich und wuchs zu ihrer ganzen Größe, die beträchtlich war. Margo musterte von unten die knochige Gestalt, die Porzellanfarben der Haut, das helle Gesicht ohne viel Nase. Das alles wäre schön gewesen, es war nur dennoch verfehlt. Es hätte auch stark gewirkt, aber grade Margo kannte jetzt schon zu viel von der Schwäche dieses Lebens.

„Ich kann furchtbar werden!“ beteuerte die große Frau wieder. „Wissen Sie jemand, der ihn tödlich – ich sage tödlich haßt? Ich gehe jeden Vertrag ein, wenn er geheim bleibt. Ich zahle, was verlangt wird, aber niemand darf es wissen.“

„Auch der Mörder selbst nicht?“ fragte Margo gradeheraus. Dies genügte, Nora klappte schon wieder hart auf ihren Sitz nieder.

„Was reden Sie?“ murmelte Nora.

Margo erklärte unbefangen: „Ich kenne solche.“

„Sie kennen jemand, der für Geld einen Menschen umbringen würde?“

„Erledigen. Ja. Dem Betreffenden käme es weniger auf die Bezahlung als auf den Rekord an. Er äußerte kürzlich im Gespräch: „Wenn ich die beiden erledigte, wäre ich der jüngste Doppelmörder.““

„Welche beiden? Mich auch?“

„Nicht doch, gnädige Frau. Er heißt Mulle und ist in der Bar des Central-Hotels jederzeit erreichbar. Ich kann ihn leicht herbringen; aber werden Sie es wollen?“

Nora Schattich fürchtete die Verachtung der Jüngeren, wenn sie nein sagte. Außerdem fühlte sie zum erstenmal seit ihrer wirtschaftlichen und persönlichen Niederlage wieder die Macht in ihrer Hand. Schattich war ihr ausgeliefert auf Gnade und Ungnade. In diesem Augenblick kannte sie keine Gnade, und der befriedigte Haß erzeugte in ihrem großen Körper eine ungeahnte Wollust. Je weniger sicher sie der Dauer ihres Entschlusses war, um so heftiger rief sie: „Ich will Mulle sehen!“

Zehntes Kapitel

Margo kam endlich ihren Berufspflichten nach, sie ging zum Chef.

„Sie lassen mich warten“, bemerkte Schattich schlechtgelaunt. „Wo ich für den Sonntag doppelt zahle!“

„Kommt nicht in Frage, Herr Schattich. Aber, sehen Sie, Ihr Brief an den Präsidenten von I. G. Chemikalien war Falle. Der Herr ist verreist.“

„Das konnte ich nicht wissen.“

„Sie sind ein falscher Fuffziger.“

„Beim Theater muß man falsch sein“, gab er zu, „und ich spiele mein ganzes Leben lang Theater. Das will meine Frau nicht einsehen. Die verlangt bürgerliche Gediegenheit. Das war mal. Das konnte ihr Großvater zum Teil noch, ihr Vater hat damit schon Pleite gemacht.“

„Mit Ihren Familiengeheimnissen kann ich nichts anfangen.“

„Ich habe Geld im Ausland. Interessiert Sie das mehr? Mädel, ich bin verrückt nach dir. Keine Dummheit ist mir zu groß.“

„Auch nicht wahr.“

„Ich habe schon mal ein Mädchen gefangengehalten, bis es nachgab“, berichtete Schattich und versuchte, zu blicken wie der Machtmensch, den er darstellte. Margo lachte darüber.

„Aber Sie werfen schon nicht mehr den Tisch mit Akten um – wenigstens nicht meinetwegen. Um dagegen die Erfindung zu bekommen, würden Sie einen Mord begehen.“

„Ich will Ihnen etwas sagen, sie ist von meinem alten Freund Birk, und ich habe ihm noch immer alles weggenommen. Ich muß ihm auch seine letzte Chance wegnehmen.“

Sie begriff, daß es mit ihr dasselbe sei. Er wollte sie hauptsächlich als Tochter Birks haben.

„Es ist nicht Eigennutz, es ist Ehrgeiz. Verstehst du? Dich aber wäre ich imstande zu beteiligen. Du darfst es mir diesmal glauben, ich bin reif, von dir geneppt zu werden. Du bekommst mich zur rechten Zeit in die Finger, verstehst du?“

„Ich höre immer beteiligen. Woran? Meinen Sie die Erfindung, wer ist dann Ihr Abnehmer?“

„Laß das meine Sorge sein. Ich gründe natürlich selbst die Gesellschaft zur Ausbeutung der Erfindung. Willst du Beweise? Gleich nachher ist eine Sitzung – hier unter uns, im großen Saal.“

Margo war nahe daran gewesen, ihm einiges zu glauben. Die Erwähnung des großen Saales, in den sie gerade heute einen Blick geworfen hatte, stieß alles um.

„Schluß“, entschied sie. „Wenn Sie mir nichts zu verbergen haben, nehmen Sie mich doch mit nach Berlin!“

„Ob ich dich mitnehme! Chloroformiert, wenn es sein muß! Ich glaube sogar, du wirst gleich dort bleiben.“

„Ich bin verheiratet.“

„Ich auch. Das läßt sich alles anders drehen. Mit meiner Frau bin ich fertig – und was tust du noch bei dem kleinen Angestellten.“

„Sie könnten es schieben, daß er aufsteigt.“

„Das möchtest du wohl. Du willst wohl die Zweite bleiben, wo du die Erste sein kannst? Ich werde dich heiraten.“

Dies kam leise, seine Stimme versagte, er atmete mit Mühe. Wenn seine Worte nicht ehrlich waren, echt war die Begierde; an ihr ließ sich auch bei größter Vorsicht nicht mehr zweifeln. Margo prüfte in aller Ruhe, was sich daraus machen ließe.

„Seit wann war Ihre Frau nicht in Ihrem Berliner Haus?" fragte sie, wie ein Arzt, der die Angaben des Patienten aufnimmt.

„Das will ich dir sagen, Puppe. Schon, seit ich nicht mehr an der Spitze der Reichsregierung stehe."

„Das kann doch mal wieder vorkommen?"

„Todsicher. Erstens sind es immer dieselben. Außerdem haben wir den Verein zur Rationalisierung Deutschlands."

„Dann taucht Ihre Frau wieder auf."

„Erst recht nicht. Mein Wiederaufstieg hängt sogar damit zusammen, daß sie verschwindet."

Margo versuchte mit Glück, in ihrer Miene alles abzustellen, was ihre Eindrücke verraten konnte. Er stieß mit dem Fuß seinen Stuhl zurück, er ging, die Hände auf dem Rücken, vor ihr auf und ab. Bei jedem dritten oder vierten Schritt schwenkte er den Kopf nach ihr, sie mußte sich weiter beobachten.

„Ich liege ganz vorn", stieß er aus. „Mich können sie gar nicht umgehen. Ich weiß wohl, die Karre läuft auch ohne mich. Was einer macht, kann der andere ebensogut. Wir sind alle derselbe Mist. Aber ich habe zu viele in der Hand, ich bin von Natur und durch Übung ein Menschenbehandler."

Er bohrte sich den Zeigefinger in die Schläfe, er blickte vielsagend, und Margo versuchte, verständnisvoll auszusehen. „Faule Sache", dachte sie beklommen, „Menschenbehandler – dann sieht er mir etwas an. Dann sieht er, daß ich ihn an seine Frau verraten habe und daß ich ihm Mulle auf den Hals hetze!"

Aber da sagte er grade: „Dich bekomme ich mit der linken Hand herum, Puppe. Du arbeitest ohne Aussicht auf Erfolg für deinen kleinen Angestellten – wie brauchbar wirst du erst sein für mich – wo es sich lohnt." Er machte Pausen, blieb dabei stehen und faßte sie ins Auge. Margo dachte: „So siehst du aus. Deine Frau hat kein Geld mehr, das ist das Ganze." Laut sagte sie: „Ich kann Sie verstehen. Ein Schattich geht kaltlächelnd über Leichen. Als Sie Ihre Frau heirateten, brachte es Sie vorwärts. Jetzt hält Ihre Frau Sie auf."

„Wir verstehen uns", bestätigte er. „Es ist sonderbar, wie gut ich mich mit der heutigen Jugend verstehe. Ich muß meiner Zeit voraus gewesen sein betreffs Sachlichkeit."

„Von einem bestimmten Jahrgang ab seid ihr weich", stellte Margo fest. „Aber es gibt Ausnahmen", behauptete sie – einzig überzeugt, wie er heraushörte, von der hier gegebenen Ausnahme.

„Ich hasse die Unsachlichkeit" – er hob sich auf die Zehen. „Wenn sie sich aber erst als Kulturgut aufspielt, dann kann ich ordinär werden", schloß er und plumpste auf die Absätze. „Lange genug hab ich meiner Frau die überlegene Kultur geglaubt; heute sage ich: Deutschland ist in Not, da kommt es auf Männer an."

„Sie sind einer", warf Margo ein.

„Meine Einstellung ist zeitgemäßer, die Frau soll mich –" Margo hörte ruhig zu, wie er das Wort zu Ende sprach.

„Du nimmst mich wenigstens, wie ich bin", sagte er und hatte hierin recht.

„Mich will die Frau verachten", sagte er mit Augenzwinkern. „Die soll sich wundern und nicht mehr wissen, ob sie 'n Junge oder 'n Mädchen ist."

Er wurde, wer weiß warum, spaßhaft.

„Schatzimausi, wir landen zusammen eine Sache."

Da er ihr, bevor sie ausweichen konnte, einen Kuß ins Gesicht versetzte, wurde ihr die Sache, die er landen wollte, verdächtig. Indessen beschwichtigte er.

„Im Augenblick will ich nichts weiter. Keine Zeit. Dringende Konferenz. Ich muß hinunter in den Saal. Mein Verein kommt auch. Dabei finanzieren wir gleich deine Erfindung, und du bekommst von mir eine neue Handtasche."

Er war durchaus nicht ohne wirkliche Komik; fast wurde er sympathisch, nun er seinen Menschen nackt zeigte. Er schlich umsichtig durch das Zimmer – zuerst nach der Tür.

„Noch sieht sie nicht durchs Schlüsselloch."

„Wer? Frau Schattich?" Margo war dennoch verblüfft.

„Natürlich. Wußtest du das nicht? Die Alte horcht an den Türen. Auf meine Konferenzen hat sie es besonders abgesehen. Wenn ich meine Konferenzen außerm Hause tätige, fährt die Alte mir in Lebensgröße dazwischen. Seitdem ich alles hier mache, kann sie nur noch hinterm Schlüsselloch hocken."

Margo dachte. „Dazu werden sie ältere Leute", oder etwas Ähnliches; es wurde ihr selbst nicht klar, sie war zu erstaunt.

Er sprang rund und behende zu einem Safe mit der Büste Bismarcks. Margo hatte immer gedacht, die letzten Staatsgeheimnisse Schattichs müßten dort verwahrt liegen. Schattich zauberte einen Schlüssel herbei, der Safe war nicht einfach zu öffnen. Inzwischen plauderte er noch.

„In den Konferenzsaal kann sie nicht kieken. Die innere Treppe ist oben und unten abgeschlossen."

„Aber den Schlüssel hat Marietta", dachte Margo.

„Bloß hier kann sie reinsehen. Deswegen hab ich was erfunden. Ich erfinde auch. Bin ich 'n aufgeweckter Kopf?"

Damit zeigte er ihr, was er aus dem Safe hervorbrachte: einen Mannequin.

„Er hat ein doofes Gesicht, aber von hinten bin ich es."

Tatsächlich, die Glatze des Staatsmannes war nachgeahmt.

„Halt ihn mal, Mariechen!" befahl er und zog sich aus. Weder ihm noch ihr fiel es auf, aber wahrhaftig hatte er im Handumdrehen seinen Anzug herunter und bekleidete damit die Puppe.

„Setz ihn hinter den Schreibtisch auf meinen Platz. Mariechen!" befahl er. Sie gehorchte, sie bemühte sich sogar, dem falschen Schattich die gewohnte Haltung des richtigen beizubringen.

„Quatsch, Mariechen", hörte sie ihn sagen, und als sie sich umwendete, stand er schon im Abenddreß.

„Du bist ja gar nicht mehr Mariechen", murmelte er. In seinem selbstvergessenen Eifer mußte er wohl plötzlich geglaubt haben, noch immer helfe die Zofe Marietta ihm bei seinen Heimlichkeiten.

„Nun setz dich mal selbst. Du bist 'n Luder, wir können uns verstehen. Setz dich!" befahl er und wies auf den Sitz gegenüber dem seinen. Hierauf legte er ihr Schlingen um. Es waren sehr leichte Fäden; im Schatten, wenn man jetzt die große Beleuchtung abdrehte, blieben sie kaum noch sichtbar. Aber es waren viele, und alle verbanden sie mit der Puppe, die ihr gegenübersaß. Margo konnte jedenfalls nicht aufstehen, ohne die Fäden zu verwirren oder zu zerreißen und die Puppe umzuwerfen.

„Schreib mal was!“ verlangte Schattich. Sofort bewegte auch die Puppe den Arm, wie um zu schreiben.

„Meckere mal!“

Sie erhob das Gesicht, und der falsche Schattich schien mit ihr reden zu wollen, wie sie mit ihm. Der echte war zufrieden.

„Es klappt wieder mal. Organisation muß man im Griff haben. Na Wiederschaun, bleib mir treu!“ Damit wollte er den Rücken drehen. Margo rief erschrocken. „Sind Sie verrückt geworden?“

„Nee. Aber hier bin ich fertig. Jetzt kommt mein Verein dran. Daß du deine Sache gut machst, Süße! Wenn du merkst, daß die Alte kiekt, dann nimmst du sofort Diktat auf. Von draußen sieht es aus, als ob ich persönlich dasitze und quassele. Kann überhaupt nichts vorkommen.“

„Und wie lange soll das dauern?“

„Länger als bis morgen früh kommt nicht in Frage. Denk an die Beteiligung, halte durch! Auch der Young-Plan muß getragen werden.“

Jemand kratzte an der inneren Tür. Schattich wuchs plötzlich, er veränderte sich in einem erstaunlichen Grade. Das runde, behende Männchen war verschwunden, der große Geschäftsmann stand da. Kein ulkiges Gesicht mehr, ein verlängertes, gehärtetes, gebleichtes. Jetzt sah er aus, als ob die Leichen, über die er auf alle Fälle stieg, ihn nicht mal mehr zu einem Witz veranlassen könnten. Die Pflicht über alles, so ging er durch die Mitte ab. Margo, die ihn kaum wiedererkannte, wendete nichts mehr ein.

Indessen saß sie an diesem großen Schreibtisch einer Puppe gegenüber. Hinter Schattich war die Tür zugefallen, weiter hin hörte sie noch eine zweite schließen. Sie erinnerte sich, daß auf jener Seite der große Saal lag – hinten nach dem Park hinaus; und durch zwei Stockwerke reichte er bis zur Wohnung der Dame Nora. Bevor die Tür zuschlug, hatte sie auch Stimmen gehört. Jetzt war es merklich still, und nur die Puppe sah sie an.

Margo dachte: „Bin ich denn doof?“ – und machte eine Bewegung, um aufzustehen. Der Ruck war zu stark für die Puppe, sie schwankte und griff mit einem Arm, wie nach Beistand. Margo mußte lachen. Die Gestalt tat ihr leid. Sie setzte sich wie vorher, und die Puppe folgte ihrem Beispiel. Hiervon war Margo befriedigt. Sie fand die Sache gut gemacht. Wenn sie ihr Gegenüber ansah, hob auch dieses den Kopf; neigte sie selbst sich aber vor, als ob sie schreiben wollte, dann stützte die Puppe sich auf die Armlehne und vollführte mit der Hand kleine Kreise, wie um zu diktieren. Von rückwärts und durch das Schlüsselloch mußte es täuschend aussehen. Richtig, ein Spiegel nahe der Tür zeigte ihr die genaue hintere Ansicht eines fleißig arbeitenden Schattich. Die einzige Lampe verdunkelte das Bild absichtsvoll. Von ihr selbst war nichts zu erkennen; hier konnte Margo, Marietta oder jede andere sitzen. Man sah das Papier und die schreibende Hand. Es schien ein Mechanismus, weniger menschlich als die Puppe.

Als Margo die geschicktesten Züge der Fäden herausgefunden hatte, benahm sich die Puppe, als ob sie lebte. Margo lachte und wollte ihr auf den Arm klopfen. Was geschah? Die Puppe zog ihn zurück. Hier überlief es Margo. Nochmals versuchte sie aufzustehen; dabei gerieten die Fäden durcheinander, die Puppe kam vom Stuhl hoch und fuchtelte. Margo fürchtete einen Griff um ihren Hals und schrie.

In dem abgeschlossenen Zimmer hatte ihre Stimme keinen Widerhall, ebensogut hätte die Puppe schreien können. Margo schämte sich, sie beschloß, nie wieder den Kopf zu verlieren. Zu diesem Zweck blickte sie ihrem sonderbaren Gesellschafter fest ins Gesicht. Er war ja gar nicht doof! Schattich hatte ihn unterschätzt. Er sah nicht wie Schattich aus; aber es war nicht nötig, auch noch von vorn wie Schattich auszusehen. Um so besser, entschied Margo. Statt dessen hatte er das Verwischte, gewollt Unechte, das den Mannequins mitgegeben wird, damit nicht ein anziehendes Gesicht ablenkt von dem Behang, auf den es ankommt. „Süße Leiche", dachte Margo mehrmals, denn so sah das Ding aus – eine süße Leiche, etwas vom Engel, etwas vom Geist. Um sich nur nicht zu fürchten, behielt Margo ihn unverwandt im Auge, wer wurde da aus dem Jungen? Emanuel.

Ihr Emanuel sah sie an. Nicht der von heute nachmittag, kein gereizter, geschäftlicher, kein Emanuel, der grade daher kam, wo er eine andere geliebt hatte. Sondern der vom vorigen Jahr. Ach, erst voriges Jahr? Süße Leiche, etwas Engel, etwas Geist. Einst so sehr geliebt, vor kurzem ganz mein. Margo träumte, daß es so geblieben wäre. Sie sah den schönen Anfang wieder.

Kurgarten mit Tanztee, der Lautsprecher meldete grade einen großen Kurssturz an der Börse; es war die herrlichste Musik, die Margo je gehört hatte! Denn dabei stieg er aus seinem Auto, und sie liebte ihn gleich. Er war mit zwei Freunden, Mulle und Ehmann, wie sie erfuhr. Alle drei betitelten einander Direktor und Diplomingenieur, aber wenigstens zwei von ihnen waren arbeitslos, wie sich herausstellte. Den Wagen hatte Ehmann durch Beziehungen, und auch nur heute ... Da Margo ihm entgegensah, als wären sie verabredet, ging er gradeswegs an ihren Tisch.

Die anderen kamen mit und übernahmen Inge, Emanuel sah nur Margo. Sie tanzten. Nicht gefühlvoll hingegeben tanzten sie, sondern mit solcher technischen Vollkommenheit wie bei einem Wettbewerb. Es war auch wirklich ihre Bewerbung um das Glück. Margo fühlte noch heute, wie sehr es damals um das Ganze ging – während des Tanzes. Sofort nachher hatten sie wieder Sinn für Cocktails, Flirt und die Räubergeschichten der drei Direktoren. Sie tanzten noch oft zusammen damals, aber gleich beim ersten Mal hatten sie einander erkannt, endgültig in Anspruch genommen, und alles war entschieden.

Einmal verschwanden sie gemeinsam von der Tanzfläche hinter die Büsche des Kurgartens. Hier schenkte sie ihm den ersten Kuß. Er hatte gewartet, bis sie von selbst an seiner Brust lag, dann aber wurde er dringlicher. Sie wußte auch schon, daß sie ihm nachgeben – und in ihrem ganzen Leben nur für ihn, für ihn es tun würde. Inzwischen war aber ihr Vater im Garten erschienen, sie wurde gerufen.

Als der Junge erfuhr, wer ihr Vater war, verschwand sein Monokel in der Tasche, er bat sie, um des Himmels willen alle seine Titel zu vergessen, und er suchte noch mehr dem Oberingenieur als seiner Tochter zu gefallen. Merkwürdig, die Wirkung trat augenblicklich ein – bei Birk wie bei Margo; und nie sollte sie aufhören. „Kann ich es mir anders denken?“ träumte Margo gegenüber der Puppe, mit der sie Fäden verbanden. „Daß ich ihn nicht mehr liebte?“ ... Da bemerkte sie erst, daß das sonderbare bleiche Gesicht im rechten Auge einen Einschnitt hatte, und daraus stand eine halbe Scheibe hervor, es sollte ein Monokel sein. Auch das trug er hier wieder. Margo weinte.

Er trug es nur in gehobenen Zeiten und wenn er großen Eindruck machen wollte. Für den kleinen Angestellten lohnte es nicht, auch nicht für den Gatten der Sekretärin. Heute abend hatte er es wahrscheinlich wieder eingeklemmt, denn er ging groß aus mit seiner neuen Freundin. Nach dem Sportpalast kam sicher die Bar, und wohin führte er Inge dann? Ihre Schwester! Er nahm vor ihren

Augen ihre eigene Schwester, und Margo fühlte, daß sie ihn dennoch weiter lieben mußte. Sie vermochte nichts gegen ihr Herz, das endgültig entschieden hatte. Sie beweinte ihre Ohnmacht – die Puppe gegenüber ahmte nach, wie ihr Nacken zuckte. Aber das sah Margo nicht.

Sie wußte, nicht einmal ihr Vater half ihr, wenn sie um Emanuel kämpfen mußte. Er war für den Jungen. Er liebte ihn noch nachsichtiger, ja, verzweifelter als sie selbst, weil er ja alt war. Und er liebte Inge, weil sie dem Jungen gefiel. Diese beiden hatten doch früher gar nicht aufeinander geachtet; aber die Laune, die Emanuel plötzlich mit Inge zusammenwarf, war stärker und furchtbarer als alles, was die Natur Margos wissen konnte. Sie ahnte nur und ergab sich – wenigstens in dieser abseitigen Nachtstunde gab sie allen Widerstand auf und träumte dahin, gegenüber einem halb verwischten Gesicht. Süße Leiche, etwas Engel, etwas Geist.

Margo träumte, die Erfindung wäre nie gemacht worden. Dies war das erste. Inge und Emanuel wären sonst nie so schrecklich zusammengeworfen worden. Das Sprengmittel hatte zuerst sie alle selbst zerrissen. Sie jagten dahin und litten große Begier. Die innere Bewegung wurde unerträglich, durch den Sinn Margos tobte nochmals der ganze heutige Tag, und wie sie hatte kämpfen müssen mit Inge, Emanuel, Ehmann, Schattich und seiner Frau – alles, weil sie und der Junge reich werden wollten. Nehmen wir nun selbst an, sie wurden reich. Emanuel aber liebte Margo nicht mehr? ... Konnten dann sie und er sich freuen, wie sie sich einst gefreut hatten? ... Sie träumte, die Erfindung wäre nie gemacht worden. Fast hätte sie die Geldlosigkeit vorgezogen, wenn das Leben dennoch Freude brachte.

Sobald es ihr bewußt wurde, schämte sie sich. Sie nahm sich vor, ihre Pflicht zu tun, ob es sie und die anderen glücklich machte oder nicht. „Zuerst muß man reich werden. Man muß Auftrieb haben. Man darf nicht überaltern, dann ist es zu spät. Nehmen, alles mitnehmen, was greifbar ist! Inge hat recht, der Junge hat recht.“ Margo erinnerte sich rechtzeitig, daß sie zum Glück doch keine Träumerin war, sie mit ihrer Stumpfnase. Nicht aus Romantik, sondern zu höchst genau überlegten Zwecken saß sie hier – hatte sich mit Fäden an die alberne Puppe binden lassen. Auch die sollte ihr noch Dienste leisten.

Sie wollte handeln. Das Telefon stand in Reichweite; Schattich hatte vergessen, es zu entfernen. Sie faßte nach dem Hörer. Eine Bewegung der Puppe schien sie daran hindern zu wollen, Margo streckte ihr einfach die Zunge aus. Indessen fiel ihr ein, daß sie nicht wußte, wie Nora Schattich zu erreichen sei ... Dort hinten gingen wieder Türen; ein Stimmengeschwirr brach aus und wurde abgeschnitten. Die Gesellschaft, die Schattich seiner Frau verheimlichte, war zahlreicher und lauter geworden. Vielleicht, daß der geschäftliche Teil der Konferenz jetzt überging in den kessen. Platzte Nora dazwischen, wer weiß, was sie alles beisammen gefunden hätte! Da Margo sie nicht selbst anrufen konnte, beschloß sie, es zu Hause zu versuchen.

Ach so, die waren im Sportpalast. Margo ließ die Hand auf dem Apparat, ohne abzuheben. In der halben Minute, die ihre Hand dort ruhte, sah Margo den ganzen Sportpalast: die Menge auf den Tribünen, den Ring mit den Kämpfenden. Einer der Kämpfenden war Brüstung, in der Menge auf einer Tribüne erschienen ihr alle anderen, an die sie dachte. Ihr Scharfblick und ihre Gabe der Berechnung arbeiteten zusammen mit all ihrer Leidenschaft, damit das Bild vollständig und klar wurde. Vielleicht wirkten in der Tochter Birks auch Kräfte der Seele, die ihr Vater endlich bei sich festgestellt hatte; ihr aber waren sie noch unbekannt.

In ihren Ohren war ein Getöse, als wäre sie mit dem Sportpalast durch Radio verbunden gewesen. Das bedeutete Händeklatschen, sie unterschied auch Zurufe, ohne den Namen des Siegers zu verstehen. War es Brüstung? Nein, der Lautsprecher nannte einen anderen. Gleich darauf verkündete er die beiden nächsten Gegner, Julio Alvarez und Bruno Brüstung.

Hier begann der Beifall auf Tribüne sieben. Ernst Birk hatte angefangen. Er war entschlossen, bis auf das Äußerste einzutreten für seinen großen Freund, schlug gewissenhaft in die Hände und war bleich unter seinen zusammengewachsenen Brauen. Emanuel und Inge machten mit – vielmehr, sie klatschten aus persönlicher Genugtuung, weil sie den möglichen Sieger unter ihren festen Bekannten hatten. Ein großer Teil des Publikums ging mit. Als Ehmann dies bemerkte, beteiligte er sich weniger vorsichtig. Er saß auf der anderen Seite Emanuels und hatte die Augen überall. Soeben war neben Ernst auch die kleine Susanne zu bemerken gewesen. Es mußte ein Irrtum gewesen sein, oder wo war sie hingekommen?

Zwei Jupiterlampen schienen grell auf den Ring. Da die ungeheure Halle sonst nur wenig beleuchtet wurde, bewegte die Menge der Zuschauer sich wie im Rauch, wurde selbst zu Rauch; vorübergehend ballte er sich hier oder dort, und aus dem verdichteten Herd einer Seelenerregung schlug eine Flamme.

In den Ring stieg ein Riese. Unter dem weißen Licht wuchs er zu furchtbaren Massen. Sein Chefsekundant nahm ihm sogleich den Mantel ab. Langsam drehte er sich und zeigte der Menge seine Muskeln. Sie sahen, daß er etwas wie ein Mulatte war, diese Europäer bejubelten ihn gleichwohl mit Selbstentäußerung. Er sollte hundertzwanzig Kilo wiegen. Übrigens hatte er ein Gesicht wie ein Stück Vieh, jetzt in der Ruhe wirkte es noch gutmütig. Als er seinen Gegner erblickte, fletschte er die Zähne. Es sah nicht einladend aus, bedeutete aber wohl grade ein Zugeständnis an unsere Höflichkeit.

Brüstung kletterte nicht massig über das Seil, wie der andere. Mit einem Sprung stand er da – schien selbst überrascht und zeigte dennoch vor allem Haltung. Durch einen Blick auf den Riesen gab er zu erkennen, daß er sich klar sei, was ihm bevorstehe. So fürchterlich hatte er sich Alvarez nicht gedacht. Jetzt kam es auf gute Haltung an.

Dies glückte ihm auch. Von ganz oben riefen sie: „Hoch Weißkopf!" Denn die Leute unter der Decke kannten ihn und seine weißblonden Haare. Sie sagten beifällig: „Er war mal Schupo." Er sollte für sie und als einer der Ihren kämpfen. Die Amateure vorn im Parkett dachten sachlicher. Sie sahen auf das Gewicht des Fremden und auf den Meistertitel, den er schon führte. Bei ihnen, wahrscheinlich auch bei den Punktrichtern dort unten vor dem Ring, war beschlossene Sache, daß der andere Junge ihm den Titel nicht entreißen würde. Hierin bestand hingegen nicht die Sorge der Damen.

Die Damen auf den guten Plätzen waren teils in Begleitung erschienen, manche auch allein und aus eigenstem Antrieb. Diese beurteilten mit ihrer besonderen Sachkenntnis die beiden grell und ohne Vorbehalt sichtbaren Körper, Höchstleistungen der männlichen Rasse. Sie maßen und erkannten die überwältigende Kraft des Nackens, den vollendeten Aufbau der Muskeln an Armen und Schenkeln, die ehern abgeteilten Wölbungen des Brustkorbes und auch den Inhalt der lächerlichen Höschen. Bei Brüstung war das Höschen weiß, bei Alvarez schwarz, aber das machte den Damen nichts aus. Die Frage und der Vorgeschmack waren nur das Blut. Über welchen der beiden geölten Manneskörper sollte heute das Blut fließen? Wer steckte mehr ein? Wer blutete mehr? Womöglich beide gleich viel! – hofften manche. Andere hätten lieber den bronzenen oder lieber den weißen überrieselt gesehen von verhängnisvollen Bächen.

Die Gegner verließen, mit ihren Handschuhen versehen, jeder seine Ecke. Ernst Birk schrie schon wieder: „Hoch Brüstung!“ Diesmal ging niemand mit, Inge zog erschreckt und unzufrieden seine klatschenden Hände auseinander. Ernst sah sie erbittert an. Seinem Schwager Emanuel, der sich vorneigte, sagte er: „Sei doch nicht so feige!“

„Was willst du denn“, antwortete Emanuel. „Dein Brüstung hat ja schon ein furchtbares Ding sitzen.“

Ernst schwieg betreten. Er mußte sehen, daß Bruno taumelte. Ein unheilvoller Lärm kam auf; jeder, der einem Anfänger den längst bewiesenen Erfolg und das schwerste Gewicht vorzog, bekundete es laut. Bruno indessen war ein einziges Mal überrascht worden und nicht wieder. Fortan nahm er den Kopf weg, der andere schlug jedesmal ins Leere. Er tänzelte; Bruno Brüstung, ein doch schwerer Mann, wurde ganz leicht und gewissermaßen verlockend. Er scherzte den Riesen herbei, der folgte ihm, wollte zuschlagen und ging mit dem Kopf von selbst in die Faust des Klügeren. Die Freunde Brüstungs lachten und gaben an. Auch die Sachlichen gestanden, daß der kunstvollere Kampf auf Seiten des noch unberühmten Boxers war.

Die erste Runde hatte als Erfolg, daß Bruno noch immer tänzelnd in seine Ecke kam; was es ihn kostete, zeigte er nicht. Alvarez dagegen suchte merklich erstaunt seinen Platz auf, saß dann breitbeinig hingewälzt, mit den Armen auf den Seilen, ließ sich Wasser einflößen und spie es prustend wieder aus. Die meisten schwuren auf seinen Sieg, aber er fing an, unsympathisch zu werden.

Brüstung wurde einfach von seinem Trainer und Sekundanten am Nacken und an den Schultern massiert. Ernst sagte zu Inge: „Dem siehst du doch an, daß er siegen muß.“

Sie zuckte ungeduldig die Schultern und sah weg. Um so eingehender beobachtete Ehmann den Vorgang – beide, den Mann, der aufgefrischt wurde, und seinen Gehilfen. Ihm kamen dabei neue Gedanken. Ehmann schnaubte vor Unruhe, bis Emanuel ihn fragend betrachtete.

„Ein K. o. ist drin“, behauptete Ehmann darauflos.

In der zweiten Runde schien er recht zu bekommen. Brüstung hatte sich entschlossen, unbedenklicher vorzugehen. Erst einmal tat er einen verbotenen Schlag. Er hatte das Glück, daß der Ringrichter sich irrte. Der Ringrichter, der angespannt und in Hemdärmeln die Kämpfenden umkreiste, glaubte an einen

Genickschlag, jedenfalls verwarnte er Brüstung ausdrücklich wegen Genickschlags. Dies genügte, damit droben unter der Decke ein Sturm ausbrach. „Schiebung!“ schrien sie, und das Geschrei griff um sich. „Schieber Stiepe!“

Ringrichter Stiepe war abgehärtet gegen Volksstimmungen, andererseits kannte er das Wesen der Autorität. Es bestand darin, daß man nie nachgab, aber das nächste Mal genau umgekehrt handelte. Er hatte sich längst überzeugt, daß der Schlag Brüstungs den Mulatten nicht im Nacken, sondern hinter das Ohr getroffen hatte. Um so gleichgültiger behandelte er den Widerspruch; aber einen Augenblick später unterbrach er den Kampf nochmals, weil Alvarez sich an seinem Gegner anhielt. Das Publikum pfiff den Mulatten aus. Wer nicht pfiff, war doch einverstanden. Stiepe seinerseits betonte durch stolze Haltung, daß er nicht der Menge, sondern sie ihm gefolgt war.

Die Kämpfenden waren beide aus der Fassung. Brüstung zweifelte, warum gepfiffen wurde, Alvarez hingegen geriet in Wut. Es gelang ihm, bei Brüstung einen Körpertreffer anzubringen. Hierauf preßte er den unaufmerksamen Jungen an die Seilbank und schlug zu – eine ganze Weile lang. In dieser Lage half es nichts mehr, daß Bruno den Kopf wegnahm; er steckte ein bis zu dem Zeichen, das die Runde beendete. Man sah erst jetzt, wie stark er blutete.

„Noch zwei Schläge, und er hätte gelegen“, behauptete Ehmann. „Ich hatte recht, es ist ein K. o. drin.“

Emanuel fragte: „Machst du keinen Quatsch?“ Bitter bemerkte er: „Das sind nun die beiden stärksten Fäuste, auf die ich mich im Bedarfsfall verlassen hätte.“

Ehmann ging darauf nicht ein, er warf nur einen schnellen Blick auf seinen Freund. Hiermit hatte er unwiderruflich festgestellt, welche starken Fäuste Emanuel in Berlin verteidigen sollten gegen seine zahlreichen Feinde. Diese Worte Emanuels, die um sieben Uhr gefallen waren, hatten Ehmann seither unaufhörlich beschäftigt. Jetzt waren sie für ihn wertlos geworden, denn Brüstung, der hier sicher unterlag, kam überhaupt nicht mehr bis Berlin. Für alle Fälle behielt Ehmann seinen Sekundanten im Auge. Es schien ein Engländer.

Inge sah Brüstung bluten und wie er dann gesäubert und erfrischt wurde. Sie hatte dafür nicht die gleichen Gefühle wie viele andere Damen, die sich ganz ihren Eindrücken hingeben konnten. Mit dem Siege oder der Niederlage Brüstungs stand für sie viel auf dem Spiel. Inge wandte sich in beginnenden Nöten an ihren Bruder Ernst.

„Ich hoffe doch, er schneidet nicht zu schlecht ab?"

„Bruno? Wenn dir sonst nichts fehlt. Siehst du nicht, daß alle für ihn sind? Natürlich ist der andere stärker. Aber darauf kommt es nicht an. Die Stärke Bruno Brüstungs –"

Ernst bewegte seine Hand über die Tribünen hin. Sonst sagte er nichts.

Der Kampf begann wieder. Auch diesmal griff Brüstung an. Er hatte seine Schmerzen überwunden, auf einiges Getänzel kam es ihm nicht an, und ehe jemand es sich versah, landete er auf dem Riesen einen Kinnhaken. Freudengeschrei aller, die Alvarez taumeln sahen. Sie sollten diesmal nicht lange jubeln. Der Mulatte hatte seine Sinne schon wieder beisammen, gleich darauf schwankte im Gegenteil Bruno. Der Liebling des Volkes fiel. Er lag. Er lag auf der Seite mit eingezogenen Beinen. Der Ringrichter zählte. Bei drei hätte Bruno aufstehen können, aber er ruhte sich aus. Der Mulatte hielt zähnefletschend der Wut der fremden Menge stand. „Acht", hatte Stiepe gerufen, da erhob sich Bruno. Er wurde mit Bravo empfangen; überhaupt ließ die Mehrheit von jetzt ab jeden Anspruch auf Unparteilichkeit fallen. Wer es sich merkte, war Stiepe.

Brüstung tat noch unsicher – tat nur so, ließ Alvarez kommen, wich aber höchst geschickt aus, und schon fuhr seine Faust gegen das Auge des Gegners. Das war verboten, aber es war seine Chance. Jedem ist eine Chance gegeben, fühlten alle, die feststellten, was geschehen war. Auch Stiepe hatte nichts auszusetzen. Dem Mulatten war ein Lid zerrissen, Blut lief ihm über das Gesicht, er sah nur schlecht und verfehlte mehrmals seinen Gegner. Er selbst steckte ein – noch einen Kinnhaken, noch einen. „Er hat ein Glaskinn!" bestätigten freudig die Kenner. Vielleicht unter den erhaltenen Schlägen, aber sicher unter den feindlichen Wünschen aller brach der Riese nieder.

Er fiel auf den Rücken. Brüstung vorhin war noch im Fallen auf seine Selbstachtung bedacht gewesen und hatte nur vorläufig dagelegen wie durch einen Zufall, dem er im Grunde überlegen war. Alvarez lag auf dem Rücken in ungeheurer Länge und Breite. Die ganze Masse war einfach verunglückt, unumwunden zusammengebrochen, und kein Anzeichen bestand, daß sie nochmals aufkam. Dennoch erhob sich auch Alvarenz in aller Ruhe, sobald Stiepe „acht" gezählt hatte. Hörte er erst jetzt den Beifall? Der Liebling Bruno mußte, indes sein Gegner lag, einen dankenden Rundblick versenden, so dringlich huldigten sie ihm. Kaum kam denn auch der Gefallene hoch, empfing Bruno ihn nach Gebühr. Dem Riesen verdunkelte Blut das Gesicht, überdies machte der Beifall ihn dämlich; denn jeden Schlag, den er einsteckte, begleitete Jubel. Dennoch bekam auch Bruno das Seine. Ihm ward an diesem Abend das Nasenbein verbogen. Der blinde Riese keilte auf ihn los, ohne zu zielen, aber an ein sicheres Auge war ebensowenig für Bruno zu denken. Sie bluteten, prügelten, hakten sich ineinander fest und wurden getrennt von Stiepe, der ausschließlich Alvarez verwarnte. Hier ertönte das Zeichen.

Jeder der beiden erreichte beschwerlich seine Ecke und krachte mit vollem Gewicht auf seinen Hocker nieder. Nur mußte unter Alvarez auch noch das Stühlchen einbrechen, dies Mißgeschick entschied über ihn vollends. Er wurde ausgepfiffen. Ihm machte es nichts mehr. In schamloser Hingabe an ihren Zustand ließ die nackte, triefende Muskelmasse sich pflegen.

„Erledigt!“ sagte Emanuel.

„Warum?“ fragte Inge. „Sieh mal Brüstung an!“

„Oh, Brüstung, der nützt jede Chance aus, der ist nicht doof, der vertritt unsere Zeit!“

„Er schnappt bloß nach Luft“, wandte sie ein.

Sie war unzufrieden mit dem Begeisterten. Ihn hatte es unwiderstehlich erfaßt im Angesicht des Erfolges. Er wünschte zu Beginn nicht übertrieben stark den Sieg seines guten Bekannten; es schien zuerst nicht nötig, daß Bruno auch Inge mit hinriß. Nachgrade war dem Jungen dies gleichgültig. Der Verlauf der dritten Runde hatte ihn, wie alle seinesgleichen, mit Erregungen beglückt – ach, jene acht Minuten bei Inge auf dem Bett im Krankenhaus, jene Minuten verschwanden, sie verblaßten, sie wurden alt. Der Boxkampf ist das Höchste, vor Lieben geht für den Jungen das Boxen sowieso; und in dieser Minute bewegt es ihn mit Ausschluß alles anderen, in dieser Minute, dieser Minute. Es bewegt ihn mitsamt allen seinen Zeitgenossen. Auf dem Bett waren die anderen nicht dabei, aber man empfindet mehr, wo viele sind. Der Blick des Jungen streift auf dem Wege zu Brüstung über seine Freundin hin – nicht hungrig, nicht wie über einen sicheren Wert: eher abschätzig.

Inge fühlt es. Sie erwidert damit, daß sie nach Emanuel verächtlich die Schulter zuckt und gleichfalls nur Sinn für Brüstung zeigt. Aus Zorn und um nicht hinter den Ereignissen zurückzubleiben, erkennt sie an, daß sie falsch gehandelt hat oder doch unvollständig. Sie hätte nicht Emanuel wählen sollen, sondern Brüstung. Vielmehr, sie wird sich zu Brüstung wenden, eines Tages, vielleicht bald … Beide, Inge und der Junge, wissen schon hier, daß sie sich geirrt haben. Sie werden einander noch wieder begehren, aber dann kommt ein Nächster.

Weil dies schon feststeht, kann das schöne Paar, dem alles erfüllt ist, sich doch nicht freuen. Beide denken: „Nun wollen wir zusammen durchgehen nach Berlin. Machen wir auch. Nur nicht zurückzucken! Die große Sache ziehen wir nun doch mal zusammen auf, es ist zu viel Geld drin, und auch sportlich ist es Klasse. Ich bleibe fest auf durchgehen."

Hiermit beachteten sie einander wieder. In ihren Mienen stand dabei nicht mehr viel von den Gedanken, durch die sie zeitweilig auseinandergerissen waren. Er legte die Hand auf ihr Knie, und sie nahm seinen Arm.

Die vierte, fünfte und sechste Runde vergingen damit, daß die Kämpfenden einander ermüdeten bis zu einem unwahrscheinlichen Grade. Die Zuschauer zählten laut, wie oft jeder fiel; von jetzt ab nahmen sie es humoristisch, sogar ihr ungerechter Beifall blieb aus. Andrerseits hatten sich die Damen, die deshalb hier waren, am Anblick von Blut schon übersättigt, ihr Bedarf war im Grunde nicht groß; das Weitere langweilte sie. Allgemein griff Langeweile um sich. Wohin wäre es noch gekommen, hätte nicht Brüstung, als Alvarez wieder einmal stürzte, sich wie von unwiderstehlichem Drang bezwungen einfach neben ihn gelegt. „Bravo!" rief eine einzelne Stimme, es war Ernst Birk. Der Anblick hatte aber für alle etwas Versöhnliches.

Stiepe zählte sehr langsam. Nach „acht" unterbrach er sich ganz. Er hatte so gut wie das Publikum begriffen, daß die beiden freiwillig nicht wieder aufstehen würden. Nur seine ausgedehnte Pause nötigte sie dazu; nach einem Zucken der Körper, das wie Verabredung aussah, stellten beide sich wankend und in alles ergeben auf die Füße. Matte Anerkennung. Abbruch des Kampfes, die Punktrichter berieten ihren Spruch, der Lautsprecher verkündete ihn. Unentschieden.

Auch gut. Wer den Gegnern, wie sie davonhumpelten, noch nachsah, mußte bemerken, daß es nicht darauf ankam, ob einer geschickt oder ein Riese war. Er mochte jede Chance wahrnehmen oder blind und furchtbar dreinhauen, mochte als Europäer bewußt und elegant kämpfen oder auftreten wie die Naturkraft anderer Erdteile. Zum Schluß war das eine wie das andere dahin, und weiter als bis zur Erschöpfung ging es nicht.

Dies war indessen nicht die Erkenntnis derer, die um jeden Preis ihren Bruno feierten. Ernst Birk behauptete, bei einem so viel schwereren Gegner sei ein Unentschieden das höchste Erreichbare und Bruno Brüstung stehe als der wahre Sieger da. Selbstverständlich werde er in Berlin mitkämpfen. Hier folgte eine letzte geräuschvolle Huldigung für Bruno. Sie befeuerte den Boxer so weit, daß er beim Verlassen des Ringes nicht durch die Seile kletterte, wie er schon vorgehabt hatte, sondern sie im Sprung nahm.

Nur Ehmann hatte ein heimliches Auge nicht auf den Helden des Tages, einzig auf seinen unscheinbaren Helfer. Der junge Engländer legte seinem Schützling den Mantel um, ein prachtvoller bunter Mantel, der den Damen gefiel. Ehmann kam hoch und drängte aus der Sitzreihe. Er war erstaunt über den Ausgang des Kampfes und hatte es eilig. Der junge Engländer folgte dem Abgehenden über die Seile, da ließ Ehmann sich von einer menschlichen Welle dorthin tragen, wo er den Engländer treffen konnte. Für alle Fälle wollte er ihm hinsichtlich Berlins zwei Worte stecken – eine Warnung, so weit war Ehmann entschlossen zu gehen. Die Gelegenheit sollte ergeben, ob es zu einem Vorschlag und einem Zusammengehen kam ... Der tätige und einfallsreiche Ehmann wird seinen Weg finden; inzwischen schrillte die Glocke. Schon Schluß der Pause und der nächste Kampf?

Margo im Zimmer Schattichs, Margo, die alles sah und hörte, hatte im Ohr den Klang einer Klingel. Für sie war Pause, Ehmann untergetaucht, Ernst kaufte Bier, Emanuel und Inge warteten durstig auf seine Rückkehr. Margo empfand, daß die beiden einander nichts zu sagen hatten außer Bemerkungen über die noch bevorstehenden Boxkämpfe. Wozu dies, und wozu alles, was sie getan hatten? So empfand Margo. Liebe war es nicht, und es war nicht Freude. Sie hätten es nicht nötig gehabt, auch taten sie es nur, um schnell vorwärtszukommen und mit ihrem Leben, wie mit dem leichtesten Gepäck, nur in Bewegung zu sein, was gespannt sein heißt, nie aber an einem Ziel, wo man sich einmal freuen kann. „Wir haben nicht gelernt, uns zu freuen“, empfand Margo. Es wurde ihr Thema.

Plötzlich erschrak sie. Das Läutewerk rasselte, es war nicht im Sportpalast, es war hier im Zimmer – das Telefon, auf dem sie die Hand hielt. Wie lange schon? Ihre Hand war nicht im geringsten ermüdet. Das Läuten hatte sicher grade erst angefangen, als sie auch schon erschrak. Vielleicht hatte es sogar begonnen in demselben Augenblick, als sie die Hand an den Hörer legte, und länger als diesen Augenblick hatte alles, was sie sah und hörte, nicht gewährt ... Margo hob ab.

Elftes Kapitel

Am Apparat war ihre kleine Schwester Susanne.

„Susi“, erwiderte Margo. „ich kann dich nicht verstehen. Du sprichst so aufgeregt. Ich höre immer: bei uns war ein Einbrecher?“

„Ein Einbrecher, ein Einbrecher“, wiederholte die Kleine. „Bei uns war vor zehn Minuten ein richtiger Einbrecher.“

„Susi!“ Der Eindringlichkeit wegen sprach Margo den Namen englisch aus. „Besinne dich! Du bist doch überhaupt im Sportpalast. Oder nein –“

Margo wurde schwankend. Sie erinnerte sich, daß sie nur anfangs auch ihre jüngste Schwester mit unter den Zuschauern erblickt hatte. Dann war dieses eine Bild verschwommen, es hatte sich verflüchtigt.

„Warst du überhaupt nicht dort, Susi?“

„Doch, aber ich bin gleich wieder fortgelaufen. Du weißt ja, warum. Margo, warum wolltest du selbst nicht mitgehen?“

„Ich hatte keine Zeit.“

„Du wolltest nicht zusehen, was die beiden machen.“

„Welche beiden?“ fragte Margo, sie war an ihrem einsamen Telefon rot geworden. Auch ihre kleine Schwester wußte von Inge und Emanuel.

„Wie ich aber dann wieder zu Hause war, bekam ich Angst – ich weiß nicht, wovor. Ich konnte keinen Augenblick länger allein in der Wohnung bleiben. Ich ließ die Flurtür offenstehen.“

„Das war aber unvorsichtig, Susi.“

„Ja, und dann ging ich sogar auf den Balkon hinaus, damit ich in den Park hinunter nach Hilfe rufen konnte. Es war aber schon dunkel. Warum bist du nicht gekommen, Margo?“ jammerte die Kleine.

„Ich hatte zu tun“, wiederholte Margo ungeduldig. „Und du hättest lieber an den Safe denken sollen. Es ist etwas Wichtiges darin.“

„Das fiel mir auch plötzlich ein“. Das Kind in seiner Erregung war kaum zu verstehen. „Ich mal schleunigst hin. Meine Herren! Der Safe hat ein Loch.“

„Was sagst du da?“

„Ein kleines Loch. Nicht bös sein, Margo! Ein ganz kleines, die Hand geht nicht durch, nicht mal meine. Der Mensch war nicht fertig geworden mit dem Laden. Klar, denke ich, und such ihn."

„Du hast den Einbrecher gesucht? Und deine Angst?"

„Wer wird denn Angst haben, wo eine große Sache in Frage kommt. Schon rein sportlich war ich interessiert."

„Du sprichst auf einmal deutlicher – und ziemlich keß. Ich höre noch jemand, wer ist denn bei dir?"

„Nun such ich alle Zimmer ab. Falle, er muß getürmt sein. Richtig – die Flurtür, ich hatte sie doch eigens offengelassen; wie find ich sie wieder?"

„Geschlossen natürlich."

„Du hast einen Kiek. Sag mal, was machst du eigentlich bei Schattich? Allein bist du auch nicht. Ich höre immer jemand sich bewegen."

„Am Schreibtisch sitzt noch einer. Aber der ist taub", erklärte Margo. „Jetzt will ich unbedingt wissen, wen du dort hast."

„Das ist noch nicht heraus." Die Kleine machte eine wichtige Pause. „Unten im Garten hörte Fritz Bergmann mich, wie ich schrie, als die Tür plötzlich zu war."

„Na, geschrien hast du doch."

„Das wird man wohl noch dürfen als kleines Mädchen. Ich rannte noch mal auf den Balkon, jetzt schlich drunten Fritz Bergmann umher."

Das war der Flieger, der Margo unterrichtete ... Sie erschrak, sie legte sogar den Hörer auf den Tisch. Wenn einige Minuten, nachdem der Einbrecher das Haus verlassen hatte, der junge Flugzeugführer im Dunkeln aufpaßte hinter dem Haus –! Margo hatte bisher an Ehmann gedacht. Bei dem Wort Einbrecher schon, vor jedem weiteren Bericht, war ihrem Geist Ehmann erschienen, wie er heute um fünf unter Aufgabe aller Hemmungen zu dem Safe hindrängte. Sie selbst und Emanuel konnten ihn nur mit ihrer ganzen Entschiedenheit davon abhalten. Gegen Ehmann als Täter sprach einzig, daß er sich im Sportpalast aufhielt, Margo war dessen sicher. Vielmehr, es gab Lücken, in denen sie ihn aus den Augen verloren hatte. Ihr war, als hätte sie während des Boxkampfes stundenlang nur Emanuel und Inge beachtet.

Aber sie sagte sich, daß Ehmann drauf angewiesen war, seinem Freund Emanuel weiter nachzugehen, Schritt um Schritt, wie schon den ganzen Tag. Er hatte Emanuel nicht allein gelassen, so entschied Margo. Übrigens benutzte er Helfer. Eine Kontrollabteilung mußte eine ganze Menge Verräter beschäftigen, warum nicht auch Fritz Bergmann. Dieser Junge hatte stahlblaue Augen und ein Gesicht, ebenso harmlos wie männlich. Ihm wären die Tätigkeit als Spion und der Einbruch bei einem Kameraden gewiß nicht anzusehen gewesen; – aber zutrauen, Margo überraschte sich dabei, daß sie es ihm zutraute und daß sie es eigentlich jedem zutraute.

Wir waren nun einmal alle in Furcht um unsere Existenz und daher zu manchem fähig. Wir wollten reich werden aus Furcht, hauptsächlich aus Furcht, und dann, weil es das einzige erlaubte Ziel war. Das nahm uns manchmal die Besinnung. In der Fahrt, wie man war, konnte vieles vorkommen. Margo erinnerte sich, was sie getan hatte, um Nora Schattich auf ihre Seite zu bringen. Sie hatte die Frau gegen ihren Mann aufgebracht, sie war so weit gegangen, daß das Wort Mord fiel. Auch von sich hätte sie dies früher nicht geglaubt. Wer konnte wissen, wie es mit Fritz Bergmann stand ... Sie nahm den Hörer wieder auf.

„Zu komisch“, sagte die Stimme der kleinen Susanne. „Er verstellte sich zuerst. Er wollte es nicht sein.“

„Natürlich“, dachte Margo.

„Ich mußte noch lauter schreien, da kam er herauf. Jetzt steht er neben mir und macht Zeichen, ich soll aufhören.“

„Ich möchte mit ihm sprechen“, sagte Margo.

„Guten Tag, Frau Rapp“, rief eine muntere Stimme. „Seien Sie man froh, der Scheißkerl hat die Hosen voll gehabt und ist getürmt.“

„Das weiß ich schon. Aber haben Sie nicht zufällig etwas bei sich, daß Sie das Loch weiter machen können, bis Susis Hand durchgeht?“

„Sie sind wohl bange, Frau Rapp, ob Ihre Aktienpakete noch drinliegen. Sind alle noch da. Soll ich sie klauen, weil Ihr Mann gerade verhindert ist, und wir beide machen Kippe?“

„Sie sind doof, Bergmann, sonst müßten Sie doch merken, daß ich lieber auch mit im Sportpalast wäre.“

„Warum sind Sie anderswo?“ sagte er in verändertem Ton. „Frau Margo, ich sehe Sie immer bloß beruflich, und in der Luft wirste lieber nicht unsachlich.“

„Sonst?“ fragte sie unbeirrt. Keine Antwort kam – bis wieder die Kleine sprach.

„Nu haut er ab mit 'n roten Kopp. Was sagst du! Er verehrt dich.“

„Rede keinen Unsinn!“

„Jetzt verstehe ich, warum er unten herumschlich und nicht herauf wollte.“

„Na ja, das geht auch. Wer das eine tut, muß das andere nicht lassen.“

„Was heißt nun das?“

„Das ist nichts für dich“, sagte sie – meinte aber, daß man sich wahrscheinlich auch in sie verlieben und gleichzeitig bei ihr einbrechen konnte. Neben ihre eigenen Erfahrungen gehalten, war da nichts zum Verwundern. Schön. Flieger Bergmann hatte sich verliebt, was sollte sie damit anfangen? Ja, Margo fragte sofort, wozu sie den Menschen brauchen konnte. Das Dringendste zuerst.

„Hör zu!“ befahl sie der Kleinen. „Bergmann soll gleich herkommen. Ich brauche hier Hilfe.“

„Meine Herren! Ist dort auch wieder was los?“

„Schrei nicht! Denke daran, daß du zum Film willst, da kommt Ärgeres vor. Lauf dem Jungen nach, hol ihn zurück!“

„Oh, der ist nicht weit weg, er horcht an der Tür.“

„Dann soll er eine Treppe tiefer zu Frau Nora Schattich gehen und ihr sagen, daß sie mal nach mir sieht. Es ist Zeit.“

„Wo bist du überhaupt? Ich habe sechs Nummern angerufen, bis ich dich zufällig erreichte. Wo bist du, und was tun sie dir, Margo? Margo!“

„Ich sitze gefesselt bei Schattich am Schreibtisch.“

Hiernach erfolgte drüben nur noch ein stärkerer Atemzug. Margo hängte ein und wartete.

Sie versuchte zu ergründen, was Schattich in seinem Prunksaal jetzt angab. Manchmal ging jene entfernte Tür auf; ihr schien dann, daß jetzt andere Geräusche aus seinen Bereichen drangen. Zu ahnen waren Kreischen und Gelächter. Aber sie hätte nicht sagen können: Gnädige Frau, jetzt haben Sie ihn. Schattich hatte sich gut gesichert. Woher übrigens nahm Nora den Schlüssel?

Margo war ratlos. Sie hatte so viel im Sportpalast erblickt, vom Treiben Schattichs zeigte sich ihr nicht das geringste.

Sie träumte, daher hatte sie nicht bemerkt, daß hinten die Tür aufging. Plötzlich und wie eine Gestalt ihrer Träumerei stand die Zofe Marietta da. Als Margo sie endlich bemerkt hatte, lachte das Mädchen, aber sie hielt die Hand vor den Mund.

„Es kann hier nicht mehr lange gut gehen", erklärte sie. „Mal muß die Alte ihn doch fassen, wahrscheinlich schon heute. Sie läuft den ganzen Abend in den Zimmern herum und raucht Opiumzigaretten. Entweder ihr wird kotzübel, oder sie schwebt hier an ... Hier ist der Schlüssel", sagte sie, da Margo ihr nicht antwortete. Sie legte ihn auf den Schreibtisch. „Nun, was machen Sie mit Sigi?" Sie näherte sich schelmisch der Puppe. „Ich hab mal einen Sigi gekannt, tot ist er auch schon. So sah er aus."

Margo folgte ihrer unwiderstehlichen Lust, dem Geschöpf eine zu kleben. Sie kam aber nicht dazu. Als sie die Hand aufhob, tat auch der sogenannte Sigi es, und seine fünf Finger waren es, die Mariechen unversehens im Gesicht hatte. Aufschreiend sprang sie zurück, ihre Wange zeigte Streifen.

„Die Gemeinheit merke ich mir!"

Sie ging zu der vorderen Tür und schloß sie auf.

„Jetzt kann die Olle herein, machen Sie sich auf was gefaßt!"

Margo verriet nicht, wie sehr ihr gedient war. Sie bat das Mädchen, das hinten abgehen wollte, nur noch um eine Auskunft.

„Sie haben doch den Schlüssel zum Saal hier hingelegt? Sagen Sie, lohnt es sich überhaupt, wenn die Alte jetzt anschwebt?"

„Was denn!" sagte die Zofe nur und verschwand schon. Sie wendete sich noch um.

„Wollen Sie bei mir gut abschneiden? Dann erzählen Sie der Ollen, daß ich den Schlüssel gebracht habe! Ich arbeite doch lieber mit ihr als mit Schattich. Der Junge ist ja weich."

Entgegen diesem absprechenden Urteil durfte der frühere Reichskanzler überzeugt sein, daß er gerade jetzt seine weittragenden staatsmännischen Vorkehrungen traf. Erstens liquidierte er die Sache mit dem Pfarrer von Sankt Stefan; dies ergab Folgen für seine Beziehungen zu ganzen politischen Parteien.

Vielleicht entschied es seinen Wiederaufstieg, daß Schattich sich mit dem Frühgeläut der ihm benachbarten Kirche abfand.

Sein Verein war ziemlich vollständig erschienen, der Verein zur Rationalisierung Deutschlands kam selbstverständlich über die Haupttreppe oder im Lift. Nahe Geschäftsfreunde waren aus Berlin eingetroffen. Schattich merkte sich die genau, die zwar in der Stadt wohnten, aber dennoch ausblieben. Der Bürgermeister war da, er behauptete, den Pfarrer hergebracht zu haben. Herr Bausch, Elektro-Lux, schwieg hierzu taktvoll; aber nur den Bemühungen seiner Tochter war es in Wirklichkeit gelungen. Auch er durfte innerhalb einer kleineren Gruppe zuhören, wie der Staatsmann dem Geistlichen ihre realpolitisch begründete Bundesgenossenschaft auseinandersetzte.

„Hochwürden, wir beide können weltanschaulich abweichen, dafür findet sich immer ein Ausgleich, sobald wir ihn brauchen. In Zeiten, wo wir ihn nicht brauchen, findet er sich eben nicht. Heute, Hochwürden, entscheidet keine weltanschauliche Bindung, sondern einzig und allein die uns gemeinsam vom Bolschewismus drohende Gefahr. Bei Ihnen sind die Verfolgungen der Kirche, was bei mir die Abdrosselung der uns von Rußland gewährten Konzessionen. Beides ist offenbar untragbar. Ihr seid sicher ebensowenig gesonnen, den Nacken zu beugen, wie wir. Ich kenne nur zwei wirkliche Mächte, Wirtschaft und Kirche. Wir beide, Hochwürden, sehen ziemlich kräftig aus“, sagte er mit einem Anflug von Humor.

Besonders der Pfarrer wirkte stiernackig. In diesem Augenblick schien er zu lächeln, aber der Menschenbehandler Schattich war sich klar, daß die Augen hinter den Fältchen vollkommen ernst und scharf blieben. „Nicht leicht“, dachte der Politiker. Sein Gesprächspartner bemerkte: „Wenn Sie Krieg mit Rußland wünschen –“

Weit abweisende Bewegung Schattichs, aber der Geistliche blieb dabei.

„Wenn Sie Krieg mit Rußland wünschen, Herr Reichskanzler, dann muß ich Ihnen erwidern, daß die Kirche nur geistige Kämpfe führt und darin zwangsläufig auch siegt.“

„Die Hilfe der Wirtschaft hat noch niemand geschadet.“

„Das behaupte ich nicht. Es wäre durchaus denkbar, daß meine kirchlichen Vorgesetzten das Zusammentreffen gewisser äußerer Umstände, die unsere

Kirche und, wie Sie sagen, die Wirtschaft beunruhigen – daß sie es anerkennen und für ihre Zwecke, die rein sind, benutzen."

„Die rein sind", wiederholte der Politiker beifällig, denn diese Worte waren mit Nachdruck gesprochen worden.

„Sie werden unsere Unterhaltung doch weiterleiten, Hochwürden?"

„Ich bin verpflichtet, höheren Ortes darüber zu berichten."

„Sehr richtig. Und Ihr Papst soll mal 'n Ukas loslassen." Er verbesserte sich sofort. „Seine Heiligkeit würde mit einer Bulle gegen die Bolschewiki tatsächlich einen Sensationserfolg haben. Auf so was wartet man. Es würde einschlagen, wie ein Tonfilm, der die neueste Technik hat. Die Gläubigen würden aufatmen, mir können Sie es glauben."

„Denn als Gläubiger können Sie es wissen", bestätigte der Geistliche, und diesmal war er selbst humoristisch.

Dann sagte er indessen bedenkenvoll: „Nach meiner persönlichen Auffassung wird der Papst die von Ihnen erhoffte Bulle nicht erlassen."

Schattich schnob mehrmals, hierauf fragte er leise: „Wetten?"

Sie sahen einander an, beide zuckten die Schultern.

Schattich begann ohne Überleitung von der Konzentration aller bürgerlichen Kräfte zu sprechen. Er wurde etwas lauter als bisher. Da genügend Personen aufmerksam geworden waren, begab er sich auf den Sessel des Präsidenten, auch die anderen nahmen ihre Plätze um den Tisch ein. Schattich blieb stehen und sprach zu ihnen – als ob das ganze Deutschland, das rationalisiert werden sollte, ihm zuhörte. Ehrgeiz, Interesse und sogar eine Art Überzeugung, er konnte alles ohne Rest in einen Augenblick legen, das war seine Stärke.

Sein Freund, Herr von List aus Berlin, betrachtete ihn schräg über den Tisch; er dachte ungefähr: „Es steckt doch noch manches drin, ganz unrecht hatte ich nicht, daß ich auf ihn setzte. Der lächerliche Prunksaal, denn Geschmack werden sie nie haben" – Herr von List meinte die Deutschen, er selbst kam aus einem Nachfolgestaat Österreichs –; „darin diese poplige Gesellschaft; aber er hält sich. Steht da wie der richtige große Geschäftsmann, das Bild des Sonnenkönigs hinter seinem Kopf kann grade noch mit. Es hat keinen Zweck, daß er wieder Reichskanzler wird", dachte Herr von List. „Es steht nicht dafür", dachte er wörtlich. „Wir werden ihn an eine Stelle schieben, wo er bessere Dienste leistet.

Brauch ich einen Reichskanzler, der Faschismus macht?“ dachte Herr von List. „Faschismus mach ich selbst“, dachte der Großkapitalist. „Aber dort, wo die größten Geschäfte vergeben werden, muß ich ihn haben.“

Schattich redete sich den Mund fusselig, wie Bausch und seinesgleichen meinten; dennoch folgten sie ihm achtungsvoll. Sein verlängertes und gehärtetes Gesicht, das sogar in der Farbe eindrucksvoller geworden war, während er seine Funktion ausübte, erinnerte sie an die Leichen, über die er gestiegen war und noch steigen sollte. Daher gaben sie ihm eine Chance.

Der Führer des Vereins forderte die bürgerliche Konzentration – wenn auch mit gewissen Unklarheiten über ihre letzten Zwecke. Ein Zwischenruf ersuchte ihn um konkrete Angaben. Er antwortete: „Ich bin entschlossen, die Vereinsarbeit nicht von vornherein dadurch gefährden zu lassen, daß ich mich konkret ausdrücke.“ Seine drohende Stirn widersprach den vorsichtigen Worten; das war auch die von allen gewünschte Mischung. Schattich hatte an Vertrauen noch gewonnen.

„Er ist Christ“, dachte Herr von List, „und schon darum für mich der richtige Vorspann. Auch hat er noch nicht gesessen.“ Denn Herrn von List persönlich war dies zugestoßen zur Zeit der österreichischen Monarchie. „Es hätte ihn genau so treffen können wie mich. Aber was zählt, sind Tatsachen. Man hat gesessen oder nicht gesessen, das ist wie Nacht und Tag, ob wir zehnmal dieselben – Kaufleute sind ... Und wenn ich sage Kaufleute, und wenn ich sage gesessen“ – dachte der elegante und schneidige Herr von List hinter seinen glatten, wenn auch fleckigen Kavaliersgesicht. „Ich bin auch damit noch der Fürst von Berlin. Es kommt die Zeit, da bebaue ich den ganzen Tiergarten, und sie schenken ihn mir, sie werfen ihn mir nach – aus Angst wegen des Geldes, das sie von mir schon genommen haben, und weil sie pleite sind.“ Er wußte übrigens, daß dies Träumerei war. Den Tiergarten schenkte ihm niemand, auch jene „sie“ nicht.

So träumte denn selbst der Großkapitalist, indes auch die anderen nachdenkliche Mienen zeigten. Ihr Führer Schattich sprach erhebend, aber zu lange. Unter der ausführlichen bürgerlichen Konzentration litt seine eigene. Er entzog sich unbewußt den Verpflichtungen seiner Gedankengänge, wurde ein freier Mann und fuhr mit Margo Rapp, seiner netten Sekretärin, nach Berlin – bald im Auto, bald mit Flugzeug, das war noch nicht heraus. Dann fiel ihm ein, daß Margo an seinem Schreibtisch gegenüber der Puppe saß und sich nicht rührte. Dann fiel ihm nicht ohne Beklemmung seine Frau ein. Von ihrer Zofe wußte er, daß Nora umherrannte und schwere Zigaretten rauchte. Hatte sie etwas vor? Schattich redete aus Angst plötzlich mit Herzenstönen, man horchte sogar wieder auf.

Er wünschte, sein Freund, Herr von List, hätte grade heute die Herrschaften vom Kabarett oder Film nicht mitgebracht. Es war ein Gedanke des Mäzens List, den Abend zu verschönen durch die Künstler, die in Berlin bei ihm verkehrten. Das saß jetzt draußen bei den Schnäpsen und wartete, bis hier Stimmung herrschte. Ohne Stimmung keine Rationalisierung Deutschlands und auch kein Schattichscher Wiederaufstieg. „Trotzdem kann ich die Filmnutten im Augenblick nicht brauchen", dachte Schattich – redete Herzenstöne und wischte sich den Schweiß, weil er kein Ende fand.

Inzwischen lief seine Frau durch ihre Zimmer und wartete auf Nachricht von der Sekretärin, um unheilvoll einzugreifen. Die Berliner Herrschaften erwarteten bei den Schnäpsen ihre Zeit. Margo, die eingeschlossen war, verband sich mit der Außenwelt telefonisch und überdies auf ihre eigene, technisch noch nicht festgestellte Art. Im Sportpalast kämpften sich die beiden Gegner blutüberströmt der Erschöpfung und dem Unentschieden entgegen. Inge und Emanuel fühlten sich trotz allem nicht glücklich. Ehmann lebte tätig und einfallsreich wie je, und nur der junge Ernst war ohne Rest bei der Sache. Ein Einbruch war vorgekommen in der Rappschen Wohnung, dahinter steckte, wer weiß wer und was. Aber ein Junge, der allenfalls daran beteiligt war, entpuppte sich bei dieser passenden Gelegenheit als Liebender. Er liebte Margo, jetzt war er unterwegs zu ihr ... Vieles war unterwegs.

Dem Redner Schattich entging nicht, daß dort hinten die schwere Tür ein wenig bewegt wurde. Ein Diener mit silbernen Schnüren stand davor; die Person, die von außen einen Spalt öffnete, flüsterte ihm etwas zu, wahrscheinlich betraf es die Wartenden. Der Lärm, den sie machten, wurde kurz hörbar. Schattich brach ab.

Die folgende Pause wurde zwar ausgefüllt mit Konferenzen einzelner, die oft nicht ohne geschäftliche Ergebnisse blieben. Im Grunde war es doch nur der Übergang vom ernsten zum heiteren Teil des Abends. Während die Herren sich besprachen, sahen sie manchmal nach dem Geistlichen aus, ob er noch nicht ginge. Was dem Verein zur Rationalisierung Deutschlands am Schluß seiner Sitzung geboten wurde, war nicht für den Pfarrer bestimmt.

Schattich und sein Freund Herr von List suchten einen ungestörten Winkel auf. Der frühere Reichskanzler dankte dem einflußreichen Geschäftsmann für sein Kommen. Dieser erwiderte, daß die kurze Fahrt mit dem Flugzeug keine Rolle spiele. Mitten in Berlin koste manche Zusammenkunft ihn mehr Zeit.

„Wir fliegen morgen zusammen hin", erklärte Schattich. „Wozu sitze ich hier manchmal wochenlang fest, als ob Berlin und dies hier nicht ein und dasselbe wäre; derselbe Konferenzsaal, dieselben paar Dutzend Leute, mit denen man verhandelt. Rationalisierung ist soviel wie Aufhebung der Entfernungen und Konzentrierung aller Geschäfte in derselben Hand. Womit ich nichts gegen die Heimattreue und das Eigenrecht der Länder gesagt haben will."

„Lieber Freund, Sie stehen vor keinem Parlament und müssen sich nicht den Rücken decken. Wenn Sie nochmals an die Spitze der Reichsregierung berufen werden –"

„Wenn ich sie zwinge, mich ranzulassen!" verbesserte Schattich stolz. „Die siebenhundert Millionen Mark der ersten amerikanischen Anleihe, die ich sofort an die Industrie abgeführt habe, sollen noch immer meinen Wiederaufstieg verhindern? Die waren nur der Anfang!" Er hob sich auf die Zehen, fiel auf die Absätze, was tatkräftig wirkte, und dazu bearbeitete er die Ecke des Konferenztisches mit einem riesigen Bleistift. Es war sein Traditionsbleistift, Schattich hatte gehört, daß Bismarck und Bülow solche führten.

„Sehr schön", erwiderte Herr von List. „Sie sind der Mann, der Deutschland retten wird, der Mann des Schicksals. Ich brauch ihn, sagt Deutschland." Herr von List betonte nicht brauch, sondern ich und ihn; ein Tonfall kam heraus, den man anderswo verstanden hätte. Schattich verstand ihn nicht und nahm die Schmeicheleien seines Freundes ernst ... „Sehr schön", wiederholte Herr von List. „Aber zu wenig für Sie. Als Kanzler werden Sie niemals Reichspräsident, und das müssen Sie werden. Reichspräsident wird nur jemand, der zur höchsten Popularität aufsteigt außerhalb der republikanischen Regierung und sogar gegen sie. Ist Ihnen das klar, lieber Freund?"

„Nein, lieber Freund."

„Beherzigen Sie einfach die gegebenen Vorbilder – den Reichsbankpräsidenten zum Beispiel. Wenn er sich nicht den Hals bricht, ist er der nächste Reichspräsident. Ich tippe auf seinen Genickbruch. Sobald dieser eintritt, sind Sie zur Stelle. Das ist es, was wir vorbereiten müssen – ebensosehr geschäftlich wie politisch. Ich wage zu sagen: noch mehr geschäftlich."

Schattich wurde nachdenklich. Er starrte, so ehern er irgend konnte, auf das majestätische Gesicht des Sonnenkönigs.

„Man verdient nie genug“, entfuhr ihm plötzlich.

„Ausgezeichnet. Jetzt sind Sie auf dem richtigen Wege. Unser Tiergartengeschäft ist ausbaufähiger, als Sie noch wissen.“

Herr von List flüsterte. Bisher waren nur die Geheimnisse Deutschlands erörtert worden; das durften die umherstehenden Horcher allenfalls aufschnappen. Jetzt aber kamen die Geheimnisse Lists und Schattichs. Die beiden steckten die Köpfe zusammen, niemand hörte mehr.

Als es feststand, daß die Tiergartenstraße Geschäftsstraße wurde, hatte Herr von List, nicht einmal sein Teilhaber Schattich wußte genau, auf welchen Wegen, die Stadt dazu bewogen, daß sie ihm erlaubte, gegenüber, eine gewisse Strecke lang, einstöckige Häuser aufzuführen. Sie mußten ausdrücklich so niedrig sein, daß die gute Luft des Tiergartens hinüberwehte und, kaum entwertet, noch immer der Stadt zu atmen half. Mit diesem Trost versehen, hatte eine empörte Öffentlichkeit die schon vollzogene Tatsache schließlich denn auch hingenommen. Als zwei Jahre später die Häuser allen Versprechungen entgegen dennoch aufgestockt wurden, ging es an der Öffentlichkeit, die keine Wiederholungen liebt, einfach vorüber. Herr von List hatte übrigens dafür gesorgt, daß er ungenannt blieb. Den Zusammenhang Schattichs mit dem Geschäft kannten erst recht nur die Eingeweihtesten.

Schattich flüsterte zurück: „Hinter der ersten Reihe sollen wir eine zweite bauen? Den Vertrag muß ich selbst sehen, sonst glaub ich es nicht.“

„Wir zahlen. Bargeld lacht, und die Stadt geht sowieso Skandalen entgegen.“

„Aber die Pacht soll dieselbe bleiben? Wir zahlen für den ersten Vertrag so wenig, daß niemand es uns glauben würde, fünfzigtausend, ich hol es aus der linken Westentasche. Wieviel haben wir dagegen letztes Jahr an Mieten eingenommen?“

Herr von List flüsterte die Summe. Er setzte hinzu: „Und unsere Mieter brechen sämtlich zusammen, nachdem sie uns für ihr Geld Verkaufslokale und Luxusrestaurants ausgestattet haben. Ihre Nachfolger finanzieren wir dann selbst. Das Geschäft macht, wie gewöhnlich, der zweite. Die Menschen sind aber glücklicherweise so veranlagt, daß sich immer wieder erste finden.“

„Trotzdem verstehe ich die Stadt nicht – und will übrigens nichts weiter wissen.“

Auch Herr von List fand es richtig, daß dem Staatsmann, der eines Tages wieder die Gesamtheit der Nation vertreten konnte, die Einzelheiten des Geschäftes fremd blieben. Daher begnügte er sich mit Unbestimmtheiten.

„Wer a gesagt hatte, mußte auch b sagen – schon um zu verhüten, daß wir selbst durchsickern ließen, wer das erstemal mit uns gegangen war. Soviel ist ausgemacht: wir bebauen den Tiergarten für denselben Vertrag wie bisher. Und dank den so an Ihnen interessierten Einflüssen werden Sie Reichsbankpräsident, lieber Freund.“

„Haben Sie den Bauplan da?“ fragte Schattich. Er wollte gar nicht hören, über welche Stufen sein Aufstieg führte.

„Ja“, flüsterte Herr von List. „Aber hier sind zu viele Neugierige.“

„Ach! Herr Pfarrer will uns schon verlassen“, sagte Schattich laut und geleitete den Geistlichen. Sein Freund folgte unauffällig. Da sie nun glücklich draußen waren, hüteten sie sich, in den Saal zurückzukehren, sondern suchten für ihre Beratung den geeigneten Schauplatz. Einige kleinere Büro- und Beratungszimmer führten im Halbkreis wieder zu dem Arbeitszimmer des Chefs. Schattich hatte sogar den Einfall, seinen Freund dort hinein zu führen – nicht nur wegen der Ruhe und Sicherheit. Er war auch eitel auf das von ihm gefesselte Mädchen. Margo hieß sie, und da drinnen saß sie. Mitten in seinen weittragenden Angriffsvorbereitungen erinnerte sich der große Mann noch dieser nebensächlichen Eroberung.

Indessen begrüßte ihn aus einem der Zimmer der jugendliche Komiker, den Herr von List im Flugzeug mitgebracht hatte.

„Er hat mich durch die Lüfte entführt“, sagte der Liebling des Publikums. „Gleich nach meinem Auftritt am Abend, mein Wort, ich trug noch die grüne Perücke.“

Er war übrigens zweitklassig und verkehrte daher bei List. Die ganz Prominenten blieben fort. Seine Kameraden, die vor den anderen Spiegeln saßen und Maske machten, beneideten ihn trotzdem; seine heutige Abendgage grenzte an Hollywood. Als die beiden Herren vorbeigingen, ohne ihm zu antworten, bemerkte er wegwerfend: „Haben die eine Ahnung, was es heißt, in der Öffentlichkeit zu stehen!“

Sie wollten eine Tür öffnen, hörten aber drinnen die Nutten lachen und verlegten nach stiller Übereinkunft die Begegnung mit ihnen. Nebenan schien es leer, sie traten ein.

Herr von List zog sogleich den Bauplan hervor, Schattich aber schob seine Hand fort.

„Moment mal! Ich habe noch eine Sache, die auch keine Kleinigkeit ist. Eine große Sache, kann man sagen. Mein alter Freund Birk –"

Er setzte des längeren auseinander, welche gewichtigen Gründe er hatte, Birk für streng zuverlässig und eine Erfindung von ihm für ein ausgemachtes Geschäft zu halten. „Und mein alter Freund Birk ist obendrein der Mann, der die größte Sache für nichts und wieder nichts aus der Hand läßt."

„Ein Mann mit seinen Erfahrungen?" wendete der Teilhaber ein.

„Verlassen Sie sich auf mich, ich kenne meinen Freund, zum Schluß ist er Neese."

Hier bemerkten sie, daß nicht weit von ihnen ein völlig nacktes Weib saß. Der Pfeilerspiegel, bei dem sie gerade verweilten, enthielt das Bild, das ein anderer Spiegel ihm schickte. Die Person selbst saß hinter einem Aufbau von Stühlen, den Teppiche verhängten. Sie traten hinzu und wünschten guten Abend.

„Lassen Sie sich man bloß nicht stören", sagte eine Stimme von abgründiger Gleichgültigkeit.

„Vorausgesetzt, daß es Ihnen nichts ausmacht", glaubte Schattich hinwerfen zu sollen. Die völlig nackte Person, deren Schenkel ihm immerhin auffielen, bemerkte: „Bei mir Blumentopf."

Beide Teile betrachteten die Frage als gelöst und gingen ihren eigenen Angelegenheiten nach. Schattich erklärte Herrn von List, wie er dem Schwiegersohn Birks, einem unverschämten, aber nicht sehr aufgeweckten Jungen, die Erfindung abzujagen gedachte. Inge dagegen schminkte sich. Es war Inge, sie saß entkleidet hinter dem selbstverfertigten Aufbau und zitterte von Kopf bis Fuß vor Angst. Wenn Schattich sie erkannte! Daher beschmierte sie ihr Gesicht so dick, daß sogar ihre Schwester Margo gezweifelt hätte, ob sie es war.

Inge hatte sich im Sportpalast wirklich fast so verhalten, wie Margo es, die Hand am Telefonapparat, gesehen und gehört hatte. Natürlich konnte Margo nichts wissen von den Berliner Herrschaften vom Kabarett oder Film, die einen

Augenblick dort auftauchten. Es war gerade, während Brüstung mit Alvarez kämpfte. Wer bemerkte zuerst den Liebling des Berliner Publikums, wer kannte ihn sogar persönlich? Ehmann. Nachher machte er alle bekannt – aus bloßer Lust an Beziehungen. Inge brauchte nicht einmal zu bitten. Als sie aber erfuhr, weshalb die Künstler hier waren, versicherte sie dem Liebling vom Kabarett, es sei schon immer ihre heiße Sehnsucht gewesen aufzutreten. Sie log, was sie alles könne. Hierauf nannte er sie sofort du, er zeigte auch sonst die größte Bereitwilligkeit, sie zu Schattich mitzunehmen.

„Es wird ein Herrenabend", sagte er. „In der Provinz können die guten Leute, wenn sie erst mal losgelassen sind – nicht genug können sie kriegen. Zieh dich ganz nackt aus! Da hast du meinen Tip. Bei deinem Wuchs ist das der Erfolg."

„Gemacht", erwiderte Inge, als ob es ihr darauf nicht ankäme. Sie dachte: „Ich will fort, will fort. Filmen? Susi meint, das geht nur über den Konzern und das Terrain. Es geht vielleicht auch, weil ich gut gebaut bin. Fort – und meinen Em mitnehmen! Ich bring ihn schon unter", dachte sie, denn ihr eigenes Unterkommen und das seine schienen ihr in diesem Augenblick das Leichtere. Schwerer war es, ihn zu behalten – aufrechtzuerhalten, was sie getan hatte, ob es nun richtig oder falsch war. Beide wissen schon, daß sie sich geirrt haben. Sie werden einander noch wieder begehren, aber dann kommt ein Nächster. Ist es schon Brüstung? Ist es vorher noch der Schauspieler, der sie du nennt und sie haben will?

Inge, im Gedränge der Kampfpause, sieht vergebens nach Emanuel aus. „Wir müssen fort, ist dir das klar?" denkt sie. Damit er es erfaßt, will sie ihn eifersüchtig machen. Dies gibt den Ausschlag. Heimlich verläßt sie mit dem Schauspieler den Sportpalast. Sie hat Kopfweh und wiederholt sich, etwas ungeordnet, alles, was sie rechtfertigen kann. „Er hat so viele Feinde, ich muß ihn schützen. Wenn er meiner nicht mehr so sicher ist, läßt er eher mit sich reden. Wer weiß, wenn ich hinkomme, ist Schattich womöglich besoffen und macht mir unsittliche Anträge. Dann hau ich ab, und Em wird informiert und landet auf Schattich einen Kinnhaken. Wir drehen die große Sache! Schattich schielt!"

Dies waren die frohen, wenn auch wirren Absichten Inges bei dem fragwürdigen Schritt, den sie hier unternahm.

Wie schade, Inge war keine Denkerin. Sie entschloß sich, bevor sie wußte, warum, und sah daher noch weniger als Margo voraus, was kommen mußte.

Margo, die doch mit Überlegung handelte, fand übrigens das meiste auch nicht. Inge – ach, sie war kaum angelangt im Hause Schattichs, da fiel ihr ein, wie leicht er sie erkennen konnte. Sie hätte sich sagen dürfen, daß der große Generaldirektor sie noch niemals angesehen hatte und daß eher ihre Schwester Margo ihm aufgefallen war. Aber die schöne und vielbegehrte Inge war nicht geneigt, einzugestehen, daß sie für irgend jemand nur zum Mobiliar des Zimmers gehörte – eine Arbeiterin, keine Frau.

Daher zitterte sie vor der Begegnung mit Schattich und trank zunächst einmal die Schnäpse, die ihr Schauspieler ihr einschenkte. Dabei zeigte er ihr die Karten aller der Frauen, die ihm ihre Telefonnummern aufgeschrieben hatten. Dies war die Ausbeute eines einzigen Festabends, den er in einem Berliner Hause veranstaltet hatte. Inge faßte inzwischen den Mut, seinem wiederholten Rat zu folgen; sie zog sich tatsächlich in ihrer Garderobe nackt aus. Das Gesicht dick beschmiert, wartete sie. Ihre Kopfschmerzen und der gegenwärtige Augenblick beschäftigten sie ganz. Sie hatte vergessen, daß sie schließlich doch mit ihrem wirklichen Gesicht, aber ohne Kleidung, in eine leibhaftige Gesellschaft treten sollte.

Als die beiden Herren sie entdeckten, erschrak sie zuerst noch, aber die wirkliche Gegenwart der Gefahr bewirkte bei Inge gleich darauf Kälte und Unbesorgtheit. Jetzt waren sie eben da. Die nackte Inge bog den Arm hinauf, um mehr von ihrer Figur zu zeigen. Der ins Licht gehaltene Schenkel lenkte Schattich denn auch wirklich von ihrem Gesicht ab. Dazu gab sie sich die Stimme und die Sprechweise einer Frau, die gewöhnlich so dasitzt in aller Unbefangenheit und andere reden läßt von Dingen, die ein Wesen wie sie nichts angehen. Sie fand sich selbst gelungen. So wurde ihr weniger bewußt, welche schrecklichen Geheimnisse sich vor ihr auftaten.

Schattich hatte nicht den kleinsten Argwohn. Eher war Herr von List im Zweifel, was sein Freund, der Prominente, ihm hier mitgebracht habe. Er öffnete den Mund, um zu sagen: Fräulein, einen Augenblick bitte, verschwinden Sie mal! Aber die Dame war nackt und überdies bestimmt kein Geisteskind. Er ließ Schattich seine Geheimnisse erzählen.

Der große Mann war merkwürdig erfüllt von seinen erfindungsreichen Anschlägen gegen seinen alten Freund Birk. Es mußte eine besondere Liebhaberei von ihm sein. „Zum Schluß ist er Neese“, wiederholte Schattich. Sein anderer Freund überlegte indessen, das Geschäft könne wirklich eine große

Sache werden, unter der Bedingung, daß er es in die eigene Hand bekam. Herr von List hatte schon in diesem Augenblick die innere Anschauung des Mißerfolges, der seinem Freunde Schattich bevorstand, und daß zuletzt er selbst der Gewinner sein werde. Daher gab er ihm zunächst in allem recht. Die abgefeimten Ränke, auf die Schattich sich offenbar so viel einbildete, List ermutigte ihn dazu um so eifriger, je dummer er sie fand.

„Etwas kinomäßig ersonnen, lieber Freund, aber keineswegs unbegabt."

„Hauptsache, in der ganzen Komödie spielen nur Leute mit, auf die ich mich verlassen kann. Daher habe ich heute einen gewissen Bausch hier, Wilmar Bausch. Sein Elektro-Lux wird nur von mir gehalten. Er ist mein Neger. Dabei sieht der Mann aus wie der ehrbare Kaufmann persönlich, und last not least, er kann Englisch."

„Sie fangen an, mich zu überzeugen, lieber Freund. Vielleicht können Sie auch unseren prominenten Kabarettisten in einer Rolle verwenden."

„Ich nehme Sie in der Sache natürlich mit, lieber Freund. Ganz große Sache, wiederhole ich Ihnen. Wir werden die Erfindung selbst ausbeuten. Wozu sie einem Konzern verkaufen, sei er englisch oder deutsch! Nur das eigene Unternehmen befreit den Menschen von der ewigen Existenzangst. Ich sitze in zweiundvierzig Aufsichtsräten, aber es gibt keinen, aus dem ich nicht hinausgewählt werden kann. Sie, List, gehen immer sicherer. Sie kaufen nichts, was Sie nicht schon vorher um fünfhundert Prozent teurer weiterverkauft haben. Vielleicht liefern Sie es dann nicht mal."

„Ihre gute Meinung ehrt mich. Ich fühle den Drang, Ihnen gefällig zu sein. Sie benötigen für die Aktion, die Sie vorhaben, ein Haus. Ihnen fehlt ein passend gelegenes, verschwiegenes Haus, dem man übrigens nachreden kann, was man will. Ihr eigenes Berliner Haus hat nicht die Eignung. Sollte jemals von den Vorgängen etwas durchsickern, darf es nicht bei Ihnen geschehen sein. Ihr guter Name ist ein deutscher Besitz."

„Ich wußte, daß Sie mein Freund sind", sagte Schattich ergriffen.

„Lieber biete ich Ihnen mein eigenes Haus für Ihre Zwecke an. Bei mir ist schon mehr passiert, und es lohnt sich kaum noch, mir etwas nachzureden."

„Ich nehme an", schloß Schattich. „Ich darf es, denn wir kennen einander und haben das Vertrauen, daß immer alles in anständigen Formen erledigt wird."

Er hatte in seiner seelischen Bewegtheit den Arm des Freundes genommen und den Freund durch das Zimmer gezogen. Jetzt standen sie einen halben Meter von der nackten Inge, ihrem herrlich geformten, langen Rücken, die Hüften schmaler als die Schultern; aber die beiden Geschäftsleute sahen schlechtweg hindurch. Inge ihrerseits dachte: „Jetzt nur türmen! Das alles muß Em wissen."

Leider war es nicht leicht, von hier fortzukommen. Während ihrer krampfhaften Überlegungen entfernte sie vom Gesicht die dicksten Schichten der Schminke.

„In den anständigsten Formen", betonte Schattich noch mehrmals. Da wurde die Tür aufgerissen. Eine große Dame stand darin, wie aus dem Boden gewachsen. Großes Abendkleid, lange Perlenkette, Arme und Beine lang, und wo es ging, Kleinodien. Sie schien den Kopf noch höher zu tragen vermöge ihres so weißen Kinnes. Ihr zornig blauer Blick fiel aus erhabener Entfernung auf Schattich neben der nackten Inge.

Schattich, grade dabei begriffen, sich seine eigene Anständigkeit zu bestätigen, behielt zuerst nur den Mund offen beim Anblick seiner Frau. Dann erst erfaßte er das Ausmaß der Katastrophe. Nora wartete ab, daß der Unglückliche im Bilde war; endlich sagte sie mit einer hohen Entrücktheit, die auch Herrn von List Eindruck machte: „Ich störe, hier werden Geschäfte verhandelt."

„So ist es, meine Liebe, wir meckern gerade, ich und List", stammelte der unglückliche Schattich.

„Was wäre einfacher", versetzte die Dame, „als daß man dabei die Hand auf der Schulter einer unbekleideten Person hat."

Schattich riß seine Hand an sich, wie verbrannt. Sie beachtete ihn nicht mehr. Zu Herrn von List, der ihr die Finger zu küssen versuchte, sagte sie, wie vorher in der abwesenden Art: „Sie haben sich immer eines zweifelhaften Rufes erfreut, Herr von List. Der Verkehr meines Gatten mit Ihnen, lieber Egon, ist einer der Gründe, aus denen ich auf Berlin verzichtet habe."

„Man vermißt Sie", glaubte List einwerfen zu sollen. In seinem Ton lag auch, wie gern er des einstigen Flirts mit Nora Schattich noch heute gedachte. Sie sagte fast heiter: „Man soll mich nicht mehr lange vermissen. Nach meiner Scheidung von Herrn Schattich denke ich wieder ganz in Berlin zu wohnen."

„Scheidung wegen einer mißverständlichen Situation? Gnädige Frau, wir sind moderne Menschen."

„Ich – Gott sei Dank ein Vorkriegscharakter mit Hemmungen."

„In der Blüte Ihrer Jahre!" ergänzte bedauernd der frühere Freund.

„Man kann der Auffassung sein", behauptete die Dame, „daß zwei Herren im Frack und eine nackte Frau ganz einfach der Anfang einer größeren Veranstaltung sind."

„Das sind sie auch", erlaubte Schattich sich. „Wir haben doch Sitzung meines Vereins zur Rationalisierung Deutschlands."

„Es sieht irgendwie nach Orgiasmus aus", behauptete Nora über ihn hinweg. Wie um ihr recht zu geben, kreischten ein Zimmer weiter die Filmstatistinnen. Sie schwieg, damit die ganze Wirkung herauskäme.

„Ich werde Sie bitten müssen, vor Gericht als mein Zeuge aufzutreten", äußerte sie, als es ihr Zeit schien.

„Ich denke nicht daran", erwiderte Herr von List im geschäftlichen Ton. Er erkannte allmählich, was die vorgebliche Entrücktheit der Dame zu bedeuten hatte. Sie war hierher mit wohlüberlegter geschäftlicher Einstellung gekommen. Schattich sollte bezahlen im großen Stil.

„Ich kann alles leugnen", erklärte List. „Damit bleibe ich sogar bei der Wahrheit. Das Fräulein, das dort sitzt, kennt keiner von uns."

„Doch", entschied Nora, „Schattich kennt Fräulein Inge Birk."

In demselben Augenblick sprang Inge vom Stuhl, kaum daß sie einiges zusammenraffte, das sich anziehen ließ, und sie war draußen. Herr von List wurde von ihr überrannt und gegen die Wand geworfen. Nora Schattich wich ihr rechtzeitig aus. Dabei machte Nora eine Wendung, ihr ohne Rest entblößter Rücken wurde sichtbar.

„Nora", raunte List ihr zu. „Ihre hintere Ansicht nimmt es noch immer mit der jüngsten Nutte auf."

Wozu geschäftliche Verwicklungen, in die er hineingezogen werden konnte! Er versuchte es damit, ihr etwas Angenehmes zu sagen. Anstatt aber umgänglicher zu werden, brach Nora jetzt grade los. Sie deklamierte.

„Dieser Mann" – den Finger stürmisch gegen Schattich gerichtet – „muß jeden gesellschaftlichen Halt verloren haben. Er rutscht in die Unterwelt ab. Das will mal Reichskanzler gewesen sein!"

„Ich gebe höchstens einen Organisationsfehler zu“, unternahm Schattich vorzubringen. Aber sie ließ ihn nicht durchdringen.

„Die Öffentlichkeit soll Gelegenheit bekommen, sich einen ihrer höchsten Vertreter näher anzusehen, dafür garantiere ich. Das kommt in die Presse. Ich habe es satt, mich in meinem eigenen Hause beleidigen zu lassen in meiner Frauenwürde.“

„Ein Organisationfehler, gebe ich zu.“

„Damit sein Verein, der die Rationalisierung mit Nacktballett betreibt, ihm die Geschäfte besorgt.“ Sie wurde noch lauter.

Sie befand sich in einer starken Stellung, es ließ sich nicht leugnen. Die beiden Männer sahen einander an. Sie erkannten, daß jeder die gewaltsame Erledigung dieser Frau für das kleinere Übel gehalten hätte. Umsonst, es war nicht mehr zu machen; das von ihr erwähnte Nacktballett mitsamt den Solisten drängte sich hinter der weit offenen Tür. Sie hörten die heftigen, aber vollkommen kalten Deklamationen der Dame kritisch mit an. Niemand erkannte klarer als der Prominente vom Kabarett, daß alles groß Aufgemachte, das die Dame hinlegte, im Grunde Komödie war, und er fand sie in der Komödie nicht gut. Auch fühlte er sich ganz auf Seiten des Herrn, der ihm die an Hollywood grenzende Abendgage zahlte. Noch ließ er die Dame sprechen – zwei drei Sätze, die nicht einschlugen. Dann mischte er sich dazwischen.

„Das glaubt man Ihnen nicht, gnädige Frau.“

Nora kam nicht weiter. In den Mienen der Versammelten sah sie tatsächlich Ungläubigkeit. Ihr kam zum Bewußtsein, daß sie ganz allein Theater machte, und bei ihrem Publikum, das noch dazu vorzugsweise nackt war, hatte sie einen ausgesprochenen Mißerfolg. Der Prominente bestätigte ihr nochmals: „Wenn Sie das am Abend so bringen, glaubt man es Ihnen nicht, und Sie stinken bei den Leuten ab.“

„Richtig. Sie stinkt ab“, wiederholte die Statisterie.

Was blieb Nora übrig? Sie wendete sich, sie schritt davon. Sie konnte gehen, das mußte man zugeben; und ihr entblößter, untadeliger Rücken, dem alle nachsahen, sicherte ihr noch immer einen leidlichen Abgang.

Zwölftes Kapitel

Im Arbeitszimmer wurde Nora erwartet, alle drei Versammelten waren sogar etwas in Unruhe. Die Kleine sagte zum viertenmal: „Ich verstehe nicht, Margo. Laß dich doch losmachen!"

„Nein, du verstehst nicht, Susi."

„Ich auch nicht, Frau Rapp."

„Sie auch nicht, Bergmann. Ich will sichergehen. Solange ich an Sigi gefesselt bin, habe ich mein Alibi."

„Dafür, daß Sie hier nichts geklaut haben?" fragte Flieger Bergmann.

„Heißt er Sigi?" fragte Susi und untersuchte die Puppe. Ihre große Schwester bemühte sich, ihre Bewegungen so einzurichten, daß Susi von Sigi eine Ohrfeige bekam. Aber wenn man es wollte, ging es nicht. Er schlug vorbei.

„Etsch", sagte die Kleine. „Aber er ist ein süßer Junge, ich würde ihn auch nicht loslassen."

„Nicht dafür, daß ich hier nichts geklaut habe", erklärte Margo. „Ich muß beweisen können, daß ich mit Schattich nichts habe. Er ist bösartig, er sagt einfach, ich habe ihm nachgestellt."

„Die Alte hat dich doch schon gesehen."

„Die hat in ihrer furchtbaren Aufregung vorhin überhaupt nichts gesehen. Sie ist hier durchgerast, sie wollte nicht hören, daß der Schlüssel zu der hinteren Tür auf dem Schreibtisch lag. Erst hat sie gerüttelt, ohne zu hören. Dann hab ich dir, Susi, gesagt, du sollst ihr den Schlüssel bringen. Sie hat die Tür nicht aufgebracht, sie war zu stürmisch. Du hast die Tür aufgemacht. Nun los, sie haut ab und widmet sich Schattich."

„Ich möchte nicht in seiner Haut stecken", sagte Fritz Bergmann. „Die Keile!"

„Es setzt keine Keile, Bergmann. Ich glaube, es setzt Schlimmeres."

„Schießt sie?" Susi suchte schon den Ausgang. „Laß dich von Fritz lieber losmachen, Margo!"

„Bleibe mal hier! Du warst doch bei dem Einbruch so tapfer."

„Da war auch Fritz dabei, und geschossen wurde nicht."

„Ich weiß nicht", meinte Margo. „Im Notfall hätte der Einbrecher natürlich schießen müssen."

„Nein!" behauptete Bergmann. „Nein, Frau Rapp, das doch nicht."

„Zeigen Sie mal, ob Sie keinen Revolver tragen", verlangte sie, und plötzlich sah sie ihn an.

„Wie komm ich –? Was hab ich –?"

„Sie sind vertattert, das ist das gute Gewissen", ergänzte Margo ruhig.

Die kleine Schwester verstand dies nicht; sie wollte noch immer Margo überzeugen, daß sie sich besser von Sigi losbinden lasse. Sie brachte vor: „Die Alte hat dich und Sigi ganz genau besehn – durchs Schlüsselloch, meine Liebe."

„Frau Nora Schattich sieht durch Schlüssellöcher?"

„Wenigstens durch dieses. Ist das wahr, Fritz? Wie wir beide zu ihr kamen, rannte sie durch ihre knorke Zimmerflucht und paffte. Angezogen war sie, wie zum Großausgehen. Meine Herren! Bis die begriffen hat, wer wir waren und was wir wollten. Sie dachte wohl, wir wollten sie auf die Hucke nehmen. Dann kommt sie mit uns, als ob sie eine geblästert gekriegt hätte. Hier vor der Tür sagt sie zu mir: „Kiek mal durch!""

Die Kleine öffnete und schloß jene Tür, sie machte den verstörten Gang der Dame, alles mimte sie. Ihre erfahrenere Schwester dachte: „Bedeutet das nun ihre künftige Chance – oder vergeht es? Mir ist, als wäre im Leben das meiste von selbst wieder vergangen, bevor wir es uns richtig angeeignet hatten." Etwas zog ihr die Brust zusammen, ohne daß sie ausdrücklich Emanuel meinte.

„Ich kieke auch", sagte Susi weiter, „und sehe dich dasitzen und schreiben. Schattich diktierte. Konnte ich wissen, daß es Sigi war? Er machte es täuschend. Ich erzählte der Alten: „Gnädige Frau, ich weiß nicht, was meine Schwester gehabt hat. Hier stimmt das meiste, sehen Sie selbst nach." Aber das Aas spielt mit ihrer Perlenkette und will nicht ran. Auf einmal zischt sie: „Schnell ins zweite Zimmer!" Erst als wir uns verzogen hatten, sag ich dir, hat das Aas gekiekt."

Nora Schattich am Schlüsselloch! Der hundertjährige Stolz einer ganzen Klasse gebeugt und niedergetreten, Margo fühlte es. Sie war geeignet und begabt, manches zu erleben und ahnte es schon in dem, was eine andere erlitt. Eben darum hielt sie die Keile und den Revolver noch nicht für das Ärgste.

Inzwischen hatte Flieger Bergmann sich das Seine überlegt. Nahe bei Margo, sagte er leise, aber bestimmt: „Ich habe noch was auf dem Herzen, Frau Rapp."

Sie antwortete nicht, sah ihn aber abwartend an. Er wandte sich daher nach Susi um.

„Moment mal, Kleine, ich hol dich aus dem zweiten Zimmer wieder ab."

Sie ging auch. Was sie für Gesichter schnitt, war ihm gleich. Er hatte damit zu tun, wie er anfangen sollte. Er dachte: „Warum nicht?"

„Es ist etwas anderes, weshalb ich vertattert war, und das müssen Sie wissen, Frau Rapp", sagte er in einem Zuge. Ihr dunkler Blick fragte: nun? Er mußte vorwärts.

„Sehen Sie, ich wollte schon immer mal zu Ihnen rauf, abends, wenn ich wußte, Ihr Mann war auf Tour mit Fräulein Inge."

Wenn er darauf gerechnet hatte, dies werde sie richtigstellen wollen – sie schwieg weiter, er mußte vorwärts.

„Das müssen Sie mir lassen", versuchte er, „ich hab mir bei Ihnen nichts herausgenommen. Wieso, das ist noch nicht heraus. Ich bin bei den Damen sonst anders. Ich habe Sie in mein Flugzeug eingeladen, dann hab ich Ihnen den Unterricht gegeben – alles umsonst, aber ich dachte mir was dabei, wie ich heute anstandslos zugebe. Aber Sie dachten sich nichts dabei", ergänzte er sofort. „Soweit kenne ich Sie, Frau Rapp. Sie dachten sich nicht die Spur dabei. Einen Jungen wie mich können Sie nicht ernst nehmen. Wie? Das liegt Ihnen nicht."

Angesichts seiner Dringlichkeit durfte sie nicht mehr stumm bleiben.

„Seit heute nehme ich Sie für voll", äußerte Margo. „Bergmann, das ist komisch; Sie haben sich einen Auftrag geben lassen, den sollten Sie ausführen bei mir oben. Und das hatten Sie nötig, damit Sie sich endlich hinaufwagten."

„Stimmt. Solch ein Auftrag macht mir sonst nichts aus. Unsereiner hat höhere Stellen hinter sich und geht auf sicher. Verdiene, wo dir keiner was kann, nicht wahr? Aber diesmal, Frau Rapp ... Aber diesmal, Frau Rapp!"

Margo half ihm aus Mitleid.

„Sie dachten, ich wäre zu Hause und würde Sie überraschen?"

„Und dann hätte ich natürlich keinerlei Verantwortung übernommen für die möglichen Folgen." Er gab sich um so gefährlicher.

Sie errötete, sagte aber: „Sie haben Ausdrücke wie eine Zeitung für Geschichten, die Sie sich bloß ausdenken und nie getätigt hätten."

Er hielt die Stirn gesenkt und den Blick in ihrem: „Frauen wie Sie stoßen immer ganz nah an die tollsten Sachen – und merken es nicht", schloß Flieger Bergmann, bewundernd sowohl wie entmutigt.

„Ist es jetzt nicht doch besser, daß ich hübsch fortblieb, als Sie gerade in der Stimmung waren, Gewalt zu brauchen, Bergmann? Dann könnten Sie jetzt nicht mehr so mit mir reden."

Er – überaus lebhaft, mit blauem Blick: „Und könnte Ihnen auch meine tatkräftige Hilfe nicht anbieten, Frau Rapp. Meinen Sie, ich rieche nichts? Es stinkt doch nach Geld. Sie werden mal eine reiche Frau, wenn Sie auch vorher noch auf ernste Schwierigkeiten stoßen dürften."

Sie fühlte, daß er sich gewählt ausdrückte ihr zu Ehren und weil er etwas Entscheidendes zu sagen vorhatte. Es kam auch.

„Sehen Sie, Frau Rapp, ich habe zuerst mal mitgenommen, was mir die andern verdienen ließen." Nachgrade ging seine Erregung auch sprachlich mit ihm durch. „Nu bin ich für Sie zu haben mit meine Maschine, und wenn's 'n Kopp kost'. Ein Anruf von Ihnen, und ich sabotiere den ganzen Flugdienst. Ich mach, was Sie wollen, Sie sind die Befehlsstelle! Wenn der Fall eintritt, denken Sie dran!"

Er gab sich aus, wie sie wohl merkte. Er folgte einem Drang. Nur noch in Demut und wilder Unterwerfung konnte er seinen Vorteil finden; aber es berührte sie peinlich. Sie war froh, daß an der hinteren Tür gepoltert wurde. Nora Schattich stieß dagegen, ohne sogleich den Griff zu finden; denn ihr verschwamm alles. Bevor sie im Zimmer stand, hatte Bergmann es verlassen.

Sie stützte sich mit der Hand gegen die Wand. Sie hatte, um dort unten ihren Abgang zu retten, ihre vorläufig letzte Kraft verbraucht. Kaum daß ihre Sinne sich sammelten, sah sie jene junge Person dasitzen – noch immer dieselbe junge Person gegenüber der trügerischen Puppe. Der Anblick traf Nora, wie alles, was sie haßte: ihr eigenes Alter, die Tücke Schattichs und der Triumph des Lebens über sie selbst. Sie hätte weinen mögen, aber dies verhinderte ihr Stolz. Sie wurde auch nicht laut; sie überlegte bei ihren Worten, wohin sie traf; es kam herablassend, fast sanft.

„Sie sind ein kluges Kind. Sie warten hier in aller Stille, damit Herr Schattich sich überzeugen kann, daß Sie ihm treu sind. Inzwischen hat er sich allerdings umgestellt – auf Ihre Schwester Inge.“

Margo zuckte die Achseln. „Meine Sorge“, glaubte Nora zu verstehen und war ehrlich entrüstet.

„Sie haben einen Grad von Unmoral erreicht, liebe Kleine! Er soll Sie doch heiraten.“

„Aber gnädige Frau! Ihr ausdrücklicher Wunsch war, daß ich mit ihm nach Berlin gehe. Sie verlangten sogar noch mehr von mir, ich danke vielmals.“

„Kommt es Ihnen darauf wirklich noch an? Wer alles so geschäftsmäßig behandelt wie Sie – und Ihre Altersklasse! Ich machte einen Versuch mit Ihnen, Sie intrigantes Püppchen –“

„Ich habe nicht Ihre groben Knochen.“ Margo ärgerte sich – was falsch war. Nora bekam dadurch eine Art Zärtlichkeit, die dennoch eisig klang; es wirkte lähmend.

„Ich erlaubte Ihnen alles, was nötig schien, damit Sie die Absichten Schattichs herausbrächten. Nun? Was plant er für Berlin?“

„Fragen Sie ihn doch, gnädige Frau! Vielleicht nimmt er Sie statt meiner mit?“

„Oh! Ich begleite ihn, sobald ich will. Ich habe ihn in der Hand – und ebenso Sie. Merken Sie es sich!“ Nora wuchs. Auch redete sie immer flüssiger. „Sie wissen natürlich, was in Berlin geschehen wird. Darüber haben Sie sich mit Ihrem künftigen Mann verständigt. Ihr tätigt gemeinsame Geschäfte. Ich war geschäftlich nie mit ihm versippt. Ich weiß, mir werden Sie nichts verraten. Dagegen eröffne ich Ihnen –“

Nora sprach weiter, aber Margo verlor den Faden. Sie mußte daran denken, daß sie tatsächlich nichts erfahren hatte. Es sah auch nicht aus, als ob sie etwas anderes als falsche Versprechungen von ihm hören sollte. Er, sie beteiligen, wenn sie ihm das Sprengmittel auslieferte! Er, sie heiraten! ... Margo hatte so viel berechnet. Inge dagegen, die ebenso ahnungslos wie nackend dasaß und sich das Gesicht beschmierte, erfuhr alles anstatt Margos, so verlief es. Margo wieder bekam eine völlig unverhoffte Hilfe von einem Mann, an den sie nie vorher gedacht hatte. Denn was Flieger Bergmann versprach, stand fest wie Eisenbeton ... Indessen begann Margo zu verstehen, daß Nora Schattich ihr drohte.

Die Dame im großen Abendkleid verhieß, daß sie Margo erstens werde wegen Ehebruchs einsperren lassen, aber das sei noch nichts. Sie werde alle ihre Ansprüche gegen Schattich mit äußerster Rücksichtslosigkeit durchkämpfen.

„Leute wie ihn überschätzen die Gerichte. Ich werde mehr zugesprochen bekommen, als er wirtschaftlich verträgt – oder als er sich zutraut, denn er ist im Grunde ein Feigling, nur ich allein kenne ihn. Ich werde dafür sorgen, daß er unmöglich wird und daß er zusammenbricht. Dann, mein Schatz, stehen Sie da!“

Das vertrauliche Wort war ihr erster Siegesschrei.

Margo sagte: „Sie sind ganz schön gemein.“

Da schlug Nora sich auf die Brust und rief: „Gott sei Dank!“ Sie senkte die Stimme und zischte: „Wer zwang mich, durchs Schlüsselloch zu sehen?“

Margo selbst bekam die Schuld – auch darauf war sie nicht gefaßt gewesen, obwohl es stimmte. Aber die anderen Abende, als Marietta hier bei Sigi gesessen und Nora auch schon das Schlüsselloch benutzt hatte? Davon war nicht die Rede. Im Gegenteil, ihr Haß auf Margo fand immer neue Gründe, Nora kam auf das Furchtbarste zu sprechen. Sie sagte auch dies wieder mit jener vereisten Zärtlichkeit, die Margo lähmte.

„Sie haben mir den guten Gedanken eingegeben, ihn umbringen zu lassen. Nannten Sie mir nicht sogar einen Mörder? Wenn ich es nun tue, mein Kind: merken Sie sich, daß ich in meiner Lage medizinisch wie juristisch außer aller Verantwortung sein würde – wenn meine soziale Stellung mich nicht ohnedies schützte.“

„Sie müßte man auf der Stelle hoppnehmen“, seufzte Margo schreckensvoll. Mit dieser gefährlichen Person hatte sie, warum nur, von Mulle gesprochen. Es mußte aus bloßem Eifer für die gute Sache, aber ohne ernste Absicht geschehen sein, dachte sie noch schnell zu ihrer Entschuldigung. Aber die andere äußerte schon: „Sie allein sind dann die Anstifterin.“

Der größeren Eindringlichkeit wegen sagte sie es über den Tisch zu Margo hingebeugt. Sie hätte es nicht tun sollen. Margo sah sich in ihrer Kraft und Besinnung bedroht. „Sie hypnotisiert mich!“ fühlte sie, und plötzlich machte sie Bewegungen, wie um sich zu befreien. Dies veranlaßte ihren Freund Sigi, wild um sich zu greifen. Nora geriet dabei in seinen Arm, auch sie verlor die Kaltblütigkeit und schrie. Sigi zerriß ihr das Kleid, er kratzte sie. „Halten Sie doch still!“ flehte die Dame, aber Margo hatte alles satt, sie riß an den Fäden, es würgte sie, um so heftiger wurde auch Nora beengt von Sigi und seiner Umarmung. „Soll das mein Ende sein?“ fragte sie, die Augen verdreht.

Noch rechtzeitig lockerte sich der Griff der Puppe, denn Margo hatte endlich alle Fesseln abgestreift, und das besänftigte Sigi, er ließ von seinem Opfer, er glitt zu Boden. Beide Frauen atmeten beschleunigt. In der Tür standen, gebannt von dem Gesehenen. Fritz Bergmann und die kleine Susi. Margo lief und stolperte zu ihnen hin. Nora röchelte: „Jetzt wieder die!“ Sie fiel erschöpft in den nächsten Klubsessel.

Sie hatte die Augen geschlossen in der Hoffnung, während sie nicht hinsähe, werde sich manches bessern. Wirklich, Nora öffnete die Lider, und ein Teil der Erscheinungen war verschwunden, vom Eingang her starrte niemand mehr. Sie war allein im Zimmer – ungerechnet ein zusammengesacktes Kleidergestell, das elende Werkzeug der Schattichschen Ränke.

Die Erinnerung hieran machte, daß es im Kopfe der Beleidigten vollends klar wurde. Sie überblickte die Lage und ihre Pflichten gegen sich selbst. Sie sollte fortgeworfen werden, wie ein getragener Hut. Sie hatte Herrn Schattich einzig und allein als Trittbrett dienen dürfen bei seinem Aufstieg – aus der Unterwelt, aus der Gosse. Ihre Familie, ihr Geld im Dienst eines mittelmäßigen Abenteurers! Die Ihren waren hundert Jahre lang reich gewesen. Die Sorte Schattich rutschte schon beim nächsten Skandal mit ab, wie – wie die Puppe, von der er sich hatte vertreten lassen. „Und die kann für ihn auch Reichskanzler sein!“

Nora faßte Mut, ihre Stimmung hob sich durch die Bilder und die Übertreibungen, die ihr Geist fand, durch den getragenen Hut und den Mannequin als Reichskanzler. Sie faßte nach ihrem Halsband, um gewohntermaßen damit zu spielen, entdeckte aber, daß es zerrissen war. Vielleicht Egon von List, als sie ihn an die Wand stieß? Wo blieb Schattich! Sie hatte ihm einiges zu sagen; aber zuerst die Perlen! Hier waren Perlen verlorengegangen, und auch der Geist Noras beharrte unter Umständen bei dem Nächsten. Da erblickte sie zwischen den Fingern des besiegten Sigi ein Stück Silberflitter. Es war aus ihrem Kleid, der Bursche hatte es herausgefetzt.

Nora schloß, daß er auch die Perlen über den Teppich verstreut hatte. Sofort entschied sie, Schattich habe am Boden umherzukriechen und sie zusammenzusuchen. Wo blieb Schattich, sie hatte ihm einiges zu sagen. Keinen Augenblick länger konnte sie es bei sich behalten. Er mußte ihre Chancen kennen, mußte wissen, daß er in ihrer Hand war. Auf ihre Weisung kroch er. Oh! Es stand mit ihnen beiden jetzt nicht mehr wie seit dem Verlust ihres persönlichen Vermögens. Von heute abend ab nicht mehr! Einst hatte es genügt, daß seinesgleichen ihr Vermögen, uralten Familienbesitz, der Entwertung überließ, während der Raub an ihresgleichen neue, blutige Vermögen begründete, darunter seins. Das war genug, um seinen Typ herrschend zu machen, wobei der ihre veraltete.

„Ich bin veraltet, wie?" sprach sie laut aus. Sie wollte es einmal hören. Die neue Gesellschaft hatte sie es nur wortlos empfinden lassen, als sie die Frau des Reichskanzlers war. „Mit Recht!" sprach sie laut. „Ich habe mir eines Abends erlaubt, eine der offiziellen Damen an die Tage zu erinnern, als sie ihrem lieben Mann die sogenannte Menage eigenhändig hintrug, und er regierte grade. Sie haßten mich mit Recht. Ich führte literarische Unterhaltungen, mein Gott! Das allein zeigte den Abgrund. Aber ich beherrschte auch noch die Diplomatensprache der Kaiserzeit, wir hatten Gesandte in der Familie. Wie hätten die unwissenden Revolutionsgewinner mir meine Herkunft und Erziehung verzeihen können, selbst wenn ich die Vorsicht gebraucht hätte, mich anzuziehen, wie ihre Damen."

Das Selbstgefühl Noras trug sie immer höher.

„Und der Botschafter, der mich heiraten wollte? Es hätte einen europäischen Skandal gegeben, im letzten Augenblick schreckte ich davor zurück. Übrigens hätte der Botschafter seinen Abschied nehmen müssen, denn ich war eine frühere Feindin seines Landes. Wozu dann der Zimt. Ich bin ein Opfer der Politik." Dies erinnerte sie an noch älteres Mißgeschick. „In meiner Jugend, als der Flirt mit einem hochadligen Offizier zu nichts führen konnte, unterlag ich den Klassenvorurteilen. Glücklicherweise ist Schattich da, um mir für alles zu büßen. Er hat mir meine Jugend gestohlen."

Nora war angelangt bei dem furchtbarsten aller Vorwürfe, ihn ließ sie nicht wieder los. Ihr Mann hatte die Schuld, wenn sie älter wurde. Von jetzt ab schlug ihr Haß nur noch haushohe Wellen. Seine Ordinärheit entsprach ihren Mißerfolgen, sein Geld ihren Jahren – und nichts, was nicht in ihrer Brust sich heranwälzte und hochging. Sie mußte aufspringen und wieder einmal umherlaufen, die Hände auf dem Rücken. Auch jener Prinz fiel ihr ein, er fehlte noch grade zu ihrem inneren Unwetter.

Einst war sie dem Prinzen vorgestellt worden während der großen Manöver. Ihr Vater kannte sogar den Kaiser! Als Frau des Reichskanzlers wollte sie den Prinzen heranziehen, ihn an sich erinnern und einen Ruhm erneuern, der ihr endlich nicht von dem Emporkömmling Schattich kam. Sie selbst durfte den Prinzen nicht einladen, ihr war nur erlaubt, ihm in einem befreundeten Hause zu begegnen. Es gelang auch. Die Dame des Hauses führte Nora Schattich durch die versammelte Gesellschaft dem Fürstensohn entgegen. Der hört ihren Namen; und während die Unglückliche noch im Hofknicks verharrt, sagt er laut zu seiner Umgebung: „Die Frau des Schiebers?“ – Als sie aufkam, hatte er sich umgedreht; sie stand da – milde Seelen erklärten ihr, warum. Der Prinz hatte unlängst sein Gut verkauft, Schattich hatte sich als Vermittler eingeschaltet und um eine halbe Million zuviel verdient. Damals gehörte er natürlich noch nicht der Regierung an.

Nora lief durch das Zimmer wie gehetzt. Sie machte volle Beleuchtung; keine Helligkeit war blendend genug, wenn der Mann, den sie haßte, in den Bereich ihrer blitzenden Blicke trat ... Grade dachte sie an den Glanz ihrer Augen, da sah sie in der vollen Beleuchtung am Boden gleich zwei Perlen schimmern. Nora hob sie auf und ging weiter – weniger schnell, aber immerhin tat sie vor sich selbst, als suchte sie nicht. Sooft sie wieder eine fand, nahm sie die Perle vom Teppich, wie abwesend. Das letztemal war das, was glänzte, nur eine Stecknadel. Genau hierbei trat Schattich ein. Nora kam eben noch hoch.

Schattich hatte einige Zeit verstreichen lassen, bevor er nachsah, was seine gefährliche Frau anstellte. Gern hätte er sie ihrem Schicksal überlassen und wäre beim Morgengrauen abgereist mit seinem Freunde List im Flugzeug, ohne Nora wiedergesehen zu haben. Herr von List mußte ihn daran erinnern, wessen eine Frau ihres Alters fähig sei. Nora konnte ihnen nachkommen, was unerwünscht war bei den Dingen, die sie vorhatten in Berlin. Trotzdem bestand Schattich darauf, zuerst noch mitzugenießen – das ausschweifende Fest seines Vereins zur Rationalisierung Deutschlands. Das sollte eine Nacht werden! Statt dessen beförderte Herr von List ihn mit Gewalt den Weg zu Nora. Er mahnte:

„Halten Sie sich gut! Wir können neue Schwierigkeiten nicht brauchen. Es würde mich wundern, wenn Ihre Frau sich nicht für die Erfindung interessiert und mit der Gegenseite zusammengeht. Das wird sie bei der Scheidung auch noch herausholen wollen.“

„Erpresser haben bei mir noch immer schlecht abgeschnitten“, versicherte Schattich. „In spätestens einer halben Stunde bin ich wieder hier, solange halten Sie mir das Nacktballett warm!“

„Sonst um sechs Uhr auf dem Flugplatz“, mahnte Herr von List, der Zweifel hegte. Sie waren angelangt, er empfahl sich plötzlich. Schattich stieß mit Wucht die Tür auf; Nora kam vom Boden hoch. Sie sagte ganz gegen ihre Absicht: „Willst du die Güte haben, mir einige Perlen suchen zu helfen?“

„Ich kann mir grade jetzt etwas Nutzbringenderes denken“, entgegnete er nicht ohne Hohn.

„Für dich?“ fragte sie. „Das bezweifle ich. Das wahrscheinlichste ist, daß du ausgespielt hast. Krieche nur ruhig über den Boden, wie es dir zukommt. Als du um mich anhieltest, fielst du auf die Knie, was die kleinen Leute sich damals vielleicht leisteten.“

Faustschlag auf den Schreibtisch – und wer dastand vor der Erschreckten, war der Staatsmann in ganzer Größe, grade greift er zum roten Portefeuille und droht dem Reichstag mit Auflösung!

„Er hat einen Domkopf“, stellte sie zu ihrer Ermutigung fest. „Er hat ihn immer gehabt. Seinesgleichen haben alle einen Domkopf.“ Im Geiste erblickte sie eine ganze Galerie von Führern der Wirtschaft und des Staates. Bei allen verjüngte sich derselbe kahle Schädel nach oben und lag als unnötig hohes Gewölbe unter der vollen Beleuchtung.

„Zur Sache!“ ordnete er an. „Es handelt sich nicht um deine geistvollen Urteile.“

„Dann also um die der Gerichte!“

„Mit denen verhandle ich hintenherum. Mach dir keine Hoffnung, der Ertrag deines Unternehmens wird mäßig sein. Du suchst dir für deine Scheidungssache ein Jahr aus, wo du glaubst, daß ich geschäftlich weit vorn liege. Du irrst. Wenn es darauf ankommt, bin ich mittellos und kann es beweisen. Meine geschiedene Frau kommt in eine Pleite hinein.“

Er tat, als hätte sie Grund, zu erschrecken, während sie diesmal doch nur schwieg und mit den Augen blitzte.

„Etwas anderes ist es, wenn wir uns gütlich auseinandersetzen“, sagte er beruhigend. „Dann könntest du auf alle Fälle deinen Lebensstandard aufrechterhalten.“

Dies war eins der Worte, die er erst spät gelernt hatte, und man merkte es, wenn er sie gebrauchte. Wäre es jedem anderen entgangen, seine Frau paßte auf.

„Nicht, daß ich überhaupt einsähe, warum wir beide uns trennen müssen. Dein Ärger über mein kleines Fest – nun ja, du durftest nicht in Anspruch genommen werden; und da du doch dahintergekommen bist, liegt ein Organisationsfehler vor. Das gebe ich zu.“

Hier stieß sie mit dem Fuß an die Puppe Sigi, die sofort ihre Lage veränderte. Sie hatte mit eingezogenen Beinen auf der Seite gelegen; jetzt kippte sie auf den Rücken, dehnte sich mit Genuß und hängte den Kopf schief. Ihr mondänes Gespenstergesicht war auf Schattich gerichtet; er konnte weitersprechen, Sigi hörte zu.

Nora ihrerseits ließ sich hinter dem Schreibtisch nieder. Sie breitete über die Lehnen ihre Arme, die noch schön waren, und legte den Kopf in den Nacken. Ihr Blick weilte, sooft sie es für besser hielt, an der Zimmerdecke; senkte er sich aber auf Schattich, dann fühlte Schattich ihn fallen. Er selbst fand keine Gelegenheit, sich zu setzen. Seine Haltung wurde immer undankbarer, er stand hier wie der Angeklagte. Ein Belastungszeuge war dabei namens Sigi. „Wie komme ich dazu, mich zu verteidigen“, dachte Schattich; aber er strengte sich wirklich an.

„Du natürlich wirfst mir im Grunde nicht nur das kleine Fest vor, sondern den Verein zur Rationalisierung Deutschlands, dem ich es gebe. Nichts, was ich für meine Karriere tue, hat deinen Beifall. Ich kann nur annehmen, daß meine Erfolge dir unerwünscht sind, was ich pervers finde. Ich weiß, ich soll vornehmer sein. Sogar meine Geschäfte sollen vornehmer sein – als ob eigens für mich Geschäfte erfunden werden könnten, die kein Betrug sind. Was willst du denn? Betrug ist das Gesetz des Lebens, wollen wir einmal ganz aufrichtig sein!“

Der letzte Satz schien ihm glücklich, in einer seiner Aufsichtsratssitzungen wäre er brauchbar gewesen. Die Dame, die ihn hochmütig und dumm mit anhörte – Schattich verachtete sie. Auch fühlte er mit Genugtuung, daß sie unsicherer wurde. Ihr Blick war an der Decke.

„Lag nie anders!“ rief er. „Deine verehrte Familie, was hat sie ihrerseits getan? Betrogen hat sie, sonst war sie hinten nicht hochgekommen. Bloß damals schobt ihr in aller Ehrbarkeit. Wir machen uns nichts mehr vor. Ihr richtetet euch auch gleich für hundert Jahre ein. Wo sind dann wir! ..."

Hier fühlte er ihren Blick fallen. Dies Geständnis hätte er nicht machen dürfen. Daher verlor er die Geduld.

„Deutschland ist in Not", behauptete er stark. „Da kommt es auf Männer an. Der Zusammenschluß aller aufbauenden Kräfte – das willst du nicht verstehen. Du wirfst mir vor, daß ich nicht in moderne Stücke gehe."

„Auch in alte nicht", sagte sie unvermutet. Wenn sie gar nichts sagte, schien es unnötig, grade dies auszusprechen. Nur deshalb stutzte Schattich; er fragte sich, was sie alles meinte. Ach! Er wußte aus langjährigen Wiederholungen, sie meinte das zwanzigjährige Zusammenleben mit ihm, das Opfer ihrer Jugend, ihrer Klasse. Sie wollte sagen: Du hast mich ausgesogen, dich an mir großgefressen, jetzt bin ich von dir abhängig und auf dem Abstieg ...

„Ja, ja – Gesetze des Lebens", bekräftigte er laut als Antwort auf ihre Gedanken, die nachgrade fast auch seine eigenen waren. „Wo Menschen sind, sind Geschäfte, und das gute Geschäft kann immer nur einer machen." – „Auch der nicht", hörte er darauf.

Er hatte noch nicht zu Ende gesprochen und hörte sie schon antworten, ohne daß sie aber wirklich den Mund öffnete. Es war nicht nötig zwischen den beiden älteren Leuten, wirklich zu sprechen. Der Mann war sogar im Nachteil, weil er sich dazu hergab ... Er hörte: „Auch der nicht. Wie lange machst du es denn noch? Deine Niere ist nicht mehr richtig, das wissen nur dein Arzt und ich."

Als sie ihm diesen Schlag stumm versetzt hatte, stand sie auf. Sie hatte gespürt, daß ihr Gesicht fleckig wurde. Es kam von der krampfhaft beherrschten Erregung, dem Hin und Her des Kampfes, bald Demütigung, bald ein Teilsieg. Außerdem lag es an ihrer Haltung auf dem Schreibsessel, die Arme rückwärts gedrängt, der Kopf im Nacken. Das hob ihre Büste heraus, und Nora saß hoheitsvoll da; aber sie wurde fleckig.

Sie stellte vor dem großen Spiegel ihr Gesicht wieder her, gegen Schattich wendete sie ihren ganz entblößten Rücken, ihr Glanzstück. Damit triumphierte sie über ihn, seinen schwachen kleinen Bauch und seinen Domkopf in der vollen Beleuchtung. Tatsächlich überraschte sie ihn durch den Spiegel, wie er sich den Schweiß wischte. Er war dafür in einen Sessel gerutscht, hinter dem Schreibtisch halb verkrochen lag er. Einen Augenblick wünschte sie sich, ihn weniger gut zu kennen; dann hätte sie ihn eher bemitleiden können.

Schon näherte sie sich ihm wieder – nicht Mitgefühl leitete sie, sondern Mißtrauen; denn natürlich schwang er sich jetzt gleich mit frischen Kräften aus der Versenkung und griff an. Der Mann wieder fühlte die eiserne Notwendigkeit, weiter vorzugehen, immer weiter. Wenn er ihr Zeit ließ, sie war imstande, nahm den großen Briefbeschwerer aus falschem Marmor und warf ihn nach ihm! Seine Angst war echt; im Grunde aber fürchtete er nicht den Briefbeschwerer, sondern was sie alles von ihm wußte – ihre Voraussicht jeder seiner Regungen. Nicht auszuhalten! Aufgesprungen, und der Zeuge Sigi bekam einen Fußtritt, daß er durch das ganze Zimmer flog. Fortan saß er aufrecht an der Wand, aber sein Gesicht war nach hinten verdreht, er konnte nicht mehr zusehen.

Schattich stand wieder da, wie schon einmal nach seinem Faustschlag auf die Tischplatte.

„Wir verlieren unsere Zeit, die Verhandlungen drohen sich festzufahren. Ich bedauere unendlich, aber für unsere freundschaftliche Einigung, meine Liebe, habe ich genau gerechnet noch sechzehnzweidrittel Minuten."

Nicht einmal hierauf antwortete sie laut. Sie betrachtete seine Nägel. Die Faust stemmte sich gegen die Tischplatte und kehrte ihr die manikürten Nägel zu. Sein Typ, und diese Pflege! Mehr als einmal wöchentlich opferte der Geschäftsmann die Zeit nicht, und die Häutchen wuchsen wieder, indes der Lack noch brüchig erglänzte. Sie fand es schlechthin furchtbar.

„Laß das doch ganz!" stöhnte sie verzweifelt.

„Was? Du bist verrückt. Es handelt sich um deine Zukunft."

„Was du mir davon gelassen hast!"

„Schrei gefälligst nicht! Deine Stimme war schon immer das, was abfiel."

„Gegen dein Rednerorgan", ergänzte sie. „Du bist ausgeschrien, mein Freund. Wer tippt auf dich noch. Egon von List? Dem traust du?"

„Jetzt kann sie plötzlich reden. Von den sechzehndreiviertel sind dreiviertel schon weg. Hier schreibst du."

Er schob ihr Papier hin. Er selbst legte die Hände auf den Rücken und schritt vor dem Schreibtisch hin und her. Die dankbarere Rolle schien endgültig in seine Hände übergegangen.

„Du bestätigst mir in zwei Zeilen, daß ich dir dein in die Ehe mitgebrachtes Vermögen mit einem Viertel aufgewertet habe und daß du an mich keine weiteren Ansprüche stellst, fertig. Unter dieser Bedingung willige ich in die Scheidung, meinetwegen lasse ich mich für den schuldigen Teil erklären."

Er warf einen Blick auf sie. Das war der Blick, der nur noch von Macht weiß und eine ganze Ordnung der Dinge verteidigt. Ihr wurde es kalt – da sagte er auch schon: „Du willst nicht? Dann Kampf; und ich versichere dir, daß ich der Stärkere bin."

Sie sagte – und mit Staunen und Abscheu lauschte sie selbst, wie sie es aussprach:

„Die Hälfte!"

„Ein Viertel!"

„Dann verlange ich im Prozeß das Ganze, lasse aber die dreifache Ziffer bekannt werden und untergrabe deinen Kredit."

„Es gibt auch Nervenheilanstalten", sagte er und blieb schroff vor ihr stehen. Beide hörten, indes sie einander im Auge behielten, die Uhr ticken. „Keine Zeit, keine Zeit, du sollst mich nicht aufhalten, stirb! Mein ist der Rest des Lebens, und kratzte ich mir ihn aus deinem Grabe." Beide standen fahl und starr.

Der Mann schlug zuerst den Blick nieder. Dabei traf er auf dem Teppich noch eine der verlorenen Perlen. Er hob sie auf und legte sie vor die Frau hin.

„Abgesehen davon, bin ich galant."

Sie stürzte wortlos aus dem Zimmer.

Dreizehntes Kapitel

Droben schloß Nora sich in ihrem Ankleideraum ein, sie verband sich mit der Central-Bar. Lange antworteten ihr nur Jazzmusik und ein wüster Knäuel menschlicher Laute. Sie hörte weiter, hörte immer weiter: „Stirb! Keine Zeit! Keine Zeit! Stirb! Mein ist der Rest des Lebens, stirb!" ... Endlich meldete sich Mulle. Er blieb völlig unverständlich, begriff auch kaum, was sie von ihm wollte, und fragte nicht erst, wer sprach. Er äußerte die Absicht, eine Bardame an den Apparat zu rufen.

„Hüten Sie sich!" warnte Nora mit furchtbarer Eindringlichkeit. „Sie kommen hierher, ohne daß ein Mensch davon erfährt, oder Sie sind verloren."

„Wa – was?" machte er mit erwachendem Verständnis. „Sie wollen meckern? Wanze!"

Aber nichts konnte sie abstoßen.

„Sie gehen sofort in das Haus des Generaldirektors Schattich. Sie finden es offen, im Lift werden Sie erwartet."

„Was bekomme ich dafür?"

„Tausend Mark", sagte sie.

„Her mit der Marie!" rief er.

Sie glaubte, er spräche von ihrer Zofe.

„Im Augenblick ist sie nicht da."

„Nicht zu machen!" brüllte Mulle und hängte ein. Sie sagte sich, daß er sogleich selbst wieder anrufen werden – und zwar bei ihrem Mann. Sie verband sich nochmals, dieselbe Stimme forderte:

„Tausend in bar!"

„Gut, kommen Sie!"

Nora hatte sich noch nie in ihrem ganzen Leben heimlich über einen Treppenflur geschlichen. Sie tat es kaltblütig und mit Umsicht; sie erreichte den Fahrstuhl. Die Haustür war, wie sie vorausgesehen hatte, nicht verschlossen; heute abend sollte man unbemerkt aus- und eingehen können. „Jetzt bekomme auch ich meinen versteckten Gast", dachte Nora, indes sie sich überzeugte, daß Schneider Landsegen und Frau wohl in ihrem Hinterzimmer noch Licht brannten, selbst aber unsichtbar blieben. Nur der Schatten der Frau fiel umfangreich auf eine Wand. Nora verschwand wieder im Fahrstuhl.

Hier wurde ihr heiß und kalt, denn im ersten Stock versuchte jemand, den Fahrstuhl aufsteigen zu lassen. Endlich benutzte er die Treppe; inzwischen fuhr Nora zurück in den dritten Stock. Sie horchte, die Haustür schloß sich drunten langsam. Es schlug ein Uhr ... Sie kehrte um. Als sie den Fahrstuhl öffnete, sprang eine Gestalt zu ihr hinein. Das mußte er sein; sie drückte auf den Knopf.

Über den Flur und durch die Zimmer folgte der Mensch ihr so lange lautlos, bis er unvermittelt ein furchtbares Gepolter anstellte. Sie sah sich um: er war trotz hellster Beleuchtung über ein Möbel gefallen.

„Passiert mir heute zum erstenmal", sagte er gekränkt.

Sie führte ihn bis in ihren verschwiegenen Ankleideraum und drehte den Schlüssel um.

„Wo bleibt die Marie?" fragte er nachdrücklich. Da er die entsprechende Bewegung machte, verstand sie ihn diesmal. Einer Schieblade entnahm sie das Geld.

„Geht in Ordnung", sagte er und wollte schon wieder fort. „Sie haben ja zugeschlossen. Sie, das verbitte ich mir. Was wollen Sie überhaupt?"

Der Mensch nahm Kampfstellung ein. Gleichzeitig mußte er aufschlucken. Ihr wurde klar, daß sein ganz flaches Gesicht naß und bleich war. Die Haare klebten darin, die Augen wurden mit Anstrengung aufgerissen. „Er ist betrunken", dachte sie. „Um so besser. Er wird nicht wissen, was er tut."

„Kennen Sie Generaldirektor Schattich?"

„Nu na nee."

„Hassen Sie ihn?"

„Bewahre. Er hat mir doch bloß mein Erbteil geklaut."

„Ihnen auch. Das interessiert mich, wie machte er das?"

„Fast ganz schmerzlos. Ich kam ins Waisenhaus und meine Mama ins Irrenhaus."

„Hatte sie denn Geld?"

„Aber er. Und wenn er sie geheiratet hätte, wär ich nicht arbeitslos."

„Sie sehen nicht aus, als ob Sie gern arbeiten", sagte sie ungeduldig.

„Sie auch nicht", ergänzte er. „Meine Mama, die war doch noch Waschfrau."

„Sie dachten, eine Waschfrau würde er heiraten?"

„Was denn! Er hat doch ihre Schwester geheiratet."

Hier sah sie, daß der Mensch nicht nur betrunken war. Er hatte Wahnvorstellungen.

„Können Sie mich erkennen?“ fragte sie. „Wie sehe ich aus?“

„Knorke.“

„Glauben Sie, daß Ihre Tante so aussieht?“

„Wenn ich besoffen bin. Heute saufe ich seit gestern. Wen stellen Sie überhaupt vor? Was bilden Sie sich ein, wollen Sie mich veräppeln?“

Er stürzte vorwärts; schnell brachte sie zwischen sich und ihn den beweglichen Türflügel eines Garderobenschrankes, und er stieß auf sein eigenes Spiegelbild.

„Auch nicht wahr!“ fauchte er wütend und begann im Zimmer nach ihr zu suchen. „Sie war gar nicht da. Dafür mache ich sie kalt, wenn sie doch wieder vorkommt!“ versprach er laut.

Zuletzt stieg er in den Schrank; mit Schrecken sah sie ihn unter ihren Kleidern hausen. Indes fand er drinnen nicht Platz genug, um zu schlafen, er wählte dafür das zierliche Sofa mit der hohen Lehne aus vergoldetem Rohr. Er schnarchte – fuhr aber in den Sitz und rieb sich die Augen. Sie stand hinter der hohen Lehne und richtete auf ihn einen kleinen Revolver.

„Nehmen Sie das Ding weg!“ rief er, die Hände erhoben.

„Ich zeige es Ihnen nur, damit Sie ruhiger werden.“

Er war auf einmal viel nüchterner.

„Wie komme ich überhaupt hierher?“ fragte er. Sie antwortete geistesgegenwärtig: „Wahrscheinlich habe ich Sie bei einem Einbruch überrascht. Darauf haben Sie die Ausrede gebraucht, daß Sie hier Ihre Tante suchen.“

„Quatsch!“ sagte der Mensch, stand auf und grub die Hände in die Hosentaschen. „Tante ist nicht hier, er hat sie eingesperrt.“

„Erst geheiratet, dann eingesperrt?“

„Den kennen Sie nicht!“

Sie kannte ihn. Aber sie fragte: „Wer hat es Ihnen erzählt?“

„Jemand ... Mama“, sagte er nicht sicher genug.

„Die sitzt doch selbst im Irrenhaus?“

„Eben darum. Wenn er mich fängt, läßt er auch mich verschwinden. Aber mich kriegt er nicht. Ich gebe mich ihm nicht zu erkennen als seinen leiblichen Erben.

Ich arbeite im geheimen und unterirdisch an seinem Untergang. Plötzlich springe ich aus meiner gedeckten Stellung und erledige ihn."

„Wie kommen Sie dazu?"

Er wuchs vor Entrüstung.

„Ich soll nicht für mein Erbteil kämpfen? Mein Eigentum ist mir heilig, verstehste. Der Sozialismus kann mich von hinten besehen. Wo es sich um mein rechtmäßiges Erbe handelt, da kenn ich keine Schwachheit, da geh ich bis zur Gewalt."

Sie hatte längst die Waffe gesenkt, so sehr staunte sie. Hier lernte sie eine neue Art von Feinden Schattichs kennen – jene, die sich mit ihrer Einbildung an ihn und seine Erfolge hängten. Der Haß und die Begierde eines solchen Menschen brachten ihn endlich dahin, sich für den natürlichen Sohn des Reichen zu halten, und was jetzt in seinem dumpfen Geist sich ausbreitete und den Menschen zu allem fähig machte, war die allen eingewurzelte Liebe zum Erbe ... Dabei hörte sie in ihrem eigenen Kopf noch immer dies „Stirb! Keine Zeit! Stirb!" Sie betrachtete den Menschen verständnisvoll und aufmerksam, wie vorher nie. Er mißverstand sie, er versuchte eine zärtliche Annäherung! Sofort hob sie wieder die Waffe.

„Na, na", machte er. „Wir gehen doch einig. Zeigen Sie mir mal, wo er schläft! Ich erledige ihn, hole mir seine Marie, und wir machen Kippe."

„Wenn Sie sich an ihm vergreifen, ich habe Sie gewarnt!" sagte sie eindringlich, ja, fast echt – aus Freude, weil sie abraten konnte, wo sie doch hatte anstiften gewollt. Sie bekräftigte und wies in irgendeine Richtung, wo Schattich nicht war.

„Einen Schritt weiter, und ich rufe um Hilfe."

„Mach ich gleich auch dich kalt" – er knirschte. „Jüngster Doppelmörder! Rekord!"

Das leichte Sofa schnellte von ihr weg unter seinem Fußtritt, sie stand ohne Deckung; schon war er über ihr, der Revolver schlug auf den Teppich, sie selbst wälzte sich am Boden und mit ihr der Mensch. Sie fühlte: „So mußte es kommen." Entfernt hörte sie auch jetzt noch: „Stirb! Keine Zeit! Rest des Lebens! Stirb!" Aber es wurde übertönt von dem Gefühl: „So mußte es kommen. Das Ende einer wirklichen Dame."

Sie hörte ihn die Tür zuwerfen und blieb liegen mit geschlossenen Augen. Sie hatte nicht die Absicht, sie jemals wieder zu öffnen. Ein Gedanke ließ sie den Kopf heben, horchen, auffahren. War dies tatsächlich der bewußte Mulle gewesen? Jemand sprang damals zu ihr in den Fahrstuhl, lag keine Verwechslung vor? Ein Traum war über Nora hingestürmt ... „Stirb! Keine Zeit!" hörte sie. Der schreckliche Traum ging weiter.

Mulle seinerseits polterte schon längst die Treppen hinunter. Es war dunkel, er suchte auch keinen Lichtschalter. Ihm war es einzig darum zu tun, sich von einem Gedanken zu befreien. Während er die Frau in seinen Armen gehalten hatte, war ihm jäh aufgegangen, wer sie sein mußte: die Frau Schattichs – und daher seine Tante! Er polterte durch das Dunkel, erfüllt von dem einzigen, mit jedem Atemzug anschwellenden Drang, es hinauszuschreien – und schon schrie er es auch hinaus „Ich habe meine Tante vergewaltigt!"

Die letzten Stufen gelangte er kopfüber hinunter, aber kaum daß er auf festen Boden stieß, und Mulle schrie schon wieder. Eine Lampe leuchtete auf, als er die Haustür suchte. Landsegen und seine Frau ließen sich aus Vorsicht nicht blicken, dennoch wollten sie feststellen, wer derartiges hier schrie. Sie erkannten ihren Freund und waren bestürzt: dadurch ging Zeit verloren. Der Schneider äußerte: „Er schreit so, ich will ihn lieber reinholen." Mit einem bösen Blick auf die Frau: „Wegen seiner Tante!"

Als Landsegen aber, zur Not bekleidet, die Haustür erreicht hatte, war Mulle längst draußen. Das übermächtige Bedürfnis, sich mitzuteilen, trieb ihn um den nächtlich vereinsamten Heumarkt, bis er an der Ecke das Auto entdeckte. Zwei Männer bestiegen es grade.

„Ich habe meine Tante vergewaltigt!" rief Mulle in vollem Lauf.

Sie ließen ihn herankommen.

„Dauernd beschickert, Mulle?" fragten Emanuel Rapp und Ehmann.

„Was heißt hier beschickert. Das Schlimmste, was bei mir vorkommen konnte, hab ich getätigt."

„Du hast wirklich deine Tante –? Woher kommst du eigentlich?"

„Von Generaldirektor Schattich", erklärte Mulle mit einer Regung von Stolz.

„Was kann es gegeben haben?" fragten die beiden Reisenden einander. „Pack mal schnell aus, Mulle! Wir müssen losfahren, keine Zeit."

„Sie hatte einen Rücken – riesengroß, nahm gar kein Ende; dafür aber keine Nase, oder nicht der Rede wert. Was ich mir von die Beine bekiekt habe –“

Ehmann machte seit kurzem sein spitzes, ruheloses Gesicht, und die Augen begannen hervorzuquellen.

„Das ist immerhin wissenswert“, sagte er.

„So 'n Dollbrägen?“ fragte Emanuel.

Hier mischte Schneider Landsegen sich ein.

„Meine Herren, Finger von weg!“ Er erhob den dicken Zeigefinger. „Da könnte allerhand auffliegen. Wenn nun der Junge ein unehelicher Sohn eines großen Führers wäre! Eine Sache, wie Sie zugeben müssen.“

„Ach Sie? Sie haben ihm das eingeredet“, bemerkte Emanuel.

Landsegen widersprach – mit falschen Tönen.

„Ich weiß nur, daß seine Mutter in der Irrenanstalt Buch sitzt und daß jemand was zuzahlt. Warum er das tut? Ja, meine Herren, jeder hat seine dunkle Vergangenheit, erst recht ein Generaldirektor.“

„Sie!“ Ehmann äußerte sich, er war jetzt im Bilde. „Sie haben eine ganz dunkle Zukunft. Dafür kann ich sogar sorgen. Soll ich Ihnen auf den Kopf zusagen, was Sie gedreht haben? Sie haben sich diesen Idioten gelangt.“

„Wanze!“ brüllte Mulle. Am anderen Ende des Heumarktes tauchte ein Schupo auf.

„Dann haben Sie ihm das mit dem unehelichen Sohn eingeredet.“

„Kann aber stimmen“, meinte Emanuel. Ehmann sprach weiter.

„Soll es stimmen. Und die Tante haben Sie ihm aus Dummheit noch dazu aufgebunden.“

„Sie sind reichlich so dümmer“, entgegnete Landsegen. Er war erbleicht; zum Glück hing in der Nähe keine Bogenlampe, niemand sah es. Der Schupo war in der Mitte bei dem Brunnen angelangt.

„Alles zu dem Zweck“, entschied Ehmann, „daß Mulle mal soll eine gründliche Erpressung vornehmen an dem Herrn, der hier in Frage kommt. Dann verlangen Sie Beteiligung, so haben Sie sich das ausgedacht.“

„Sie werden sich wieder was anderes ausdenken", sagte Landsegen gedämpft und versöhnlich, denn er wußte den Grünen schon in Hörweite. Wirklich bestieg Ehmann ohne längeren Zeitverlust den offenen Wagen, Emanuel nahm den Führersitz ein. Der Schupo sah ihnen schweigend zu. Für ihn war bestimmt, was Ehmann noch äußerte.

„Wenn wir bis Geschäftsbeginn zurück sein wollen, müssen wir machen."

Sie dachten nicht daran, so bald wiederzukommen. Sie fuhren nach Berlin, um nicht später dort einzutreffen als Schattich, der hinflog. Ehmann hatte es für unumgänglich erklärt, damit sie die Pläne Schattichs durchkreuzten und die Erfindung retteten für den, der sie gemacht hatte. Emanuel glaubte ihm dies, obwohl er ihm nicht mehr alles glaubte.

Das Auto verschwand um die Ecke, die Uhr von Sankt Stefan schlug drei. Ihr folgten noch mehrere Uhren, entfernter und nah. Der Schupo stand im Mondschein wie eine Säule. Nichts rührte sich, denn Landsegen hatte Mulle nach Hause geführt.

Die Frau wartete, alle drei gingen in das Hinterzimmer. Frau Landsegen stellte ihren aufgespannten Regenschirm vor das Licht, keiner der Schatten fiel hinaus. Der Schneider sagte: „Nun gehen wir verschütt, er hat alles ausgequatscht."

„Ist nicht wahr", beteuerte Mulle. „Dir haben sie es aus der Nase gezogen."

Die Frau wollte wissen: „Warum hast du geschrien, daß du deine Tante – und so weiter?"

„Deswegen war ich nicht bei ihr oben", erklärte Mulle. „Sie wollte mir im Wege sein, da ist es passiert."

„Im Wege – wobei?"

„Daß ich Schattich kaltmache."

„Untersteh dich!" Landsegen erzürnte sich ernstlich. „Darum geh ich unter die geistigen Arbeiter und denke mir Tag und Nacht ein Ding aus –"

„Das jeder gleich riecht", sagte seine Frau schlicht. „Dich hab ich wegen deiner Dummheit genommen."

„Weiß ich" – es klang drohend. Das Ehepaar musterte einander.

Mulle inzwischen blieb bei seinem Vorsatz, Schattich kaltzumachen. Er bekannte sich nochmals in längerer Rede zu der Leidenschaft für sein Erbe und für die Gewalt. Eine zweite Person hätte er, wenn Schattich fortmußte, gern mitgenommen, es war noch nicht heraus, welche. Er prahlte: „Ich werde mit Garantie der jüngste Doppelmörder, ich schlage den Rekord um vier Monate."

Melanie rüttelte ihn.

„Dann nimm man gefälligst das Frauenzimmer mit, das du vorhin besucht hast. Wie komm ich dazu, daß ich so 'ne Gemeinheit soll einstecken?" In ihrer Aufregung hatte sie vergessen, daß ihr Mann dabeistand.

„Achtung vor meinem weißen Bart!" verlangte ihr Mann. Seine großen und wulstigen Wangen trugen nur dünnes Haar; es war nicht nötig, darauf hinzuweisen – aber dieser Blick! Die eifersüchtige Frau erschrak, sie ließ den jungen Mulle los.

„Was willst du?" fragte sie den Mann. Er lachte, daß in dem wollenen Hemd sein Bauch kullerte; es war Bosheit, wie sie wohl merkte. Er schob sie von Mulle fort. Sie sagte geängstigt: „Wenn du mir was tust, schrei ich."

„Nicht nötig", erklärte er mit unheilvoller Liebenswürdigkeit. „Wir wollen uns nur aussprechen. Der Junge ist das Kind von einer Verrückten. Es wird dich freuen, Puppe, daß die Verrückte deine Schwester ist."

Obwohl er ihr nichts getan hatte, schrie sie auf. Er drückte ihr seine ungeheure Hand vor den Mund.

„Das ist gelogen", konnte sie vorbringen, „meine Schwester war Klassefrau am Kurfürstendamm."

„Bis Schattich es ihr besorgte, daß sie nach Buch hinaus mußte. Den Jungen Erich hab ich immer im Auge behalten. Wie oft hab ich mir in meinem schweren Leben den Trost vorgebetet: Solange du den Jungen hast, schuldet Schattich dir viel Geld! Wenn der Mensch die Hoffnung nicht hätte! Darum habe ich den Jungen auch nichts von dir gesagt, wer du bist, und dir nichts von ihm, wer er ist. Wozu? Damit du mir hineinfunkst? Lieber hab ich ihm beigebracht, daß Schattich auch noch seine Tante verschleppt hat."

„Das ist dir gelungen. Jetzt hat er seine sogenannte Tante – und so weiter."

„Was schadet es." Landsegen nickte und drückte die Augen zu. „Wenn er doch seine wirkliche Tante schon längst – und so weiter."

Die Frau sah, daß die Gefahr vorüberzog; sie schloß: „So viel Klamauk. Ich koche jetzt man Kaffee."

Vierzehntes Kapitel

Ehmann sagte nichts, und auch Emanuel schwieg, solange sie noch durch die Stadt fuhren. Er lenkte, sah gradeaus und hatte seinen Gedanken – sein Begleiter suchte durch Seitenblicke zu erforschen, welche. Einige der Sorgen, die der Junge sich machte, lagen klar für Ehmann; denn schließlich fuhr Emanuel ins Ungewisse, und seinem Freunde, der bei ihm saß, vertraute er – immerhin, aber doch nur zeitweilig. Zu gewissen, dem Freunde nicht unbekannten Stunden dieses abgelaufenen Tages hatte der Junge gegen ihn Verdacht geschöpft. Ehmann wünschte besonders, daß er sich angesichts drohender Gefahren nicht allein fühlen sollte. Sie erreichten die Landstraße.

„Die Erfindung hätten wir glücklich in der Tasche, wie?“ begann Ehmann.

„Ja, ich. Ich habe sie in der Tasche“, sagte Emanuel mit einer Betonung, für die Ehmann ein nachsichtiges Lächeln hatte. Indessen zweifelte er nicht, daß Emanuel die Sache wirklich bei sich trug. Der Junge hatte sich gehütet. Auf dieser Reise – eine solche Sache!

„Gut, daß wir zu ihrer Verteidigung zwei sind. Die ganze Nacht auf der Landstraße! Für alle Fälle hab ich einen Revolver“ – Ehmann sprach mit einschmeichelnder Heiterkeit.

„Ich auch“, erwiderte Emanuel hart und ohne nach ihm den Kopf zu wenden. Aber der Freund schmunzelte ruhig weiter, er kam jetzt zu etwas, das ihn fröhlich stimmte.

„Dein Doktor Martini, weißt du noch? Der Tag war ja ziemlich abwechslungsreich, du hast einige Male deine Einstellung geändert. Aber unter anderem hattest du den Tip, du solltest ein Doktor Martini sein und ich der englische Unterhändler. Ich, als Engländer geschminkt!“ lachte Ehmann. Die abenteuerliche Fahrt machte ihn ungeahnt jungenhaft. „Da ist mein Tip besser, kann ich sagen. Meine ausländischen Beziehungen sind doch tatsächlich in Lebensgröße vorhanden. Du setzt dich richtig an den Verhandlungstisch mit erstklassigen Gegnern; über ihre Klasse bist du sofort im Bilde, wenn ich dir das Haus nenne, wo ihr zusammenkommt. Ich darf noch nicht reden, aber was denn! Früher oder später stellst du deine Chance selbst fest.“

Kein Eindruck. Ehmann wunderte sich nicht, noch verlor er die Geduld. Er rechnete damit, daß er sich erst einmal den Mund fusselig reden müßte, bis der

Junge mit der Hauptsache herausrückte. Plötzlich begann Emanuel, öffnete aber die Zähne nicht.

„Als ich die Bombe holte –" Er fing nochmals an. „Ich kam nach Hause, um die Sache mitzunehmen, da finde ich den Safe erbrochen."

„Wie?"

„Der eingebaute Safe, vor dem du heute um fünf noch selbst gestanden hast – " Pause. Auch Ehmann wartete.

„Er hatte ein Loch", schloß Emanuel.

„Aber die Sache selbst war noch da?"

„Das beweist nur, daß der Einbrecher gestört worden ist."

„Von wem? Von dir?"

„Ich kam leider zu spät", sagte Emanuel zwischen den Zähnen.

„Wann warst du zu Hause?"

„Gegen zwölf."

„Den Sportpalast hattest du um elf verlassen. Wo warst du inzwischen?"

„In mehreren Lokalen – zum Beispiel Deutscher Hof, Central-Bar, Elba-Bar."

„Überall vergebens?"

Da der Junge herumfuhr und ihn ansah, endlich ansah, kniff Ehmann die Lippen – das einzige Zeichen, daß er Vorsprung hatte. Dann gab er sich im Gegenteil einen Ton, als brauchte er eine Entschuldigung.

„Es war nämlich nicht schwer zu erraten, warum du so plötzlich ohne uns fortliefst aus dem Sportpalast. Du hattest deine Schwägerin Inge verloren. Hast du aufgepaßt, wer sie mitnahm?"

„Sie läßt sich nicht mitnehmen!" Der Junge brauste auf. Ehmann blieb duldsam.

„Sie hatte wahrscheinlich eine Verabredung. Nun weiß ich zufällig, daß der Schauspieler, der sie begleiten durfte, zu einem Fest ging – tolle Kiste, wie ich höre, Nacktballett, als Gäste nur Herren."

„Wer macht hier so was", warf Emanuel hin.

„Schattich“, sagte Ehmann in aller Ruhe, obwohl der Wagen plötzlich einen unbesonnenen Sprung tat. Emanuel knirschte.

„Was hat sie mit Schattich zu tun?“

Hierauf schwieg Ehmann, denn der Junge konnte sich selbst antworten. Zwischen Schattich und Rapp bestand ein ausgesprochener, allen bekannter Streitfall. Man blieb bei dem einen oder ging zu dem anderen über. Zweideutigkeiten konnte es hier nicht geben, wenigstens für den geraden Ehmann nicht; dies sagte sein eindrucksvolles Verstummen. Es gab ferner zu verstehen, daß Inge, die es mit Schattich hielt, sehr wohl auch seine Leute in die Wohnung eingelassen haben konnte.

„Er lädt sie ein, dann verspricht er ihr natürlich dies und jenes – und ein Mädchen, das weiß, was es will –!“

Richtig, warum sollte ein entschlossenes Mädchen, das erotisch mit ihrem Freund nicht mehr restlos übereinstimmte, etwas anderes beachten als den eigenen Vorteil. Der Junge faßte alles so schnell und sicher auf, wie Ehmann irgend wünschen konnte; nur die Wirkung war unerwartet. Emanuel warf den Wagen herum.

„Nanu, du fährst zurück?“

Jetzt verstummte aber der Junge, und Ehmann mußte sich selbst antworten.

„Zwecklos, bei Schattich triffst du sie nicht mehr. Ich bin informiert“, beteuerte er. „Fahr doch nicht wie besessen! ... Bestimmt ist sie jetzt mit dem Schauspieler, aber wo?“ Das immer mehr beschleunigte Tempo des Wagens erinnerte Ehmann daran, daß diese Vermutung gefährlich war. Er berichtigte sich sofort. „Vielmehr, sie wird zu Hause sein – in ihrem Zimmer, schlafend, oder sie stellt sich so, wenn du anklopfst. Jeder Liebhaber weiß schließlich, wann er anklopfen darf, und es gibt Lagen, die bei stolzen Frauen nur zu retten sind, wenn man tut, als sei man gestorben.“

Ehmann wischte sich den Schweiß. Sein Eiertanz, und der Wagen fuhr hundert Kilometer im Dunkeln hart vorbei an den Bäumen! ... Da bog er ein. Ehmann, der trotz allem klarsichtig blieb, erkannte die Verbindungsstraße und war auch sofort im reinen über das einzige hier vorliegende Ziel, das Krankenhaus links des Flusses.

„Verrückt!“ rief er schonungslos. „Jetzt willst du mitten in der Nacht deinen schwerkranken Schwiegervater wecken. Der soll dir wohl helfen. Seit vorgestern liegt er und weiß von nichts. Und dabei versäumst du die Chance deines Lebens! Ich übernehme nicht die kleinste Verantwortung, daß meine Käufer auch nur eine halbe Stunde länger auf uns warten, als verabredet war. Der Herr, bei dem sie einander treffen, ein Freund Schattichs, du kennst ihn nicht, aber das kommt noch – der wird einfach alle nach Hause schicken. Nachher hast du es nur noch mit ihm selbst zu tun – und der läßt dir nichts übrig als die Augen zum Weinen, den kennst du nicht."

„Wer könnte schlimmer sein als Schattich!" dachte Emanuel.

Indes war Ehmann aufrichtig, er fürchtete List – halb und halb. Birk allerdings fürchtete er unbedingt. „Du drosselst das Geschäft ab!" schrie er, denn die Fassung verließ ihn endlich. „Kehr wieder um, noch ist Zeit!" Er wurde sogar flehentlich. „Ich will dir etwas gestehen, ich bin nicht ganz uninteressiert. Die Vermittlung, die du mir zahlst, soll mich aus faulen Geschichten herausholen – das mit der Bausch. Wenn du nicht deiner selbst wegen Vernunft annehmen willst, tu es für mich!"

Der Wagen hielt; Ehmann war plötzlich eiskalt.

„Gute Nacht!" rief er hinter Emanuel, der am Tor läutete. Es wurde so schnell geöffnet, als wäre jemand erwartet worden. Emanuel trat ein.

„Paß auf den Wagen auf!" verlangte er noch.

„Ich denke nicht daran", rief Ehmann.

Aber er blieb.

Er wurde dafür belohnt, denn schon nach einigen Minuten zeigte sich ein zweiter Wagen; Ehmann konnte nicht zweifeln, er selbst hatte die beiden Insassen veranlaßt, so plötzlich abzureisen. Sie sollten ihn zwar erst in Berlin treffen.

„Jetzt begegnen wir uns hier noch?" fragte Herr Willmar Bausch auf englisch, denn der Trainer Williams begleitete ihn. Ehmann beruhigte die Herren.

„Ein Einfall unseres Freundes. Er hat eine belanglose Besprechung mit seinem Arzt."

„Liegt hier nicht sein Schwiegervater?"

„Oder mit dem Arzt seines Schwiegervaters. Der Alte soll aufgegeben sein." Auch Ehmann sprach ausgezeichnet Englisch. Williams hatte sogar den Eindruck, daß er englisch log.

Bausch sagte durchdrungen: „Sterben ist schließlich das Beste, was der arme Mann tun kann, so wie wir ihn hineinlegen!"

„Williams", sagte Ehmann, „uns steht ein Match bevor, dagegen ist Boxen eine Kinderei. Ich habe mich Ihrer Mitwirkung versichert, weil Sie sowohl Englisch als auch boxen können."

„Und wir sind drei gegen den einen kleinen Rapp", stellte Bausch fest.

„Wir sind nicht drei. Wenn es hart auf hart geht, sind wir sechs."

„Sie wollten ihm keine Chance lassen." Bausch war befriedigt.

Williams war es noch nicht. „Was verdiene ich?" fragte er.

Bausch antwortete an Stelle Ehmanns.

„Seien Sie nicht unvernünftig, Williams. Unser Anteil ergibt sich aus der Höhe des Geschäfts. Mehr ist es bestimmt, als Ihr Chef Ihnen zahlt."

„Ich verlasse Brüstung", erklärte Williams. „Ich arbeite nicht länger mit ihm. Er hat heute nicht fair gekämpft."

„Dafür kämpfen wir fair", schob Bausch ein.

„Und er hat keine Zukunft. Daher bin ich Ihr Mann. Ihm habe ich nichts gesagt."

„Das ist auch besser", bestätigte Ehmann mit Nachdruck.

„Ich erzählte ihm weder, daß ich von Ihnen verpflichtet worden bin, noch, daß er mich nicht wiedersieht. Das erfährt er noch früh genug, wenn er nach Berlin kommt, um sich knockout schlagen zu lassen."

„Sehr richtig."

„Aber ich will jetzt nach dem Hotel telefonieren wegen meines Gepäcks."

„Wo um Gottes willen wollen Sie telefonieren?"

„Natürlich hier", erklärte Williams und läutete schon am Krankenhaus. Er wurde auch eingelassen. Als Ehmann einen Schritt in Richtung der Tür machte, schlug Williams sie schnell zu.

„Verdammt, Bausch, sollen wir dem Jungen trauen?“

„Ehmann, der Junge ist goldecht. Am besten passen für unsere Sache solche, die nicht Deutsch können. Übrigens, Ehmann, ich habe nie recht gewußt, was Sie eigentlich verkaufen. Jetzt bin ich im Bilde, wen meine Tochter bekommt.“

„Sie haben ein Glück, Bausch!“ sagte Ehmann und lachte gutmütig.

Williams drinnen fragte den Nachtportier des Krankenhauses nach einem Herrn Rapp. Der war auch da. Ob Williams nachweisen könne, daß er zu Herrn Rapp gehöre. Williams betrat ohne andere Erlaubnis als seine eigene das Anmeldezimmer und suchte das Telefon. Der Nachtportier verstellte ihm den Weg, aber Williams zeigte ein paar Fäuste, die der Mann nicht entfernt erwartet hatte.

„Ich bin ungewöhnlich kräftig“, sagte er dabei. Infolgedessen durfte er mit dem Hotel sprechen. Er ließ Brüstung rufen und wartete.

Emanuel war die Treppe hinaufgeeilt, er strebte gradeswegs durch den Korridor, der auf das Zimmer Birks zulief – wurde aber aufgehalten. Aus einer offenen Tür rief sein Schwager Rolf ihn an. Der Arzt erhob sich von dem Sofa, auf dem er angekleidet gelegen hatte.

„Ich wollte mich überzeugen“, sagte er. „Die Uhr ist – zwanzig nach drei. Es stimmt. Um zwanzig nach drei erwartete Vater dich.“

„Bruno“, sagte Williams am Telefon, „alles in Ordnung, nur keine Aufregung! Du wirst beim nächsten Mal in Form sein, aber darum handelt es sich nicht. Sie wollen deinem Freunde Rapp einen Stoß in den Unterleib geben. Es sind fünf gegen einen, aber ich bin auf seiner Seite. Ich gehe nur scheinbar zu der anderen Mannschaft über. Wir müssen aber die Stärkeren sein; sonst wäre ich leider genötigt, bei der anderen Mannschaft zu bleiben. Für alle Fälle solltest du auch hinkommen.“

„Wohin?“

„Das habe ich nicht herausgebracht.“

„Ich werde es sogleich erfahren. Alles in Ordnung“, schloß Brüstung. Er nahm den Hörer nochmals auf, um Inge anzurufen, legte ihn aber wieder hin.

Es war viel verlangt, daß er für ihren anderen Bewerber etwas tun sollte, und noch mehr, wenn er das Mädchen selbst hinzuziehen mußte. Aber Brüstung war gegen Blutvergießen, obwohl er boxte, und er hatte das Gefühl, daß es seiner unwürdig war, wenn grade sein Gegner unfair behandelt wurde. Vor allem aber liebte er Inge genug, daß er ihr keinen Schmerz wünschte. Er kehrte wohl in sein Zimmer zurück, ohne mit ihr gesprochen zu haben, hielt es aber nicht länger als zehn Minuten aus. Dann ging er wieder hinunter.

Er verlangte die Wohnung Birks, und wer sich meldete, war Inge.

„Ich habe noch nicht geschlafen", erklärte sie. „Bruno, ich hätte Ihnen manches zu sagen."

„Ich Ihnen auch – wegen Emanuel."

„Natürlich wegen Emanuel", gab sie zu.

„Williams berichtet mir, daß er in schlechten Händen ist, und auf Williams ist Verlaß."

„Ich habe mich mit Williams verabredet, sagte er Ihnen das nicht?"

„Er erwähnt dich nicht, weil er weiß, daß ich dich liebe."

Längere Pause; er hörte sie atmen. Sie begann: „Ich möchte –"

Sogleich brach sie ab; wie konnte sie ihm gestehen, daß sie in diesem Augenblick gern alles andere losgewesen wäre, nicht nur Emanuel, seine Küsse und seine gefährlichen Angelegenheiten – auch das andere, dem Boxer noch Unbekannte, den prominenten Schauspieler und was sich ihr auf dieser Seite an Zukunft eröffnete. Die Liebe Brüstungs war zuverlässiger als alles, das wußte Inge; war einfach, zuverlässig und für die Dauer. So aber war Inge selbst nicht, daher seufzte sie und stockte.

„Wir müssen ihm durchaus helfen", entschied sie.

Seine Eifersucht wehrte sich.

„Ich glaube, daß Williams zu seinem Schutz genügt, auch wenn es fünf sind."

„Fünf!" rief sie und rechnete sich schnell aus, wer alles mitzählte. Ehmann wahrscheinlich, Bausch bestimmt. Dazu kam Schattich selbst mit seinem Freunde List, in dessen Haus die Dinge sich abspielen sollten ... Den Fünften fand sie nicht.

„Dann brauchen wir sogar noch einen", ordnete sie an. „Ich habe jemand, der uns fabelhaft nützen kann."

„Ein Athlet?"

„Ganz falsch. Aber laß mich machen! Du besorgst inzwischen das Auto und holst mich ab – sobald als möglich, verstehst du, Bruno?“

Sein Name von ihren Lippen, das Du und die Aussicht, den Rest der Nacht mit ihr unterwegs zu sein – selbst wenn ein Dritter mitkam, doch immer mit ihr! Brüstung beglückwünschte sich, daß er sie angerufen hatte.

Inge telefonierte ihrerseits hinunter zu Schattich und verlangte den Schauspieler. Eine verschlafene Stimme antwortete ihr, daß niemand mehr da sei.

„Auch nicht der Schauspieler, der mit Herrn von List angekommen ist? Sie wollen um sechs Uhr zusammen fortfliegen.“

Es wurde nachgesehen, und wirklich meldete sich die berühmte Stimme. „Das ist zu komisch“, äußerte sie, zunächst noch ohne Veranlassung.

„Ich möchte Ihnen etwas gestehen. Ich sehne mich nach Ihnen.“

„Das ist ein Schlager!“ Das berühmte Lachen. Sie erkannte, daß der Prominente angeheitert war.

„Du hättest nicht so plötzlich fortlaufen sollen, Kind. Wir wären längst einig. Jetzt eile aber kreuzweise in meine Arme. O du!“ stöhnte er.

„Ich denke es mir anders“, entgegnete Inge. „Sie kommen vor das Haus, Meister, und wir steigen in einen Wagen, ich entführe Sie.“

„Du, du!“ machte er, und anstatt der vorigen Leidenschaft war es reizende Schelmerei. „Das geht nicht, mein Mädchen, denn der Meister hat Probe schon am hellen Vormittag, da staunste. Um sechs Uhr flieg ich hinüber, mach von unten winke, winke, ja?“

„Schatz“, sagte Inge kurz entschlossen. „Du könntest mir einen wirklichen Gefallen tun, wenn du aus deinem Freunde List möglichst genaue Informationen herausholst, was für Verhandlungen das eigentlich sind morgen bei ihm im Haus und was er mit seinem Gegner persönlich vorhat. Es interessiert mich.“

„Mich auch. Ich soll nämlich mitspielen.“

„Ach! Das ist der Fünfte“, bemerkte sie unwillkürlich. „Dann ist es grade für dich eine Kleinigkeit, Schatz. Du sorgst auch dafür, daß ich in das Haus gelassen werde. Wie? Es macht dir doch nichts, etwas gegen ihn zu arbeiten?“

„Das liegt auf meiner Linie“, behauptete der Prominente. „Wenn ich die Wahl habe zwischen einem Gönner, der Geld gibt, und einer schönen Frau – die wenigstens keins nimmt –“

„Auf Wiedersehen.“

Inge wendete sich um, in der Tür stand Margo. Sie war vollkommen weiß; nie hätte Inge, außer durch Kosmetik, eine solche Farbe haben können; ihre Augen aber wurden davon größer und schwärzer. Inge dachte: „Jetzt nur etwas Rot auf ihre Lippen, dann weiß ich nicht, was er an mir noch finden sollte. Sie ist viel, viel schöner.“ Sie wartete. Endlich sprach Margo.

„Du bist so großartig informiert? Du? Und ich – ich hatte mir solche Mühe gegeben, dahinterzukommen. Ich habe eine Nacht gehabt, wie noch keine – keine!“ Sie erhob die Stimme. „Du hast solche Nacht nie erlebt; dafür warst du mit ihm.“ Aufschreiend: „Mit ihm! Klar, woher wüßtest du sonst alles!“

„Ich weiß auch nicht viel“, stammelte Inge. „Und ich habe rein zufällig etwas aufgeschnappt. Das ist zu lang zu erzählen, aber du kannst mir glauben.“

Sie stammelte und versprach sich, aber es kam nicht, weil sie log, soviel fühlte Margo.

„Ich habe ihn seit dem Sportpalast nicht gesehen“, versicherte Inge. „Und am liebsten sähe ich ihn gar nicht wieder. Warum? Warum?“ fragte sie sich selbst. „Ja. Stimmt!“ rief sie. „Weil ich seinetwegen nie ein Gesicht wie du und Augen wie du – nein, könnt ich seinetwegen nie machen!“

Sie starrte ihre Schwester an; sie selbst trug die Miene des Schreckens und des Staunens. In dieser Minute trat vor sie hin, was sie getan hatte, und Inge erfaßte es. Ihre Lippen begannen zu zittern, sie sagte ganz wie ein Kind: „Ich will es nicht wieder tun.“

Mit schüchterner Gebärde ging Inge auf ihre Schwester zu. Als sie vor ihr stand, wagte sie keine Regung mehr, und Margo war es, Margo fiel ihr in die Arme. Sie hielten einander sehr fest – nicht nur aus Freude, einander wiederzuhaben, noch mehr aus Not ... Endlich Margo: „Du fährst mit Brüstung. Schön. Wenn einer was machen kann – Und grade den hast du an Hand.“

Sie trat einen Schritt zurück. Es hieß, daß sie selbst darauf verzichten müsse, zu handeln. Ihr Emanuel sollte sowohl seine Rettung wie seinen Erfolg nicht ihr, sondern anderen verdanken. Die Schwester erriet, was vorging.

„Ich tue es mehr anstatt deiner, Margo, als für mich selbst“ – sie gab sich viel ernster, als sie den Ihren bekannt war. Außerdem sprach sie es beiseite, Inge, die doch jedem, was ihr paßte, ins Gesicht sagte. Dann fühlten beide, daß ihr Gespräch beendet war. Sie küßten einander schnell und wendeten sich ab. Jede in ihrem Schlafanzug verschwand nach ihrer Seite.

Ehmann und Bausch warteten vor dem Krankenhaus auf Emanuel und Williams. Ehmann war ungeduldiger als Bausch. Der Inhaber von Elektro-Lux rauchte und erklärte, daß selbst durch einen Zeitverlust von einer Stunde noch nichts verlorengehe.

„Einmal kommt unser Freund doch wieder heraus, und keine Hinrichtung beginnt, bevor der Delinquent da ist.“

„Bausch, Sie sind mir zu zynisch. Ich weiß wirklich nicht, ob ein Mann wie Sie mein Schwiegervater werden kann.“ Denn Ehmann hörte gewisse Dinge ungern beim Namen nennen.

„Fahren Sie wenigstens Ihren Wagen um die Ecke! Soll er Sie durchaus überraschen? Dann glaubt er uns nachher doch nichts mehr.“

„Tatsächlich ist mir aber jede Tages- oder Nachtzeit für meine Unternehmungen recht. Halten Sie mich für den Spießer, der nicht ahnt, wie zwischen eins und sechs die Welt aussieht?“

Bausch war mehr als nötig angeregt von dem Abenteuer. Gleichwohl bewog Ehmann ihn schließlich, sein Auto unsichtbar zu machen. Dann kehrte auch Williams zurück, Ehmann wies ihn an, er habe bei Bausch in der Seitenstraße zu bleiben, noch wenigstens zehn Minuten, nachdem er selbst mit seinem Freunde losgefahren sei. Er eilte zu Bausch, auch ihm schärfte er es ein, voll Besorgnis, etwas Wichtiges zu versäumen.

„Ihr dürft niemals hinter uns in Sicht kommen. Er wäre imstande, umzukehren; manchmal fehlt nur noch eine Kleinigkeit. Vorfahren? Nein, ihr dürft nicht vor uns her fahren. Sie könnten eine Panne haben, Bausch, dann erwischt er euch. Falls aber er selbst Panne hätte –“

Bausch fiel ein.

„Kommt nicht vor. Wer so hereinschliddern soll, gelangt glatt hin.“

Ehmann lief schon wieder, um nur Emanuel nicht zu verfehlen. Er wischte sich die Stirn in all seiner angestrengten Tätigkeit.

Emanuel war mit Birk allein. Der Oberingenieur antwortete ihm hinsichtlich Ehmanns: „Er ist dein Freund. Wenn er dich verraten sollte, mußt du bedenken, daß ein Freund das nie genau weiß. Er glaubt zuletzt noch in deinem Interesse zu handeln. Vielleicht hat er damit auch recht."

„Daß mir die große Sache glatt geklaut wird?" rief der Erregte.

„Wir können nicht sagen, was er in Wirklichkeit vorhat. Du hast übrigens noch keine Sicherheit, daß die große Sache auch eine Tatsache ist." Da der Junge auffuhr, ergänzte Birk: „Oder daß sie so groß ist, wie du dir sie denkst."

„Du als der Erfinder bist der letzte, der zu meckern hat. Wofür bin ich seit sechsunddreißig Stunden in der Fahrt!"

Birk sah ihn sich nur an. Der Junge war nicht aufzuhalten. Was man ihm auch gesagt hätte, aus seiner Fahrt war er bestimmt nicht zu reißen. Birk versuchte es nicht erst, er begann vielmehr:

„Schattich ist außer sich, ich könnte nicht beeiden, wie weit er geht, um das Geschäft zu machen."

„Bis zum Verbrechen?"

„Auch du hast schließlich eins vor, mein Junge – um reich zu werden. Die Verbrechen liegen aber noch viel näher, wenn man reich bleiben will. Er hat erstens, wie jeder, seine Existenzangst, und im Augenblick fürchtet er besonders seine Frau. Rechne eins zum andern! Die meisten Katastrophen ergeben sich aus Furcht! Er ist seit dieser Sache nicht wiederzuerkennen."

„Er war bei dir?"

Birk wich aus.

„Du selbst hast dich auch ganz schön herausgemacht – und was ist aus Margo geworden!"

Emanuel horchte auf, ob es der Ton des Vorwurfs sei. Birk schien indessen nur zu berichten, was er gesehen hatte.

„Inge ist noch die einzige, die bleibt, wie sie ist", versetzte er.

Emanuel streckte den Kopf vor, auch der Rumpf folgte.

„Das muß ich wissen. Vater! Sag mir wenigstens das! Sie war hier, du kannst mir bezeugen, daß sie nicht bei Schattich war!"

„Wenn du durchaus willst." Die Augen Birks irrten ab; er stockte. Der Junge drang in ihn.

„Ich bin die ganze Zeit in voller Fahrt und seh und höre nichts mehr. Du inzwischen sitzt hier und wirst informiert."

Merkwürdigerweise verzog hier Birk das Gesicht zum Lächeln. Bisher erschien es dem Jungen traurig, so traurig wie nur alte Leute. Jetzt lächelte er in sich hinein, es war unverständlich.

„Wo war Inge zwischen elf und drei!" rief Emanuel verzweifelt.

Birk wurde wieder ernst.

„Sie war bei Schattich", gestand er. Emanuel fiel auf eine Stuhlkante und faßte die Stirn in beide Hände. Birk berührte seine Schulter.

„Sie kann nichts dafür – und was auch sonst mit ihr geschieht, sie verrät dich nicht."

„Sie verrät mich", stöhnte der Junge. „Ich weiß es. O furchtbar!"

„Wenn du soviel weißt, was tust du hier noch? Es geht aber mit Inge, wie es bei Ehmann enden wird. Vielleicht wollte sie dich eigentlich schon aufgeben; seitdem sie aber bei Schattich gewesen ist, kannst du in gewisser Hinsicht auf sie rechnen. Die Freundschaften wider Willen sind die sichersten, Junge."

„O furchtbar!" stöhnte der Junge. „Sie war die Sache selbst. Wenn ich gewußt hätte, daß ich nur das eine behalten darf, das Geschäft oder sie – dann Inge!" Er stieß den Laut in seine gekrampften Fäuste hinein. Birk fühlte bei sich Tränen kommen, unbewußt streichelte er noch immer die Schulter des Jungen. Keiner von ihnen entsann sich, daß sie verbotene und beschämende Dinge sprachen.

„Dann tritt von dem Geschäft zurück! Einmal kannst du sie noch zurückhaben – weil sie bereuen wird. Nachher natürlich – du kennst doch Inge: nachher nicht wieder."

„Das Geschäft aus den Fingern lassen?" Hier kam er wieder auf die Füße. „Ich denke nicht daran; dann hab ich auch sie die längste Zeit gesehen. Das weißt du nicht, ich habe heute den ganzen Tag nach beiden zugleich gejagt – immer gejagt, und wenn ich das eine meinte, sichtete ich das andere. Inge und das Geschäft", rief er im Ton des Erleuchteten, „sie sind überhaupt dasselbe. Ich schnappe beide oder nichts!"

Birk verriet durch eine unwillkürliche Bewegung, daß er eher an „nichts“ glaubte. Er bemerkte es, und schnell tat er, als ob ein guter Ratschlag etwas ändern könnte.

„Hör mal, Junge, wenn sie dann wiederkommt – nicht gleich festlicher Empfang, das verträgt sie nicht. Sie ist nicht weichherzig. Sie hat kein Mitleid, darauf rechne lieber nicht, und deine Zärtlichkeit sparst du dir besser, die braucht sie nicht. Eine Art Frauen, die wir lieben, ist so, mach dir keine falschen Abbilder. Sachlichkeit, wie? Einer ließ sie mal die ganze Nacht auf der Treppe sitzen, was ihr gut getan zu haben scheint ... Arme Inge“, schloß der Vater leise.

Emanuel entschied: „Ich werde reich werden. Das ist noch das Sicherste.“

„Einverstanden“, sagte Birk. „Nur los, die Autos mit deinen Freunden warten unten.“

„Mein Auto mit Ehmann, sonst doch keins? Was weißt du alles? ... Vater, warum bist du eigentlich nicht im Bett?“ Emanuel bemerkte auf einmal mehreres, wofür seine eigenen Angelegenheiten ihn so lange unempfänglich gemacht hatten. „Du bist ja angezogen, willst du ausgehen? Das erlaubt Rolf bestimmt nicht; er sagte –“

Emanuel verschluckte, was sein Schwager ihm anvertraut hatte.

„Du siehst schlecht aus, soviel ist richtig. In der Nacht solltest du keine Zicken machen. Oder wolltest du mit mir –? Das ist was anderes, komm mit! Die glauben vielleicht, du sackst nächstens ab. Wenn sie dich persönlich zu sehen bekommen, werden wir noch alle gesund!“

„Tut mir leid, ich bin grade verhindert. Aber notfalls kann ich immer noch erscheinen.“

„Müßtest du schon ein Flugzeug haben.“

„Damit fährt Schattich. Ich finde aber eventuell – Laß das meine Sorge sein, es gibt noch andere Verbindungen. Genug – ich werde dasein.“

Es wurde nicht laut gesagt, nur in einem Ton, der jede Frage ausschloß. Der Junge stutzte; aber sogleich befiel ihn wieder der heftige Gedanke an sich selbst.

„Mit mir werden die nicht fertig, das verspreche ich dir. Soll Ehmann mich in eine Mörderhöhle verschleppen. Na was denn!“

Er schlug an seine Tasche, eine ganz bestimmte Form zeichnete sich darin ab.

„Ich bin auf alles gefaßt!"

„Tu das nicht!" warnte Birk. „Damit besorgst du nur ihre Geschäfte. Laß alles geschehen, und eines Tages sind deine Feinde am Ende. Brauche Gewalt, und sie bekommen wieder um so viel mehr Tatkraft. Hast du das noch nicht gelernt?"

„Gute Nacht", sagte Emanuel. „Das kannst du dir auch im Bett überlegen."

Als der Junge die Tür schon geöffnet hatte, ließ Birk sich noch einmal hören.

„Dein Ehmann bringt dich zu einem Freunde Schattichs, Herrn Egon von List. Bevor du in die Tasche greifst, denke an mich! Sieh hin! Ich werde dasein."

Er blieb allein zurück und dachte daran, daß solch ein Junge jetzt hinausstürmte in eine unerhört feindliche Wildnis. Oberingenieur Birk kannte die wirkliche Wüste und war zu seiner Zeit abgeschnitten gewesen von der Zivilisation. Er hatte in einer selbstgefertigten Hütte die Belagerung durch Eingeborene ausgehalten. Verhungert und als Beute von Krankheiten, die ihn an jene stürmische Einsamkeit noch lange erinnerten, gelangte er aber dennoch eines Tages zurück in die Gesittung. Die gab es, man konnte höchstens ihr Gebiet verlassen. Jetzt – wo verfügte die Gesittung jetzt noch über gesichertes Gebiet? „Solch ein Junge geht ins Leben hinaus, genau so, wie damals ich unter Wilde."

Die große Freundschaft Birks für den jungen Rapp war gemischt aus Erinnerungen und wohlverstandenem Mitgehen. Ferner hatten beide ihrem Dasein dieselben begründeten Vorwürfe zu machen ... Indessen bemerkte er im Spiegel sein Aussehen, die gelbbleiche Haut, den falschen Glanz im Blick. Merkwürdigerweise lächelte er hier zum zweiten Mal – gefaßt und nach innen. Er zog die Kleider wieder aus, er legte sich hin. Das Kruzifix ihm gegenüber, silbern auf dunklem Holz, er hielt es mit den Augen fest und wartete auf die nun schon bekannte innere Beschwingtheit, das Entferntwerden aus sich selbst, während er unverändert dalag, und die Ankunft anderswo. Er wußte, daß er sich schadete, dachte aber nicht daran, es aufzugeben.

Emanuel bestieg seinen Führersitz, Ehmann schwang sich voll Eifer neben ihn, und es ging los.

„Wenigstens hat dein Schwiegervater dir das Unternehmen nicht madig gemacht?" fragte Ehmann. Emanuel antwortete, freier und heiterer als vorher: „Denkt nicht daran. Beteiligt sich sogar an meiner Aktion."

„Wie will er das machen?“ Ehmann war beunruhigt; dann fiel ihm ein, daß dies ein Bluff sein mußte. Natürlich blieb sein Nachbar die Auskunft denn auch schuldig.

„Na um so besser“, äußerte Ehmann munter. Im stillen hielt er den Jungen für plemplem – mindestens aber für unverzeihlich leichtsinnig.

Der Leichtsinn kam dem Jungen, sobald die Fahrt begann, und nahm zu, je schneller sie wurde. Er dachte: „Sie locken mich in eine Falle“, und ganz gleichzeitig hiermit entschied er: „Kommt gar nicht in Frage.“ Er kannte doch nachgrade schon eine Menge Tatsachen, die gegen die Gutgläubigkeit seiner Teilhaber und den glatten Verlauf der Verhandlungen sprachen. Aber sie erschienen ihm, nun er in Bewegung war, wie ein schlechter Scherz oder sogar nur wie eine Idee. Fest stand: er handelte und erreichte ein beliebiges Ziel. Nur nicht zu viel vorauswissen wollen! Nein, Inge war nicht gegen ihn, sie nicht – was konnten dann andere! Die Hoffnung, geliebt zu werden, war dasselbe wie seine Gewißheit, daß auch alles übrige gelang.

Ein anderer Wagen folgte mit Abstand; sein Führer war Bausch, der mit seinem stummen Begleiter Williams durchaus sprechen wollte. Hatte der Zynismus des Inhabers von Elektro-Lux nur die Unruhe seines Gewissens verschleiert? Oder seine Unruhe schlechthin? Er bemühte sich ernsthaft, Williams zu dem Geständnis zu bringen, daß sie zum mindesten eine Unkorrektheit begingen.

„Williams“, sagte Bausch, „Warum lassen Sie sich eigentlich mitnehmen. Sie sind doch ein unabhängiger junger Mann, kein bedrängter Familienvater wie ich. Mit mir in meiner wirtschaftlichen Zwangslage machen die Leute, was sie wollen.“

Im Dunkeln spähte er nach der Miene des anderen. Wer war das und wo stand er? Schließlich schien es ebensogut möglich, daß Bausch nur mißbraucht wurde, nach getätigter Schiebung aber lieferte die Bande ihn aus. Dieser Engländer war vielleicht hauptsächlich zu seiner eigenen Bewachung da; er mußte unbedingt gewonnen werden.

„Williams“, sagte Bausch unverdrossen, „ich habe, genau wie Sie, nur meine Arbeitskraft, ich schufte für fremdes Kapital. Eine Ausbeuternatur bin ich nicht, Sie verstehen, mir ist es schrecklich, daß ein armer Mensch soll um seine ganze Arbeit gebracht werden. Man hat nur leider Pflichten gegen sich selbst. Aber wenn Sie meinen, kehren wir um!“

„Halten Sie!“ befahl Williams. Er tauschte mit Bausch, der lieber nichts einwendete, den Platz und führte fortan selbst – stumm wie bisher, aber jetzt vor Entrüstung. „Dieser Mensch“, dachte Williams, „achtet seine eigene Unterschrift nicht. Der Teufel soll ihn holen.“ Zwar hatte Williams persönlich keineswegs die Absicht, zu tun, wozu er sich verpflichtet hatte. Aber er konnte sich auf berechtige Zwecke berufen. Williams glaubte nicht, daß andere Leute ihre Wortbrüche aus verzeihlichen Gründen begingen.

Diesem Wagen folgte mit Abstand wieder einer, darin saßen Inge und Brüstung. Der Boxer versicherte dem Mädchen, das er liebte, sie habe nicht das geringste zu fürchten, außerdem hätten sie viel Zeit.

„Das ist eine Frühlingsnacht“, bemerkte er, als sie grade durch ein Dorf fuhren und der Flieder duftete. „Weißkopf“, wie sie ihn nannten, verlangte von dem Zauber der Nacht keinen Vorteil für sich selbst, er erwartete von ihren Düften nicht, daß sie sein Mädchen in Stimmung brächten. Er fühlte nur, daß er Glück gehabt hatte, denn er durfte allein mit ihr noch stundenlang durch die stille Welt reisen, und in ihren Gedanken, wenn sie in sich versunken saß, kam er vor, denn sie brauchte ihn!

Inge wurde davon bedrückt, wieviel sie von den dunklen Machenschaften wußte, und überdies hatte sie vieles schon wieder vergessen. Ihr Gedächtnis hatte nicht ausgereicht für alle Einzelheiten, die Schattich und sein Freund List miteinander abgekartet hatten, als sie nackt dabeisaß. Trotzdem war sie nun damit belastet, versank in sich und grübelte, wie über einen Traum, der später mühsam wieder zusammengesetzt wird. Mittelpunkt war der schwer bedrohte Em. Doch, doch: die beiden hatten davon geflüstert, daß er im Notfall einfach zu beseitigen wäre! ... In Wahrheit hatten die Geschäftsleute überhaupt nicht geflüstert; andrerseits waren sie ihrer eigenen Absichten noch nicht so sicher gewesen, wie Inge glaubte.

„Wann kommen wir an, Bruno?“

„Vor acht, verlaß dich drauf, Inge!“

„Gottes willen, dann haben sie ihn doch schon!“

„Wen?“

„Em! Weißt du denn nicht, daß der Dussel Millionenwerte mit sich rumträgt? Die schnappen ihn und Schluß.“

„Du stellst es dir zu einfach vor. Du denkst auch, wenn du Boxen siehst, das ist keine Kunst. Erstens machen sie so etwas nicht am hellen Vormittag. Wir haben Zeit."

„Wir haben Zeit!" Sie äffte ihn erbittert nach. „Und wenn wir schließlich ranzuckeln, hat er Handfesseln und liegt im Keller."

„Das wäre gelacht. Und Weißkopf?"

Sein Name von seinen eigenen Lippen klang nicht prahlerisch, aber vollauf überzeugend. Inge schwieg, denn im Augenblick schwieg ihre Sorge um ihren Em. Sie dachte: „Vielleicht geht es auch mal gut, kann alles vorkommen. Dann fangen wir vielleicht wieder an?"

Sie hätte so gern vergessen, daß beide, sie selbst und ihr Em, schon den gemeinsam begangenen Irrtum gefühlt hatten und daß Em, so wenig wie die vorigen, Dauer versprach. Sie vergaß auch Margo wieder und den schwesterlichen Kuß vorhin. Zuletzt entfiel ihr sogar Em selbst. Er oder ein anderer – Inge träumte minutenlang nur das Wort „immer" – und fuhr dabei den reichsten Wechselfällen ihres Lebens erst entgegen.

Dieser vorübergehende Zustand, sooft er auch wiederkehrte bei Inge, machte sie jedesmal weich gegen den, der zugegen war. Sie strich über die große Hand, mit der Brüstung das Steuer drehte. Sie sagte – verheißungsvoll, nur weil ihre Stimme so klangreich wurde: „Auf dich, Weißkopf, ist noch am meisten Verlaß. Der doofe Schauspieler wollte nicht mit, kann ruhig bleiben, wo er ist."

Grade hier roch es wieder nach Flieder.

„Nun wird es auch hell", gab Brüstung zur Antwort. „Wollen wir nicht Kaffee trinken? Gleich kommt ein Wirtshaus, wo ich bekannt bin. Hat auch schöne Zimmer."

Den Augenblick vorher hatte er an nichts dergleichen gedacht. Unmittelbar nach seinem Satz mit den Zimmern blieb er stehen, ohne ihre Erlaubnis abzuwarten. Er wußte, sie war gewährt.

Margo hingegen erhielt um diese Zeit den Anruf Fritz Bergmanns.

„Großartige Neuigkeit!" verhieß der junge Pilot. „Ich fliege mit Karl dem Großen."

„Wann? Wieso? Sind Sie wahnsinnig geworden?" Margo fand nicht den Atem für ihre Fragen.

„Ich bin noch bei Trost“, versicherte ihr Fritz Bergmann. „Mein Kollege, der Karl den Großen immer fährt, hat sich den Arm verstaucht, er sagt es wenigstens. Ich bin dran.“

„Sie sagen das so, Bergmann. Wissen Sie auch, daß hier die große Chance Ihres ganzen Lebens drin ist?“

„Jawohl, Frau Rapp, weiß ich. Darum hab ich Sie auch gleich angerufen. Jetzt kann ich Ihnen zeigen, daß die andere Geschichte von gestern abend tatsächlich nicht böse gemeint war. Wenn schon die ganze Sore aus dem Safe weg wäre, aber Sie haben ja noch alles, Frau Rapp – jetzt reden Sie mal zwei Worte mit Karl dem Großen höchst persönlich!“

„Ich?“

„Unter vier Augen – mit dem Mann, der bloß auf den Knopf zu drücken braucht, und die deutsche Republik wird 'n Negerstaat! Gibt nichts, was der nicht kann. Der wird Ihnen ja wohl zu Ihrem Recht helfen – wenn er Sie sieht, Frau Rapp.“

Dies Wort war das einzige, mit dem der arme Liebende eingestand, weshalb er die große Chance seines Lebens abtreten wollte.

„Was denken Sie sich eigentlich, Herr Bergmann?“

„Schnell auf den Flugplatz kommen! Sie sind fast so groß wie ich, und der Mantel macht Sie breiter. Nur nicht ängstlich, mich kennt er auch nicht, wie soll er wissen, ob Sie oder ich? Sie steigen statt meiner auf.“

„Bergmann, das ist Unsinn. Reden wir endlich mal vernünftig!“

Sie horchte. Fritz Bergmann hatte eingehängt.

Fünfzehntes Kapitel

Der Wagen Emanuels fuhr durch Berlin, da hatte das Zentrum schon sein Geschäftsgesicht, als wäre niemals Nacht gewesen. Jeder eilte aus einem Haus hervor, den Geist fest auf ein anderes gerichtet, wo für ihn etwas zu machen war. Niemand durchschaute den Sinn des schnellen Treibens sicherer als Ehmann; denn er ging davon aus, der Inhaber jenes Warenhauses wäre zuerst einmal sein Freund, dann bekäme er den Mann durch Beziehungen in die Hand und zuletzt wäre er selbst der Inhaber. So vereinfachte sich für Ehmann das scheinbare Durcheinander der Straße.

Hingegen hielt Emanuel unverrückt auf den Westen zu, wo sein eigenes Glück winkte. Dort herrschte noch immer die erste Morgenfrühe, zarte Sonne auf leeren Strecken, die Einsamkeit der steinern aufgereihten Bauten, der Himmel bis jetzt vertraut dazwischen hinfließend, bevor er abgesondert wird von dem Tag der Stadt. Sogar auf Bäume achtest du, sie überwölben luftig eine Straße, eine kurze Straße. Emanuel fuhr mit Bedauern vorbei. Er hätte gewünscht, grade darin läge das Haus. Er äußerte es.

„Schade, daß Herr von List nicht hier wohnt."

Ehmann, der den Namen bisher geheimgehalten hatte, erschrak sichtlich.

„Woher weißt du!"

Was geschah aber? Er ließ Emanuel umkehren. Er hatte sich geirrt, das Ziel war wirklich hier. Emanuel pfiff leise und begrüßte das Vorzeichen.

Als sie den Garten betraten, lief ihnen eine Katze über den Weg. Emanuel hörte auf zu pfeifen. Er überredete sich aber, mit der Katze könne ebensogut Ehmann gemeint sein, falls Ehmann gegen ihn etwas vorhatte.

Die Villa wirkte von außen hell und eher zierlich; erst als ihnen geöffnet worden war, bemerkten sie ihre besondere Fassungskraft. Zu den Geschäftsräumen führte ein anderer Aufgang; hier standen die Besucher vor einer großartigen Halle, schon verschwanden ihre Mäntel mit dem Diener in der Garderobe, die einem kleinen Saal glich. Auch Ehmann war nicht mehr zu sehen. Emanuel machte inzwischen die Runde um die Halle – zu keinem anderen Zweck, als um nach Ausgängen zu suchen. Er dachte, ihm könnten nicht genug Ausgänge bekannt sein, falls er infolge besonderer Umstände plötzlich einen brauchte.

Er hatte sogleich Glück, denn durch die Tür, die der Diener ihm von selbst öffnete, betrat er einen ungeheuren Salon, der in seiner ganzen Breite an einen Wintergarten grenzte. Die Wand dort war zum Teil verhängt, aber sie bestand aus Glas, die andere Seite des Gewächshauses nicht weniger, und drüben glänzte die Luft über benachbarten Grundstücken. „Betriebsunfälle ausgeschlossen, hier kann ich leicht verschwinden", stellte Emanuel fest und flitzte durch die breit geöffnete Glastür. Dabei entging ihm nicht, daß dies Glas allerdings sehr dick und mit Eisenteilen gesichert war. Aber schließlich konnte er nicht verlangen, daß Einbrechern der Weg freigegeben wurde. Den Ausgang ins Freie fand er hinter Pflanzen und verschlossen. Er zog den Schlüssel ab.

Hierauf kehrte er als harmloser Gast in den Salon zurück und bewunderte auf den seidenen Wandbezügen die Bilder, alte Meisterwerke, unschätzbar – wenigstens für Emanuel. Andere hatten sie auf den Dollar genau geschätzt. Die ganze Einrichtung war historisch, Emanuel hatte diesen Geschmack schon in der Halle bemerkt. Bei einem Mann wie Herrn von List hätte er Möbel aus vernickelten Röhren mit Gurten zum Sitzen erwartet. Das entsprach nach seiner Meinung eher der Einstellung eines solchen zeitgemäßen Kaufmanns. Aber es war seine geringste Sorge, und jedenfalls fand er den Verhandlungstisch lang genug. Der stellte natürlich ein altes Meisterwerk vor und stand auf acht Füßen, sonst hätte er sogar bei schwacher Belastung in der Mitte zusammenbrechen müssen, besonders, wenn man das Alter des Möbelstückes hinzunahm. Mindestens der Senat von Venedig hatte an ihm schon Vorträge getätigt – obwohl Emanuel, soweit er es überhaupt bedachte, jenen Senat in den Schillerschen „Fiesco" und diesen ganz unbestimmt in die Zeit vor dem Kriege verlegte. Dort verwechselte er ihn mit „König Niccolo"; der Film hatte ihm gefallen.

Plötzlich fiel ihm auf, daß der berühmte Tisch in seiner ganzen Ausdehnung den, der sich vorn aufhielt, vom Wintergarten und vom Rettungsweg trennte. Wer vorn stand, war aber Emanuel. Höchstwahrscheinlich nötigten sie ihn auch im Ernstfall, diesseits des Tisches zu bleiben. Sofort nahm er eine Probe vor, mit einem Anlauf sprang er über den Tisch, ohne ihn auch nur zu berühren. Während des Sprunges überlegte er, daß die große Glastür nach dem Gewächshaus später verschlossen sein konnte. Schnell versicherte er sich auch dieses Schlüssels.

Als er sich umdrehte, stand im Zimmer ein Mann mit verschnürtem Hausjackett, gewiß Herr von List.

„Bravo", sagte der Mann.

Emanuel machte ein kühn verlegenes Gesicht, die beiden Schlüssel beschloß er nicht herauszugeben. Herr von List schien aber grade das Wichtigste nicht gesehen zu haben. Übrigens hatte er vom guten Leben immerhin schon eine unreine Haut, unklare Augen, hart wie je, aber nicht mehr ungetrübt, und trotz Training begann er zu verdicken. Da konnte der angehende Fünfziger eine noch so große Villa besitzen, ihm gegenüber fühlte der Junge sich bis jetzt doch im Vorteil.

„Emanuel Rapp“, erklärte er. „Ich werde hier zu einer Besprechung erwartet.“

„Ich habe davon gehört. Hatte die Sache total vergessen, war immerhin verblüfft, hier jemand Übungen machen zu sehen.“

„So bereite ich mich stets auf Verhandlungen vor.“

„Ich auch“, sagte Herr von List, militärisch knapp, wie er alles übrige sprach. Auch das Monokel klemmte er ein.

„Ihre Besprechung –“ Leichte Pause, unmerkliches Achselzucken; klar, daß der große Geschäftsmann von der Sache dieses Jungen nichts hielt. „– kann erst in einiger Zeit stattfinden“, ergänzte Herr von List. „Soeben kam der Anruf, die Herren verspäten sich – ohne zulänglichen Grund übrigens. Sie selbst sind nicht verpflichtet zu warten. Ich persönlich warte nie“, entschied der große Geschäftsmann – mit einer Handbewegung nach der Tür.

Emanuel konnte in diesem Augenblick einfach hinausgehen, und unverhofft war alles erledigt. Er kam wirklich hinter dem Tisch hervor. Jetzt gab es mehrere Möglichkeiten. Erstens ein überlegener Gruß mit dem Kopf und Abgang. Andererseits lagen da noch die beiden Schlüssel in seiner Tasche. Übrigens war, wenn das Tor der Villa sich hinter ihm schloß, nichts gewonnen. Es war nicht einmal etwas geschehen noch bewiesen – besonders kein Mut ... Emanuel ging nicht weiter.

Herr von List musterte ihn durch sein Glas. Sein Gesicht drückte Ironie aus, aber es war nicht Ironie; es bedeutete eher die Unfähigkeit des Herrn von List zum Wohlwollen, sonst hätte er es jetzt vielleicht verraten.

„Wie Sie wünschen“, äußerte er.

„Ich möchte keine Zeit verlieren und gleich dasein, wenn die Herren eintreffen.“

„Ich stelle Ihnen ein Zimmer zur Verfügung –“

Herr von List läutete.

„– wo Sie solange warten können. Sie werden sofort benachrichtigt“, sagte er noch, während Emanuel hinter dem Diener die Treppe hinaufstieg. Dann begab sich Herr von List in einen Winkel des großen Salons, er öffnete in der Tapete eine niedrige Tür; Emanuel hätte sie leicht entdecken können. Herr von List bückte sich und gelangte in ein zweites Zimmer, darin saß Schattich.

Der große Geschäftsmann stellte sich vor den Wirtschaftsführer hin und sagte: „Lieber Freund, ich verstehe Sie nicht. Nach Besichtigung halte ich das für einen dummen Jungen."

„Was verlangen Sie mehr."

„Dem hat sein Schwiegervater nie die große Erfindung anvertraut, oder der Mann ist selbst ein Dummkopf."

„In seiner Art ist er das."

„Oder er ist im Gegenteil gerissener als Sie."

„Als Sie – vielleicht."

„Wenn er richtig gebaut ist", erklärte List, „dann will er heute nur erreichen, daß wir unsere Karten aufdecken. Nachher hat er Zeugen gegen uns und nimmt uns hoch. Dann fängt bei ihm das Geschäft erst an."

„Ein gemeiner Erpresser, mein Freund Birk?" Schattich war empört, er sprang auf. „Und bei mir! Bei mir wird er auf Granat pissen. Auf Granit beißen, meine ich natürlich."

„Regen Sie sich nicht auf, lieber Freund! Ich kann Ihnen immer nur meine Eindrücke übermitteln. Ich habe das bestimmte Gefühl, daß ein Geschäft wie dieses sich uns nicht empfiehlt."

„Sie werden wohl moralisch, List?"

„Ich halte es für unerheblich, eventuell für unernst."

„Als Sie mir Ihr Haus anboten, waren Sie anderer Meinung."

„Vorhin sah ich mir auch Ihren Ehmann an."

„Er tut vorzügliche Dienste. Ich werde ihn befördern."

„Der befördert Sie – sonstwohin, sobald er kann. Lieber Schattich, Sie befremden mich durch Ihre Verbindungen mit Außenseitern."

„Wenn sie aus angesehenen Ställen sind, kosten die Leute mehr." Schattich meinte ihr gemeinsames Baugeschäft mit allen Zugeständnissen an eine freiere Lebensauffassung, die es nun einmal erforderte. Er wurde boshaft, weil List sein Vertrauen zu Birk und den Wert der Birkschen Erfindung nicht teilte.

„Nun gut“, sagte List. „Mögen Sie in Ihrer Menagerie auch ein gehetztes Wild wie diesen Bausch haben. Aber gleich einen Berufsboxer? Ich bin übrigens Amateur.“ Er spannte vor Schattich, dem das ferner lag, seine Muskulatur an.

„Den Schauspieler haben Sie selbst beigesteuert“, wendete der frühere Reichskanzler ein.

„Ihnen zu Gefallen, Exzellenz. Ich sah, Sie waren in Stimmung für einen Bummel durch die Nachtlokale.“

„Wissen Sie, was ich finde, List? Sie verlieren das Gefühl dafür, wo Sie eigentlich stehen – und wo Sie schon gesessen haben.“

Wie gereizt mußte Schattich nachgrade sein durch den Ton des anderen! Dies „gesessen haben“ entschied leider sein Schicksal. Da aber sein Freund sich nichts anmerken ließ, redete er unbeirrt weiter.

„Sie halten es mit der Zeit für ein höchst normales Geschäft, daß wir zusammen den Tiergarten bebauen; daß es glatt durchgeht; daß sie uns nicht einsperren, sondern im Gegenteil unser –“

„Geld nehmen, sprechen wir es ruhig aus. Aber das sind Männer in Stellungen, getragen von dem Vertrauen ihrer Wähler. Sollten wir mal ausrutschen, wissen wir wenigstens, wer uns hält. Ihr Boxer ist nicht stark genug für solche Unglücksfälle.“

Schattich blieb dabei, er sehe nicht den kleinsten Unterschied hinsichtlich Abenteuerlichkeit und Unwahrscheinlichkeit – zwischen der Bebauung des Tiergartens und dem, zugegeben, etwas rücksichtslosen Erwerb einer umstürzenden Erfindung.

„Bis auf weiteres“, entgegnete List, „halte ich sie für durchaus harmlos, soweit ein Sprengstoff harmlos sein kann.“

List kam schon wieder darauf zurück, daß der Name Birks ihm noch lange für nichts bürgte. Jetzt wurde aber sein Freund tiefernst, ja, verhängnisvoll anzusehen.

„Hören Sie, List, was ich Ihnen zu sagen habe, ist eine Sache auf Leben und Tod.“

„Alle Sachen sind mehr oder weniger auf Leben und Tod.“

„Die Wirtschaftslage wird nachgrade verzweifelt. Um meinen Verpflichtungen nachzukommen, bin ich erstmalig so weit gegangen, meine Auslandsguthaben anzugreifen."

„Wissen Sie, daß dies in unserer ganzen Unterhaltung das erste ist, was ich unmoralisch finde?"

„Meine Frau droht mir, und tatsächlich kann sie mir gefährlich werden."

„Genug, Sie sind mit allen Hunden gehetzt."

„Das sage ich nicht, um Ihnen Vergnügen zu machen – sondern damit Sie wissen, mit wem Sie es zu tun haben."

List dachte: „Zum Glück mit einer halben Begabung." Schattich rollte die Augen.

„Mit der großen Sache will ich mich liquid machen. Die große Sache ist die Erfindung meines Freundes Birk. Aus den Einnahmen meiner Gesellschaft zur Ausbeutung der Erfindung finanziere ich die Bebauung des Tiergartens. Dies stellt meinen Anteil dar. Begreifen Sie, List, daß ich entschlossen bin, das Geschäft zu machen mit jedem Risiko? Soll schon was durchsickern! Wer wagt sich an einen der hervorragendsten Vertreter der deutschen Öffentlichkeit. Mich müssen sie decken wie ein Mann. Ich biete den Ereignissen die eiserne Stirn. Unsere Zukunft ist verankert in der Konzentration aller gesunden bürgerlichen Kräfte ..."

Schweißbedeckt brach er ab. List stellte fest: „Sie sind in Ihre Rede über die Rationalisierung Deutschlands hineingeraten. Sonst, lieber Freund, war alles richtig – nur eins nicht. Ich kann Sie nämlich ausschiffen und tue es glatt, sobald Sie Ihren Anteil nicht bar ausspucken."

Hier fing Schattich zu schreien an.

„Das versuchen Sie mal! Wer hat gegen mich was in Händen? In dem ganzen Tiergartengeschäft erscheint nirgends mein Name, vergessen Sie das nicht. Ich bin die ungenannte Macht, die dahintersteht. Mich stellen Sie nicht bloß – aber ich Sie. Ich mache Sie unmöglich!" schrie Schattich.

List wiederholte im Gesprächston, mit leichtem Heben der Schultern: „Mich." Aber das genügte, es entwaffnete seinen Freund; denn dies einzige Wort führte ihm vor Augen, daß ein Mann wie List schon längst entblößt dastand und daß nichts auf der Welt ihn noch unmöglich machen konnte, wenn er es bis jetzt nicht geworden war. Er wußte zu viel und hatte schon zu viel verdient. Dabei war er nichts – Egon von List, ein Kaufmann; ihn faßte man an nichts ... Schattich schrie nicht weiter, er rollte nicht mehr die Augen. Er blinzelte stumm nach List, wie nach einem nackten Athleten im Schein der Jupiterlampen.

Der psychologische Augenblick war gekommen für den nackten Athleten, sich endlich klar auszudrücken.

„Treten Sie mir die Erfindung ab, dann haben Sie ausgesorgt!"

„Ihnen die Erfindung abtreten", murmelte Schattich, während es ihm kalt über den Rücken lief. Er erkannte, daß er sich von seinem Freunde List hatte bis an den äußersten Rand drängen lassen, weiter ging es nicht, jetzt blieb nur noch der Sprung über den Abgrund ... Mit verächtlichem Lächeln, dem Gesicht des anständigen Unterhändlers, der in seinem Gegner plötzlich den Verbrecher erkennt, sagte der unglückliche Schattich: „Eine Erfindung, die Sie für so zweifelhaft hielten – soll Sie bezahlt machen, falls ich die fälligen Beträge in das Tiergartengeschäft nicht rechtzeitig investiere?"

„Falsch. Ganz abwegig. Ihren Anteil erlegen Sie, oder ich schiffe Sie aus. Die Erfindung erwerbe ich dadurch, daß ich Ihnen endlich mal wieder zu einer positiven Tätigkeit verhelfe. Ich sagte Ihnen schon, an welcher Stelle ich Sie brauchen kann. Auch dies nur unter der Voraussetzung, daß Sie und Ihre Erfindung halten, was Sie versprechen. Einverstanden?" fragte Herr von List. „Natürlich einverstanden", antwortete er selbst. „Denn sonst wird der noch ungenannte frühere Staatsmann nicht mehr lange im schützenden Dunkel bleiben, dafür sorge ich ... Dann bestätigen wir einander das Wesentliche wohl gleich schriftlich."

Schattich erhob feierlichen Einspruch, aber er fühlte zu gut: hier war der Stärkere, weil hier der Schamlosere war. Tatsächlich nahmen die Freunde nebeneinander am Schreibtisch Platz. Schattich schrieb, was List diktierte, nur unterbrach er ihn manchmal.

„Und von mir sagt man, daß ich über Leichen gehe!"

„Das tun Sie auch, lieber Freund. Aber Sie legen einen Kranz nieder. Das belastet Ihr Gemüt und hält Sie auf. Ich komme über die Seligen schneller weg ... Zur Sache", befahl List.

Die nächste Abschweifung Schattichs war eine Frage.

„Kann uns eigentlich nebenan keiner hören? Der junge Mensch geht sicher auf Informationen aus.“

„Dann hätten Sie vorhin nicht so furchtbar schreien sollen. Jetzt sind Sie ja wieder vernünftig. Nein, beruhigen Sie sich, man hört von draußen nicht. Nur wir werden heute abend von hier drinnen die ganze Verhandlung überwachen.“

„Warum warten wir bis zum Abend?“ fragte Schattich, aber er konnte es sich selbst sagen. „Natürlich. Dann sind wir vor Überraschungen sicherer.“

„Wenn es zur Anwendung von Gewalt kommt.“

„List! Keine Dummheiten!“

„Schattich, beanspruchen Sie doch mal Ihren Kredit bis zur Höchstgrenze! Sollte wirklich jemand verschwinden – wo Sie mit drin sind, hat er keine Aussicht, daß noch wieder von ihm die Rede ist. Starker Mann, Sie! ...“

„Das kann ich nicht den Subalternen überlassen. Ich kenne Führerverantwortlichkeit. Wie gebe ich von hier das Zeichen, daß sie draußen Reserven einzusetzen haben?“

„Ganz einfach. Von hier läßt sich im großen Salon die ganze Beleuchtung ausschalten ... Haben Sie endlich unterschrieben?“

Schattich setzte seinen Namen hin, deutsche Steilschrift, Punkt. Herr von List klemmte das Monokel ein, um den Namenszug und seinen Verfertiger genau zu betrachten.

„Danke“, sagte Herr von List und schloß das Dokument in seinen Schreibtisch ein. „Die Erfindung bringt mir vierzig Millionen.“

Schattich starrte stumpf, aber ohne aufhören zu können, durch seine Hornbrille. Während er starrte, war dagegen der junge Emanuel die Umsicht selbst. Oh, er ließ sich nicht blindlings von dem Diener mit dem frech ausdruckslosen Gesicht nach oben verschleppen. Er besah sich die Treppe, die aber keine ungewöhnlichen Vorrichtungen zu enthalten schien. Schon von hier aus stellte er fest, daß um die beiden oberen Stockwerke Galerien liefen. Die Zimmer grenzten daran im Kreise. Nur drei Türen sahen auf die erste der Galerien hinaus, aber nach dem Umfang der Rundung mußten dahinter mehr Zimmer liegen. Es gab daher Zimmer ohne direkten Ausgang. Der wachsame Emanuel schloß sofort, in ein solches werde man ihn bringen, um ihn einzusperren.

Er glaubte sich am Ziel, aber der Diener erstieg wortlos die zweite Treppe. Ein weites Glasdach verbreitete ungedämpftes Licht; je höher er kam, um so heller wurde es; nur das Mißtrauen Emanuels verfinsterte ihn.

„Gehen Sie voran!“ sagte er – und betrat hinter dem Diener ein überaus wohnliches Gemach. Alles zum Rauchen stand da, sowie auch Likör, dem Beobachter entging nichts.

„Der Herr macht Toilette nebenan“, erklärte sein Führer, bevor er sich zurückzog.

Emanuel dachte „Idiot“ und meinte sich selbst, denn eins der Fenster stand offen, und drunten, nicht sehr entfernt, bestätigte ihm die Straße mit Geräuschen und Gerüchen den liebenswerten Alltag, der weiterging. Übrigens hatte er noch nie über ein so schönes Zimmer verfügt. Er streckte sich in einem Sessel aus, zündete eine der guten Zigaretten an und trank ein Gläschen. „Warum brachten sie mich nicht eine Treppe tiefer? Sind das die Damenzimmer? Hat er dort seinen Harem?“ Hier durchfuhr ihn ein Name wie ein Stich, so daß er aufsprang. Inge! Sie war vielleicht hier versteckt irgendwo im Hause, wenn Schattich hier war! Sie hatte sich kaufen lassen und hatte versucht, durch den Einbruch seinem Feind zu dem Besitz der Erfindung zu verhelfen. Außerdem betrog sie ihn mit dem Schauspieler – natürlich nicht mit Brüstung, aber mit jenem Affen, der ihr selbstverständlich einen Aufstieg als Diva versprach.

„Für alles das kommt die Rache!“ schwur der Verratene sich, stöhnend vor Schmerz. Er haßte Inge und seinen Schmerz. Er haßte auch die Müdigkeit, die ihn obendrein befallen wollte, und begab sich in seinen Waschraum. Manches war vorhanden, aber er wählte das Gründlichste, er stellte sich unter die Dusche. Als er grade beim Abtrocknen war, knackte nebenan etwas. Er stürzte darauf hin im Badetuch – nichts.

Er machte das Fenster zu, jetzt hörte er das Geräusch deutlicher, es war im nächsten Zimmer. Er rüttelte an der Tür, aber sie gab nicht nach. Er trat mit dem Fuß dagegen. Plötzlich entdeckte er, daß es einfach eine Schiebetür war. Sie ließ sich widerstandslos bewegen, er ging hindurch – der Raum lag leer. Gleich über mehrere Räume sah er, alle unbelebt. Er näherte sich jedem in seinem Bademantel mit genügender Umsicht, wenn auch entschlossen. Nichts. Einsamkeit und kein Ende. Da, er verzögert den Schritt, denn ein soeben noch weit offener Durchgang, der dritte, auf den er zugeht, schließt sich vor seinen Augen. Schiebt sich zusammen im Leeren, ohne daß eine Hand erscheint.

Der Tapfere versuchte dennoch einzudringen, umsonst, das Hindernis blieb diesmal bestehen. Er kehrte um, am nächsten lag ihm, durch sein eigenes Zimmer auf die Galerie hinauszueilen und die anderen Räume von außen zu öffnen. Hier durfte es vor ihm keine Geheimnisse geben, Sicherheit zuerst! Er erreicht den Ausgang seines Zimmers – und findet auch ihn verschlossen. Ohne Besinnen, seine Toga zusammengerafft, fortgestürmt nach der andern Seite. Jenseits des Badezimmers sind wieder Verbindungen, noch kann er von jenen Räumlichkeiten aus einen Weg ins Freie erreichen, solange sie dort nicht ebenso absperren ... Auf halber Strecke bemerkte er indessen, daß er den Kopf verlor. Zweifel traten auf, ob wenigstens seine eigene Tür nicht doch zu handhaben gewesen wäre, hätten ihn nur die Nerven nicht verlassen. Die Beschämung, die er fühlte, bewog ihn, sich umzuwenden. Da stand Ehmann. Grade zog er die fragliche Tür hinter sich zu.

„Wie kommst du herein?“

„Du siehst es doch.“

„Hast du nicht bemerkt, daß die Tür schwer aufging?“

„Keine Spur.“

Ehmann war bleich, aber weniger spitz und zerfahren konnte grade sein Gesicht auch gar nicht aussehen nach der verbrachten Nacht. Er sagte: „Ich muß mit dir eine Besprechung haben.“

„Schon gut. Aber hier wird man eingeschlossen.“

„Eingeschlossen?“

War das nun echtes Erstaunen? Emanuel führte ihn nach links.

„Siehst du dort hinten die Schiebetür? Sie stand weit offen, und vor meinen Augen hat, ich konnte nicht sehen wer, sie zugemacht.“

„Solche Türen fallen manchmal von selbst zu.“

„Nicht bei mir. Ich habe sie auch nicht mehr aufbekommen.“

„Versuche es doch jetzt noch mal, wo ich dabei bin“, riet Ehmann. Es konnte heißen, daß der Versuch vorher nur darum mißlungen war, weil Emanuel Angst gehabt hatte. Er war nicht weit davon, selbst zu glauben – und glaubte es fast ganz, als Ehmann hinging und die Tür mit Leichtigkeit verschob.

„Was die Einbildung tut!"

„Ich habe Gott sei Dank keine", erwiderte Emanuel trotzig. Vielleicht war dies richtig; jedenfalls verfiel er nicht auf den Gedanken, daß er hier keineswegs der einzige sein mußte, der Furcht hatte. Auch andere konnten am Ende noch im unklaren sein, was kommen sollte, konnten zögern und die Türen, hinter denen er saß, mal auf-, mal zumachen. Vor allem hätte er doch Ehmann kennen müssen. Aber seine Freundschaft machte ihn bequem. Das war anders bei Ehmann, den sie zum Seelenerforscher machte.

„Ich halte die Geschichte für mulmig", war das erste Wort Ehmanns. „Das kannst du nicht verstehen, du bist verrückt nach deiner großen Sache."

„Ich habe dich beteiligt."

„Ich bin aus Freundschaft für dich hier. Du bist mir wichtiger als meine Beteiligung. Hör mal, Rapp, ich habe noch nichts zum Frühstück bekommen. Du auch nicht? Dann gehen wir am besten zusammen ins Restaurant."

„Und kommen nicht wieder? Den Vorschlag hat mir komischerweise auch dieser Herr von List gemacht. Es wirkte schon mehr wie ein Versuch, mich loszuwerden. Mein Lieber, wenn ihr euch mit mir nicht in gewagte Dinge einlassen wollt – auf Wiedersehen, ich empfange die Engländer allein."

„Die Engländer! Kannst du dir denn gar nicht vorstellen, daß sie dich –" Ehmann, der die Arme nach oben geworfen hatte, bezwang seine Erregung. „Daß sie dich vielleicht nur zum Sprechen bringen und dann anzeigen?"

„Ausgerechnet die Engländer, die mit mir verdienen können?"

„Sind es denn echte?" rief Ehmann. Sogleich wurde er wieder leise.

„Emanuel, lieber Freund, denk mal an gestern nachmittag um fünf, wie du wolltest, daß ich für die anderen den Engländer mache!"

„Und?"

„Statt dessen kann jemand den Engländer für dich machen, Bluff, verstehst du."

„Nein. Du machst doch keinen Engländer."

Ehmann griff mit seinen beiden Händen nach seiner Stirn; hierauf wendete er sich ab, denn noch mehr zu sagen hatte er sich nicht vorgenommen.

Emanuel war gewarnt genug; nicht einmal Gewinnsucht entschuldigte hier noch den, der nicht hörte. Entschuldigten ihn nicht eher die volle Fahrt, der Wind der Gefahr um den Nacken, die hundertsechzig Kilometer die Stunde, die Macht über sein eigenes Erleben – und der Abscheu vor dem Augenblick, da alles abbricht, der Wagen hält und man einfach wieder aussteigt? Ehmann war nahe daran gewesen fortzugehen, aber er stellte sich nochmals vor seinen Freund hin. Seine Augen bewegten sich neugierig, während er den Freund betrachtete.

„Ist dir wenigstens so viel klar, daß ich jede Verantwortung ablehnen muß, wenn du bleibst? Ich werde natürlich für dich eintreten, soweit die Rücksicht auf mich selbst es irgend noch zuläßt."

„Danke", sagte Emanuel kalt.

„Mir zeigst du die kalte Schulter. Was wir tun, ist nun mal ungesetzlich, kann ich dafür? Wenn wir mit unseren Engländern kommen, läßt Schattich sich statt dessen einfallen, eine eigene G.m.b.H. zu gründen. Der Konzern, dem die Erfindung von Rechts wegen gehört, ist der Betrogene so und so."

Emanuel hatte eine Erleuchtung.

„Das sicherste für dich, Ehmann, ist entschieden, du hältst dich an den Konzern. Bei mir riskierst du was, aber schließlich bei Schattich auch."

Die Augen Ehmanns irrten ab; grade das überlegte er sich.

„Die Engländer müssen in Wirklichkeit schon längst angekommen sein", behauptete Emanuel. „Bring mich zu ihnen!"

„Engländer? Was für – Ach so. Nein, die haben telefoniert. Sie hatten sich unterwegs beschickert. Übrigens kennst du sie vielleicht", sagte Ehmann, um vorzubeugen, wenn Emanuel nachher die Herren Bausch und Williams doch wiedererkannte.

„Jemand muß aber außer mir hier sein", behauptete Emmanuel hartnäckig, „– weil vor mir die Türen zugehen. Ich glaube, es ist Inge."

„Die auch noch?" Ehmann war ehrlich erschrocken. „Wie soll die herkommen?" Er dachte, das gebe ein Unglück.

Emanuel stimmte mit ihm überein. Er war sogar entschlossen, das Unglück selbst herbeizuführen, wenn er hier Inge fand. Dies drückte sich in seinem Gesicht aus, aber grade Ehmann war nicht für Gewaltsamkeiten, sogleich trat er den Rückzug an.

„Ich versichere dir, daß ich von keiner jungen Dame in der Sache etwas weiß. Übrigens habe ich dir aus reiner Freundschaft meine Beziehungen zur Verfügung gestellt und will dir nebenbei gestehen, daß sie in diesem Fall über dritte Personen laufen. Deine Verhandlungsgegner kenne ich persönlich gar nicht. Mein Ehrenwort!" versicherte er, unmittelbar, bevor er draußen war. Die ganze Zeit war er nach Menschenmöglichkeit bei der Wahrheit geblieben, er hatte in diesem Gespräch tatsächlich etwas für sein gutes Gewissen getan – um nun doch mit dem letzten Wort ganz unnützerweise einen falschen Schwur zu leisten!

Ehmann suchte im Hause nach dem entlegensten Winkel, um zu schreiben. Er war zu dem Entschluß gelangt, sich in dieser unsicheren und gefährlichen Sache zuletzt nur an den Konzern zu halten. Das entsprach seiner Pflicht, und dabei ging er sicher. Keine Beteiligung durch Emanuel oder selbst durch Schattich ersetzte ihm den Schaden, wenn er nicht mehr im reinen mit dem Konzern war. Daher verfaßte Ehmann in Ruhe und Abgeschiedenheit einen Bericht an seine Abteilung, der er nichts verschwieg, weder über Emanuel Rapp noch über Schattich. Ja, auch Generaldirektor Schattich unterlag der Aufsicht, obwohl er es sich nicht träumen ließ, und höchste Mächte langten nach ihm, wie nach dem Geringsten.

Während Ehmann das Rechte tat, waren andere Personen in dem Hause damit beschäftigt, ihr Äußeres zu verändern. List und Schattich wieder tranken Kaffee, nachdem sie im besten Einvernehmen zusammen gespeist hatten. Emanuel dagegen schlief.

Er hatte einen zeitweiligen Frieden gefunden zwischen den feindlichen Ereignissen. Als der Tag vorschritt, war ihm der Verdacht gekommen, daß man ihn hinhalte und absichtlich durch Hunger schwäche, damit die Stunde der Entscheidung ihn weniger widerstandsfähig finde. Er war klug genug, die verlorenen Kräfte, soweit als möglich, durch Schlaf zu ersetzen.

Als er aufwachte, war es dunkel bis auf das Licht von der Straße, darin aber bewegte sich eine Gestalt.

„Der Schalter war früher hier“, sagte die Gestalt mit hübscher Tenorstimme und drückte hartnäckig auf eine Stelle der Wand. „Außerdem ist mein Schminkkasten mir natürlich wieder geklaut. Es müssen doch Kollegen vorhanden sein.“

Emanuel drehte die Beleuchtung an.

„Wer ist nun das wieder?“ fragte der kleine Eindringling. Er war klein, blondgelockt und angemalt wie ein Engel.

„Sagen Sie lieber, was Sie selbst hier zu tun haben!“

„Ich? Ich spiele doch den Polizeikommissar.“

„So sehen Sie aus.“

„Bin ich Ihnen nicht hübsch genug? Frauen umschwirren mich wie Motten um das Licht“, sang der Kleine. Hier erkannte Emanuel ihn.

„Freut mich sehr.“

„Das glaub ich Ihnen. Sie, wie haben Sie das gemacht, daß Sie in der Komödie mitspielen dürfen. Herr von List findet doch Prominente genug – was der zahlt!“

„Meine Rolle ist nur ganz nebensächlich.“

„Ha, ich habe mich in der Etage geirrt!“

„Haben Sie eigentlich schon einmal einen Polizeikommissar gesehen?“

„Und ich habe mich doch in der Etage geirrt. Sagen Sie ja, Sie bekommen die Hälfte! Natürlich hab ich einen gesehen. Was red ich, einen! Soll ich alle die Komödien aufzählen? Jedesmal nimmt er an einer Dame eine Amtshandlung vor. Sie, das dürfen Sie nicht verraten, ich bringe eine neue Nuance, ich verhafte den Gatten. Soll ich mir die Schläfen ganz leicht pudern? Soll ich mal?“

„Verehrter Herr, hier wird gar nicht Komödie gespielt.“

„Aber wozu, frage ich. So ein Funktionär kann ebensogut jung und verführerisch aussehen, besonders, wenn ich es bin. Von mir verlangen die Leute es. Sicher geht hauptsächlich weibliches Publikum hinein, bei Herrn von List ist das immer so. Ich arrangiere den reichen Leuten alle Tage ihren Klamauk. Warum behaupten Sie ins Leere hinein, daß wir heute überhaupt nicht anfangen? Ob Sie in Ihrer Statistenrolle auftreten oder nicht, ich komme heraus, oder jedenfalls verlang ich meine Gage.“

„Sie sprechen so schön", sagte Emanuel aufrichtig.

„Wie denken Sie über eine Gesangseinlage? Ohne Spaß. Den gesprochenen Text improvisiere ich sowieso. Herr von List hat mich so weit informiert, daß ich in dem Stück jemanden verhafte. Hat der Mann geschoben? Hat er Weibergeschichten? Meine Sorge. Ich hatte den ganzen Tag Probe."

„Wenn aber die andern ihn umbringen, bevor Sie den Mann verhaften können, was dann? In der Sache sind mehrere eifersüchtige Gatten drin, die können ihn leicht erledigen."

„Das spielen wir mal! Dann komme ich heraus und singe was. Ich habe dafür einen Song – Sie, da bleibt kein Auge trocken."

Der Kleine knickte die Knie ein, legte sich schief und himmelte von unten, ach so schalkhaft.

Emanuel näherte sich ihm.

„Lieber Herr, Sie sind Schauspieler. Ich bin keiner. Ich habe hier geschäftlich zu tun – merke aber jetzt, daß meine Gegner nicht grade einwandfrei sind. Mir könnte etwas zustoßen. Ich bitte Sie von Mensch zu Mensch: gehen Sie gegen mich nicht auch noch vor – wenn Sie mir mit Rücksicht auf Ihren Freund List schon nicht helfen wollen."

Der Kleine machte Miene zu lachen, Emanuel behielt ihn fest im Auge; da schlug jener sich an die Stirn.

„Großartig! Sie sind verrückt. So ist es, Sie bilden sich irgendeine ganz ausgefallene Sache ein, List sagte mir doch etwas. Der sind Sie? Alle Achtung, dazu muß man auch was können."

„Es ist aber ernst. Verstehen Sie denn nicht, es ist bitterer Ernst und kann am Abend verdammt gefährlich werden, und zwar allen, die mit drin sind."

„Mir nicht, unberufen. Ich bin beliebt. Aber Sie stinken am Abend ab, Sie fassen Ihre Rolle humorlos auf."

Damit empfahl sich der junge Prominente. Die Drohung mit einem Mißerfolg hatte ihn verstimmt.

„Bringen Sie die Lacher auf Ihre Seite", mahnte er im Abgehen. „Mit Humor machen Sie jeden dumm – wenn Sie schon nicht singen können. Frauen umschwirren mich wie Klamotten um das Licht", sang er draußen – erschien aber nochmals.

„Das eine erwarte ich von Ihrer Anständigkeit. Wenn es ein Erfolg wird und der Tonfilm kommt, den machen Sie mit keinem anderen als mit mir! Ich habe Ihre Idee doch erst aufgezogen."

Hier bat der Diener den Herrn hinunter.

„Ich komme, mein Freund. Spucken Sie mich an!"

„Nein, nicht der Herr. Der andere Herr, bitte."

Emanuel ging mit. Der Schauspieler rief noch über beide Treppen nach Kognak. Dann blieb das Haus einen Augenblick still, aber schon läuteten Inge und Brüstung.

Dem Diener gefielen sie nicht, er hätte die Haustür zugeworfen, aber Brüstung war mit dem Fuß dazwischen.

„Herr Rapp!" verlangte Inge, sobald sie in die Halle vorgedrungen waren.

„Kennen wir gar nicht."

„Denken Sie nach!" warnte Brüstung rauh.

„Herrn Schattich haben Sie doch wohl sicher hier", stellte Inge fest.

„Herr von List und Herr Schattich sind in einer Konferenz, ich darf nicht stören."

„Aha, mit Bausch und Ehmann, dazu Williams, es stimmt", erklärte sie ihrem Begleiter. Hierauf wurde Inge laut; ihr Verehrer hatte sie niemals brutal gesehen, aber die lässige Inge wurde es.

„Hier ist in den nächsten fünf Minuten die Polizei, verstanden? Und Sie oller Penner beziehen noch extra Ihre Keile von dem Herrn hier. Los! Ich will zu Herrn Rapp!"

„Wenn das der Herr ist, der hier schon den ganzen Tag wartet, der sitzt oben." Der Diener verlor nicht die Fassung, er blieb höflich und wirkte damit ironisch. Er geleitete die beiden heftigen Herrschaften zwei Treppen hoch und klopfte vorsichtig an das Zimmer, worin Emanuel sich bis vor kurzem aufgehalten hatte. Als er noch vergeblich lauschte, drängte Inge ihn fort und stieß die Tür auf. Von Brüstung auf dem Fuße gefolgt, durcheilte sie den Raum und forderte Emanuel auf, sich zu melden. Sie gelangten in das Bad, sahen sich um und kehrten zurück.

„Emanuel“, rief Inge ein letztes Mal und wollte wieder hinaus. Aber die Tür war verschlossen.

Sie wendete ihrem Freund die Augen zu; ihr kindlicher Schrecken stand darin. „Das ist schlimm“, flüsterte sie. Er atmete auf, vorher hätte sie ihm fast mißfallen. Er redete ihr Mut zu.

„Es handelt sich wohl nur um ein Mißverständnis. Wir sind etwas schroff aufgetreten.“

„Hast du deinen Revolver?“

„Ich habe meine Fäuste.“

„Dann gib Pfötchen“, sagte sie verzweifelt.

„Du vergißt, daß Williams dabei ist. Schon Williams allein genügt zu seinem Schutz.“

„Ich warte immer, daß du die Tür einrennst.“

„Gleich. Dazu ist noch Zeit, wenn wir erst wissen, was wir eigentlich tun wollen. Eine Konferenz kann man leicht sprengen; aber nachher? Emanuel ist vielleicht im besten Zuge, sein Geschäft zu machen, und nimmt uns die Unterbrechung bitter übel.“

Sie überlegte; dann erhob sie den Kopf und sprach von oben: „Das glaubst du selbst nicht.“

Er war gekränkt, denn er hätte sich das, was er sagte, gern selbst eingeredet, und Inge störte ihn darin. Brüstung war mit so guten Vorsätzen hierher aufgebrochen – grade, weil der bedrohte Emanuel ihn verdrängen wollte bei dem geliebten Mädchen. Auf dem Wege hatte sich etwas ereignet, das den anderen als Mitbewerber ziemlich ausschaltete, so meinte wenigstens Brüstung. Damit aber verringerten sich auch die Gründe für sein eigenes Eingreifen. Er hatte Inge einen Schmerz zu ersparen gewünscht, daher sein Eifer für ihren Freund. Jetzt verfügte sie über ihn selbst, das schien Boxer Brüstung zu genügen. Gut, dem Jungen sollte trotzdem geholfen werden, aber es eilte nicht.

Sie nahm seine Schultern, schüttelte sie und mahnte: „Sei wenigstens du, Brüstung, ein anständiger Kerl.“

„Bin ich das vielleicht nicht!“ beteuerte er gutgläubig.

„Seinen Wagen haben wir vor dem Haus nicht gefunden.“

„Da siehst du, er ist abgefahren, nachdem er hier lange genug gewartet hatte."

„Draußen faßten wir es beide so auf, daß sie seinen Wagen beiseite gebracht haben. Niemand sollte merken, daß Em hier ist."

„Das war Quatsch", sagte er, schlug aber die Augen nieder. „Wie soll ich mich nun in die Versammlung einführen? Von den sechs Mann weiß jeder, was er zu tun und zu lassen hat – dein Em auch! Aber ich? Gleich hauen? Dann müßten wir erst ausknobeln, wen."

„Auf alle Fälle mal Schattich!"

„Den habt ihr auf'm Kiek. Er ist euer Unternehmer. Glaubst du, meine Manager sind bessere Menschen? Jeder verdient. Du brauchst bald keinen Boß mehr, wir heiraten."

„Nein", entschied Inge hart und trennte sich von ihm. „Ich danke für einen Penner wie du. Schlag mal gefälligst die Tür ein! Sieh dich vor, diese Sache bringt dir Unglück, wenn du hier in Berlin zum Kampf antrittst."

„Das habe ich sowieso aufgegeben. Ich fange einen Laden an. Als Boxer kann ich keine Frau glücklich machen, weil schon der Beruf alle Kraft wegnimmt."

„Behalte deine Kraft!" schrie Inge. Daher überhörten sie, daß geklopft wurde. Eine Stimme draußen fragte: „Können Sie mir die genaue Zeit angeben? Ich glaube, ich muß ins Theater."

Inge überlegte. Der Prominente! Grade ihn hatte sie ganz vergessen.

„Herein!"

„Wenn Sie nicht aufmachen?"

„Steckt der Schlüssel nicht draußen?"

Hier wurde Brüstung von Wut gepackt. Er trat tatsächlich ein Loch in die Tür. Er faßte hindurch und drehte den Schlüssel um.

„Das konnten Sie nicht selbst besorgen, Sie Lulatsch?" fragte er den Kleinen.

„Ich konnte, aber ich war nicht gesonnen", erklärte der jugendliche Komiker mit engelgleichem Gesicht. „Ein Gorilla wie Sie soll ruhig hinter Schloß und Riegel bleiben." Er tat, als übersähe er die unheilvollen Schritte, die der wilde Mann auf ihn zu machte – brachte zwar zwischen sich und jenen einige Möbelstücke, aber das vollzog sich scheinbar nur darum so schnell, weil er jetzt Inge erkannte.

„Wen erblicke ich noch so kurz vor meinem Ende? Die Filmnutte mit der Chance! Ich hatte doch bis jetzt noch keine Ahnung, Kind, wie du in Kleidern aussiehst."

Er schlug sich an die Stirn.

„Wollten wir uns nicht hier treffen?" Leiser: „Wen hast du dir denn unterwegs geangelt?" Wieder laut: „Ein Mann, ein Wort, da bin ich."

Sie gab zurück: „Ich hatte Sie auch ganz vergessen." Dann erklärte sie: „Das ist nur ein flüchtiger Bekannter." Auch für Brüstung mit fragte sie ihn: „Wollten Sie denn nicht aus Ihrem Freund List herausholen, was das hier für Verhandlungen sind und was er mit seinem Gegner persönlich vorhat?"

„Verhandlungen? Ach! Du meinst die Komödie. Oder nicht?" Denn er bemerkte ihren furchtbar gespannten Ausdruck. „Welchen Gegner hat List?" Wieder ein Schlag vor die Stirn. „Ich verkorkse auch alles, ich war den ganzen Tag auf der Probe. Gleich muß ich wieder ins Theater. Daß ich vorher nur hier meinen Auftritt nicht versäume! Man ist kein Mensch mehr."

„Haben Sie ihn gesehen?"

„Den Herrn Gegner? Ich bin ihm, scheint es, begegnet, dem Gegner, aber ich bin dagegen. Er hat getobt hier im Zimmer, bevor sie ihn hinunterholten. Du meinst doch den Verrückten?"

„Er ist nicht verrückt. Ihm droht wirklich eine Gemeinheit."

„Fang mir auch noch an, ja? Räubergeschichten bei meinem Gönner List, wer beißt dir darauf an. Hat man schon einmal einen Kunstfreund –! Deinen armseligen Irren wird er entführen lassen und auf einer wüsten Insel unterbringen, das erzähle mal dem Verein der Kaufleute!"

Brüstung fühlte, daß es Zeit war, seine Freundin zu unterstützen.

„Heute kommt alles vor. Der Mann ist hergelockt worden, weil er eine bedeutende Erfindung vertritt. Wenn es sich nicht um eine ganz große Sache handelte, fände die von Ihnen so genannte Komödie nicht statt, und auch Sie, lieber Herr, wären kaum bemüht worden."

„Sagen Sie mal, das hat etwas für sich. Auf einmal spricht er nicht mehr wie ein Gorilla. Nun gut, List ist das Letzte von Schweinehund – und wenn schon? Er bleibt mein Mäzen. Die Kunst blüht dabei, und am Theater bin ich derselbe Schweinehund, wollen wir hoffen, sonst sind es die anderen. Jetzt muß ich fort.

Kommen Sie doch mal mich ansehen! Hier haben Sie zur Erinnerung ein Paar Handschellen!"

Der Kleine umging überraschend Brüstung, der sich plötzlich gefesselt fühlte.

„Etsch", machte der Schauspieler. „Ist aber halb so schlimm. Verdreh das Gelenk – schon offen! Sie sind von unserem Requisiteur."

Im Sprechen hatte er rückwärts die Tür erreicht; er war draußen – winkte aber Inge herbei, während Brüstung sich noch mit den Handschellen abmühte.

„Laß ihn meine Rolle als Polizeikommissar übernehmen. Er tritt auf, bringt seinen Satz – was ihm einfällt – und fesselt deinen Verrückten, so schlecht, wie er will. Wozu soll das ich tun. Ich war zwar dafür engagiert, ihn richtig zu fesseln. Aber andrerseits: was geht mein Freund List mich an. Jeder sein eigener Schweinehund."

Inge hielt ihn auf.

„Geben Sie mir Ihre Telefonnummer!"

„Das mußte kommen. Wann soll es denn sein?"

„Ich weiß nicht, was heute abend alles passiert."

„Mit uns? Das weiß ich" – er warf noch eine Kußhand.

Sechzehntes Kapitel

Das erste, was Emanuel bemerkte, war die geschlossene Tür des Wintergartens. Wie gut, daß er den Schlüssel in der Tasche trug! Der Vorhang bedeckte nur eine kurze Strecke zu beiden Seiten der langen gläsernen Wand. Dahinter war es jetzt dunkel, Licht lieferten natürlich die Häuser in den umliegenden Gärten; aber er berechnete sofort, ob es ihm genügen würde, wenn er etwas übereilt von hier aufbrechen mußte. Der große Salon, den er betreten hatte, zeigte dagegen volle Beleuchtung.

Der riesenhafte Tisch stand ihm noch genauso im Wege. Er versuchte, einen seiner Flügel zu umfassen, aber daran hinderte ihn sein Führer Ehmann. „Bitte hier, lieber Freund", sagte Ehmann und stellte ihn über den Tisch hinweg den beiden anderen Typen vor. Der eine knurrte auf englisch, der zweite schwieg überhaupt. Ehmann übersetzte dennoch, was sie meinten.

Emanuel hörte noch nicht zu, er überlegte: „Nur zwei? Dabei kann es nicht bleiben. Das sieht nicht nach Schattich aus. Wo steckt mein Freund Schattich? Habe ich hier eine Tür übersehen?“

„Vor allem setzen wir uns“, ordnete Ehmann in zwei Sprachen an, und er richtete es so ein, daß Emanuel den Rücken dorthin wendete, wo er nichts entdecken sollte.

Emanuel wurde endlich darauf aufmerksam, daß einer seiner Gegner von ihm verlangte, er möge seine Erfindung einfach gleich auf den Tisch legen. Er antwortete darauf mit harmlosen Lachen, während er sich aber den Typ genauer ansah. Es war der kleinere, gedrungenere, englisch war er bestimmt. Fragender Blick auf Ehmann neben ihm; denn hatte sein Freund nicht vermutet, die Leute könnten ihm schon begegnet sein? Möglich; aber wo? Hinsichtlich des Längeren, Älteren verneinte er die Frage unbedingt. Der war ihm nicht vorgekommen. Dabei hatte Bausch, der rüstige Vierziger, sich nur etwas grau gemacht, einige Schatten auf sein Gesicht gelegt, und die Schultern trug er hinaufgezogen; das war alles.

Emanuel betrachtete ihn und auch Williams mit voreingenommenen Blicken; er wollte an sie glauben. Wohl sah er die Unterhändler für Agenten Schattichs an, aber sie blieben darum doch Unterhändler und sogar fremde. Sie konnten durch ihn selbst gewonnen werden und seine Partei für die aussichtsreichere halten. Er verzweifelte keinesfalls, sie auf seine Seite zu ziehen.

„Meine Herren, ich bringe Ihnen eine Sache von vierzig Millionen“, begann er munter – und bot für den Älteren der beiden auch gleich seinen Jugendreiz auf, er lächelte ihm auffordernd in die Augen. „Nun glauben Sie doch wohl selbst nicht, daß ich die Sache greifbar mit mir umhertrage – in meiner hinteren Hosentasche“, scherzte er. Humor! Vielleicht, daß Humor es schaffte!

Zu seinem Schrecken standen beide wortlos von ihren Plätzen auf. Ehmann erklärte ihm: „Sie wollen die Verhandlung abbrechen, wenn sie deine Bombe nicht zu sehen bekommen.“

„Aber meine Herren! Die Bombe ist da und wird sich freuen, Ihre Bekanntschaft zu machen. Sie besteht aus drei Decken, Samt, Platin und Glas, von außen nach innen gerechnet. Das Glas enthält, was Sie wünschen.“

Die beiden setzten sich zögernd wieder hin.

„Ich bitte einfach um Ihr Angebot“, sagte Emanuel und nahm eine nachlässige Haltung ein, immer bedacht auf Verführung des Älteren. Von dem anderen erhoffte er nichts.

Bausch blieb dem auch wirklich nicht unzugänglich, es überraschte ihn selbst. Seine Tochter war erwachsen, sein Geschäft stand vor dem Absterben; er hatte es nötig, seinem Gefühlsleben eine neue Wendung zu geben; hier kündigte sie sich noch undeutlich an.

„Ich will Ihnen keine unnützen Schwierigkeiten machen, junger Mann“, sagte Bausch auf englisch; Emanuel verstand die Worte nicht. Aber sie waren sicher entgegenkommend. Übrigens gab er Ehmann ein Zeichen, es betraf die große Platte mit belegten Brötchen und die Karaffe mit Portwein. Beides wartete auf dem langen Tisch in weiter Ferne, und da die Gegenstände trotz der auffordernden Blicke Emanuels nicht von selbst näher kamen, sann er schon seit einiger Zeit auf einen Handstreich. Jetzt brachte Ehmann ihm nicht nur, was er begehrte, er übersetzte auch die ausdrückliche Aufforderung des älteren Engländers. Emanuel sollte mit ihm anstoßen, und während des kleinen Imbisses sollte er sich klarwerden, ob ein offenes Spiel nicht doch das beste für ihn wäre.

Er dachte hierüber nicht nach, er schlang nur. Den ganzen Tag hatte man ihn absichtlich ohne Nahrung gelassen, er hielt sich nicht für verpflichtet, Rücksichten auf den guten Ton zu nehmen. Er stürzte mehrere Gläser hinunter, und als er zum zweitenmal mit Bausch anstieß, erkannte er ihn.

Es kam daher, daß bei ihnen beiden der Wein einigen Widerstand beseitigte. Bausch ließ sehen, wer er war, um dem Knaben besser zu gefallen. Emanuel sträubte sich nicht länger gegen die Einsicht, daß dies kein Engländer war. Es war der Ehmannsche Schwiegervater, ein Opfer der Wirtschaftskrise und nicht grade geeignet zur Mitwirkung bei einer Sache von vierzig Millionen. Trotz allem aber ließ Emanuel keineswegs von seiner Hoffnung; im Gegenteil, sie verstärkte sich, weil er jetzt den einen der Unterhändler wenigstens untergebracht hatte. Bausch konnte hier um so ernstere Aufträge vertreten, je geheimnisvoller er sich gab; denn im Grunde blieb bei dieser Gelegenheit jeder besser maskiert. Genaugenommen, war Bausch auch nach der Meinung Emanuels ein ausgemachter Schwindler und höchstwahrscheinlich gekauft von Schattich samt List. Dem widersprach nur die Hoffnung; aber sie wog das ganze Wissen wenigstens auf. Wer war sein zweiter Gegner? Das schien schwerer zu finden. Emanuel aß und trank schon langsamer, er sprach auch dabei.

„Ein faires Spiel war es nicht, mich auszuhungern“, äußerte er. „Ich trete hier schließlich zum Boxkampf an.“

Bei dem Wort vergaß er zu kauen. Im Sportpalast gestern – dort mußte er den Menschen gesehen haben! Jetzt brauchten nur noch einige Bilder hervorzuspringen, und der Trainer war entdeckt. Emanuel erschrak, seine Verfolger hatten einen Boxer zugezogen, um ihn sicherer k. o. zu schlagen. Sogleich aber entschloß er sich, seinerseits bedenkenlos vorzugehen. Seine Verfolger hatten alle zusammen nur ein Gesicht – mit den Zügen seines Feindes Schattich! Wenn der sich zeigte! Ach, wenn doch Schattich in Reichweite kam!

Im Zimmer nebenan sagte Herr von List mit der Uhr in der Hand: „Die Geschichte dauert bis jetzt fünfzehn Minuten, und genau zehn davon frißt der Bursche. Lieber Freund, Ihre Leute beziehen wohl Stundenlohn?“

„Ich denke, wir lassen die Sache sich ruhig abwickeln“, meinte Schattich, so nervös er auch war. „Zu nachdrücklicherem Vorgehen bekommen wir noch immer Gelegenheit.“

List klemmte das Monokel ein und faßte den Freund ins Auge.

„Herr Schattich! Wo befindet sich die sogenannte Bombe? In der Tasche des jungen Mannes? Er leugnet es.“

Schattich öffnete hinter seinen runden Brillengläsern die erstauntesten Augen, sie täuschten halbwegs sogar seinen Freund List; er vertagte sein Mißtrauen.

„Wo denn sonst?“ fragte Schattich fast ganz unschuldig. Aber seine feste Überzeugung war im Gegenteil, daß die Bombe infolge des Einbruchs in der Rappschen Wohnung seinem „Neger“ Ehmann zugefallen war. Ehmann hatte sie natürlich in Sicherheit gebracht; und dies vorausgesetzt, war Schattich stark genug, das ganze, ihm von seinem Freunde List aufgezwungene Abkommen über die Rechte an der Birkschen Erfindung – ja, in diesem Punkte war er stark genug, es einfach umzuwerfen. Fragt sich nur, wie sonst die Machtverhältnisse lagen. Hierin bestanden die inneren Sorgen Schattichs.

Seinen Freund interessierte allein die Technik der Vorgänge. In seiner straffen Haltung ging er über den Teppich und faßte zusammen, was er angeordnet hatte.

„Im Garten habe ich sichere Leute aufgestellt, zwei Fachmänner, die nicht lange reden, bevor sie handeln. Ihr kleiner Dummkopf verläßt sich darauf, daß er die Schlüssel zum Gewächshaus und Garten in der Tasche trägt. Er wird laufen, wohin er laufen soll. Nachdem der Junge zum Schweigen gebracht ist, landet er mit Hilfe von vier kräftigen Armen pünktlich in seinem eigenen Wagen."

„Vor das Haus, auf die Straße wollen Sie ihn schaffen?"

„Sein Wagen hält längst nicht mehr dort. Er steht in meiner Garage, und sie hat ihren zweiten Eingang im Garten. Er sitzt kaum drin, wird losgefahren, und in Storkow –"

List unterbrach sich.

„Das ist mein Landsitz. Ich habe eine Schwäche, sogar ich habe eine: das Wild von Storkow. Ich schieße es nicht, ich verbringe Tage auf dem Anstand, um mit den Tieren zu leben."

„Da haben wir's", dachte Schattich. „Er ist auch nur sentimental."

„Während der dumme Junge in Storkow hinter vergitterten Fenstern nach Herzenslust essen und trinken darf, ziehen wir nicht nur unser Geschäft auf, wir versichern uns auch der Zustimmung des Erfinders Birk."

„Ich bin neugierig, wie Sie es machen wollen."

„Von Ihnen selbst weiß ich, daß er den Knaben liebt. Meinetwegen. Ich liebe mein Wild. Er wird ihn wiedersehen wollen, wie? Ich garantiere Ihnen, daß er auf seine Erfindung glatt zu meinen Gunsten verzichtet."

„Das nenne ich Organisation", bestätigte Schattich; er rieb sich die Hände – freute sich aber einzig und allein, weil die Bombe im Besitz Ehmanns war.

„Ich höre gar nichts mehr", erklärte List, der lauschte. „Verabredet war, daß Ihre Jungen ihm das Ding gleich hier abnehmen. Sie rühren sich nicht; es ist nicht zu sagen, mit was für Material Sie arbeiten, lieber Freund. Ich werde Befehl geben müssen, daß meine beiden Angestellten aus dem Garten hereinkommen und sich den Patienten persönlich abholen."

„Wir haben auch noch den Schauspieler."

„Richtig. Sein Auftritt fehlt noch."

Jemand kratzte verstohlen an einer inneren Tür, der Diener erschien. Er meldete, daß der Schauspieler soeben fortgegangen sei. Dagegen säßen oben zwei fremde Personen.

„Ich habe sie eingeschlossen", versicherte der Diener.

Emanuel draußen am Verhandlungstisch faßte nach seiner Waffe, sie war für Schattich. Sie war nicht für den erbärmlichen Bausch, der gewiß innerlich zitterte und bebte. Sie galt auch nicht Ehmann, der zwar seinen Freund, aber dafür auch wieder die anderen verriet, und nicht einmal dem bezahlten, abgelohnten Boxer war sie zugedacht; jeder lebt, wie er kann. Nur ein einziger quälte und verfolgte Emanuel, verhinderte ihn, reich zu werden, stellte Margo nach, dang Mörder und kaufte Inge. Denn Inge war von ihm gekauft, sie hatte Emanuel verlassen und hatte gegen ihn gearbeitet. Der Einbruch war ihr Werk. Mit ihrem Wissen und Einverständnis saß der, dem sie Leben und Existenzwert gewesen war, hier seinen Feinden ausgeliefert!

Er griff sich an die Stirn, die anderen wußten nicht, was ihm einfiel. Er hatte aber vergessen, wen er haßte, Schattich oder Inge. Dachte er des einen Wesens, verschwand das andere. Er schloß die Augen: da blieb dennoch Inge zurück.

Nun war sie weit vom Schuß, und Schattich, seine Anwesenheit angenommen, fand sicher nicht den Mut, seine Deckung zu verlassen. Emanuel aber sah das Ende seiner Geduld herankommen, sein Blut und seine Selbstachtung drängten ihn loszuschlagen. Der Gegner hatte recht gehabt: offenes Spiel war das beste für ihn. Er konnte nur noch wenige Augenblicke an sich halten – und gleich keinen einzigen mehr. Erklärten jene sich nicht? Dann er. Ein Sprung auf den Tisch – er griff von oben den Boxer an. Williams war anfangs fassungslos, der Junge hätte es inzwischen leicht gehabt, sich auf der anderen Seite hinunterzuschwingen, durch das Gewächshaus zu flüchten, den Garten zu erreichen. Bausch und Ehmann waren nur darauf bedacht, ihm nicht zu nahe zu kommen. Aber sein Rückzug, so sorgfältig er ihn vorher gesichert hatte, jetzt kam er ihm gar nicht in den Sinn, der Junge schlug auf Williams ein. Da tat Williams etwas Sonderbares. Er drückte seinen Angreifer auf dem Tisch in die Knie; sobald er wollte, konnte er es; – und er sagte ihm ins Ohr: „Mensch, mach keinen Quatsch!"

Sein Deutsch verblüffte Emanuel dermaßen, daß er sich von den Händen des Trainers ruhig wieder auf den Fußboden setzen ließ, genau dort, woher er gekommen war. Er hob sogar seinen Stuhl auf, denn der war umgefallen. Bausch getraute sich zu seinem Platz. Ehmann, der sich abwartend verhielt, bemerkte: „Ein kleines Mißverständnis. Interessenkämpfe wollen nun einmal durchgefochten werden."

In der folgenden Stille überwog bei Ehmann das Gefühl, daß er endlich etwas tun müsse. Seine Rolle während der bisherigen Verhandlungen war blaß gewesen. Andrerseits schien der letzte Zwischenfall auf eine Verschiebung des Kräfteverhältnisses hinzudeuten; Williams benahm sich nicht eindeutig. Dem trug Ehmann Rechnung, er erhob die Stimme.

„Ich stehe hier als Vertreter meines Freundes Rapp. Niemand", sagte er silbenweise und meinte die Herren Schattich und List hinter der Wand, „niemand, wiederhole ich, wird mir die Ansicht verübeln, daß mein Freund Rapp zunächst einmal verdienen muß. Ich schlage den Herren eine Option vor."

„Der wird verrückt!" rief Herr von List so laut, daß wenigstens die scharfen Ohren Ehmanns etwas ahnten wie eine Drohung. Ihm wurde schwül; aber aufrecht erhielt ihn ein Gedanke: „Macht, was ihr wollt, der Stärkere bleibt der Konzern." Es kam ihm nicht darauf an, er sagte: „Zweimal hunderttausend sind zu erlegen, bevor wir weiterverhandeln."

Hierfür konnte nunmehr Schattich die Erfindung an sich bringen und sie, wohlverstanden, nach Abzug seiner Provision dem Konzern ausliefern. Er brauchte sich nur auf seine Pflicht zu besinnen. Der Konzern bekam die Erfindung nicht ganz umsonst, das ging nicht mehr infolge des Umfalls des Trainers, aber noch billig genug. Auch Emanuel durfte froh sein; zweifellos legte er seine Bombe jetzt lammfromm auf den Tisch. Ehmann suchte den Ausgleich für alle; nur rechnete er aus Unkenntnis nicht mit den vorliegenden Maßnahmen des Herrn von List, mit jenem, Schattich aufgezwungenen Vertrag und allem, was auf Rittergut Storkow vor sich gehen sollte. Das hatte der sonst Umsichtige nicht aufgespürt. Wie konnte Ehmann so leichtfertig hinweggehen über die entschlossene Natur des großen Geschäftsmannes!

Egon von List war aufgewühlt und, wie immer in solchen Fällen, nur noch eisiger.

„Herr Schattich, Sie haben mich betrogen. Ihr Agent geht gegen mich vor. Wenigstens weiß ich jetzt, daß er und nicht der andere die sogenannte Bombe bei sich trägt."

Schattich erbleichte, er starrte rundäugig in die Luft.

„Um so schlimmer für Sie, Herr Schattich. Ich werde mir zu helfen wissen. Unsere Freundschaft ist abgeschlossen, wenn auch nicht Ihr Konto. Das durchaus nicht."

„Ich kann Sie nur bezahlen, List, wenn ich Reichsbankpräsident werde", sagte Schattich unverschämt, denn was war hier noch zu verlieren.

„Das wird bestimmt ein Würdigerer!" entschied sein ehemaliger Freund, und Schattich fühlte auf einmal seine Beine zittern.

Auch wenn der Unglückliche noch etwas hätte vorbringen wollen – im großen Salon brach schon wieder ein entsetzlicher Krach aus. Eine Stimme, die in dem Kreis neu war, verlangte überaus scharf nach einem gewissen Rapp: alle erhoben schreiend Einspruch, aber das brutale Organ setzte sich durch.

„Alle Anwesenden sind verhaftet, ich bin der Polizeikommissar."

Herr von List öffnete die Tür, gleichgültig, wer ihn sah. Auch Schattich spähte mit hindurch. Ein Mann mit weißblondem Kopf, den sie nicht kannten, hatte den Befehl übernommen.

„Niemand rührt sich, oder ich mache von der Waffe Gebrauch. Hier wird Industrieverrat verübt. Dageblieben! Das Haus ist umstellt."

Dies galt für Bausch und Ehmann, die verschwinden wollten. Plötzlich warf der zweite Engländer, der, den sie Williams nannten, sich auf seinen älteren Kollegen und streckte Bausch mit einem Faustschlag bewußtlos hin. Auch dem Agenten mit dem doppelten Spiel, Ehmann, wie der Mensch hieß, hatte Williams dieses Schicksal zugedacht; aber Ehmann lavierte geschickt hinter den Möbeln, er war nicht zu fangen.

Der breitschultrige Weißkopf bekümmerte sich um den Hauptverbrecher Rapp, er fesselte ihn. Brüstung machte es im Ernst, so gut er konnte, denn er hatte Emanuel nach seiner Tasche greifen gesehen und fürchtete ein Unglück. Die Handschellen schlossen in der Hast nicht richtig; aber Brüstung hielt ihm die Arme fest. Williams jagte inzwischen nach Ehmann ... List öffnete die Tür weiter.

Er stellte fest, daß hier ein großes Geschäft verlorenging, oder er rettete es noch mit eigener Hand. Der Gegner war in der Mehrheit, er behauptete das Feld so gut wie allein. Wenn Williams den gewandten Ehmann doch noch erwischte, List war nach allem darüber aufgeklärt, deshalb werde noch lange nicht er selbst die Bombe fassen. Außerdem mußte er, um mit Ehmann und seinem Verfolger in Fühlung zu kommen, erst noch den falschen Kommissar beiseite räumen. List zweifelte mit keiner Regung, daß der neu Aufgetretene genauso Maske war, wie sein Freund, der Schauspieler, es gewesen wäre. Dieser hier aber – Egon von List täuschte sich niemals darüber, wer gegen ihn stand. Er besann sich nicht, er warf seinen Rock ab und trat zum Kampf an.

Brüstung ließ Emanuel los, er empfing den Gegner, der nicht zu verachten war; er merkte es auf den ersten Blick. Sie kämpften eine ganze Minute, dann erst deckte Egon von List den Boden. Brüstung hatte ihn der Kürze wegen mit einem Leberschlag bewußtlos gemacht. Jetzt lag List quer vor den Füßen des armen Bausch, der zur Zeit auch keine Eindrücke mehr hatte.

Ehmann war geflüchtet. Nur die Minute lang, bevor der Boxkampf zwischen List und Brüstung sich entschied, war Williams abgelenkt worden, aber sie hatte Ehmann reichlich genügt. Obwohl das Gewächshaus ganz nahe war, hütete er sich, die Richtung des Gartens einzuschlagen; Ehmann roch, was ihm dort gedroht hätte. Er stürzte in die Halle hinaus – und hatte Glück; die Haustür war unverschlossen. Jemand machte den Versuch, ihm zuletzt noch den Weg zu verlegen – Williams, wieder Williams. Er mochte Ehmann nicht, weil er für andere keinen berechtigten Grund sah, daß sie ihre Verträge brächen. Die Wildheit, mit der er hinterhersetzte, riß auch Brüstung mit; er schloß sich der Verfolgung an. Beide liefen auf die Straße – und mochten nur laufen. Darin schlug Ehmann sie.

Der große Salon enthält in diesem Augenblick zwei Bewußtlose und den jungen Emanuel Rapp, sonst niemand.

Emanuel aber steht und zielt nach Schattich. Er hat seinen Feind, seinen schlimmsten Feind erblickt in einer Öffnung der Wand, die ihm so plötzlich vor Augen tritt wie der Verhaßte. Seine Hand ist an der Waffe, bevor er es beschlossen hat. Der Revolver erhebt sich von selbst, sogleich wird er in der Höhe jener Brust sein. Emanuel denkt nicht: er fühlt Abscheu, und wenn er danach fragen würde, glaubt er in Verteidigung zu handeln. Dies ist ein schrecklicher Verfolger; in der unbegreiflichen Öffnung der Wand gibt er sich endlich preis. Langsam sucht die Waffe den alles entscheidenden Punkt.

Schattich sieht genau, daß es ernst ist, und er fühlt sich wie jemand am Rande des Lebens. Das Leben macht in ihm noch Sprünge; wechselnde Entschlüsse, Ausflüchte, die Angst, der Haß, alles ist noch da, überschlägt sich, alle Antriebe arbeiten gegeneinander, und gebannt verharrt der Mann, das Auge auf dem vorrückenden Tod, der Ewigkeiten durchmißt in Sekunden ... Er hätte sich ducken und die Tür zuwerfen sollen zwischen sich und dem Mörder: – zu spät, vorbei! Auch die Bewegung, die er noch versucht, wird vergeblich sein; er tastet nach dem Lichtschalter. Ihm ist eingefallen, was List gesagt hat: von hier aus läßt sich der Salon verdunkeln. Seine Hand trifft indes gleich zwei Vorrichtungen, an denen sie drehen kann, und sofort erlischt die Beleuchtung überall, hinter ihm im Zimmer, vor ihm im Saal. Die Mündung der Waffe war, als es dunkel wurde, grade richtig eingestellt.

Der schweißgebadete Schattich könnte jetzt sich einschließen und verstecken, er könnte entkommen, denn er ist unsichtbar. Erstaunlicherweise behält er seinen Standpunkt in der offenen Tür. Ebenso erstaunlich: Emanuel Rapp schießt trotzdem nicht. Wohl weiß er vor sich den bewegungslosen Schattich, aber hinter sich ahnt er etwas anderes, eine fremde Regung, einen neuen Vorgang. Er hört nichts, hat auch nicht das Gefühl, als drohe ein Angriff. Eher eine Mahnung – ja, eine furchtbare Mahnung sucht den Weg zu ihm. Sein Herzmuskel klopft dumpf, er läßt die Hand mit dem Revolver sinken. Im Rücken überläuft es ihn kalt, er wendet sich der langen Glaswand des Gewächshauses zu. Ohne es zu wollen, tritt er dabei zurück und nähert sich Schattich. Sie stehen fast nebeneinander, Emanuel einen Schritt vor. Hier ist es völlig dunkel. Draußen liefern entferntere Gärten noch einiges Licht; daher fällt auf die große Scheibe der Schatten von Gewächsen ... Im Haus beginnt eine Uhr zu schlagen.

Eine menschliche Gestalt erscheint auf der Glaswand; sie wird schwach sichtbar hinter dem Vorhang in der Ecke links; hat sich aber verdichtet und an Körperlichkeit gewonnen, als die unbedeckte Mitte der großen Scheibe erreicht ist. Man erkennt sie, schon erkennt man sie. Zuerst glitt sie über die Schatten der Pflanzen hin, ohne daß deshalb ein Blatt schwankte. Jetzt verdrängt sie ganze Zweige. Sie hält bei der Tür an, sie versucht, sie zu öffnen. Es scheint, daß es nicht geht, obwohl der Eingang doch unverschlossen ist, oder daß die Anstrengung ihre Kräfte übersteigt. Sie neigt den Kopf gegen die Scheibe, um hier hereinzuspähen.

Unverkennbar ist er es. Sein langer Schädel ist es, es ist die vereinzelte Haarsträhne, die ihm bei der Arbeit und im Winde über die Stirn fällt. Als er um die Ecke links kam, ging er noch unbeteiligt und sah über alles hinweg – was seine Haltung für täglich ist und ihn nicht beliebter macht. An der Tür arbeitet er vielmehr gespannt, mit alleräußerster Anspannung sogar, überzeugt von dem, was er tut, aber eigentlich unter Überschreitung seiner Kräfte. Das wird ganz deutlich, als es ihm endlich dennoch gelingt, die Tür aufzubringen. Er tritt ein, dringt wirklich in den Raum – ist aber sichtlich schon erschöpft, während das Schwerste ihm noch bevorsteht. Er strebt um den Tisch zu dem Jungen hin, soll hingelangen, setzt auch alles, was er kann, dafür ein – kommt aber nicht vorwärts. Seine Füße bewegen sich vergeblich, der Tisch scheint immer länger zu werden, je weiter er ihn umgeht. Endlich hält er an, neigt sich in Richtung des Jungen vor und erhebt einen Arm.

Er hat den Weg nicht vollbracht, und auch seine Stimme hat niemand vernommen. Er hat nicht einmal mit den Augen sich verständlich machen können; alle seine Züge sind tiefer Schatten, nur eine Wange hell umrandet. Dafür vermag er einen Arm zu erheben, die Hand schwebt weit geöffnet vor ihm her, in befehlender Haltung. Emanuel wagt nicht wegzublicken, sonst sähe er dies nicht mit an. Jene Hand schwebt näher, sie neigt sich zu ihm aus einer freien Höhe, wie von einer hohen Brücke. So ist die Gebärde, indes die Füße steckenbleiben. Emanuel weiß sich ergriffen und besiegt. Er weiß sich nicht gerettet. Aber der Revolver entfällt ihm, und über sich selbst gebeugt, bedeckt er sein Gesicht.

Emanuel entblößt es wieder, als er bemerkt, daß es um ihn hell wird. Schattich hat alles Licht wieder eingeschaltet. Beide erkennen aneinander, daß sie das Gleiche erblickt haben. Beide wenden das Gesicht nach der Glastür – die jetzt offensteht. Der sie geöffnet hat, ist fortgegangen, ohne sie zu schließen. Währenddessen fällt der letzte Schlag der Uhr. Alles ist geschehen, solange im Hause eine Uhr schlug.

Dem selbstvergessenen Schattich kam plötzlich wieder zum Bewußtsein, neben wem er hier noch immer verweilte. Der Mensch konnte jede Minute verrückt werden, wie schon einmal, und aufs neue nach der Schußwaffe langen. Ein Satz – Schattich warf die Tür des kleineren Zimmers hinter sich zu und entzog sich allen ferneren Zwischenfällen.

Statt seiner, wer betrat von der Halle her den Verhandlungssaal? Inge. Sie kam, weil bald fünf Minuten verstrichen waren, seit Brüstung ihr droben auf der Galerie gesagt hatte: „Warte hier!“ Sie war ungeduldig, sie wollte wissen, was geschah. Nun geschah aber, daß Emanuel auf sie schoß.

Als ihr Em sich nach dem Revolver bückte, erhob Inge ihren rechten Arm – genau wie vorhin ein anderer. Ihre Bewegung hatte dieselben Teile, nur fügten sie sich viel schneller zusammen. Die Hand Inges schwebte nicht, sie schnellte von ihr fort. Nicht schnell genug, noch nicht schnell genug! Ihr Em schoß los.

Siebzehntes Kapitel

Von dem Knall erwachten die beiden Bewußtlosen. Als Emanuel sich am Boden über Inge beugte, sahen sowohl Herr Willmar Bausch wie der Rittergutsbesitzer von List ihm, auf die Hüfte gestützt, dabei zu. Emanuel preßte den Arm Inges, anstatt ihn zu verbinden. Getroffen hatte er sie in den Arm, der ihm ausgestreckt den Befehl gab, sich daran zu erinnern, wer sie war, und vielleicht wollte ihre Gebärde ihn auch versichern, sie sei noch immer die Seine. Jetzt schienen ihre Lider geschlossen, und ohne ein Zeichen, daß sie ihn bemerkte, ließ sie ihn ihren Arm drücken und dabei schluchzen.

„Mensch! Verbinden Sie die Person doch endlich!" sagte Herr von List. Er stand dabei und hatte seine Entschlußkraft zum Teil schon zurück. Dem hilflosen Bausch, der sich noch nicht richtig auf den Füßen hielt, zeigte er die Tür, und beim ersten Wort, das Bausch über die ganze Angelegenheit rede, werde er verhaftet werden.

Bei Emanuel und Inge allein geblieben, berührte er den Knienden mit dem Fuß.

„Sie sind sich klar, daß ich jetzt alles mit Ihnen machen kann, was ich will?" fragte er. Es bedeutete aber im Gegenteil: „Schweigen Sie in meinem und Ihrem Interesse über alles, was während der letzten halben Stunde hier im Hause geschehen ist. Nachdem Sie auch noch einen Mordversuch unternommen haben, ist das Geschäft nicht mehr zu retten. Ich verzichte auf die Erfindung, die ohnedies beim Teufel ist mitsamt Ihrem Ehmann, und ich zeige Sie nicht einmal an." Dies bedeutete es in Wirklichkeit, wenn List behauptete, jetzt könne er mit Emanuel alles machen. Es war, was er Bluff nannte.

Er äußerte: „Die Rechnung für die Entfernung des Blutfleckes aus dem Teppich geht an Sie, mein Lieber. Im übrigen hauen Sie ab und nehmen Sie Ihre Braut mit."

Er läutete dem Diener: „Der Herr wünscht seinen Wagen ... Der Herr fährt ihn selbst", setzte er schnell hinzu, „und niemand begleitet ihn, außer der Dame.

Nach Storkow“, sagte er aus der Tür, „telefonieren Sie, daß die Übung abgeblasen ist.“

Emanuel wickelte um den verwundeten Arm sein seidenes Taschentuch, aber es war sofort durchgeblutet. Das Blut Inges rann ihm über die Hände; es war die unerträglichste Empfindung seines ganzen bisherigen Daseins. Er schrie mit einer Stimme, die rauh, roh und ihm unbekannt wurde, nach einem Handtuch. Als es aber zur Stelle war, hatte er inzwischen den größten Teil seines eigenen Hemdes herausgerissen.

List betrachtete sein Verhalten mit Gleichgültigkeit. Dagegen gab er zu verstehen, das Mädchen dürfe auf keinen Fall in ein öffentliches Krankenhaus gebracht werden. Er nannte die Klinik eines ihm befreundeten Arztes. „Natürlich haben Sie mich nicht zu erwähnen“, verlangte er und nahm sich vor, lieber selbst dort anzurufen. Er erwog auch gleich, ob er dem Arzt für die Kosten gutstehen sollte. Aber grade kam Inge mit Hilfe Emanuels vom Boden auf, und ein Blick über ihre Figur zeigte Herrn von List, daß er sich unnötigerweise einschalten würde. Wenn der kleine Industrieverräter nicht flüssig war, eine solche Figur hatte bestimmt noch andere Freier an Hand.

Auf Emanuel gestützt, erreichte Inge das Auto. Er setzte sie neben sich in der verzweifelten Hoffnung, auf dem Wege könnte sich etwas ändern in ihrer beider Verhältnis. Dann sprach er aber kein Wort, sah gradeaus und lenkte. „Ausgeschlossen, daß es zu Ende ist“, dachte er. „Dummheiten können vorkommen. Dafür arbeite ich mich schon tagelang ab wie verrückt; hätte heute übrigens glatt erledigt werden können – bloß für sie, gar nicht einzusehen, wofür sonst.“ Da seine Tat ihn tief ängstete, dachte er mit künstlichem Stolz: „Wie hab ich das gemacht? Ich habe die hundertprozentige Überzeugung, daß es ihr gut bekommen wird. Energische Behandlung – sie brauchte das.“

Aus einer Seitenstraße stürmte eine leere Taxe, die von Emanuel nicht rechtzeitig gesichtet war, fuhr seinen Wagen an und riß ihm einen Kotflügel weg. Auseinandersetzung zwischen den beiden beteiligten Führern, mehreren Unbeteiligten und einem Schupo. Inge versteckte unter der Decke ihren Arm, aus dem ihr das Blut über die Knie und die Füße hinablief. Sie fühlte sich schwächer werden, bedachte aber während des Zwischenfalls und auf der weiteren Fahrt: „Es ist aus. Das war mal Em. Es ist doch immer wieder Falle. Wenn sie erst hysterisch werden! Jetzt bin ich auch noch angeschossen; einer mußte es schließlich machen, aber ich dachte, nicht Em. Bei ihm hatte ich doch noch mit dem höchsten Prozentsatz – oh, nicht hundertprozentig, aber ich hatte mir eingebildet, es könnte vorhalten. Schon wegen Margo: – wenn man erst so weit geht! Aber nicht zu machen. Für Margo freut es mich ja.“

Hier waren sie schon an dem Hause der Klinik vorbei; Emanuel hatte nur noch auf die andere Straßenseite zu lenken, zu wenden und vorzufahren. Plötzlich neigte er den Kopf gegen Inge und sagte, atemlos flehend: „Verzeih mir! Ich tue es auch ganz gewiß nicht wieder.“

„Das wollen wir mal nicht so sicher hinstellen“, erwiderte sie kühl lächelnd und ließ sich herausheben.

Sie war erwartet worden; schon im Vorraum übernahmen zwei Pflegerinnen sie, und in demselben Augenblick wurde sie die Schwerkranke, deren Körper fremden Muskeln zu gehorchen hat und deren Wille nur stört. Sie gab ihn denn auch auf und überließ sich den Frauen, die sie zu Bett brachten; das enthob sie den peinlichen Schlußworten an Em. Er stand noch da, als der Arzt eintrat, wurde aber sogleich fortgeschickt, wie es mit List telefonisch verabredet war.

Von der Tür her, indes er schon hinausgedrängt wurde, verrenkte er sich angstvoll den Hals nach ihr. Fortstoßen den, der ihn hinderte, und vor ihr Bett hinstürzen! Ach, er tat es nicht. Ihr Arm, den er zerfetzt hatte mit eigener Hand, lag in den Händen Fremder, und geschlossen blieben ihre Augen. Was ihn aber zurückhielt, war nicht dies, sondern das Gefühl des Mißlungenen – ausgeschieden zu sein aus dem Wettbewerb, hier wie in Sachen der Erfindung. Nichts als fort und heimwärts in seinem Wagen – der wenigstens war bis auf den Kotflügel bis jetzt instand!

Inge hielt die Augen nicht so fest zu, daß sie nicht gewußt hätte: jetzt ist er noch da – und jetzt nicht mehr. Nicht mehr, nicht mehr! „Em!“ rief sie, aber man nahm es für einen Aufschrei ihrer körperlichen Schmerzen. Zum erstenmal, seit er geschossen hatte, vergoß sie für ihn nicht nur ihr Blut, auch ihre Tränen.

Ihr verbundener Arm wurde hochgehalten von der Schlinge, die hinter ihrem Kopf an einer Stange befestigt war. Der Arzt hatte sie unter munteren Gesprächen verlassen, er gab sich noch als Lebemann; dann blieb aber nur die Pflegerin, und das Bild wechselte. Inge erfuhr allmählich, zuerst aus Mienen und Verschweigen, dann aus Zugeben, daß es auch schiefgehen könne. Ein solcher Arm war ganz kürzlich abgenommen worden.

Abgenommen – durchschnitten mit dem Messer, der Knochen zersägt, und übrig ein Stumpf, eine Frau und ein Stumpf! Keine Frau mehr! Ein Stumpf, keine Frau mehr! „Ich werde nicht mehr dasein. Mitleidige Blicke – anstatt der verzweifelten, die sie jetzt machen, weil sie mich nicht haben können. Ich werde betteln müssen, damit einer mir sagt: Fräulein, für Sie könnte ich –; und es wäre gelogen, er geht nicht drei Häuser weiter, auch wenn ich ihm dafür alles gebe. Margo wird mir nicht mehr ins Gesicht sagen, was ich bin; denn ich habe nur noch das Gesicht, nicht mehr meinen Arm, und ich kann das nicht mehr sein" – hörte sie wie einen inneren Schmerzensgesang. Ihr Blick verlor sich in der Zimmerdecke. „Ich werde nicht mehr dasein."

„Schlafen Sie jetzt!" ordnete die Pflegerin an, und Inge schloß die Augen. Hierbei dachte sie: „Die Olle will Kaffee trinken gehen. Vielleicht wartet auch noch ein netter Krankenwärter auf sie. Mir redet sie Sachen ein, damit ich still bin! Quatsch, ich mir den Arm abnehmen lassen – kommt nicht in Frage. Lieber hau ich ab. Was denn! Sterben muß jeder; aber leben ohne Arm – nicht zu machen." Der Entschluß stärkte sie sofort. „Und sterben geht auch nicht so schnell. Wenn das nicht mal vorkommen dürfte, daß einer schießt, dann lohnt sich der ganze Betrieb nicht." Sie dachte: „die Liebe", verbesserte aber: „der Betrieb".

Von hier ging sie zu zeitgemäßen Erwägungen über. „Pappi soll nichts wissen, er liegt selbst. Komisch, wir haben beide einen Betriebsunfall gehabt. Wer finanziert nun meine Behandlung? Eigentlich die Krankenkasse; aber ich bin heute unentschuldigt aus dem Geschäft fortgeblieben, und wie komme ich überhaupt nach Berlin? Die Brüder kenne ich schlecht, oder sie zahlen nicht. Dann wäre es die Sache von Em. Wer hat denn geschossen."

Ein innerer Widerstand belehrte sie, daß dies falsch war. Nicht Em, grade er am wenigsten, sonst hätte er das Recht zurückzukommen. „Ich würde telegrafieren: Schicke Kasse!, und er würde verstehen: Komme wieder! Verstände er es dagegen nicht, was würde dann erst aus mir", dachte die Unglückliche. Als sie aber bemerkte, sie könnte im Leben und mit geheiltem Arm dennoch unglücklich werden, nahm sie ihre Kraft zusammen. Zuerst glücklich sein! Sonst schämt man sich. Unglück ist das einzige, dessen man sich wirklich schämen muß. Mit Anstrengung und unter noch unbekannten Qualen ihres heiteren, starken Herzens machte Inge für immer einen Strich. Ihr Em war gestrichen.

Was übrigblieb, wurde ihr nicht schwer. Die Rechnung der Klinik ging natürlich an Brüstung. Der Junge war nicht ihr Typ. Er hatte heute zufällig Glück gehabt; verstanden hatten sie einander nicht. Sie glaubte daher an Brüstung auf keinen Fall, ob er nun boxte oder einen Laden aufmachte. „Er kann noch froh sein, wenn er die Klinik bezahlen darf", fühlte sie und war gewiß, sich nicht zu täuschen. Dafür war er der Richtige.

Genauso deutlich empfand Inge, daß ein anderer Aussichten hatte, ihr näherzutreten. Vielmehr sie und der kleine Prominente waren im Grunde schon verabredet. Er zweifelte so wenig wie sie, daß ihnen gemeinsam ein Erlebnis bevorstand. Natürlich dachte er es sich kurz und ungetrübt durch Verbindlichkeiten, oder sie hätte ihn ganz falsch aufgefaßt. Sie beschloß mutig: „Es kommt manchmal anders. Man hat auch mal wieder Glück." Dabei griff sie wirklich schon mit ihrer freien Hand nach dem Tischapparat neben ihr. Sie hatte Fieber und überlegte, während sie den Hörer an das Ohr hielt: „Wenn nun unten die Olle sich meldet? Ach, ich erzähle ihr, ich muß wegen Leben und Sterben meine Verfügungen über Geld treffen. Geld ist heilig, da zieht die schwerste Krankheit nicht mehr." Indessen sprach in der Hauszentrale eine andere Stimme, und Inge verlangte die Nummer, die der Schauspieler ihr gegeben hatte.

„Da bist du!" rief er sofort. „Wer hat wieder mal die kommenden Ereignisse vorausgeahnt, liebes Publikum? Dein kleiner Liebling. Mit uns passiert heute abend noch was."

„Es ist schon spät, ich liege im Bett."

„Dahin gehörst du auch, aber in das meine."

„Können Sie einen Augenblick ernst sein? Mich hat jemand angeschossen – ja, aber es ist nicht schlimm, eine leichte – eine leichte Quetschung", sagte sie, weil ihr der Unfall ihres Vaters vorschwebte.

„Ei, ei", machte der Kleine. „Aber wenn du dich das nächstemal quetschen läßt, bin ich dran."

„Sie würden das nicht tun. Wenigstens habe ich den Eindruck."

„Mußt du auch solche Quetscher in deiner Bekanntschaft haben? Solche Quetschtenöre? Solche talentlosen Quetschkartoffeln?" schrie er immer höher. „War das nun der Mann mit dem rauhen Wesen, dem ich schließlich Handfesseln anlegen mußte? Oder, halt, der Verrückte!"

„Keiner von beiden. Ein Zufall. Ich bin eigentlich unbeteiligt."

„Na, na. Da kann ich nur schäkern. Du kommst immer zu solchen neckischen Zufällen. Gestern abend spät in dem Nest Dingsda denke ich an nichts Schlimmes, nur an den Blödsinn, den ich gaukeln will für die Eingeborenen, wer zieht sich da nackt aus und bringt mich ruckzuck zur Raserei?"

„Ich habe gar nicht gemerkt, daß es Sie angriff. Die anderen hatten auch nicht mehr an."

„Das sind Nutten. Du bist meine Königin. Ich lieb dich, ich lieb dich!" sang er wild ansteigend.

„Schön!" bestätigte sie schwärmerisch.

„Ich bemerke, daß wir voneinander entzückt sind. Ich erhöre dich, das legen wir fest, das bleibt. Jetzt muß ich dich nur noch zu einer Diva machen."

„Siehst du, mein Kleiner, darauf warte ich schon die ganze Zeit", gab Inge offen zu. „Mal mußte das Geschäftliche kommen. Du glaubst doch, daß ich das Nötige dafür mitbringe?"

„Du bist bis jetzt die größte Gans, die mir vorgekommen ist. Du hast Schenkel und Sex-Appeal; ich traue meiner Zeit ohne weiteres zu, daß es damit allein zu machen ist."

Inge hatte Fieber, ihre Fähigkeiten waren gesteigert; sie sang mit tiefer Stimme in das Telefon: „Ich bin von Kopf bis Fuß auf Liebe eingestellt."

„Das hättest du gestern noch nicht gekonnt. Wie wirke ich auf dich?"

„Unerhört. Wie heißt mein erster Tonfilm?"

„Verlaß dich auf mich! Ich habe meine persönlichen Gründe, meinen Einfluß für dich geltend zu machen. Dich soll die Direktion bezahlen, nicht ich. Von mir kriegst du nichts. Jede Frau, die kein Engagement mehr hatte, ist bei mir geflogen. Oh! Glaube nicht, ich spräche aus Zynismus so zu dir, Geliebte!"

„Ich weiß. Du bist sentimental." Sie meinte es nicht ernst, aber er griff zu.

„Das ist es, das ist mein ewiger Fehler. Sonst läge ich bei meinem kleinen hübschen Talent noch viel weiter vorn. Man darf sich keine uneinträglichen Gefühle erlauben heutzutage. Fühlen dürfte ich überhaupt nur am Abend bei täglicher Gage. Statt dessen liebe ich deine weißgepuderte Nase und die oxydierten Haarwellen, die du schonend auf das Kissen gebreitet hast. Mich berauschen deine glatten, süßen Hände, die noch keine Kontrakte unterschrieben haben und, zu jeder Niedertracht jederzeit bereit, auf deinem aufregend gebauten Körper liegen, ich will nicht wissen, an welcher Stelle."

„Aber Meister, mit der einen spreche ich doch. Die andere hängt in einem Verband über mir am Haken."

„Da siehst du, wie das alles mich aufregt, Weib! Willst du die erste sein, die mir den Frieden bringt? Bedenke doch, wie lange ich noch jung bin und meine Spezialität den Leuten noch verkaufen kann. Wo für andere das reifere Fach anfängt, was erwartet dort mich, der jung bleiben oder abstinken muß? Eine Glatze und kein eigenes Auto mehr."

„Die Arie!" sagte Inge verständnisvoll. Denn alles weitere wußte sie voraus. Ungesicherte Wirtschaftslage und Existenzangst – wie oft hatte sie die Worte gehört und selbst nachgesprochen! Grade hier war sie allerdings kaum darauf gefaßt gewesen ... Er ließ sich nicht mehr aufhalten.

„Die Welt sagt: ein Prominenter, der sitzt als Schoßkind des Glückes in seinem großen Chrysler. Wenn die Welt wüßte! Doch wie es da drin aussieht, geht niemand was an", sang er mit wahrer Empfindung.

„Mir werden die Augen feucht. Genug, Kleiner, solange ich gute Verträge habe, koste ich dich nichts oder nur mal die Schneiderin."

„Und wenn du länger als einen Monat spazierengehen mußt, suchst du dir einen andern. Das wäre erledigt. Jetzt gute Nacht, mein Mädchen. Die Hähne krähen im Radio. Heute abend habe ich mein Herz sprechen lassen. Künftig hörst du von mir keine schwächlichen Sentimentalitäten mehr, nur sämtliche Gemeinheiten, die ich dir schuldig bin. Komm mal persönlich ran, wenn du wieder auf bist! Wozu das ganze Gemecker!"

Inge dachte, nachdem sie eingehängt hatte: „Er ist klein. Das ist etwas Neues. Wie behandelt man das?"

Genau dasselbe bemerkte ihre Schwester Margo, als an diesem Abend auf dem Flugplatz ihr Fahrgast erschien. Karl der Große, wie sie ihn nannten, war klein von Gestalt. Das kam ihr unerwartet. Natürlich hatte sie seit dem frühen Morgen, als Fritz Bergmann bei ihr anrief, hauptsächlich an die rätselhafte Persönlichkeit Karls des Großen gedacht.

Nach dem Gespräch mit Bergmann zog Margo sich schnell an, um ihre Chance nicht zu versäumen. Sie wußte, daß sie damit dem jungen Piloten die seine nahm; aber so ist die Welt. Übrigens konnte es für sie schlimm enden – selbst wenn sie schon genau gewußt hätte, was zu tun war. Es war nicht nur eine Chance, es war ein Wagnis.

Fritz Bergmann erwartete sie vor dem Flughafen, und in der Morgendämmerung kam Margo unbemerkt mit durch. Er führte sie in seinen Ankleideraum und legte ihr Kleidungsstücke hin, die sonst der Mechaniker des Flugzeuges trug.

„Den hab ich aus dem Wege geräumt, Frau Rapp. Sie fahren statt des Mannes mit. Wenn ich sage, daß Sie mitfahren. Sie starten natürlich allein mit dem Passagier."

„Kommt er denn wirklich ganz ohne Begleitung?"

„That is the question", erklärte Fritz Bergmann, glücklich über sein Englisch. „Er kann noch zwei Personen mitnehmen. Aber wie ich ihn kenne –"

„Wie kennen Sie ihn denn?"

„Gar nicht. Nie gesehen. Wer hat ihn schon mal gesehen? Nur von meinem Kameraden, der seine Maschine führt, weiß ich, daß er höchstens einen Sekretär und eine Schreibdame mitnimmt."

„Keine Kollegen von ihm? Hohe Chefs?"

„Er hat keine Kollegen, und die hohen Chefs dürfen ihn gegebenenfalls von hinten besehen. Was denken Sie, Frau Rapp, sonst wäre es ja kein Erlebnis, mit ihm zu fliegen. Aber das ist es: er ist eine Nummer für sich."

Margo erschrak, und hier begann sie inständiger nachzudenken. Sie sah im Geist einen einzelnen Mann kommen, einen Mann allein, einen unheimlich fremden Mann, und mit ihm sollte sie in die Luft steigen.

„Ich kann gar nicht fliegen", murmelte sie.

„Doch, Sie können. Mein Unterricht war gut, wenn Sie auch noch keinen Führerschein haben. Lassen Sie sich durch nichts imponieren, Frau Rapp, dann können Sie fliegen."

„Wann soll es losgehen?" fragte sie noch immer eingeschüchtert.

„Seine Sache. Hängt ganz von ihm ab. Wir haben morgens früh anzutreten, dafür ist es sein Privatflugzeug, und eine halbe Stunde vorher wird hier angerufen, daß wir bereit sein sollen."

„Das kann wohl etwas dauern."

„Manchmal dauert es etwas.“

„Und was tun wir solange?“

„Wir kontrollieren die Maschine. Das heißt, die ist in Wirklichkeit schon lange kontrolliert. Gleich nebenan haben Sie ein Badezimmer, Frau Rapp, erfrischen Sie sich nur! Ich gehe hinaus, bis Sie in Ihre Mechanikerkluft gestiegen sind. Nachher frühstücken wir. Ich darf doch mit Ihnen, Frau Rapp?“

„Wenn Sie das nicht mal dafür haben sollten, Bergmann.“

Sie aßen reichlich, denn Fritz Bergmann verlangte es. Er meinte, sie müßten Mumm in die Knochen bekommen für die verhängnisvolle Fahrt – Margo, weil sie fliegen sollte, aber erst recht er selbst, damit er den Mut fand, sich zu drücken. Er gab ihr keine Verhaltungsmaßregeln, die sie befangen gemacht hätten. Er betonte lieber, wie selten die immer fahrbereite Maschine ihres Passagiers benutzt werde und welches Glück sie beide hätten.

„Nehmen wir mal an, daß mein Kollege, der eigentlich das Privatflugzeug führt, heute bloß Krankheit vorschützt, weil er schon übermütig geworden ist bei seinem gesicherten Leben. Sie begreifen, Frau Rapp: ein Chef, der nie fliegt, entläßt mich auch nicht. Was kann mir noch passieren? Ich kann abstürzen; das ist immer noch besser, als die Existenz verlieren. Wenn mein Kollege diesmal hereinfallen sollte mit seiner sogenannten Krankheit –“

„Möchten Sie ihn beerben, Fritz“, schloß Margo voll Verständnis für alles, was wir tun und wünschen müssen.

Sie zeigten sich zusammen draußen. Mehrmals sah einer der Piloten, die Bergmann begrüßte, seinen Mechaniker aus der Nähe an. Woher er den kessen Jungen habe. Sei wohl ein Mädchen? Natürlich; warum sollen die nicht auch – nehmen einem das Brot überall weg, und grade in diesem Beruf nicht?

„Ich kann nichts dafür“, log Bergmann. „Persönliche Anordnung von oben. Die Herren haben manchmal Sorgen.“

Margo stand indessen abgekehrt; eifrig über die Maschine gebeugt, prüfte sie mit der Lupe einen kleinen Bestandteil. Der fremde Pilot verabschiedete sich von ihr mit einem höflichen Schlag auf ihre Rückseite.

„Wir wollen doch lieber wieder hineingehen“, schlug Fritz Bergmann vor. „Haben wir das Gemecker nötig?“

„Sehr richtig“, sagte Margo, und so holte er ihnen auch das Mittagessen in den Ankleideraum. Nachher ließ er sie allein, und sie schlief ein. Sie träumte, daß sie flog, und neben ihr auf dem zweiten Führersitz saß Emanuel. Sie waren wieder gut miteinander und wollten zusammen nach Hause. Sie waren wie früher, sollten es immer bleiben, und nichts lag zwischen ihnen und dem Glück als einzig dieser Flug.

Dieser Flug aber verlief abenteuerlich und voll von Zwischenfällen. Vor allem stiegen sie immer höher, Margo mußte dauernd volles Tiefensteuer geben. Sie hatte die Fähigkeit verloren, die Hand vom Steuer zu nehmen, um den Motor abzustellen. Sie wußte, das wäre der Absturz gewesen. Warum der Absturz, fragte sie selbst; aber in ihrem Traum folgte auf das Abstellen des Motors sofort und unweigerlich der Absturz, folgte der Tod, folgten die beiden Leichen derer, die doch zu Hause erwartet wurden von immerwährendem Glück.

Das alles erfuhr in ihrem Traum nur Margo allein, und sie verriet es nicht. Emanuel saß im Flugzeug neben ihr unwissend und leichtherzig wie je; sie ganz allein trug die Verantwortung für das, was geschah. Sie erlitt alle großen Qualen stumm, ihm ließ sie sein heiteres Gemüt ... Daher lag sie auch auf dem Diwan, wo sie träumte, ganz ruhig und ohne das Gesicht zu verändern. Vielleicht ging der Atem schneller als in einem sorgenfreien Schlaf. Dies begriff auch Fritz Bergmann, als er eintrat, um sie abzuholen. Schnell weckte er sie auf und sagte ihr: „Los! Es ist angerufen worden. Ziehen Sie meinen Mantel über, setzen Sie meine Kappe auf! Dann gehen Sie allein zu der Maschine hinaus.“

„Ist es nicht doch besser, Sie kommen mit, Fritz?“

„Wenn ich mitkomme, Frau Rapp, dann können Sie das nicht tätigen, was Sie vermutlich vorhaben. Beim ersten Wort, das Sie an den Herrn richten, müßte ich als sein treuer Knecht Ihnen in die Fresse hauen. Seien Sie nicht böse, aber wir dürfen keine Zeit verlieren, daher werde ich deutlich. Gehen Sie jetzt?“

„Ja.“

„Ich habe den Motor schon auf Vollgas gelaufen und die Steuerorgane kontrolliert. Machen Sie das der Form wegen noch mal! Und gute Fahrt, Frau Rapp!“ Er drückte ihr die Hand.

„Wie kommen Sie hier heraus, Fritz, wo man doch denken wird, Sie sind mit der Maschine auf dem Wege nach Berlin?“

„Das ist das wenigste.“

Da auch sie es im Grunde unwichtig fand, wie er sich aus der Sache zog, ging sie ihrer Wege.

Es wurde Abend. Große Sonnen glänzten von Masten herab um den ganzen Flugplatz, und leuchtende Röhren steckten ihn am Boden ab. Margo bemerkte sogleich, daß ihr Flugzeug jetzt Lautsprecher hatte, einen vor dem Sitz des Führers, einen in der Kabine. Sie waren nicht dagewesen und mußten in der vergangenen Stunde eingebaut sein. Margo hatte erwartet, sie werde mit beschriebenen Zetteln arbeiten müssen und trug sie fertig in der Tasche. Statt dessen hatte Fritz Bergmann den Sprechapparat angebracht. Er hatte sie selbst inzwischen schlafen gelassen; Margo wußte, daß es eine andere hätte rühren und ablenken können. Sie selbst war von jetzt ab nur Wille und Ziel.

Auf dem Flugplatz erschienen zwei Personen, eine dritte lief ihnen mit übertriebener Eile nach. Voran ging der Fahrgast – Karl der Große, wie alle ihn nannten, ohne ihn zu kennen. Margo sah, daß er klein von Gestalt war. Sie dachte, wie am gleichen Abend ihre Schwester Inge von dem prominenten Schauspieler: „Er ist klein. Das ist etwas Neues. Wie behandelt man das?“

Sein Chauffeur, der ihm die Decke und den Handkoffer nachtrug, überragte ihn, obwohl selbst nur mittelgroß, um einen Kopf. Margo hielt sich bei ihrer Betrachtung im Schlagschatten der Maschine. Sie hatte das Gefühl, daß die Kleinheit des Fahrgastes von Vorteil für sie sein werde. Als er nahe genug war, trat sie vor und legte die Hände an die Hosennähte, blieb aber im Schatten.

Die dritte, so eifrige Person war angelangt, sie stellte sich dem Fahrgast als ein Direktor vor. Der Fahrgast erwiderte ohne Höflichkeit: „Ich fliege privat.“

Es hieß klar, der Direktor könne gehen. Er versicherte gleichwohl, ohne daß er wagte, seinen Hut wieder aufzusetzen: „Wir stellen unseren zuverlässigsten Piloten zur Verfügung.“

Der Fahrgast erwiderte nichts. Das Wahrscheinlichste war für Margo, daß er von der Krankheit seines eigenen Fliegers nichts wußte, aber auch keinerlei Informationen wünschte – warum? Auch Trotz, meinte Margo. „Er ist klein“, bedachte sie.

Der Direktor nannte zweckloserweise sogar den Namen des Piloten: Fritz Bergmann. Entweder sah er schlecht, oder er machte stillschweigend mit Margo gemeinsame Sache, um nur nicht die Laune des mächtigen Passagiers noch mehr zu gefährden. Eine einzige Frage stellte er dennoch, sonst hätte sie dem Passagier auffallen können.

„Bergmann, wo ist Ihr Maschinist?“

„Dienstlich abberufen“, antwortete sie sinnloserweise, auf die Gefahr, daß der Fahrgast stutzte oder der Direktor ihn aufklärte. Ein kurzes Zögern trat wirklich ein. In diesem Augenblick, da sie so sehr daran interessiert war, ihren Passagier richtig zu sehen, wurde Margo klar, wo sie ihm hätte begegnen können: an der Volksuniversität, bei gelegentlichen Lehrstunden – als Träger einer völlig unbrauchbaren Weisheit, „Paläontologie“, dachte sie, ohne sich zu erinnern, was dies war.

Der große Kopf des kleinen Mannes hatte trotz Verbohrtheit und Unzugänglichkeit doch schließlich nur Stubenfarbe, eben das, was früher durchgeistigte Blässe hieß. Dieser Eindruck blieb, auch wenn seine Stirnwülste sich bedenklich zusammenzogen und sein Nußknackergebiß klappte. Er war ein überentwickelter Spezialist, sein Fach: zu herrschen – aber immer nur von einem unsichtbaren Punkt her; und augenscheinlich wußte er sich angesichts von Maschinen und angestrahlt von Beseg-Sonnen weder sachkundig noch entschlossen. Größer von Gestalt und seiner Muskeln gewiß, hätte er jetzt wahrscheinlich gesagt: Ohne Maschinisten starte ich nicht. Ihr seid wohl verrückt? Klein, wie er war, kehrte er Kälte und Trotz hervor.

„Ich wünsche keine Zeit zu verlieren.“

„Zu Befehl“, stieß der Direktor aus. Mit einem Blick des ohnmächtigen Mißtrauens über den fragwürdigen Piloten hin verzichtete er auf Erklärungen, Warnungen und alles, was den mächtigen Passagier aufhalten konnte. Zu seinem Unglück fiel ihm in letzter Minute doch noch eine Nebensache ein, die er für gut und unentbehrlich hielt.

„Dieser Pilot ist einmal sogar mit Flugbrand, aber ohne jeden Schaden für seine Fahrgäste gelandet.“

„Guten Abend“, knurrte hierauf Karl der Große unter Verzicht auf jede Form und stieg schon ein. Der Direktor räumte das Feld vermittelst Verbeugungen, die er mit Sprüngen nach rückwärts verband.

Margo auf dem Führersitz schnallte sich fest. Der stählerne Turm dort gegenüber zeigte ihr die Richtung, in der sie gegen den Wind zu starten hatte.

Das Flugzeug mit ihr und ihrem einzigen Passagier stieg auf. Der Bodenscheinwerfer erhellte vor ihm her die ins Leere ansteigende Bahn.

Margo führte, ohne an sich zu zweifeln. Damit war sie vorher fertig geworden. Herzklopfen und die Unfähigkeit, die Hand vom Steuer zu nehmen – Absturz, Leichen und alle Qualen der Angst, das hatte sie geträumt und im Traum aus sich entfernt. Sie konnte fliegen, wußte es, dachte aber nicht weiter daran. Was sie allein beschäftigte, war ihr erstes Wort an den Passagier; davon klopfte ihr das Herz, sooft sie es innerlich aussprach. Nach einer langen halben Stunde sagte sie wirklich in den Lautsprecher:

„Wollen wir mal reden, mein Herr?"

Sie war in Verlegenheit wegen der Anrede. Exzellenz war nicht genug, Majestät außer Gebrauch. Übrigens wartete sie auf die Antwort vergebens. Sie hatte vorsorglich ihren kleinen Taschenspiegel in der Höhe ihres Auges angebracht; darin erblickte sie durch das Fenster, das ihren Raum mit der Kabine verband, sein Gesicht. War es erschrocken? Eher horchte es auf die sonderbare Annäherung mit einer Art Erfreutheit – als ob endlich etwas vorfällt, wenn schon zu lange alles glatt nach deinem Willen geht ... Im Gegensatz zu seiner Miene, die er nicht beobachtet wußte, kam die Stimme schneidend scharf.

„Schweigen Sie!"

„Wenn Sie wünschen, mein Herr, sage ich nichts. Aber erstens sind meine Mitteilungen für Sie selbst nicht ohne Wert. Außerdem –"

Wie war Margo froh, daß der Propeller brauste und sie am nächtlichen Himmel in einen Apparat sprechen konnte – mit direktem Anschluß an höchste Mächte, denen wir aber doch lieber nicht ohne Schutz gegenüberstehen. Hier war sie in Deckung, war sogar Führer; und der mächtige Kleine brauchte sie für seine Sicherheit und sein Leben.

„Außerdem, wenn wir nicht reden wollen, mein Herr, gehe ich in elegantem Gleitflug nieder. Die Gegend kenne ich." Sie hatte keine Ahnung. „Nur Gehöfte, meilenwert kein Telefon." Sie wußte wohl, daß dies nicht vorkam, aber auch, daß der Paläontologe es ihr glauben werde. Notwendig mußte sie sich vor allem darauf einstellen, ihm die Gefahren seiner Lage ins Bewußtsein zu rufen. Dennoch verriet ihr ein Instinkt, daß sich noch anders, noch anders auf ihn wirken lasse.

„Sie kämen mit einer ganz bedeutenden Verspätung nach Berlin, mein Herr."

Sie atmete nicht. Die erste Antwort erfolgte.

„Ist Ihnen klar, daß Sie von Ihrer Gesellschaft entlassen und von mir zur Verantwortung gezogen werden?"

„Ja."

„Sie finden niemals wieder eine Stellung. Ihre Handlungsweise soll Ihnen demnach Geld bringen. Wieviel?"

„Ihre Auffassung, mein Herr, ist abwegig", äußerte sie noch, aber hier sackte das Flugzeug in ein Luftloch. Bis alles wieder in Ordnung war, hatte er seine Frage vergessen. Ihr Glück war, daß er so selten flog.

„Sie können nicht führen!" Das verzerrte Gesicht, das dies hervorbrachte, erschien ihr im Spiegel.

„Ich habe allerdings noch keinen Führerschein. Aber das kommt nur daher, daß –"

Sie stieß einen Schrei aus, als ob schon wieder ein Zwischenfall bevorstände. Sofort zeigte sein Gesicht nicht mehr das vorige Erschrecken, dafür aber einen guten Teil Verwirrung und Neugier.

„Sie sind ja eine Frau!"

„Ja, und nur darum habe ich den Führerschein noch nicht bekommen."

„Was machen Sie denn für Sachen. Fürchten Sie gar nicht, daß Ihnen etwas passiert?"

„Mir? Ich bin nicht wichtig. Aber dann verunglücken auch Sie, das wäre schlimmer. Daher seien Sie nur ganz ruhig, ich kann. Ich kann fliegen."

Sie sprach klar, sachlich – und mit dem sicherer werdenden Eindruck, daß jetzt bei ihm das andere drankam, jenes andere, das sie vorausgeahnt hatte. Sein Gesicht im Spiegel wurde schüchtern anzusehen; er hatte ein menschliches Herz, und zuzeiten machte es ihm Verlegenheit. Es gehörte zu seinen Funktionen nicht, ein menschliches Herz zu haben. Immerhin wurde der Schade geringer, wenn er allein mit einer Frau, die offenbar verzweifelt war, den Nachthimmel entlangflog. Sie hatte sogar den Scheinwerfer abgestellt. Daher sagte er: „Wir wollen reden."

„Ich weiß, daß es nur Ihr freier Wille ist."

„Nein. Sie zwingen mich. Aber das will ich vergessen haben, wenn wir wieder unten sind. Ich werde sehen, ob ich auch, was Sie mir zu eröffnen haben, einfach vergessen kann“, schloß er mit Strenge.

„Nein, das werden Sie nicht können. Sie werden im Gegenteil noch oft daran denken, denn so etwas haben Sie noch nicht gehört; und werden auch gewisse Befehle geben …“

„Ich warte“, entschied er.

„Ich heiße Margo Rapp. Ich bin eine Angestellte des Konzerns.“

„Und Sie konnten wagen –?“

„Mein Vater ist der Oberingenieur Birk. Der hat wohl nicht genug gewagt, denn Sie haben ihn vergessen.“

Keine Antwort, denn so war es. Birk war vergessen am Sitz der Macht. „Den konnten wir vergessen?“ Der Fahrgast wunderte sich. „Ein Entdecker und Pionier, noch aus dem heroischen Zeitalter der Technik.“ Er begriff: „War zu selbständig, sie haben ihn auf das tote Geleise geschoben. Nur einer kann ihn wieder vorholen. Ich.“

„Nun ist etwas vorgekommen, das Sie unbedingt wissen müssen. Benutzen wir mal die einzige Gelegenheit“, sagte Margo.

„Einverstanden“, sagte der Passagier.

„Mein Vater hat eine weittragende Erfindung gemacht, ein Sprengmittel von äußerster Brisanz.“

„Die hätten Sie mir wahrhaftig auch unten vorführen können.“

„Ich denke nicht daran, Ihnen etwas vorzuführen. Es soll nur bis zu Ihnen dringen, daß ein armer Erfinder um das Ergebnis seiner langjährigen Geistesarbeit sofort beklaut wird von Leuten, die flüssiger sind oder die ihm schaden können.“

„Wer ist das in Ihrem Fall.“

„Vor allem der Konzern selbst. Wenn es auf Generaldirektor Schattich ankommt, dann zahlt der Konzern so gut wie nichts für einen unerhörten Sprengstoff, der in seinen Laboratorien hergestellt ist.“

„Das entspricht dem Gesetz. Ich habe nicht die Absicht, es zu ändern.“

„Schön. Aber andere umgehen es. Sehen Sie sich doch Schattich näher an! Wir wollen die Erfindung unseres Vaters nach dem Ausland verkaufen.“

„Industrieverrat!“

„Das ist uns bei der Gelegenheit genügend klargemacht worden. Das vergessen wir nie wieder. Aber meinen Sie, daß Ihr Schattich sich deswegen Zwang antut? Der ist keß, der Junge. Gleich eine eigene Gesellschaft will er gründen zur Ausbeutung der großen Sache, die er uns abjagt. Natürlich geht sie dabei auch dem Konzern durch die Lappen.“

„Das wird ihm ebensowenig gelingen wie euch.“

„Weiß ich. Ihre berühmte Kontrollabteilung. Ach! Hat die meinen Mann gehetzt, als er überhaupt nur irgend etwas herausholen wollte aus der großen Sache für uns kleine Leute! Die arbeitet für die Großen, und achten Sie mal drauf, wie viele Millionen Herr Schattich nächstens nach der Schweiz überweist! Dafür hat er seinen Freund List, der bekannte Großkaufmann Egon von List in Berlin. In dessen Haus haben sie auch meinen armen Emanuel gelockt – und grade jetzt haben sie ihn in Arbeit! Jetzt haben sie ihn vielleicht schon –!“ Ihr schlugen die Zähne aufeinander, nur darum stockte sie, nicht wegen aufsteigender Tränen. Margo weinte nicht.

„Sie scheinen für Ihren Mann zu fürchten. Lassen Sie das nur, junge Frau. So sträflich setzt die Weltordnung denn doch nicht aus.“

„Meinen Sie? Wir können wohl nicht jeden Augenblick aus der Luft abstürzen? Und dabei führe ich hier wenigstens allein!“ rief sie mit Empörung.

Dies Wort, dieser erschreckende Ton zwangen den kleinen, so mächtigen Mann jäh zur Einsicht. Ihm entrückt, gab es tatsächlich niedrige Kämpfe, Nöte, Verbrechen; er konnte sie weder ausschalten, noch jederzeit ganz beherrschen. Er mußte sich wohl herbeilassen, sie anzuerkennen und sie auszugleichen, wenn es sein konnte – die Gerechtigkeit herzustellen, soviel davon in seiner eigenen Weltordnung gelegentlich und ausnahmsweise einmal Raum fand.

„Sollte dieser Herr Schattich auch nur einen Teil Ihrer Anklagen wirklich gerechtfertigt haben, dann, verlassen Sie sich darauf, hat seine Stunde geschlagen.“

„Sie zweifeln noch! Wem wollen Sie denn glauben? Ihrer schönen Kontrollabteilung?“

„Ich bin auf meine Organe angewiesen. Wenn ich aber das Auge auf sie werfe, versagt keins."

Sie dachte: „Und so was regiert die Welt!"

Laut sagte sie: „Jetzt, wo Sie alles wissen, kriege ich erst richtige Lust, Schluß zu machen und den Motor abzustellen."

Nicht ohne das dunkle Gefühl, etwas verschuldet zu haben, bat er: „Nicht verzweifeln, junge Frau! Das Leben ist so groß. Was alles könnt ihr anfangen!"

„Wir wollen nicht. Wir haben allmählich gemerkt, es führt zu nichts. Und mein alter Vater?"

„Der soll in meine Nähe kommen. Das verspreche ich."

Im Spiegel sah sie ihn lächeln.

„Soweit nach der Landung die Zugeständnisse noch gelten, die Sie mir hier oben abpressen."

„Dann nehmen Sie mal jedenfalls Ihren Füllfederhalter vor! Notieren Sie sich! Ich heiße Margo Rapp –"

„Und bin eine Heldin", ergänzte unhörbar Karl der Große.

„Mein Mann, der unsere Erfindung verkitschen sollte, ist Emanuel Rapp, auch ein Angestellter des Konzerns."

„Ich wußte nicht, wie viele pflichtvergessene Angestellte der Konzern hat."

In seinem Gesicht war vielmehr zu lesen, daß ihm unbekannt geblieben war, wie viele Ängste – und wieviel Mut es gab.

„Meine Schwester Inge Birk arbeitet auch bei uns. Sie ist unbeurlaubt wie wir alle nach Berlin gefahren Emanuels wegen – nur, um ihn zu warnen, nur, um ihn zu warnen!" stammelte sie, zum ersten Mal mit erstickter Stimme.

„Das ordnen wir", verhieß er, als wäre er schlechthin allmächtig.

Schließlich sagte sie: „Dann noch Fritz Bergmann, dem darf nichts geschehen. Er ist der Pilot, der Sie heute führen sollte, und mich hat er mit Ihnen fliegen gelassen."

Wer hätte es gedacht, Karl der Große erwiderte: „Es war mir ein Vergnügen."

Bald nachher landete das Flugzeug.

Der Werkmeister des Flughafens Tempelhof wurde auf Margo aufmerksam. Glücklicherweise erwartete ihren Passagier auch hier wieder sein Auto. Er befahl dem Chauffeur: „Mein Pilot sitzt neben Ihnen."

Sie verlangte nach dem Hause des Herrn von List gebracht zu werden. Sie fand die Tür noch offenstehen, denn den Augenblick vorher war die verwundete Inge in Begleitung Emanuels davongefahren. Sie blickte in klaffend leere Zimmer, und der übelgelaunte Diener fragte sie, was sie zu dieser Zeit hier suche.

Margo kehrte um. Sie nahm den Autobus bis nach ihrem Bahnhof. Hier stellte sich heraus, daß für den Schnellzug ihr Geld nicht reichte. Sie mußte doch wenigstens einen Kaffee trinken. Dann wartete sie bis zum Morgen. Sie war mit Karl dem Großen hergekommen. Zurück fuhr sie vierter Klasse.

Achtzehntes Kapitel

Der frühere Reichskanzler, Generaldirektor Dr. Karl August Schattich, war in einem Zustand von Auflösung. Mit seinem Glück wankten auch seine sittlichen Begriffe. Nicht nur, daß auf einmal alles schiefging; sofort empfand er es wie die über ihn hereinbrechende Vergeltung für Taten, die er doch lange genug als Verdienst gebucht hatte.

Er verließ das Haus seines neuen Feindes List auf der Flucht vor sich selbst, vor seinem Mörder Emanuel – und sogar verfolgt von der Erscheinung seines alten Freundes Birk. Denn selbst Birk, dessen einfachste Pflicht es war, im heimatlichen Krankenhaus zu liegen, hatte es fertiggebracht, zu der lebensgefährlichen Hetze gegen seinen alten Freund grade recht zu kommen.

Schattich ging aus jenen wilden Vorgängen als ein gläubiger Mensch hervor. Im Grunde hatte er immer gewußt, daß mit ihm etwas nicht in Ordnung sei. So viel Glück auf Kosten anderer! Vorrechte hinter dem Rücken der Gesetze, Gewinne zum Schaden der Gesellschaft – und dies jahrzehntelang ununterbrochen, als müßte es so sein. Seine Existenz war allerdings zugelassen und versorgt innerhalb eines anerkannten Systems; List gehörte hinein, Schattich gehörte hinein, aber nicht etwa Birk. Nur mußte man sich auch halten, das war die Bedingung – sich aus eigener Kraft in einem fort unentbehrlich machen und unangreifbar bleiben. Einmal aus dem System verdrängt und vom

Verdienen ausgeschaltet, war ein Mann wie Schattich schlimmer daran als sogar sein alter Freund Birk, der sowieso nie gezählt hatte.

Er fuhr nicht in sein eigenes Haus, wo er so bequem hätte ausschlafen können. Er nahm ein Zimmer in einem Hotel zweiten Ranges und schrieb sich unter falschen Namen ein, wie erst kürzlich ein betrügerischer Rechtsanwalt, der hier den Augenblick erwartet hatte, Hand an sich zu legen. Karl August Schattich entfaltete noch immer einige Tätigkeit. Er rief einen Geschäftsfreund an, so spät es schon war – einen Herrn derselben Gesellschaftskreise und ausgesprochenen Klassengenossen, der bisher in jeder Hinsicht bereit gewesen war, Dr. Schattich zum Reichsbankpräsidenten zu wählen. Siehe da, das hatte sich geändert: so schnell handelte Egon von List. Ihm wurde rundheraus gesagt, er sei nicht mehr erwünscht. Wenigstens gab es in seiner Welt keine Umständlichkeiten, und die Rede war direkt. Sofort hielt der unglückliche Spieler sich versichert, er werde überall dasselbe hören.

Nun hatte der Posten des Reichsbankpräsidenten für Schattich die Versorgung bedeutet, er war das Ende der Existenzangst des Reichen, die endgültige Befreiung von dem überlebensgroßen Dämon der Chance. Einmal ein Ruhekissen – das dann auch wieder keins gewesen wäre; aber der Spekulant Schattich sah es noch dafür an. Daher wirkte der Abbruch dieser Angelegenheit auf ihn verheerend. „Reichsbankpräsident wird ein Würdigerer", hatte List ihm verheißen. Richtig; würdig war jener, der es fertigbrachte. Hier blieb einer auf halbem Wege liegen. Daher erkannte auch Schattich selbst sich als unwürdig.

Seine Laufbahn in Politik und Verwaltung konnte für beendet gelten. Im Geschäftlichen hatte er nicht nur die für ihn doch geradezu gedachte Erfindung seines alten Freundes Birk in katastrophaler Weise aus der Hand verloren. Das war nicht das schlimmste; aber seine Absicht ging vorher auch dahin, den Konzern zu schädigen. Wie? Das war gerechtfertigt, wenn es gelang. Statt dessen war es mißglückt, infolgedessen erhoben sich jetzt zweifellos Stimmen. Schattich kannte die Welt, die hauptsächlich für seinesgleichen dagewesen war und deren Härte vor allem die anderen gefühlt hatten. Er wußte, wie es kam, wenn auf seine eigene Schulter die schwere Hand fiel. Seinen mißlungenen Streich meldete die Kontrollabteilung!

Dank den unausweislichen Mächten, die nach so vielen anderen jetzt ihn persönlich in Arbeit zu nehmen drohten, veränderte Doktor Schattich sich in sittlicher Hinsicht und wurde gläubig. Er erkannte, daß der Mensch nicht geschaffen ist, den Menschen aufzufressen wie zum Beispiel er seinen alten Freund Birk. Früher oder später treten Rückschläge ein, ein Stärkerer verschlingt dich selbst, du stehst vor den Resten deines Lebensbestandes, so blöde wie ein Kind, das nicht einmal den Anfang begreift. Wer hätte es jemals vorausgesehen, du machst neben der Enttäuschung, die deine Begleiterin auch im Glück war, eine ganz neue Bekanntschaft: die Reue.

Würde Dr. Schattich im Besitz eines Revolvers so gehandelt haben wie einer der letzten Bewohner dieses zweitrangigen Hotelzimmers? Nein. Im gegenwärtigen Augenblick blieb ihm genug sittlicher Halt; es sollte übrigens weiter mit ihm kommen ... Hier und jetzt beschloß er, in Sachen der Erfindung sich ganz und gar umzustellen und fortan anständig, ja, christlich zu handeln. Er empfand die aufrichtige Neigung, seinem alten Freunde Birk den vollen Wert der Erfindung einzugestehen und ihren Ertrag redlich, ja sogar einfältig mit ihm zu teilen. Karl August dachte es sich derart, daß er sich ins Ausland zu seinem Bankkonto begab und, für den Konzern nicht ohne weiteres erreichbar, das Geschäft aufzog. So wurde aus der großen Sache, wenn er sie nur bekam, der Umschwung, auch der innere, seines irdischen Wandels. Dafür wäre Karl August seinem Freund Birk – ach, was denn, seinem Freund: seinem Mörder Emanuel wäre er vor die Füße gefallen!

Am Vormittag des Dienstags gab er das Zimmer auf, die eine kritische Nacht hatte ihm reichlich genügt – und nahm eine Taxe nach Tempelhof, um den regelmäßigen Flugdienst zu benutzen. Er hatte noch Zeit gefunden, sich von einem Detektivinstitut einen Mann zur Bewachung mitgeben zu lassen. Um korrekt und nahezu christlich vorgehen zu können, müssen wir leben. Karl August sah nicht ein, wozu er seine persönliche Sicherheit noch weiterhin sollte gefährden lassen.

Gleich bei der Ankunft an seinem Wohnsitz fand sein Begleiter Gelegenheit, sich als tüchtig zu erweisen. Er packte einen Menschen, der an den Generaldirektor heranzudrängen versuchte. Dann mußte er ihn aber wohl loslassen, denn der Mann erwies sich als Expreßbote des Chefbüros. Karl August las, daß er von seinem Dienst enthoben sei, und glaubte es nicht, obwohl er es erwartet hatte. Teils, weil er es erwartet hatte, teils, weil er es nicht glaubte, bewahrte er eine feste Haltung. Sein Wagen brachte ihn nach Hause. Als er ausstieg, fühlte er sich erleichtert und schickte seinen Leibwächter zum Essen in das Hotel hinüber. Hätte er es nie getan!

Im Flur, noch bevor er den Aufzug erreicht hatte, sprang eine Gestalt, die ein Messer schwang, vor ihm in die Luft. Der schöne Frühlingstag hatte Karl August geblendet, er sah hier nichts, hinter der Treppe lag Dunkelheit, darin sprang die Gestalt, schwang das Messer und schrie hohl: „Jetzt wirst du gekillt, Schattich!"

„Betragen Sie sich doch ordnungsgemäß!" verlangte Karl August. „Wer sind Sie, und was wollen Sie?"

„Kommt nicht in Frage. Gekillt wirst du, Schattich, auf dir lauere ich seit Sonntag abend."

Er sprang hin und her, erlaubte seinem Opfer weder vor- noch zurückzugehen, stach bei jedem Versuch des anderen, ihm auszuweichen, darauf los und schien vor allem bedacht, diesen Zustand recht lange aufrechtzuerhalten.

„Mensch, ich lasse dich einsperren", keifte Schattich, er bekam in der Erregung eine Tenorstimme.

„Ha! Wie meine Mutter, in Buch. Was denn! Das kannst du, Schattich! Die Leute ausbeuten, abbauen, verrückt machen, einsperren – sie dem Suff in die Arme treiben und enterben! Wo ist mein Erbteil! Ich bin kein Roter, mir ist noch das Erbe meiner Väter heilig! Mal her damit! Papa Schattich!"

Diesmal stach er nicht mehr in die Luft, sondern durch den Ärmel Karl Augusts, der aufschrie, wie leicht konnte es eine Schramme geben. Dabei hatte er das Gefühl, daß hinter ihm sich mehrere Personen ansammelten, nur hüteten sie sich, ihm beizustehen. Sein Chauffeur, ein Feigling, mußte dabeisein. Er rief den Namen, Fränkel. Umdrehen konnte er sich nicht, wegen des Messers. Eine Stimme antwortete: „Hier Landsegen."

Eine mehr weibliche Stimme sagte: „Wir sind es nur, Herr Generaldirektor."

Seine Portiers! Er befahl ihnen kurz, heranzukommen und seinen Gegner von beiden Seiten zu umklammern.

„Ich hole doch lieber 'nen Schupo", äußerte die Frau.

„Im Deutschen Haus sitzt mein Detektiv!"

Schneider Landsegen ergriff das Wort.

„Herr Generaldirektor, wir müssen uns früher oder später doch aussprechen."

„Sie meckern hinten, und vor mir tanzt ein Verrückter!"

„Er ist mir zugelaufen. Ich habe ihn gezähmt, so gut es ging, und habe Sie vor ihm geschützt. Er wollte Ihnen immer schon was erzählen wegen seiner Mutter, die jetzt in Buch sitzt, und als sie Ihre Braut war, kam Mulle."

„Was heißt hier: kam Mulle?"

„Das ist Ihr Sohn, Herr Generaldirektor. Ihr Erbe, wie er sich nennt in seiner dämlichen Art. Er hat nun mal die Leidenschaft fürs Erben."

„Sie wohl auch, Landsegen?"

„Ich muß sehen, wo ich hinkomme. Ausgeschlossen, daß ich die Verantwortung noch länger allein trage. Ich sage alles den Zeitungen, Herr Generaldirektor."

„Dann werden Sie sehen, wohin Sie kommen. Auch hinter Schloß und Riegel, Sie gewöhnlicher Erpresser."

„Das laß ich mir nicht sagen!"

Karl August hörte hinter sich den schweren Schritt nahen, der Irre dagegen vor seinen Füßen sprang und stach nicht nur – aus seinem flachen, völlig durchnäßten Gesicht, das der Verfolgte jetzt hinlänglich unterschied, sandte er ein regelmäßiges Fauchen und Zischen, wie mechanisch betrieben. Karl August ergriff den einzigen Ausweg. Bevor der rückwärts anmarschierende Feind zu dem frontal vorgehenden stoßen konnte, durchstieß der Bedrängte die vor ihm liegenden Stellungen. Mulle flog zur Seite, Karl August schoß kugelförmig durch eine hintere Tür in den Monbijou-Park. Mulle und Landsegen betrachtete erstaunt die schon wieder geschlossene Holzfüllung. In der Eile schien es ihnen, als wäre sie niemals geöffnet worden und ihr Opfer wäre trotzdem mitten hindurch entkommen. Gleich darauf setzten beide ihm nach.

Sie sahen ihn laufen und verständigten sich über die Arbeitsteilung. Der behendere Mulle eilte voraus zu einem entfernteren Baum und empfing dort das Wild mit dem Messer. Machte es voll Schrecken kehrt, dann wartete an einem der vorderen Stämme der behäbigere Landsegen.

„Bleiben Sie man bei mich!" lockte er. „Herr Generaldirektor, wir beide werden noch mit dem dummen Jungen fertig!"

Aber Karl August traute ihm nicht, er sprang tiefer in den Park, um nur wieder Mulle zu begegnen – wendete sich und stieß nochmals auf Landsegen. Sooft

Mulle ihn kommen sah, schüttelte er die Faust, die nicht das Messer hielt, gegen das dritte Stockwerk des Hauses. Aus einem der Fenster sah Nora Schattich zu.

Es waren furchtbare Gefühle für Nora. Sie konnte sich von dem Anblick nicht trennen, obwohl er sie ekelte und empörte. Sie weidete sich; aber ihr Vergnügen strengte sie in schädlichster Weise an, nicht viel anders als eine Operation ohne Narkose, die sie an ihrem eigenen Leibe, immer unheimlich zwischen Schmerz und Lust, mit angesehen hätte. In solche Lage kam eine Dame wohl zeit ihres Lebens höchstens einmal, bemerkte Nora.

Dabei übersah sie auch dies nicht. Der Vorgang entsprach eigentlich mehr dem, was sie erträumt hatte, als der äußeren Wahrscheinlichkeit. Warum machten jene beiden Leute noch immer kein Ende mit Schattich? Sie spielten mit ihm gehetztes Wild und grausamer Jäger, ohne es aber bis zum Äußersten kommen zu lassen, was auch den Absichten der Dame wenig entsprochen hätte. Der von ihr angestiftete junge Mensch hatte es mit ihr selbst, es war Montag morgen um zwei oder drei, leider allzu genau genommen. Hätte er doch auch das nur halbwegs angedeutet, wie jetzt bei ihrem Mann, wo es nach Spielerei aussah und der Zuschauerin alle Gefühle erlaubte, ohne daß im Ernst etwas geschah! Gefühle und die Hauptsache.

Von seiner langjährigen Gefährtin beobachtet, schwang Karl August sich um Baumstämme, flog von einem seiner Verfolger zum andern und entkam ihnen noch jedesmal, wobei er manchmal einen merkwürdig hellen Schrei ausstieß, man dachte an eine Knabenstimme. Karl August erschien bei all dem unschuldig, wie in Kinderzeiten. Sichtlich hatte er eine längst verlorene Seele zurück. Wo blieb die seither erworbene höhnische Überlegenheit des Erfolges, wo die Majestät der Macht? Noch vor kurzem hatte seine Zuschauerin ihn schrecklich wie das Leben selbst gesehen. Wie harmlos war jetzt Karl August! Das freute Nora. Es erlaubte ihr auch Mitempfinden, und wie lange nicht oder wie noch nie, konnte sie sich ihm ein wenig verbunden glauben. O schön, sie hatte nicht nur böse Gefühle! Er, den sie im besten Falle Schattich, sonst meistens den Reichskanzler, den Schieber und ihren ärgsten Feind genannt hatte, jetzt um die Bäume hüpfend, hieß er zum erstenmal Karl August.

So sah es sich von oben an. Für Karl August hingegen nahte leider der Augenblick, da sein Herz sich ihm versagte. Mit den Kräften schwinden auch die Feinde, das arme Opfer ließ sich, um Mulle und Landsegen unbesorgt, auf eine Gartenbank fallen, es lag lang hingestreckt ... Da aber wuchsen vor Glück bis in die Höhe des dritten Stockwerkes Mörder Mulle und seine Siegesfratze. Er wurde so ausdrucksvoll, daß Nora sein nasses Gesicht nahe, ja, es gleich vor ihrem Fenster zu sehen meinte – während er sich doch tief unten abarbeitete.

„Du hast mich nie geliebt! Warte man, kommst auch dran!"

Dies rief er ihr im Anlauf noch zu, das Messer aber schwang er schon über Karl August. Es wurde ernst diesmal, Mulle stieß sein Schlachtgeschrei aus: „Wanze!"

Hier aber fiel ihm jemand in den Arm und drosselte die mörderische Hand ab, sie mußte das Messer loslassen.

Nora droben schloß das Fenster und trat ab; – was alles sie bewegte! Ihr Wunschtraum brach jählings zusammen, das tat weh. Dennoch Erlösung: Karl August war gerettet. Seine Mörderin wäre sonst sie selbst geworden. Der von ihr Gedungene hatte auch sie bedroht, das entlastete sie teilweise – wenn er auch außerstand gesetzt war, ihre Schuld an ihr zu rächen; aber das war vorzuziehen.

Emanuel, kein anderer, entwaffnete Mörder Mulle. Dieser selbst betitelte sich so.

„Ich bin Mörder Mulle", stellte er sich stolz den Leuten vor, die endlich eintrafen. Solange hatte der Park infolge der wiederbeginnenden Arbeitszeit der Bevölkerung verödet dagelegen. Sollte ein Kindermädchen sich an seinen Rändern umherbewegt haben, sicher hatte sie längst das Weite gesucht. Jetzt kamen mit den Pflegerinnen die Fleischergesellen, Chauffeure, ja, schon einige Damen und Herren. Für den Schupomann nahte der Augenblick, zu erscheinen, langsam, aber sicher. Inzwischen triumphierte Mulle.

„Das ist mein Opfer" – damit zeigte er auf den daliegenden Schattich, den er für tot hielt, obwohl er nie zugestoßen hatte. „Gleich kommt die Olle dran, ich bin der nachweislich jüngste Doppelmörder", behauptete er vorweg, „ich schlage den Rekord. Sind Herren von der Presse da?"

„Wieso machen Sie das ganze Theater?"

„Und mein Erbe ist gar nichts? Ich bin sein Sohn, er hat meine Mutter enteignet und mich enterbt, das ist ein Dolchstoß in den Rücken der bestehenden Gesellschaftsordnung. Mal ran, wer mir was will!" rief er und riß sich los.

Er mußte vom gesamten Publikum erst wieder eingekreist werden. Auch der Schattichsche Leibwächter beteiligte sich, er ließ endlich von Schneider

Landsegen los, mit dem er während der letzten Ereignisse gerungen hatte. Beide waren dicke Männer und befanden sich jetzt im entsprechenden Zustand.

„Was wollen Sie denn, Sie Rindvieh!" schalt Landsegen. „Ich bin doch sein Portier. Wenn er mir nicht gehabt hätte! Meine Frau hat Sie aus 'm Deutschen Haus geholt. Sie, das soll man niemand rumsprechen, daß Sie präpeln, wenn Ihr Kunde 'n Mörder auf die Hacken hat."

„Dafür bezahlt er Sie vielleicht?" fragte Frau Landsegen. Der Leibwächter mußte dem Ehepaar recht geben. Alle drei schlossen sich der Jagd auf Mulle an.

Kaum wußte Schattich sich allein, schnellte er von der Bank. Seine Behendigkeit nach so viel Schrecken entsprang nicht mehr der Todesangst – Scheu vor der Welt war es, was ihn zur Flucht zwang. Verwirrung der Gefühle war es. Er sah sich aber dem jungen Rapp gegenüber.

„Herr Generaldirektor, hier ist die Bombe", sagte Emanuel.

„Welche Bombe, Mensch?"

Schattich konnte sich so schnell auf keins seiner einst eingeleiteten Geschäfte besinnen.

„Wo Sie so mächtig hinterher waren. Na? Die ganz große Sache. Jetzt ist sie greifbar. Ich habe es mir überlegt. Die Erfindung gehört dem Konzern. Ich liefere sie Ihnen aus."

Wieviel besser war hier Schattich als Emanuel – der in Wahrheit gar nichts auslieferte oder aufgab, denn er hatte nichts, trotz dem bombenförmigen Gefäß, das er dem Armen vorgaukelte; denn inzwischen war Emanuel bei Birk gewesen und kannte die Wahrheit ... Ihn lenkte höchstens Neckerei, der Schmerz über die verlorene, erst durch einige unerhörte Worte seines Schwiegervaters ganz zerstörte Chance, ihn lenkten Hohn und Rachegelüst. Wohl hatte er seinen Feind vor dem Mörder errettet; dafür übergab er ihm jetzt eine Bombe, die keinen Reichtum, kein Glück mehr enthielt.

Karl August sah sie an und meinte, den Tod könne sie immer noch bringen – was gleichfalls ein Irrtum war. Die Bombe konnte ihn das geliebte Leben weder gewinnen noch verlieren lassen, sie war in Wirklichkeit ohne Kraft und Gewalt. Karl August nahm sie entgegen – nicht um des Gewinnes wegen, oder doch nur, soweit Strafe ein Gewinn ist.

„Ich danke Ihnen", sagte Karl August. „Ich will davon den besten Gebrauch machen ... Ich habe von den Menschen immer das Beste gehalten", sagte er so unvermittelt wie ehrlich. Emanuel konnte sich nichts dabei denken, aber Karl August war nachgrade erfahren genug, um zu merken, daß die Welt richtiger und der Menschennatur entsprechender würde, wenn sie besser würde. Es wäre unendlich leichter gewesen, keine Inflation zu treiben, die Familien und Klassen nicht zugrunde zu richten und besonders seinem alten Freund Birk nicht nachzustellen. Solche, aus den Gesetzen herausfallenden Sitten konnten zeitweilig Erfolg haben, dann aber rächten sie sich bitter. Das Letzte, was sein alter Freund ihm noch abzutreten hatte, war diese Bombe; mit ihr aber empfing Karl August aus der Hand, die das größte Recht, zu strafen, hatte, auch schon seine Buße.

„Ich weiß, was mir zu tun bleibt", schloß er gehalten, wenn auch keineswegs ohne Kraft, und ging – nicht in sein Haus, sondern durch die öffentliche Pforte des Parkes auf die Straße.

Emanuel blickte ihm nach und dachte ungerührt: „Den holt der Deubel."

Die gütigeren Kräfte, die in Karl August wohnten, wie Reue und Läuterung, der Junge begriff sie noch nicht.

Neunzehntes Kapitel

Allein in seinem Wagen, dem ein Kotflügel fehlte – ohne Inge, ohne den erhofften Scheck, schmutzig, verhungert, mit Verbitterung im Gemüt, und in den Gliedern zwei schlaflose Nächte, so zog der junge Emanuel zu seinem vor einigen dreißig Stunden verlassenen Nest wieder ein. Von vornherein war er geneigt, jeden anderen, nur sich selbst nicht, verantwortlich zu machen für all sein Mißgeschick. Er suchte keinen Schlaf, eher einen Gegner – nach so vielen, die er auf seinem Feldzug schon gefunden hatte. Da traf er in der übrigens von allen verlassenen Wohnung einzig seinen Schwiegervater Birk.

„Was machst du hier? Du liegst doch im Krankenhaus."

„Ich wollte der erste sein, der dich beglückwünscht. Du hast über die große Sache natürlich abgeschlossen."

„So siehst du aus. Deine dämlichen Engländer! Dein alter Freund Schattich! Ein ganzer Femeklub war auf meine Spur gesetzt – und Geld soll ich auch noch dabei verdient haben? Du bist naiv."

„Ich freue mich ebensosehr, wenn du nur gesund wieder da bist."

„Nicht jeder ist heil geblieben!"

„Dann hast du einem deiner Feinde einen Denkzettel gegeben? Nicht zu schlimm, hoffe ich."

Dies klang dem Jungen anzüglich, der Ton verriet geheime Erregung, aber vielleicht täuschte er sich. Er schwieg lieber. Sein Schwiegervater trat zu dem eingebauten Safe, der offenstand.

„Er hatte ein Loch, genau wie von Einbrechern. Sie müssen gestört worden sein, das Loch war nicht groß genug, um die Verpackung mit dem vorgeblichen Sprengstoff herauszuholen."

„Vorgeblicher Sprengstoff?"

„Ich habe mit meinem Schlüssel aufgeschlossen, die Bombe lag noch immer an ihrem Platz. Hier hast du sie. Du handeltest von deinem Standpunkt durchaus klug, daß du sie nicht mit auf die Fahrt nahmst. Vielleicht konnten deine Verhandlungsgegner sie dir einfach entreißen. Mehrere verstanden sich aufs Boxen, glaube ich. Aber zuletzt – das will ich dir zu deiner Beruhigung sagen –"

Oberingenieur Birk legte seinem Schwiegersohn die rechte Hand auf die Schulter. Emanuel hatte plötzlich das Gefühl: „Das wollte er schon einmal, er kam nur nicht dazu. Wann war das? Er wollte mir etwas sagen, er hielt mich von etwas zurück. Was war es? Was will er? Na – wird gleich heraus sein."

„Zuletzt hätten die anderen gar nichts in Händen gehabt", schloß Birk.

„Die Bombe hätten sie gehabt! Die große Sache, daran hätten sie grade genug gehabt."

„Was große Sache! Du stellst dir in deinen Jahren eine große Sache falsch vor. Das Ding, das du so vorsichtig trägst? Sieh es dir mal näher an! Glaubst du noch immer, daß umwälzende Kräfte und Millionen drinstecken? Es ist harmlos, kann ich dir versichern, wie Milch."

Dabei knipste Oberingenieur Birk mit zwei Fingern und drehte sich schnell um. Sein Benehmen war jugendlich, ja, ungezogen. Der Junge bekam Lust, ihm, wie einem Altersgenossen, eine zu langen. Er wich der Versuchung aus und machte, daß er fortkam. Er hoffte in dem stillen Monbijou-Park seine Gedanken zu sammeln – siehe da, grade sollte Schattich gemordet werden von Mulle, und nichts herrschte hier so wenig wie Stille. Was hatte Mulle mit dem persönlichen Feind Emanuels zu schaffen! Er mochte gefälligst weiterhin alle schwebenden Angelegenheiten in der Central-Bar austragen. Seinen Schattich behielt Emanuel sich selbst vor. Aus Eifersucht rettete er ihn vor Mörder Mulle.

Die Bombe übergab er ihm in gemischter Gesinnung. Es konnte als Witz gelten. Wenn Schattich sie nun öffnete, war vielleicht Zucker, vielleicht gar nichts drin; Emanuel hatte Birk einigermaßen verstanden, wenngleich er innere Vorbehalte machte. Birk konnte zu dem Mißgeschick Emanuels auch noch Spott gefügt haben. „Nimm nur die Bombe, mein Junge! Für dich ist sie leer, denn was fängst du schon damit an“; – das stimmte leider. Emanuel war nach Erschöpfung aller seiner geistigen und körperlichen Mittel von seiner Hetzjagd heimgekehrt ohne Ertrag, die Bombe mochte nun voll oder leer sein. Vielleicht war sie grade voll! „Nimm du sie, Mister Generaldirektor! An dich! Dir soll sie besser bekommen!“ Wobei er anheimstellte, ob jener sie gegen das Publikum im Monbijou-Park werfen oder lieber viel Geld mit ihr verdienen wollte. Beides fand Emanuel sowohl berechtigt wie auch verachtungswürdig. Er war verzweifelt, daher wollte er annehmen: „Du wirst lachen, sie ist grade voll.“ In dem abgedämpften Teil seines Bewußtseins, abseits der geräuschvollen Verzweiflung, hieß es vielmehr: „Leer ist sie, Schluß, und geh zum Teufel!“

Er fuhr im Lift wieder hinauf. An seinen Schwiegervater dachte er schon nicht mehr, und statt alles anderen, das er sich so heftig gewünscht hatte, drängte er endlich nur nach einem einzigen: schlafen! Als er oben ausstieg, kam jemand über die Treppe. Er traute seinen Augen nicht, Margo. Warum überraschte ihr Anblick ihn? Er hatte schon geglaubt, er werde sie niemals wiedersehen. Er hatte sie verlassen, vergessen im Drang der Erlebnisse, und hatte sich ihrer noch nicht wieder erinnert.

Sie erblicken – und alsbald lebte auch das nur betäubte Bild Inges in ihm wieder auf, seine kaum vergangenen Kämpfe standen alle auf und tobten, die Niederlage überwältigte ihn wieder, und zurück blieb einzig Scham, Erbitterung, Scham ... Margo war angelangt; Emanuel warf den Kopf zuerst in den Nacken; dann, als das Gesicht schon verzerrt war und schon die Tränen flossen, ließ er es nach vorn fallen. Es traf die Schultern Margos und ihre Wange. Seine Hände suchten Schutz an ihrem Körper – fanden ihn aber nicht, so unnahbar war ihre Haltung.

„Liebst du mich nicht mehr?“ schluchzte Emanuel.

Seine Hände inzwischen entdeckten auf ihrer Kleidung die Körner von Ruß. Daraufhin bemerkte er, daß der Stoff zerdrückt war. Jetzt erhob er die Augen und sah in ihr übernächtigtes Gesicht. Sie sah groß in das seine. Er fand sie schöner und schöner mit jedem Blick. Das kam, weil sie nicht länger widerstand, sondern ihn aufnahm, wenn er denn nun Schutz suchte. Ihr Leib wurde unter seinen Händen nachgiebig, bevor ihr Sinn es war.

„Wo hast du dich in der Welt herumgetrieben?“ fragte er.

„Komm hinein!“ verlangte sie. In diesem Augenblick hatte sie bemerkt, daß sie beide umarmt, wer weiß wie lange schon, auf dem Treppenabsatz standen. Sie hatte Eile, den Ort zu wechseln und ihre verfrühte Nachgiebigkeit zu verleugnen. So weit waren sie nicht. Er fragte: „Liebst du mich nicht mehr?“ und „Wo hast du dich in der Welt herumgetrieben?“ Das hatte er Inge nicht gefragt, denn mit der war er einig gewesen, und wenn sie sich umhergetrieben hatte, dann mit ihm!

Margo ging schnell durch die ganze Wohnung – nichts von Inge! Niemand; nur am Tisch, nicht in seinem Arbeitszimmer, am Eßtisch saß ihr Vater. Er stützte sich darauf, und seine Farbe war sehr bleich.

„Fehlt dir etwas, Vater? Lieber Papa, warum bist du denn nicht in deinem Bett im Krankenhaus geblieben?“

„Ich konnte es nicht erwarten, mein Kind.“

„Was?“ fragte sie, zog aber aus ihrer Handtasche ein Papier und reichte es ihm. Er las.

„Gut gemacht“, wiederholte er mehrmals. „Gut gemacht, mein Liebling! Vielen Dank, mein Lieblingskind! Das konnten wir alle brauchen. Jeder hat das Seine bekommen dank deinem Mut und deinem reinen Sinn – jeder, worauf er irgend Anspruch hatte, und noch mehr. Ich werde in die unmittelbare Nähe unseres höchsten Chefs versetzt; das hätte ich nie erwartet. Ich werde wohl auch kaum – “

Er brach ab, seine Hand wollte in Richtung seines Körpers eine Bewegung machen, unterließ es aber, und er wendete das Gesicht fort, sie sollten ihn nicht nochmals erbleichen sehen.

Emanuel riß das Papier vom Tisch.

„Was heißt das? Wir alle sind befördert. Wir sind außer der Reihe und in märchenhafter Weise befördert!"

„Als ich mit dem Zuge ankam, erwartete mich am Bahnhof ein Expreßbote und übergab es mir", sagte Margo, wie zu ihrer Entschuldigung.

„Das geht doch nicht! Das kann doch nicht stimmen!"

Birk hatte sich erholt, er sah her.

„Mein Junge! Du hast noch ganz andere Dinge für möglich gehalten. Was du dir ausgerechnet hattest, stimmte wirklich nicht."

„Nun ja. Ich habe kein Recht, hier mitzureden", erwiderte Emanuel. Er wollte das Zimmer verlassen. Margo sah ihn an, da schämte er sich und blieb stehen, aber nach der leeren Wand gewendet.

Birk winkte seiner Tochter; und als sie ihm nahe war, flüsterte er: „Hast du es sehr schwer damit gehabt? Sage mir ganz allein die Wahrheit! Oder ist der Brief dir vom Turm gefallen! Oder aus den Wolken?"

„Der Himmel war wolkenlos, als wir unter ihm hinflogen gestern nacht."

„Ein Gott – und du? Er entführte dich?"

„Ich ihn", schloß Margo. Ihr Vater fragte nicht mehr.

Emanuel sprach gegen die Wand.

„Leider kann von dem großen Gnadenakt nicht jeder Gebrauch machen, liebe Margo."

„Du wirst deine neue Stellung natürlich antreten. Du bist Direktor."

„Ich behalte mir meine Entscheidung vor. Von Inge kann ich dir dagegen mit aller Bestimmtheit voraussagen, daß sie sich die Reisekosten spart. Sie bleibt, wo sie ist."

„Wo ist sie denn?"

Emanuel reichte ihr, ohne sich hinzuwenden, ein Telegramm.

„Ich verstehe es nicht“, gestand Margo. „Ist das der bekannte Schauspieler?“

„Ja. Ein Prominenter. Ich habe seine Bekanntschaft gemacht und bin stolz darauf. In der Depesche erkundigt er sich bei mir –“

„Bei dir.“

„Ob Inge hier irgendwelche Schulden hinterläßt.“

„Soll ich verstehen: bei dir?“

„Verstehe, was du willst. Er erklärt jedenfalls, daß er für nichts aufkommt.“

„Wäre er denn überhaupt berechtigt, für sie zu bezahlen?“

Darauf antwortete er nicht. Margo wieder hätte zu viel auf einmal zu sagen gehabt. Aber ein Gedanke verdrängte alle anderen: aus, es war aus zwischen Emanuel und Inge. Das stieg auf wie ein Springbrunnen und glänzte in der Sonne. Das erfüllte die Luft wie ein Lied. Margo war geblendet, aber sie atmete tief.

Die Stimme Birks ließ sich hören.

„Sie wird es demnach beim Film versuchen. So paßt es auch besser für sie. Es ist ein unverhofftes Glück – in ihrem heutigen Zustand.“

Margo erschrak, denn Emanuel fuhr taumelnd herum, er starrte ihren Vater an.

Emanuel dachte stürmisch: „Was weiß er? Woher hat er es? Er spricht von ihrem Arm, wer hat ihm das gesagt?“ Mit einem Schlage hatte er aus sich selbst die Antwort. Er wußte wieder, daß Birk ihm erschienen war – im gefährlichsten Augenblick der Ereignisse – und ihn gewarnt hatte in eigener Person. „Aber habe ich ihn auch wirklich erblickt, nicht vielmehr nur sehr inständig an ihn denken müssen, wie Birk selbst es mir vorher aufgetragen hatte?“ Er konnte es nicht mehr entscheiden. Genug, Birk war gekommen – doch! Er mußte eingetreten sein, sonst lebte heute kein Schattich mehr. Leider hatte er sich nicht lange genug aufgehalten, und statt des einen Verschonten war Inge durch den Arm geschossen! Emanuel öffnete den Mund, um zu fragen: Papa! Wie geht es Inge?

Er bemerkte das erschreckte Gesicht Margos. Er gab sich einen Ruck. „Unsinn!“ dachte er, meinte aber: „Vorsicht! Lieber nicht meckern über so was!“ Dabei fühlte er im Rücken den Schauer, dessen er sich von damals erinnerte – nur stärker jetzt nachträglich.

Birk selbst war einzig mit den neuen Aussichten des geliebten Kindes beschäftigt. Sie sollte glänzen, sie sollte unter die Berühmtheiten der weiten Welt aufgenommen werden, wie in vergessenen Zeiten er selbst. War sie ihm verloren und mußte er vielleicht von dannen, bevor sie wiederkam: wozu – wenn nicht um des Glückes willen, in dessen Begleitung sie den ersten Schritt tat! Er vergaß sein schweres Leben, das er nicht anders hätte haben wollen, und glaubte um ihretwillen, es könnte lebenswert und doch leicht sein. Er äußerte: „Klagtet ihr nicht immer, daß der Konzern euch gleich anfangs kauft für das ganze Leben? Inge ist ihm entronnen, es kommt doch vor. Sie muß nur noch Begabung haben. Keine Abhängigkeit, keine Beförderung – die Leistung ganz allein! So fing auch ich einst an."

„Ja du!" sagte eine klare junge Stimme. Die kleine Susi hatte sich unbemerkt eingefunden und hatte zugehört, soweit es ihre ältere Schwester anging. Das galt auch ihr.

„Das war zu deiner Zeit, Pappi. Ihr hattet noch Geld, sie ließen euch, sagt man, für eigene Rechnung arbeiten. Inge kann das beim Film so wenig wie im Konzern", behauptete die Sechzehnjährige.

„Warum sollte es irgendwo noch Freiheit geben?" meinte Emanuel verächtlich. Birk mußte es erkennen, aber er sagte: „Wenn die Freiheit noch von dieser Welt wäre, würde niemand wagen, sie schlechtzumachen."

Die kleine Susi ging in die Küche, um Kaffee zu kochen. Man rief ihr nach: „Jetzt kannst du dich von Inge mitnehmen lassen. Jetzt brauchst du dich nicht mehr bei dem Terrainkauf der Filmgesellschaft nebenbei mit hineinzuschieben."

Die klare junge Stimme antwortete: „Über das Terrain weg ist es sicherer. Wie Inge es anfängt – vielleicht hält es vor. Ich jedenfalls werde niemals filmen, solange sie dabei ist. Zwei Schwestern – klar, daß nur eine ganz vorn liegen kann, und sie ist der Typ. Soll ich das doppelte Talent und den halben Erfolg haben? Schluß."

Sie kochte dort hinten Kaffee. Etwas hätte sie noch zu sagen gehabt, das nicht ganz leicht vorzubringen war. Es betraf auch ihren Bruder Ernst, an den merkwürdigerweise niemand dachte. Susi begann von einer gut bezahlten Stellung, die frei geworden war und wo sie nur von einer einzelnen Person abhing. Niemand hörte mehr hin, denn vorn traten in kurzer Folge mehrere Personen ein, Nora Schattich, Ehmann, Rolf Birk und Ella, die älteste seiner Schwestern. Schon war sie unterrichtet von dem unwahrscheinlichen Glücksfall, der ihre Familie betroffen hatte. Er sprach sich herum, wie ein großer, geglückter Einbruch.

„Vater! Ich hoffe, daß es uns gut bekommt“, seufzte Ella, dem Schluchzen nahe, am Halse Birks. Er streichelte sie und nahm dankbar hin, daß sie wiederkehrte nach so vielen Jahren. Mit mehr Unruhe, daher liebevoller hatte er sie wohl ersehnt, solange sie fortblieb und ihm bös war wegen seiner Armut und ihrer entwerteten Mitgift. Genug, sie war da, er betastete ihr Gesicht – aber er suchte darin nach Inge. Diese Züge waren kleiner, und dies Leben war enger. Es war noch sein Kind, es war nicht das Kind, das fern und das am schönsten war – das Kind, um das er bangen sollte, wenn die Stunde kam, es ganz zu verlassen – das Wesen, das er am schwersten aufgab, weil an ihr nicht nur sein Geist, sondern auch seine Sinne an ihr noch hingen.

Ella wandte sich an Rolf.

„Was hat Vater? Himmel, er sackt ab.“

„Ruhig!“ bat der Arzt. „Erschrick ihn nicht! Ich glaube zwar, daß er ohnedies Bescheid weiß.“

„Doch nicht das Herz? O Rolf! Kann das von dem Schock kommen, als er neulich das Unglück hatte auf seiner Brücke?“

„Anfangs zeigte sich gar nichts. Ich beobachtete nur, daß er für kränker zu gelten wünschte, als er nach dem Ergebnis der Untersuchung eigentlich war. Vorgefühl? Jedenfalls wurde er depressiv. Er verschloß sich. Ich kann nur vermuten, daß er Zuständen sich hingab oder Zustände herbeiführte – die ich nicht begreife“, schloß der Arzt.

„Und jetzt ist er sehr, in Wirklichkeit sehr krank?“

„Wir haben ihn nach Haus gelassen. Bei uns versagte er zusehends. Hier geht es wieder.“

Ehmann unterbrach sie; sein Auftritt war der geräuschvollste. Er brachte Blumen für Margo und allen seine tiefbewegten Glückwünsche. Er nannte Birk den allverehrten Meister, dem die Jugend huldigt. Zu Margo sagte er: „Gnädige Frau, ich habe Ihrem Gatten die Treue gehalten. Rapp, wer hielt dir die Treue? Er wird es mir bezeugen, wir standen zusammen gegen eine Übermacht. Was mich in meiner Einstellung bestärkte, war natürlich erstens meine ehrliche Freundschaft für Emmanuel.“

„Und außerdem sahen Sie ein, daß der Konzern der Stärkste ist.“

Ehmann schnappte nach Luft, so richtig hatte sie geraten. Daher gab er sich geheimnisvoll.

„Jetzt kann ich es andeutungsweise zugeben: etwas wie eine Kontrollabteilung besteht tatsächlich, ich selbst stehe ihr nicht ganz fern, und wenn ich über den Fall höheren Ortes nicht so berichtet hätte, wie ich –“

„Dann wären wir nicht befördert worden, sondern fristlos entlassen.“

„Zur Verantwortung gezogen!“ berichtigte er mit scharfen Augen. „Liebe Frau Margo, wir beide sind mal aufeinandergestoßen. Ich habe es glatt vergessen. Mir genügt, daß ich dank meinen Beziehungen für Sie Erfolg haben konnte.“

„Das genügt auch mir“, bestätigte Margo und gab ihm die Hand. Ehmann umarmte Emanuel, er nannte ihn „lieber Alter“, sein Blick wurde feucht. Hierauf teilte er der Versammlung mit, daß die neuen Ereignisse zwar auch ihm eine Beförderung gebracht hatten – er nahm die Glückwünsche entgegen –, daß sie aber grade von ihm eine vermehrte Arbeitsleistung verlangten. Und Ehmann verschwand, geschäftig wie je, aus dem Bilde.

Birk sah ihm länger nach als die anderen. Er hatte sich wieder einmal erholt und tat einige Äußerungen. Er richtete sie an Nora Schattich – nicht, daß sie die Dame besonders angingen; aber Nora hatte sich so ungewöhnlich still unter die Gesellschaft gemischt, niemand wußte, wozu.

Sie hatte sich hierher verirrt, weil sie unerträglich allein war und Furchtbares erwartete. Schattich, wie ein Knabe hüpfend zwischen den Bäumen des Monbijou-Parkes, war, je länger es dauerte, ihrem Herzen nähergekommen, als er und sie im ganzen Leben für möglich gehalten hätten. Sie dachte seiner ohne Kritik, sie, die ohne den Maßstab der Kritik nicht einmal den Briefträger ansah. Er sollte bleiben, wie er war, nur heil zurückkehren sollte er, sie brauchte ihn. Karl August, sie braucht dich, schon um sich an dir zu messen, es stellt sich jetzt dennoch heraus. Sie hat noch einen schönen Rückenausschnitt, du deinerseits kannst auch noch wieder „hinten hochkommen“, wie du es ausdrückst. Ihr werdet einander vielleicht unangenehm bleiben, aber zusammen doch weniger schmerzlich altern.

An Nora Schattich, die unruhig und verloren dasaß, richtete Oberingenieur Birk seine Äußerungen. Vielleicht wollte er die Geängstete nur ablenken; die

Vorgänge um Schattich waren ihm schwerlich verborgener geblieben als das übrige. Jedenfalls knüpfte er aber an die Erscheinung Ehmanns an.

„Er stellt den dritten Teil aller strebenden Kräfte dar", begann Birk. „Der dritte Teil, gnädige Frau, pflegt Beziehungen."

Er hätte sagen können: wie unser Schattich. Sie verstand es und versuchte überlegen zu lächeln, die Arme.

„Schließlich hat Ehmann sich doch anständig benommen!" rief Emanuel mit Wärme.

„Er hat anständig berichtet, nachdem er unanständig gehandelt hatte. Bevor du nach Berlin fuhrst, gab ich dir auf den Weg mit, mein Junge, daß es bei Freundschaften auf das Endergebnis ankommt. Viel Glück zu deinem Freund Ehmann! Bedauerlicher, gnädige Frau, bleibt das zweite Drittel aller strebenden Kräfte."

Emanuel widersprach.

„Du willst doch nicht von Mulle reden! Ehmann macht es mit Beziehungen – schön, machen viele. Wenn aber Mulle sich auf Mord einstellt, vertritt er kein Drittel."

„Er bewegte sich auf dem Felde der Gewalt, wo heute wenigstens der dritte Teil sein Fortkommen sucht. Es kann sogar schneller gehen als mit Beziehungen. Er hielt sich dabei für eine erhaltende Kraft, so gut wie Ehmann, wenn er hierin vielleicht auch schwankte und mal von Rotfront sprach. Ist es so? Natürlich, darin schwankt man. Vielleicht hatte er doch etwas, wenn auch nur wenig, von dem Stoff zu einem großen Tatmenschen, Feldherrn, Trustmagnaten, nämlich seine gewalttätige Seele. Da ihm das übrige fehlte, wurde er ein zum Glück erfolgloser Mörder. Ich bin gewiß, gnädige Frau, daß mein alter Freund Schattich sogleich frisch und gesund in der Tür steht. Denn ich kenne die Widerstandskraft seiner Natur."

Nora atmete nur unruhiger. Die Fortsetzung brachte Margo: „Ich weiß: der dritte und letzte Teil der strebenden Kräfte, wie du sie nennst, hält es mit der Arbeit. Nur Arbeit, sonst gibt es nichts, außer Beziehungen und Mord. Das war schon immer deine Anschauung, Papa. Nun sage, Pappi, hast du recht behalten?"

„Ich finde: so ziemlich."

„Ich verstehe wohl einigermaßen, warum du die große Sache aufgezogen hast."

„Die existierte gar nicht“, flüsterte Emanuel ihr zu.

„Ich weiß“, bestätigte sie ruhig. „Im Lauf der Handlung wurde es mir klar. Als ich um dich so viel kämpfen mußte, sah ich, daß es weiter nichts zu kämpfen gab. Keine andere große Sache.“

Nach diesem Wort Margos entfernten die beiden sich langsam und in Pausen von den übrigen. Dazwischen warfen sie noch Worte mit ein, aber ihr Sinn trachtete nach dem Park dort hinten – zuerst der Ausgang dieses Zimmers, dann die Küche, der Balkon und die hohen Wipfel.

Birk selbst mußte versuchen, aus dem, was er getan hatte, die Lehren zu ziehen.

„Du verstehst, mein liebes Kind, warum ich euch einige Tage lang glauben ließ, ihr könntet ohne Arbeit viel Geld verdienen.“

„Was wäre daran schon Besonderes gewesen!“

„Es war nicht euer Fall, ich kenne euch. Ihr seid Menschen wie alle und werdet immer arbeiten. Grade darum habt ihr so viel Begabung für die Freude. Niemand kann sich freuen wie ein guter Arbeiter. Vergeßt es doch nicht, wenn ihr klagt, daß die Gesellschaft euch euer Leben abkauft und daß ihr immer nur der Bruchteil einer Kraft, nie die ganze Kraft seid. Dafür seid ihr die ganze Freude. In jedem von euch ist alle Freude, die es gibt.“

Sie antworteten nicht, sie verließen nur das Zimmer, um den Wipfeln näher zu kommen.

„Wenn dich nur dein Leben wieder freut, Emanuel“, flüsterte Margo.

„Nun solltet ihr ein einziges Mal mit voller Kraft nach dem unverdienten Gewinn jagen. Das habe ich ausgedacht und in Szene gesetzt, nur, damit ihr an die Freude, eurer Eigentum, wieder gehörig erinnert wurdet. Jetzt habt ihr genug durchgemacht, um euch zu freuen, wie? Auf einmal wißt ihr unglaublich vieles.“

„Er hat doch recht“, bestätigte Emanuel wider Willen. „Obwohl es im Grunde eine kindische alte Weisheit ist.“

„Sie hat sich nicht genug herumgesprochen“, meinte Margo. „Wie viele Tage waren es? Sonnabend um diese Stunde hatte Papa den Unglücksfall. Dienstag – das macht dreimal vierundzwanzig Stunden. Für drei Tage haben wir uns eine Menge Informationen geholt, das wollen wir ihm ruhig zugeben.“

„Besonders, Margo, da es mit uns beiden wieder richtig ist.“ Sie legten die Arme umeinander und machten noch einen Schritt in Richtung der Wipfel. Indes hatte Margo einen Einfall; sie wendete sich um, sie lief sogar zurück bis in die Nähe Birks.

„Aber Pappi! Was mir einfällt! Wir haben doch Glück gehabt. Was wir alle jetzt mehr verdienen sollen, kommt nicht von ehrbarer Arbeit, es hängt zusammen mit dem Schwindel, den du erfunden hast.“

„Und mit dem deinen – der mehr Herz verlangte“, sagte er ihr in die Augen. „Aber ohne den Zufall hätte uns auch das nicht geholfen. Wenn ich Arbeit sage, meine ich Arbeit, Geschicklichkeit und Zufall. Die drei führen weit.“

Ella, die Älteste, stieß ihren Bruder Rolf an.

„Was heißt das? Vater hat gar nichts erfunden? Ich denke, die ganzen freudigen Ereignisse verdanken wir der großen Sache, von der alle reden. Ich bin enttäuscht.“

„Vater, du hast nicht den wirksamsten Sprengstoff erfunden?“ fragte Rolf.

„Wozu, mein Junge? Siehst du es für möglich an, daß die Luft doch einen Nährstoff enthält?“

„Nein.“

„Ich auch nicht. Aber da ich in Wirklichkeit nichts mehr erfinden werde, darf ich wohl davon träumen, etwas zu entdecken, das es nicht gibt, das aber einzig und allein wert wäre, entdeckt zu werden. Ein Ernährungsmittel, das niemand uns verteuern kann, und damit die Freiheit!“

„Was soll das“, murmelte Ella. „Ich bin enttäuscht.“

Da in den Vorgängen eine Lücke eintrat, sah sie den Zweck ihres Bleibens nicht ein und ging. Sie nickte Rolf zu; ihre anderen Geschwister waren beschäftigt, und ihr Vater saß dunkel am Tisch, wie sein eigenes Porträt.

Es war ein abgeräumter Eßtisch, der Tisch des Hauses, um den oft und oft seine zahlreichen Kinder versammelt gewesen waren. Jetzt schien er allein übrig. Sein Stuhl war halb in das Zimmer gewendet, sein rechter Arm ruhte auf der Tischplatte, wie am Feierabend. Er führte auch Reden wie nach ganz beendeter Arbeit, nicht sehr wichtig für die anderen, die morgen früh wieder anfangen. Seine linke Hand bewegte sich unsicher in verdächtiger Nähe des Herzens. Der Arzt, sein Sohn, prüfte das Gesicht, das große dunkelnde Augen und einen merkwürdig aufgeschlossenen Ausdruck bekommen hatte. Birk erbleichte manchmal; der Schatten auf seiner Stirn wurde tiefer, und er schien hingegeben an ein trostloses Verlangen.

An Stelle eines Abschieds sagte Rolf, bevor er ihn verließ, seinem Vater etwas Herzliches.

„Deine neue Tätigkeit in der Nähe des höchsten Chefs wird dich frisch beleben, lieber Vater. Du neigst zu Depressionen, ich glaube, weil du lange Zeit nicht nach Verdienst gewürdigt worden bist. Das ist alles, was dir gefehlt hat, und es ist vorüber."

„Ja. Ich glaube zwar nicht, daß ich noch –", begann Birk wieder, genau, wie er gleich bei der glücklichen Nachricht schon einmal begonnen hatte. Er wurde diesmal von Nora Schattich unterbrochen. Sie legte plötzlich los, sie wußte es offenbar selbst nicht. Was sie erregte, wurde endlich von selbst laut.

„Wenn sie mir Karl August nun bringen, und er braucht häusliche Pflege, was tue ich? Das war sowieso nie mein Fall, heute aber bin ich ganz ohne Hilfe, meine Zofe ist fort. Das sind keine Zustände, in die man fremde Leute blicken läßt."

„Nehmen Sie mich, gnädige Frau", sagte die kleine Susi; sie war zur Stelle. Da sie verwundert betrachtet wurde, ergänzte sie: „Jawohl, ich gebe alles andere auf. Es ist noch das beste, von einer einzigen Person abzuhängen, und mit der gnädigen Frau werde ich mich verstehen können. Übrigens ist Marietta durchgegangen mit unserem Bruder Ernst" – auch das kam noch mit demselben Atem.

Rolf war entsetzt, Margo und Emanuel zeigten wenigstens Befremden. Nur Birk verteidigte Ernst.

„Das sind die kleinen Katastrophen, die sind besser als gar keine. Der wird arbeiten! Der wird noch mehr arbeiten als ihr!"

„Und noch mehr Glück haben?" fragte Rolf. „Natürlich. Auf seiner Tour begegnet ihm jemand, der ihn in den Fürstenstand erhebt!"

Soweit waren sie, als an der Wohnungstür geläutet wurde. Ein Mann trat ein und betrachtete die Frau des Generaldirektors mit Entsetzen.

„Jawohl", äußerte er aus tiefer Anschauung, „so muß es kommen."

„Herr Laritz! Sind Sie wieder da?" fragte Birk.

Der Arbeiter fragte die Frau des Generaldirektors: „Sind Sie versichert? Nein", antwortete er selbst. „Meine Witwe bekommt gar nichts, hat Herr Generaldirektor mir persönlich gesagt."

Rolf drang in ihn.

„Herrn Generaldirektor ist doch nichts zugestoßen?"

„Nein, er ist mit dem Schrecken davongekommen, aber das ist ein Wunder, darauf war nicht zu rechnen. Es sah furchtbar aus. Bei mir damals ging es auch nur durch ein Wunder gut, ich war blau. Herr Oberingenieur fing mich auf, sonst wäre ich das ganze Gerüst hinuntergefallen. Herr Oberingenieur hat sich bei seinem Unglücksfall wohl leider doch einen dauernden Schaden geholt. Wieviel Prozent arbeitsunfähig, Herr Oberingenieur?"

Rolf Birk rief den Mann zur Sache.

„Herr Laritz! Frau Schattich will wissen, wie es ihrem Gatten geht."

„Es sah furchtbar aus. Herr Generaldirektor steigt auf die neue Brücke. Er befiehlt uns allen, Platz zu machen. Wie wir unten sind, sollen wir noch weiter weggehen. Der Mann schreit und gibt an, der Mann dort oben ist nicht mehr bei Trost. Blau, das sage ich nicht, aber brägenklütrig, das sag ich. Er macht Schnellauf und schwingt etwas – zuerst denke ich, es ist sein nackter Domkopf. Es war aber noch was anderes. Wie die Sache unten ankam, blieb sie liegen und explodierte nicht. Wir haben später nachgesehen, ist überhaupt nicht losgegangen. Herr Generaldirektor schielte noch hinunter, was nachkäme, und dann sackte er ab. Ich frage mich nur, Herr Oberingenieur, warum macht er das auf unserer Brücke? Hatte er was gegen uns?"

Birk sagte: „Wir beide waren alte Freunde. Er fühlte sich sehr unglücklich und glaubte sein Ende gekommen. Als letztes dachte er an unser gemeinsam Erlebtes und wollte es mitnehmen, wie eine Brücke, mit der er in die Luft fliegt."

Er stand auf und half auch der Frau seines Freundes vom Stuhl auf.

„Liebe Frau Schattich! Es ist wunderschön, daß er lebt. Haben Sie ihn wieder!"

Nora war dazu entschlossen. Während sie die wirklichen Tatsachen zur Kenntnis nahm, war alle vergebliche Wehmut von ihr gewichen. Sie hatte es mit dem lebenden Schattich zu tun! Karl August hieß er schon nicht mehr. Ja, in der Ferne tauchte jener Vertrag auf – sie mußte von neuem mit ihm kämpfen um die Aufwertung ihrer Renten. Das sollte anders kommen, als er es sich gedacht hatte!

Sie winkte der kleinen Susi. Auch den jungen Arzt forderte sie auf, ihr beim Empfang des Zurückgekehrten behilflich zu sein. Mit diesen drei Personen empfahl sich der Gast des Unglücks, Laritz.

Zurück blieben ein Liebespaar dort vorn unter den endlich erreichten Wipfeln – und ein Sterbender hinten allein. Er sann weiter über die Freude nach, lautlos für sich, da doch niemand es hören wollte.

„Lernt euch freuen", dachte er inständig. „Die große Sache existiert nicht, die erfindet man. Wirklich sind eure Herzen – die noch gesund sind."

Vorn unter den Wipfeln sagte Emanuel zu Margo: „Wir haben uns ausgezeichnet gehalten. Es ist ein voll verdienter Erfolg."

Denn er hatte sein eigenes Mißgeschick so gut wie ganz vergessen und schrieb das Erreichte vor allem sich selbst zu. Margo stimmte darin mit ihm überein.

„Wer schiefliegt", bemerkte Emanuel, „das ist der gute Brüstung. Ich habe leider die Überzeugung, daß der Junge niemals durchdringen wird. Wie einer bei Frauen abschließt, so sieht es mit ihm immer aus."

„Das glaube ich", sagte Margo innig. Aber es war der Abschnitt Inge, der berührt worden war. Anstatt in Verlegenheit zu kommen, umfaßten sie einander enger. Der Abend kündete sich an; Licht, Luft und Düfte begünstigten ihr Gefühl. Überdies begannen in diesem Augenblick alle Glocken von Sankt Stefan wohlklingend zu läuten. Der Pfarrer beging festlich seine Verständigung mit dem früheren Reichskanzler, und gleichzeitig dankte er dem Himmel für die Rettung Schattichs.

„Was ist die große Sache?" sann Birk. „Wir fühlen, solange wir jung sind, noch nicht, daß sie eine bloße Erfindung ist. Darum haben wir sie grade, in Gestalt der Freude. Älter und schon losgelöst, wäre die große Sache, im Geist zu erscheinen, zu verschwinden und dabei ein gesundes Herz zu behalten. Ich habe es nicht gekonnt und verlasse dich, Inge!" Auch er schloß mit dem Namen, um nun zu schweigen.

Luft, Licht und Düfte unter den Wipfeln wirkten stärker auf das Gefühl. Die Worte des Liebespaares bekamen den süßen, unbeirrbaren Klang und Takt eines Glockenspiels. Linnelalilann, Linnelalilann, ich lieb dich, ich lieb dich, ich lieb dich.

„Nicht Inge verlassen!" träumte nur noch jener andere, im Grunde bereit, zu verschwinden nach allen seinen Irrtümern, Anläufen zu Erkenntnissen und einem eigenen Gleichnis des Lebens, das zum Teil gestimmt hatte – bis auf den ungelösten Rest.

Linnelalilann, ich lieb dich, schwellender Wohlgeruch, Wohlklang, bleiches Schattengesicht der Lust. Sie bereiten sich auf eine der Handlungen ihres Fleisches und ihrer Seele vor – er aber drinnen auf die letzte, größte. Sie werden, sosehr sie ineinanderdringen, vergeblich versuchen, die große Sache zu ahnen. Er, dessen Kopf auf seine Schulter, dann auf seinen Arm, zuletzt auf den Tisch fällt – kennt sie.